어떻게 읽고 무엇을 쓸 것인가

국립중앙도서관 출판시도서목록(CIP)

어떻게 읽고 무엇을 쓸 것인가 / 양선규 지음. — 서울 : 청동거울, 2008
  p. ;   cm. — (교양인의 책읽기와 글쓰기 ; 005)

ISBN 978-89-5749-111-9 03810 : ₩15000

글쓰기

802-KDC4
808-DDC21   CIP2008002579

교양인의 책읽기와 글쓰기 005

어떻게 읽고 무엇을 쓸 것인가

2008년 8월 18일 1판 1쇄 인쇄 / 2008년 8월 27일 1판 1쇄 발행

지은이 양선규 / 펴낸이 임은주 / 펴낸곳 도서출판 청동거울 /
출판등록 1998년 5월 14일 제13-532호
주소 (137-070) 서울 서초구 서초동 1359-4 동영빌딩 /
전화 02)584-9886~7 / 팩스 02)584-9882 /
전자우편 cheong21@freechal.com

편집주간 조태봉 / 편집 김상훈 임연화 / 마케팅 김상석

값 15,000원

교양인의 책읽기와 글쓰기 005

어떻게 읽고 무엇을 쓸 것인가

양선규 지음

청동거울

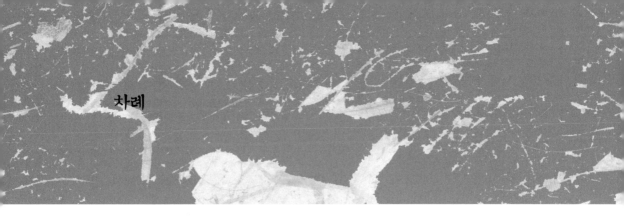

차례

수행(修行) 편

序 148

수(守), 지킬 것은 지킨다. 면밀히 읽고 뜻을 파악한다

파(破), 깰 것은 깬다. 논지의 허를 발견하고 비판의 날을 세운다

리(離), 떠날 땐 떠난다. 변증법적인 과정을 거쳐 새로운 논리를 세운다

서(序)

글쓰기 관련 서적이 넘쳐나고 있다. 거기에다 또 한 권을 보태려니 선뜻 내키는 일은 아니다. 그러나 일모도원(日暮途遠), 날은 저물고 갈 길은 멀어, 이것저것 가릴 때가 아닌 듯하다. 글쓰기 공부에 관해서는 아직 선지식(善知識)들의 참여가 꽤나 미흡하다. 아마 품은 많이 들고 공은 크게 드러나지 않는 영역이어서 그런지도 모르겠다. 그러니, 관심 있는 사람이라도 우선 능력이 닿는 대로 더 모으고 더 쌓을 때가 아닌가 싶다.

이 책은 『코드와 맥락으로 문학 읽기』(청동거울, 2005), 『풀어서 쓴 문학이야기』(푸른사상, 2005), 『창의독서논술 지도법』(언어표현교육연구소, 2007)에 이어서 네 번째 〈읽기 · 쓰기〉 지침서로 간행하는 것이다. 이 책들은 교육대학에 부임해서 본격적으로 가지기 시작한 〈읽기 · 쓰기〉 공부에 대한 나의 관심과 노력(각종 사회교육기관에서 행한 독서 논술 지도자 양성교육도 포함해서)의 여적(餘滴)이라고 볼 수도 있다. 그러나, 최근 10여 년간의 나의 학문적 발자취가 고스란히 녹아든 것들이어서 개인적으로는 애착이 많이 가는 책들이다.

본디 글쓰기와 책 읽기가 둘로 나뉠 수 없다는 것은 누구나 다 아는 사실이다. 그래서 무엇을 읽고 어떻게 쓸 것인가에 대해서 숱한 사람들이 여러 가지 좋은 이야기들을 많이 해 온 것으로 안다. 그러나 글쓰기를 공부하는 이들에게 정작 필요한, **'어떻게 읽고, 무엇을 쓸 것인가'**에 대해서는 아직 연구가 부족하다. 독법(주어진 제시문을 어떻게 읽느냐)에 따라 작문의 내용(논제의 요구에 어떻게 부응할 것인가)이 정해지는 이치와 실제를 꼼꼼하게 밝혀 적는 작업이 아직도 많이 부족하다는 것이다. 내가 관심을 가지고 있는 것은 바로 그 부분이다. 이번 책을 포함해서 네 권의 저작들은 모두 그러한 관심의 소산이라고 말할 수 있다.

이 책이 글쓰기 공부를 '무자수업'에 견주고 있는 까닭은, 그것이 머리 공부가

아니라 몸 공부라는 것을 강조하기 위해서다(물론 '몸'에는 '머리'도 포함된다). 본디 몸 공부에는 반드시 사범이 필요한 법이다. 사범 없이 욕심껏 혼자 깨치려다가는 주화입마에 빠지기가 십상인 것이 몸 공부의 세계다. 이 책에서, 크게 명심과 수행으로 나누어 각각 아홉 단계의 경지를 가정하고, 위계를 정해 순차적으로 이야기를 진행시키는 연유도 바로 그러한 몸 공부의 특성을 살리기 위해서이다. 앞서서 내가 해 본 공부의 여정을 최대한 반영시키려고 노력했다는 점을 강조하고 싶다.

마지막으로, 이 책의 특징 중의 하나가 바로, 이른바 '이야기의 힘'을 빌려 표상적 지식이 절차적 지식으로 보다 쉽게 전이되도록 고안되었다는 점에 있다는 것도 강조하고 싶다. 당연히, 개념을 밝혀 설명하는 대목이나, 문제를 발견해서 해결로 나아가는 과정을 시범 보이는 대목이나, 모두 논리적인 서술의 전범이 될 수 있는 글쓰기가 되도록 배려하였다. 이 책을 읽고 이해하려고 애쓰는 과정이 곧 모범적 글쓰기를 몸에 붙이는 과정이 되었으면 하는 바람에서이다.

제시문이나 참고문으로 인용한 글들의 저자들께 깊이 머리 숙여 감사드린다. 행여 이 책에서 한 줄기 빛을 볼 수 있다면 그것은 오로지 그 선지식(善知識)들의 후광에서 나온 것임을 밝힌다.

무자년 2008년 봄
저자 씀

명심편

銘心

初 무자논술(武者論述), 연장이 무기다

무자논술

논술이라는 글쓰기가 화두가 되고 있다. 대학(로스쿨) 입시나 국가고시, 그리고 각종 입사 시험에서 중요한 비중을 차지하고 있어서 그것에 능한 자와 그렇지 못한 자가 받는 사회적 대우(졸업 후 받을 대우까지 포함해서)는 그야말로 천양지차이다. 상황이 그럼에도 불구하고 글쓰기(논술) 공부를 체계적이고 효율적으로 수행할 수 있는 제도적인 장치(교사, 교육과정, 텍스트)는 아주 미흡한 실정이다. 불가사의한 일이 아닐 수 없다. 글쓰기(논술)를 가르치고 글쓰기(논술) 능력을 평가하여야 순서일 텐데 막무가내 식으로 글쓰기 능력 평가부터 먼저 하겠다고 하니 그러한 무모한 발상이 어디 있겠는가? 그리고 그러한 무모함이 순순히 수용되는 우리 사회의 지적 수준은 또 무엇이란 말인가? 어쨌든 지금부터라도 제대로 된 텍스트를 만들어 체계적인 글쓰기 교육에 나서야 할 때라고 생각한다.

논술이란 무엇인가? 간단하게 말하자면, '논증을 통한 설득적인 글쓰기'다. 좀더 자세하게 풀이하자면, '논설문과 해설문, 설명문의 형태를 포괄하는 글쓰기로서, 주로 어떤 주장을 제기하고서 왜 그 주장이 정당한가를 논증하거나, 우리가 관심을 가지는 현상을 어떻게 설명하고 예측할 것인가를 논의하는 글쓰기'다.

그렇다면, 논술에는 어떤 능력이 특별히 요구되는가? 논제를 이해하고, 제시문의 취지와 내용을 그것에 따라 정확하게 분석·종합하여, 자신의 주장을 명료하게 진술하는 능력이 요구된다. 별반 어려울 것도 없고 힘들 것도 없다. 그런데, 모두 '논술은 어렵다'고 생각하고, 이구동성으로 '논술하기가 힘들다'라고 말한다.

거기에다 통합논술이라는 것까지 나와서 더 일을 꼬이게 한 적도 있다. 본디, 통합논술이라는 것은 어떤 특별한 형태의 논술을 지칭하는 것이 아니라, 논술 시험의 본래 취지를 회복하는 동시에 학교 교육의 바람직한 방향을 제시하기 위한 것으로 천명된 일종의 선언적 의미를 지닌 것이었다. "효과적인 의사 전달과 원만한 의사소통의 도모라는 소극적인 목표를 넘어, 창의성의 토대가 되는 영역 전이적인 통합적 사고 능력의 배양이라는 보다 적극적인 목표를 지향하는 것"이 통합논술의 목표였던 것이다.[1]

그런데 그것이 마치 새롭게 등장한 별개의 논술 장르인 것처럼 널리 알려져 있는 것이 문제다. 결과적으로 논술에 대한 저항감만 고취시키고 만 셈이다. 결과론이기는 하지만, 이 시점에서 통합논술이라는 말이 거론된 것 자체가 잘못된 일이라는 견해도 많다. 말은 쉽지만, '영역 전이적인 통합적 사고 능력'을 단기간에 배양할 수 있는 방법은 없다. 더군다나 서구의 여러 나라와는 달리 우리나라의 초중등 교육에서는 글쓰기를 통해서 종합적인 사고 능력을 배양하는 인문주의적 교육 문화가 아직 제대로 자리 잡지 못하고 있는 실정이다. 학교 교육을 통해서 '영역 전이적인 통합적 사고 능력'을 배양할 수 있는 방법이 현재로서는 찾기 어렵다는 것이다. 교사 양성 체제에서부터 '교과 간의 소통'이 이루어지지 않는 현 교육 체제 하에서 학생들에게서 각 교과 영역 지식의 상호 전이가 전제되는 통합적 사고 능력을 기대한다는 것이 우선 무리이고, 평준화가 근간을 이루고 있는 현 시스템 하에서 주입식 교육이 아닌 자기 주도적 교육으로 나아갈 수 있는 교실 환경을 만들 수 없다는 것도 명백한 사실이기 때문이다.

사정은 대학도 마찬가지다. 본디 학문에도 사람처럼 성격 차(差)라는 것이 있어 어떤 것은 양순하고 어떤 것은 지배성이 강하다. 수학·과학이나 심리학·경제학 같은 것들은 본디 지배성이 강한 쪽이다. 그것들과 어울리다 보면 어느새 그 쪽 이야기가 되어 버린다. 그래서 그런 영역의 지식이 가미되면 논술이든 심

---

1 히구치 유이치, 남도현 옮김, 『통합논술 이렇게 써라』, 기파랑, 2006. 8~11쪽 참조.

층면접이든 본고사 아니냐는 소리를 듣기 십상이다. 더군다나, 제 학문 영역을 두루 통섭하는 '통합적'인 교수도 없는 판국에 '통합적인 사고 능력'을 평가·측정하는 일이 쉬울 리가 없다.

결론적으로 말해서, 논술은 그 자체로 이미 통합적인 사고 능력을 요구하는 글쓰기이므로 통합논술이라는 말을 굳이 쓸 필요가 없다. 같은 이치에서, 과학 논술, 수리 논술이라는 말도 있지만 그 말들은 과학적 논리나 수리적 논리를 서술적으로 진술한다는 뜻에 불과하다. 그들에게는 그들만의 고유한 기호체계가 있다. 숫자나 기호를 사용하는 공식이 있고 정리가 있고 가설이 있다. 그것을 언어기호로 바꾸는 것, 즉 코드 전환에 불과한 것이 소위 과학 논술이고 수리 논술이다. 궁극적으로는 진정한 논술이 아니라는 것이다. 그러한 코드 전환 요령은 단기간에 습득할 수 있다.

그러니 결국 **'분석과 종합을 통한 창의적인 발상의 창출'이 논술 공부의 최종 목적지가 될 수밖에 없다.** 일반적인 자격을 묻는 것이 아니라 당락의 기준을 제공하는 논술시험은 자료제시형 탐구논술 형태를 지닐 수밖에 없다는 점도 유념할 필요가 있다. 여러 가지 가치관이 공존할 수 있는 단독 과제형 태도논술[2]은 현재 우리 나라의 사정으로는 출제될 수 없다고 보아야 할 것이다. 평가의 공정성과 신뢰성 때문이다. 평가의 신뢰성을 유지할 수 있는 객관적 기준을 마련하기 위해서는 독해력을 묻는 장문의 복합 제시문을 제시할 수밖에 없는데, 수험생은 그것을 논제의 취지에 맞게 분석하고 다시 그것을 나름대로 종합하여 평가자가 신선한 논지라고 느낄 수 있는 창의적인 주장을 해야만 한다.

무자논술이라는 말은 그래서 나온 것이다. 분석력과 종합력은 말로 설명하고 머리로 생각한다고 얻어지는 것이 아니다. 직접 몸을 움직여 신체의 어떤 부분(팔이나 다리)이나 도구(칼이나 창)를 효과적으로 쓰는 법을 단련하는 무도 수련에서처럼, 그것들도 단계별로(무도의 단위(段位)별 수행법처럼) 필요한 실행실천(實行實踐)의 커리큘럼에 따라 효과적으로 배양되어야 하는 것이다.

---

2 논술의 방향은 크게 나누어 탐구형 글쓰기와 태도형 글쓰기가 있다. 전자가 보다 논증적이라면 후자는 보다 설득적인 글쓰기를 지향한다고 할 수 있다. 어느 쪽이든 지문(자료제시형)이나 발제문(단독과제형)이 학생의 인지적 특성을 측정하는 데 적합한 자료로 인정될 수 있는 것이어야 한다. 단독과제형 태도논술의 예를 들자면 다음과 같은 것이 있다.
  ＊ 정의로운 전쟁은 존재하는가?
  ＊ 생명보다 더 소중한 것이 있는가? (이상, 프랑스 바칼로레아 시험)
  ＊ 우리는 성공했을 때 더 많이 배우는가 아니면 실패할 때 더 많이 배우는가?
  ＊ 자신에게 중요한 영향을 미친 사람은 누구이며 어떤 영향을 받았는지 서술하시오. (이상, 미국 SAT 에세이 테스트)

무자수행은 전국 각지의 고수(高手)를 찾아다니면서, 실전을 방불케 하는 대련(對鍊)을 통해 자신의 부족한 점을 보(補)하고, 체달(體達, 사고를 몸으로 구현함)의 새로운 경지를 상대방과 함께 탐구하는 무도 수련법이다. 요즈음이야 K-1이니 뭐니 하면서 전 세계의 유명한 격투기 선수들을 한 곳에 불러서 이종격투기 게임을 즐기는 시대이지만, 옛날에는 교통 사정이 좋지 않았기 때문에 공간적으로 멀리 떨어져 있는 소문난 무자나 문파들 사이에는 기술의 공유나 그 무도의 실전적 차원에서의 우열에 대한 평가가 쉽지 않았다. 그래서 마치 물리학의 입자설과 파동설처럼, 결론은 같지만 과정에 있어서는 전혀 다른 수행법들이 비일비재하였다. 그러한 '세상은 넓고 문파는 많았던' 시대의 수행법이 바로 전국 각지를 순례하는 무자수업이었던 것이다.

　우리가 논술 공부의 한 방법으로 고안하는 무자논술은, 논술의 일반론을 설파하거나 이른바 '출제 경향'에 대한 상세한 정보를 전달하는 식의 논술 교재로는 도저히 습득할 수 없는 **'실전에서 요구되는 진정한 논술의 기술'**을 연마하자는 목표를 가지고 있다. 무릇 무도 수련법은 크게 두 가지 영역으로 구성된다. 형(型, 패턴화 되어 있는 유용한 동작의 체계)의 숙달과 대련을 통한 실전 기술의 연마가 그것이다. 무자논술은 '무자수행'을 표방하는 글쓰기 공부이니 주로 대련 위주의 공부법이라고 보면 될 것이다.

　그러나 무도의 높은 경지에는, 형과 실전 기술이 둘이 아니라 결국은 하나라는 것을 깨닫는 자만이 도달할 수 있다. 그것을 아는 것이 중요하다. 그래서 궁극적으로는 우리의 무자수업이 하나의 정제된 형(型)으로 승화될 것임을 확신한다. 이 책으로 공부한 이들 모두 그 경지에 도달할 수 있기를 기대한다.

연장이 무기

　거듭 강조하지만, **논술은 분석력과 종합력, 그리고 창의력을 요구한다.** 그리고 그것은 무도(武道)의 수련과 일맥상통한다. 일단 자르고 갈라야 하니까 그 이치가 칼을 쓰는 이치에 접속되고(분석·종합력), 논술 시험을 보는 수험생의 입장은 상대가 있는 겨루기에서 상대가 예측할 수 없는, 자신에게 유리한 상황을 만들어 승부를 도모해야 한다는 점에서(창의적 발상) 무자의 삶에 비유될 수 있다는 것이다.

무자에게 가장 중요한 것이 바로 무기다. 무기는 무자가 자신의 의지를 관철하는 가장 중요한 수단이다. 논술무자에게도 당연히 그의 무기가 자신의 의지를 관철하는 중요한 수단이 된다.

논술의 무기에는 어떤 것이 있는가? 그렇게 물으면 당연히, **어휘력·구문 능력**(주술 호응과 비문에 대한 이해), **문단 구성력**(중심 문단과 논리적 논지 전개), **장르 이해력**(논술 텍스트의 종류에 대한 이해), **논증력**(논법의 이해), **추리력**(직접 추리·연역 추리·귀납 추리·관계 추리)과 같은 형식론적 층위의 개념들과, **논술 시험의 일반적 주제나 출제 경향 같은 것에 대한 이해** 등을 떠올릴 것이다. 그것들이 논술 무자들의 무기가 된다는 것을 부정할 사람은 아무도 없다. 그러나, 우리가 유념하고자 하는 것은 본디 하급 무자들이 무기에 신경을 많이 쓴다는 것이다. 실력에 자신이 없으니까 좋은 무기에 의존하고 싶은 마음이 앞선다. 고수들은 무기에 별로 신경을 쓰지 않는다. 나뭇가지 하나 꺾어 써도 훌륭한 무기가 될 수 있다. 중요한 것은 몸과 마음의 경지이기 때문이다. 그래서 좋은 스승은 제자에게 선뜻 무기를 먼저 주지 않는 법이다. 밥하고, 빨래하고, 청소하고, 땔감 마련하면서 3~4년은 보내야 무기를 손에 들 자격이 생긴다. 칼을 드니 도끼보다 가볍고, 평지를 뛰니 산길을 오르내릴 때보다 훨씬 쉽다. 몸이 되면 무기는 절로 따라오게 되어 있다.

영화 〈올드 보이〉(박찬욱, 2003)에서는 15년간의 억울한 감금 생활에서 벗어난 주인공 오대수(최민식 분)가 장도리 하나를 무기 삼아 처절한 복수극을 펼치는 장면이 나온다. 물론 현실적으로는 불가능한 일이겠지만 영화 장면 상으로는 꽤나 인상적이었다. 목수의 연장이 일격필살의 살벌한 무기가 되는 모습을 잘 보여준다(이 영화에서 또 인상적인 것은 이미지 트레이닝으로 절대 고수가 된다는 콘셉트다. '생각만으로 다 이룰 수 있다'는 것은 편집망상의 필수 조건이다. 만약, 우리가 그 대목에서 재미를 느꼈다면, 망상의 전이가 예술적 효용의 한 대목이기도 하다는 암시를 주는 부분이기도 하다.).

연장이 무기라는 것을 보여주는 영화로는 또 〈신용문객잔〉(이혜민, 1992)이 있다. 설정이 〈올드 보이〉보다는 한결 자연스럽다. 중국 무협영화에서 일반적으로 절대고수는 '절대로 숨어 있다.' 그것만한 반전이 없는 것이 무협의 세계이기 때문이다. 이 영화에서 막판에 등장하는 절대고수는 식칼을 쓰는 주방장이다. 그는 자기가 쓰는 칼로, 그리고 자기 작업 방식으로, 누구도 공략하지 못하는 난공불락의 적수를 '요리'해 버린다. 관객은 어이없어 하다가 이내 수긍한다. 이미 그 전에 삶은 양(羊) 한 마리를 순식간에 통째로 썰어내는 그의 칼솜씨를 감독이 잠깐 보여준 적이 있었기 때문이다.

이 두 영화는 '연장이 무기다'는 것을 잘 보여준다. 본디 무자들은 자신이 가장 잘 다룰 수 있는 병기를 무기로 삼는다. 자신의 취향이나 신체 조건, 그리고 주적(主敵)의 무기, 그리고 상대와의 거리와 결투 공간 조건 등을 고려해 칼, 창, 봉, 장, 활, 철퇴 등을 고른다. 〈올드 보이〉의 주인공이 장도리를 고른 것도 그에게 주어질 실내의 좁은 공간, 거기에 따른 근접 거리를 고려했기 때문이다. 아무리 예리한 칼, 긴 창을 가지고 있다고 하더라도 그것을 다룰 수 있는 힘과 요령, 그리고 환경과의 조화가 없으면 애당초 무용지물이다.

이들 영화에서 우리가 얻는 교훈은 무엇인가? 남들이 말하는 날선 무기에 연연하지 말고 자신에게 편하고 유리한 연장을 한두 개 잘 갈무리 해 두었다가 필요할 때 잘 쓰는 것이 중요하다는 것이다. 18기니 24반이니 해서, 골고루 무기 쓰는 법, 말 타는 법을 다 익힌다고 해서 훌륭한 무자가 되는 건 결코 아니다. 하나라도 잘 쓸 수 있는 연장을 챙기는 것이 현명한 일이다. 본디 고수들은 하나의 연장으로 여러 용도에 갈음한다는 것을 명심해야 한다.

연장 챙기기의 핵심은 첫째, '선생을 섬기는 것' 그리고 둘째, '몸으로 익히는 것'이다. 선생을 섬긴다는 것은 그의 스타일(style)을 닮는다는 것이다. 스타일은 사고(thinking)의 패턴과 문장 구성(composition)의 습성을 말하는데, 그것을 판박이로 모방한다는 말이다. 몸으로 익힌다는 것은 물론, 생각만으로 그치는 것이 아니라 직접 글을 써서 익힌다는 것이다(이 책에서 사용되고 있는 글쓰기의 스타일을 닮는 것도 한 방법일 것이다).

작가 서문에서 밝힌 것처럼, 이 책은 한두 가지 연장을 능숙하게 사용할 수 있는 길을 모색하고 있다. 그것을 한두 마디로 표현할 수는 없다. 그렇게 표현될 수 있는 것이라면 이 두꺼운 책이 무슨 필요가 있겠는가? 본디 몸으로 익히는 일은 '길 없는 길'을 가는 것이라고 한다. 이름 붙일 수 있으면 이미 '길'이 아니라는 뜻이 그 말에 포함되어 있다. 중요한 것은 우리가 가는 길이 논술이라는 난적을 완전하게 제압할 수 있는 길이라는 것을 믿는 것이다.

연장통과 팔심

다시 한 번 강조하자면, 연장은 흔히 장인들이 자신의 수공을 위해 사용하는 도구다. '연장이 무기다'라는 말은 그런 숙련공들의 '연장' 수준에 올라야 그것이 나의 진정한 '무기'가 될 수 있다는 뜻을 내포한다. 검호(劍豪)로 일컬어지는 '미야모토 무사시'를 다룬 한 일본소설에서도 무사시가 산에서의 3년 수련생활을 마치고 내려가다가 기름 장수의 기름 따르는 연장 솜씨에 놀라, 그 동안의 수행을 반성하고 다시 입산하는 장면이 나온다. 자신의 칼쓰기가 그 정도에 미치려면 한참 멀었다는 생각이 들었기 때문이었다.

불패의 승부사가 되려면 연장부터 잘 챙겨야 된다. 그리고 그것을 그야말로 자유자재로 다룰 수 있어야 한다. 글쓰기 연장론을 설파하는 스티븐 킹의 『유혹하는 글쓰기』에 보면 다음과 같은 대목이 나온다.

> 내가 하고 싶은 말은 글쓰기에서도 자기가 가진 최선의 능력을 발휘하려면 연장들을 골고루 갖춰놓고 그 연장통을 들고 다닐 수 있도록 팔심을 기르는 것이 좋다는 것이다. 그렇게 해놓으면 설령 힘겨운 일이 생기더라도 김이 빠지지 않고, 냉큼 필요한 연장을 집어들고 곧바로 일을 시작할 수 있다.
> 자주 쓰는 연장들은 맨 위층에 넣는데, 그 중에서도 가장 많이 쓰는 연장은 글쓰기의 원료라고 할 수 있는 낱말들이다. 이 경우에는 여러분이 이미 갖고 있는 것들만 잘 챙겨도 충분하다. 죄책감이나 열등감을 느낄 필요는 조금도 없다. '돈이란 얼마나 가졌느냐가 아니라 어떻게 쓰느냐가 중요하니까.' [3]

킹에 따르면, 어휘·문법·문단(구성)·문체·장르 등에 대한 이해가 글쓰기의 선결 조건이다. 이를테면 그것들이 곧 글쓰기 숙련공들의 '연장통' 안에 칸칸이, 순서대로 맨 위층에서부터 차례차례, 갖추어져 있어야 할 '연장'들이다. 그리고 중요한 것은 공연히 남의 연장을 탐내지 말고 자기 연장을 잘 다루는데 최선을 다해야 한다는 것이다. 그것이 마치 나의 신체의 일부분이라도 되는 것처럼 능란하게 다룰 수 있어야 성공할 수 있다는 것이다.

앞에서 이미 밝혔지만, 무자가 무기에 집착하면 고수가 될 수 없다. 무기(여기서는 남의 연장) 그 자체에 집착할 필요는 전혀 없다. 내 손에 들려 있는 것을 잘 다룰 수 있어야 한다. 다만, 무엇이 내가 쓸 수 있는 연장이고 무엇이 중요한가에 대한 이해는 필요할 것이다.

---

[3] 스티븐 킹, 김진준 옮김, 『유혹하는 글쓰기』, 김영사, 2002, 137쪽.

낱말들이 모여서 문장을 이루고 문장들이 모여서 문단을 이룬다. 이 과정은 이 책 한 권만 읽으면 통달할 수 있다. 어휘나 문법이나 문단구성은 그야말로 몸으로 익히는 기본적인 연장이므로 계속 읽고 써 보면서 체달의 경지에 도달하여야 한다.

일단 문단 단위의 글쓰기가 되면 그때부터는 '글이 숨을 쉰다.' 보통 문장 단위에서부터 글의 생명, 즉 의미가 생성된다고 말하지만 보다 정확하게 말하자면 **문단 단위부터 의미가 살아 숨쉬는 것을 느낄 수 있다.** 문단이 글 쓰는 자에게 주는 느낌은 다양하다. 그 중의 하나가 두려움이다. 아직 연약하지만 수많은 가능성을 지니고 있어 글 쓰는 사람들에게는 마치 '시체들을 조각조각 기워 만들어낸 죽은 몸뚱이가 그 노랗고 축축한 눈을 번쩍 떴을 때 빅토르 프랑켄슈타인이 느꼈을 법한 기분'을 선사할 수도 있다.[4] 그만큼 문단이 중요하다는 뜻이다.

그래서 문장이 아니라 문단이야말로 글쓰기의 기본 단위라고 주장할 수도 있다. 거기서부터 의미의 일관성이 시작되고 낱말들이 비로소 단순한 낱말의 수준을 넘어서게 되기 때문이다. 문단이라는 것은 대단히 놀랍고 융통성이 많은 도구이다. 때로는 낱말 하나로 끝날 수도 있고, 또 때로는 몇 페이지에 걸쳐 길게 이어질 수도 있는 것이다. 글을 잘 쓰려면 당연히 문단을 잘 이용하는 방법을 배워야 한다. 그러려면 많은 연습이 필요하다. 장단을 익혀야 하기 때문이다.[5]

킹의 조언이 아니더라도 사실, 그 정도는 이미 우리도 알고 있는 내용들이다. 젊은 시절, 너나 할 것 없이 모두 작가가 되고 시인이 되고 싶던 시절, 한글대사전을 통째로 외우고 다녔던 적도 있었다. 어휘력을 키우는 데는 그것이 최고라고 떠들고 다니면서. 물론 그 행사가 전혀 작가가 되는데 도움이 되지 못한 것은 자명한 사실이다. 알고 있는 낱말이나 적재적소에 잘 사용하면 될 일을 왜 그렇게 미련을 떨었는지 모르겠다.

문제는 '문단'까지의 글쓰기를 어떻게 끌고 나갈 수 있는가이다. 그것만 해결되면 '팔심'이 길러지는 대로 한 판 벌일 수가 있겠다는 생각도 든다. 그러기 위해서는 효과적인 연습 방법론, 즉 킹이 설명하고 있는 대로 '장단을 익힐 수 있는 많은 연습'이 필요하다. 좋은 글을 많이 읽어서 절로 그 '장단'이 몸에 붙는

---

4 위의 책, 165쪽.
5 위의 책, 164쪽.

것이 가장 좋겠으나 시간이 많이 드는 작업이므로 우선 문단 만들기의 가장 기본적인 패턴, '원인이 어떻게 결과를 낳는지 설명하는 방법'과 '앞 문장의 긍정과 부정을 통해 문단을 구성하는 방법'에 대해서 알아둘 필요가 있을 것이다. 전자의 경우에는 원인과 결과 사이에 어떤 식의 연결고리를 집어넣느냐가 가장 중요하다.

사람들은 보통 A가 B의 원인이라고 생각할 때 A와 B가 서로 연관성을 갖는다는 것만 믿는 게 아니라, A가 B의 원인이라고 하는 것이 '이치에 닿는다' 고 믿는다. 그러므로 A가 B의 원인이라는 것을 보다 효과적으로 논증하려면 단순히 A와 B의 연관성만 강조할 것이 아니라, A가 B의 원인이라고 하는 것이 '왜 이치에 닿는지'도 설명해야 한다는 것이다.

〔잘못된 예〕
심성이 개방적인 내 친구들은 대부분 독서를 많이 한다. 반면 덜 개방적인 내 친구들은 대부분 그렇지 않다. 따라서 독서는 사람을 개방적으로 만든다.

〔잘된 예〕
심성이 개방적인 내 친구들은 대부분 독서를 많이 한다. 반면 덜 개방적인 내 친구들은 대부분 그렇지 않다. 독서를 더 많이 할수록 도전적인 새로운 생각들, 즉 원래 갖고 있던 생각에 의문을 제기할 수 있게 해주는 생각들과 더 많이 마주치게 되는 것 같다. 독서는 또한 틀에 박힌 일상에서 벗어나게 해주고, 얼마나 다양한 삶이 있을 수 있는지를 보여준다. 따라서 독서는 개방적인 사람이 되도록 이끌어준다.[6]

원인과 결과를 어떻게 연결하느냐의 문제가 보다 귀납적이라면, 앞 문장의 긍정이나 부정을 통해서 문단을 구성하는 방법은 흔히 '전건(前件) 긍정의 형식', '후건 부정의 형식' 등으로 지칭되는 연역적 논증의 형식에 속하는 것이다. 전자의 경우에는 앞뒤 문장이 동어반복처럼 보일 때도 있다. 그러나, 전제나 예시에는 그러한 문단 구성 방법이 유효할 때가 많다. 앞에서 사용된 내용을 예로 들어서 구체적으로 살펴보자.

---

6 앤서니 웨스턴, 이보경 옮김, 『논증의 기술』, 필맥, 2007, 89~90쪽.

① 킹의 조언이 아니더라도 사실, 그 정도는 이미 우리도 알고 있는 내용들이다.

② 젊은 시절, 너나 할 것 없이 모두 작가가 되고 시인이 되고 싶던 시절, 한글대사전을 통째로 외우고 다녔던 적도 있었다.

③ 어휘력을 키우는 데는 그것이 최고라고 떠들고 다니면서.

④ 물론 그 행사가 전혀 작가가 되는데 도움이 되지 못한 것은 자명한 사실이다.

⑤ 알고 있는 낱말이나 적재적소에 잘 사용하면 될 일을 왜 그렇게 미련을 떨었는지 모르겠다.

이 문단은 '킹의 조언'과 상반되는 행동을 했던 젊은 시절의 행각을 반성하고 있는 대목이다. ①과 ⑤는 같은 말이다. 킹이 조언한 내용이 바로 ⑤에서 설명되고 있다. '전건 긍정의 형식'이다. 그것들과 ②, ③, ④의 관계는 '후건 부정의 형식'이다. '만일 ~이었다면 ~이었는데, 그게 아니기 때문에 ~이 아니다'의 형식을 지니는 것이다.

문단을 만드는 것이 위에서 번호를 매겨 설명하는 것처럼, 어떤 미리 정해진 순서나 절차에 의지하는, 기계적인 절차를 밟아서 이루어지는 것이 아니라는 것을 다시 한 번 강조한다. 모든 글쓰기는 자연스럽게 이루어지는 것이다. 그 단계까지 이르는 것이 문제일 뿐이다. 그 단계에 이르는 방법은 다음 '법고창신(法古創新)' 장에서 다루어진다.

주제는 별로 중요하지 않다

연장만 있다고 목수가 집을 지을 수 있는 것은 아니다. 시방서도 있어야 한다. 설계도가 있어야 한다는 것이다. 논술은 시험이다. 기업이나 학교, 혹은 공공기관에 들어갈 수 있는 능력을 묻는 시험이다. 그 점에 있어서는 옛날의 과거 시험과 하나도 다를 것이 없다. 조선 시대 과거 시험은 관리를 등용하는 유용한 수단이었다. 그러나 폐단도 많았다. 이를테면 '족보' 같은 것이 있어서 그것만 달달 외우면 급제가 쉬웠던 모양이었다. 출제 유형이나 평가 기준이 판에 박혀 있어서 제대로 된 학문과는 거리가 멀었다는 것이다. 그래서 그런 식의 주입식 교육으로는 좋은 인재를 길러낼 수 없다 하여 다른 방식으로 인재를 등용하기도 했다. 조선 중종 때 조광조의 건의로 현량과를 두어 인재를 천거하게 했던 것도 문장의 수사(修辭)와 문벌에 치우쳐 있었던 과거 시험의 폐단 때문이었다.

그러나, 그런 폐단은 어쩔 수 없는 일이기도 하다. 평가를 하는 쪽에서 보면 어떤 기준이 있어야 하는 것이고 그 기준은 대개 출제하는 이들의 '삶의 목적과 태도'에 영향을 받게 되어 있기 때문에 일정한 패턴을 보일 수밖에 없다는 것이다.

논술 시험의 제시문과 논제들은 반드시 어떤 패턴을 보이게 되어 있다. 이를테면, 인간의 삶에서 중요하게 취급될 수밖에 없는 몇몇 개념들, 이를테면 **시간, 공간, 종교, 윤리, 과학, 예술과 인간의 관계를 묻거나, 집단과 개인, 문화의 가치와 효용, 모던과 포스트모던, 직업과 삶의 질 등등 사회·역사적 삶의 연속성에 토대를 둔 인식론적이나 가치론적 차원의 주요 관심사들을 묻는 것이 주가 될 수밖에 없다.** 다른 어떤 이유보다도, 출제자들이 자신의 후계자가 될 사람, 즉 미래를 맡길 후속 세대들에게 묻고 싶은 것이 바로 그런 것이기 때문이다. 최근에는 미래학의 발달로 미래에 대한 예측도 한 패턴을 형성하고 있는 추세이다.

참고로, 몇 가지 실례를 들어보면 다음과 같다.([ ] 안의 내용은 예시 답안의 서두임)

신체
* 다음 글을 읽고서 '신체의 공공화(公共化)'에 대한 자신의 생각을 기술하고, 이와 관련하여 공공성 문제 일반에 대해 자유롭게 논하라.
[장기이식은 인간의 신체를 유효한 자원으로서 재활용하는 것이다. …]

시간
* 문제 1. 각 지문에서 '시간'을 이해하는 방식의 차이점을 설명하라.
* 문제 2. 인간이 시간을 제어할 수 있다고 생각하는가, 아니면 제어할 수 없다고 생각하는가? 세 제시문을 토대로 자신의 생각을 서술하라.
[제시문 A는 시간을 자유자재로 제어하는 것이 20세기 기술의 한 가지 특징이며…]

전문성과 비전문성
* 제시문을 읽고 저자가 제기하는 문제를 간략하게 정리한 다음, 그 밖의 다른 예를 들어 현대사회에서 비전문가 집단이 전문가 집단을 제어하는 것에 대해 자신의 생

각을 서술하라(1200자 내외).

〔민주주의 사회에서는 군부에 대한 문민통제 제도가 정착되어 있는데, … 〕

웃음

＊ 다음의 제시문 A, B, C는 웃음과 재미, 해학에 관한 글이다. 제시문이 문제 삼는 바를 정리하고, D, E도 함께 참조하여 그 문제에 관해 자유롭게 논하라(2400자 이내).

〔제시문 A는 '애정과 연민 등의 감동에서 벗어날 때 웃음이 유발된다. 웃음은 순수 이성에 호소한다' 고 말한다. … 〕

동양과 서양

＊ 문제 1. 유럽과 아시아에서 지난 밀레니엄(두 번째 밀레니엄)의 의미가 어떻게 다른가를 필자의 생각에 맞추어 350자로 설명하라.

＊ 문제 2. 밑줄 친 부분의 의미를 본문의 구체적인 예에 따라 350자로 설명하라.

＊ 문제 3. 아시아의 장래는 아시아 각국의 양상에 따라 비관적으로도 낙관적으로도 생각할 수 있다. "meritocracy"와 "peace", "honesty"에 관한 필자의 논의를 참고하여, 아시아 각국의 향후 발전 가능성에 대해 다음의 가), 나) 중 한 가지 입장에서 700자 이내로 논하라.

가) 아시아의 장래를 비관적으로 생각하는 입장

나) 아시아의 장래를 낙관적으로 생각하는 입장

〔지난 밀레니엄 동안 유럽 사회는 암흑시대를 헤치고 나와 번영을 이루었으며, …〕[7]

위의 내용을 보면 논술의 주제는 다양한 것 같으면서도 일정한 범주 안에 머물고 있다는 것이 확인된다. 그래서 주제별로 지식 내용 공부를 해야 되겠다는 생각이 들지도 모르겠다. 그러나, 다음 장에서 집중적으로 다루어지겠지만, 스티븐 킹이 자신의 글쓰기 책에서 강조하고 있는 것처럼, '**주제는 별로 중요하지 않다.**'

---

7 히구치 유이치, 남도현 옮김, 앞의 책, 제3부 참조.

시방서는, 겉보기와는 달리 실제로는, 구조에 관한 지침이지 사용되는 재료에 대한 요구가 아니라는 것을 알아야 한다. 재료는 상황과 필요에 따라 언제나 다른 것으로 대체될 수 있다. 다만, 다양한 경험을 통해 재료의 속성을 파악하고 있다면 금상첨화일 것이다. 그러나, 재료 그 자체에 집착할 필요는 절대 없다. 무기에 집착하지 말 것, 남의 연장을 탐내지 말 것, 재료(글의 주제)에 주눅 들지 말 것 등이 논술무자가 무자수업에 나서기 전에 갖추어야 할 마음의 자세이다.

그렇다면 도대체 무엇을 공부하자는 말인가? 마음대로 주무를 수 있는 연장을 어떻게 손에 넣는다는 말인가? 물론, 다른 방법이 없다. 글힘은 글로 키울 수밖에 없다. 오직 옛것을 익혀 새것을 만들어내는 지혜가 필요할 뿐이다. 그러나, 그 연장을 챙기는 일이 어휘나 문법, 문단 구성, 문체와 장르에 대한 이해와 별도로 이루어진다는 생각은 온당치가 않다. 그것들은 통째로 눈치껏 익혀야 제대로 연장 노릇을 할 수 있다. 그렇게 해야만, 킹의 이야기대로 '팔심'이 붙어 연장을 제대로 쓸 수가 있게 된다.

貳 법고창신(法古創新), 통째로 통한다

절차적 지식

글쓰기의 주제를 익히기 위해 따로 철학 강의를 듣거나 아니면 혼자서라도 그쪽 사전을 뒤진다거나 하는 일은 별로 권장할 것이 못 된다. 좋은 글들은 항상 철학적이어서 읽는 이의 생각을 부추긴다. 철학서든 문학서든 좋은 책들은 늘 '이론'이나 '논리'를 뛰어넘는 이야기의 힘을 보여준다. 그 이야기의 힘에 매혹되는 것으로 글쓰기, 특히 논술의 주제를 익히는 연습은 충분하다. 인식론이든 가치론이든, 존재론이든 역사철학이든, 그것이 어디에서 어떤 논리나 개념으로 설명되고 이해되는 것이냐에 집착할 필요가 없다. 논술 시험의 평가자들은 철학 지식을 평가하는 것이 아니라 '철학적, 논리적 사유방식'을 평가한다는 것을 잊어서는 안 된다. 표상적 지식이 아니라 절차적 지식을 문제 삼는다는 말이다.[1]

앞에서도 말했지만, 특히 어휘력을 기르기 위해 국어사전을 통째로 암기해야

---

1 절차적 지식은 '나는 자전거를 탈 줄 안다'에서처럼 '능력행위로서의 앎'을 뜻하는 것이다. 그에 반해 표상적 지식은 '나는 사과가 둥근 것을 안다'에서처럼 '인식행위로서의 앎'을 뜻하는 것이다. 일반적으로 표상적 지식 그 자체로 학문의 대상이 되는 경우도 있으며, 절차적 지식으로 나아가기 위한 과정으로서의 의의를 지니는 표상적 지식도 있다. 논술은 절차적 지식의 대상이므로 '논술의 이해'는 표상적 지식으로서 절차적 지식의 형성에 도움을 줄 수 있을 때 비로소 유용한 지식이 된다.

겠다고 생각하는 것은 미련하다 못해 일종의 범죄를 저지르는 것과 같다. 천금을 주고도 살 수 없는 젊은 날의 시간과 노력과 열정을 쓸데없는 일에 허비하는 것은 스스로 못난 것에 그치지 않고, 자신의 귀중한 인생을 도둑질 하는 것이나 다름없는 것이기 때문이다. 배경지식에 지나치게 집착하는 것도 그와 유사한 것임을 강조한다. 다음의 인용문을 보자. 중요한 것은 제시문을 읽고 그 내용에 대해 사고하는 능력(절차적 지식)이지 배경 지식 그 자체(표상적 지식)는 아니라는 설명이다.

"이번에 답안을 쓰면서 제시문이 어디에서 나왔는지를 알고 한 것이냐?"

"아니요. 전혀. 누구의 글인지 알아야 합니까?"

"참고로 말하자면 (가)는 프랑스의 장 보드리야르의 『소비의 사회』에서 따온 것이고, (나)는 헤르만 헤세의 『싯다르타, 한 인도의 시』에서, 그리고 (다)는 정약용의 『목민심서』에서 나온 것이다. 그런데 이런 출처를 안다고 해서 달라질 것이 있겠느냐?"

"그래도 읽어본 글이 나오면 마음이 놓이고 사고하는 데 도움이 되지 않을까요?"

"그럴 수도 있겠지. 하지만 실제로는 거의 도움이 안 되지. 문제에서 요구하는 것을 시행하는 것이 중요하지 장 보드리야르가 무슨 생각을 하는지, 『목민심서』의 전체 주제가 무엇인지는 이 상황에서는 전혀 중요하지 않거든. 어떤 의미로는 알면 방해가 될 수도 있지 않을까?"

"그러니까 제시문을 잘 이해해야지 제시문에 대한 배경지식은 우리 나라 논술시험에서는 필요 없다는 것이지요?"

"그렇지. 따라서 어려운 고전이나 잘 모르는 교양서를 낑낑대며 전부 읽거나 요약해놓은 것을 읽을 필요가 없다는 것이지. '논술을 위한 교양서', 이런 구호에 속으면 안 된다는 거야."

"그래도 읽으면 나을 것 같은데요."

"그것보다 중요한 것은 사고하는 능력이고 실전에서 구체적으로 어떻게 하느냐지. 이런 의미에서 많이 읽고 많이 쓴다고 논술이나 실용적 글을 잘 쓰는 것이 아니라고 한 것이다. 알겠느냐?"

"알 것도 같고 아닌 것도 같고 그렇습니다."

"하하, 많이 컸다. 좋다. 그럼 다음으로 넘어가자."[2] (굵은 글씨체는 원문을 따름)

그러나, 위의 인용문의 내용을 배경지식이 전혀 필요치 않다는 뜻으로 이해해서는 곤란하다. 사고하는 능력이 배양되려면 그것을 뒷받침 해 줄 최소한의 필수적인 해석적 경험은 있어야 되기 때문이다. 논술에 필요한 기본 연장들도 그러한 해석적 경험(그것은 순수 언어 과정으로도 볼 수 있고, 사회적·심리적 과정의 언어적 반영으로도 볼 수 있다. 그것에 대한 자세한 설명은 다음 장에서 다루어진다.)이 수행되는 과정에서 저절로 습득되는 것이다. 그러므로, 위의 인용문에서 '배경지식이 필요 없다'라고 하는 말을 **'꾸준한 독서 행위 자체가 필요 없다'라고 이해해서는 안 된다**는 것이다.

이 책에서 군데군데 학술적 용어를 차용하고, 어려운 개념을 굳이 풀어서 쓰지 않고 '통째로' 사용하는 것도 독자들이 그것을 '눈치껏' 이해해서 '선행 해석적 경험'을 체득하기를 바라는 마음에서이다. 그 체득 과정이 바로 우리가 추구하는 논술 무자수업의 한 중요한 수행법이기도 하기 때문이다. 가급적이면 인용문의 내용들을 반복적으로 읽어서 숙지해 두기를 권한다.

통째로 눈치껏

논술의 주제, 그리고 어휘나 문법, 문단 구성력 등을 배우려면 **그런 연장들을 잘 갖추고 있는 좋은 텍스트를 골라 열심히 읽는 방법을 취해야 한다.** 오직 그 길밖에 없다는 것을 명심하여야 한다. 논술 무자수업의 첫 단계가 그것이다.

순서나 영역을 의식해서 고르고 가르고 묶어서 읽을 필요는 물론 없다. 통째로 눈치껏 익힐 뿐이다. 연장통 안에 어휘, 문법, 문단구성, 문체, 장르 순으로 연장들이 들어있다고 해서 그것들이 그 순서대로 익혀진다고 생각해서는 안 된다. 읽기와 쓰기의 도구로서의 언어의 습득, 즉 문식력(literacy)의 확장은 아주 복잡한 정신감응과정 내지는 인지과정을 통해 이루어진다. 순서대로 이루어지는 것은 아무 것도 없다. 1초에도 수백만 번씩의 피드백이 이루어지는 엄청난 속도의 '문화적 인용과 백과전서식 조회 작용'이 이루어지는 곳이 바로 언어 인지과정이다. 그래서 '통째로 눈치껏 익힌다'는 말이 가능하다.

---

2 탁석산, 『논술은 논술이 아니다』, 김영사, 2007, 91~92쪽.

언어기호를 배운다는 것은 기호 안에 있는 기의(내용)가 기표(표현)를 결정하는 양태를 알아낸다는 말이다. 기의가 기표를 결정하는 양태는 관습화되어 있다. 관습은 한 문화의 구성원들이 서로 나눈 기호의 체험에서 유도된 기대(期待)들이다. 그러나 그런 기대들은 책에 씌어 있는 것도, 누가 늘 가르쳐 주는 것도 아니고, 눈치껏 배워서 알게 되는 것이다. 언어는 기호들의 체계이다. 형식상 언어는 의미의 가치체계이고, 하나의 사회적 제도(social institution)이다. 유한수의 자의적인 기호로 이루어진 언어체계는 약속된 가치들(계약된 가치들)의 체제이며, 이러한 언어는 추상적 체제로서 오직 '말하는 대중(speaking masses)' 속에서만 존재할 수 있다. 언어는 개인 위에, 개인을 초월하여 존재한다. 그래서 언어에 의해 커뮤니케이션이 일어나려면 개인은 언어를 **통째로** 받아들이고 배우는 수밖에 없다.[3]

기호학 용어들이 많이 나와서 낯설게 느껴질지도 모르지만, 언어는 개인을 초월해서 존재하는 것이기 때문에 자연스럽게 '공기를 호흡하듯이' 받아들여야 한다는 내용으로 이해하면 된다.

위의 인용문에서는 '의미의 가치체계이고 하나의 사회적 제도'라는 측면에서만 언어에 대해서 설명하고 있지만, 사실 언어기호의 수행 과정(말하기/듣기, 읽기/쓰기)은 인간의 무의식적 욕망에 의해서도 크게 좌우된다.

프로이트에 의하면 사람의 인격이나 개성은 쾌락원칙을 따르는 무의식의 주체인 이드(Id), 현실원칙을 따르는 의식의 주체인 자아(Ego), 초월적인 도덕적 규범의 주체인 초자아(Superego)의 세 영역으로 이루어져 있다고 한다. 이드는 욕망은 하되 생각할 줄 모르기 때문에 주관적 이미지와 객관적 현실을 분별할 줄 모른다. 이드의 수준에서 살고 있는 배고픈 아기에게는 우유병과 엄지손가락은 동일한 것으로 인지되는 것이다. 이 현상을 동일 인지(identity of perception)라고 하는데, 이 과정이 바로 전이가 일어나는 통로가 된다. 이미지 형성에 사용되는 심리 에너지(주로 이드의 욕망이 주관한다)는 서로 아무 연관이 없는 물체들 사이에서 전이작용이 일어나도록 하는 것이다. 즉 우유병에서 엄지손가락으로 전이되는 것이다. 현실원리의 지배를 받는 건강한 성인의 경우에도 자신이 모르는 사이에 이드의 동일 인지에 영향을 받을 수 있다. 일반적으로 오독(誤讀)이나 실독(失讀, 일부를 빠트리고 읽음)은 그러한 무의식의 영향으로 이해되고 있다.

---

3 김경용, 『기호학이란 무엇인가』, 민음사, 1998, 54쪽.

이드는 논리적 사고를 할 줄 모르는 대신 서술적 사고를 한다. 이야기의 힘을 알고 있다는 말이다. 이드의 서술적 사고는 현실원리에서 보자면 왜곡된 형식의 사고이긴 하지만 인간의 사고 활동의 기저를 흐르는 어떤 원리에 접속되어 있다. 그래서 의식의 분절적 사고로는 은유나 환유와 같은 유추적인 사고의 확장을 완전하게 이해할 수 없는 것이다.[4]

다시 한 번 강조하자면, 언어는 통째로 눈치껏 익혀야 하는 것이다. 그것은 개인을 초월해서 존재하는 하나의 가치체계이며 제도이기 때문에도 그렇고, 무의식적 욕망의 동일 인지 작용에 의해서 의사소통의 한 쪽에서 다른 한 쪽으로 전이되는 것이기 때문에도 그렇다.

푹 젖는 독서

언어는 의미의 가치체계이면서 동시에 하나의 사회적 제도이기 때문에, 그리고 무의식의 영향을 받지 않을 수 없기 때문에 그것을 분절적으로 이해하고 습득한다는 것은 불가능하다. 그리고 무의식의 욕망은 논리적 사고보다는 서술적 사고를 통해 자신을 표현하기 때문에 '이야기의 힘'에 각별한 감응을 보인다. '이야기의 힘'을 보여주는 책, 『연암에게 글쓰기를 배우다』를 보면 그 부분에 대한 교훈이 재미있는 줄거리 속에서 잘 소개되고 있다. 다음은 그 책에서 통째로 눈치껏, 제대로 문식력을 배양하는 법을 가르치고 있는 내용이다.

"자네는 앞으로 공부법부터 바꾸어야 하네. 많이 읽고 외우는 것이 능사가 아니야. 하나를 알더라도 제대로 음미하고 자세히 생각하는 것이 중요하네. 알아듣겠는가?"

"네."

"우선 『논어(論語)』를 천천히 읽게. 할 수 있는 한 천천히 읽어야 하네. 그저 읽고 외우려 들지 말고 음미하고 생각하면서 읽게. 잘 아는 글자라고 해서 소홀히 하지 말아야 하네. 반드시 한 음 한 음을 바르게 읽게."

"명심하겠습니다."

"알아들었으면 되었네. 책은 내 눈이 닿지 않는 곳에서 읽게. 나는 이만 할 말을 다

---

4 김경용, 『기호학의 즐거움』, 민음사, 2001, 238~239쪽 참조.

했네. 그만 나가보게."

(…중략…)

"제가 너무 서둘러 글을 읽었습니다."

"그렇지 않다. 스스로 충분히 숙고하며 읽었다고 생각한다면 그것으로 족하다. 내가 왜 네게 그리하라 일렀는지 이제 이해하겠느냐?"

"조금은 알 것 같습니다."

"이유당(怡愉堂) 이덕수(李德洙) 선생은 일찍이 이렇게 말했다.

'독서는 푹 젖는 것을 귀하게 여긴다. 푹 젖어야 책과 내가 서로 어울려 하나가 된 다.' 이것이 내가 너에게 주는 첫 번째 가르침이다."[5](밑줄은 원문을 따름)

연암(燕巖) 박지원이 제자에게 첫 번째 가르침으로 내린 것이 '책과 함께 푹 젖는 독서'였다는 이야기를 담고 있다. 온몸으로 밀고 나가는 독서를 하라는 것 인데 그 말을 요즈음 말로 옮긴다면, '텍스트의 전이'를 경험하는 독서의 경지 라고 할 수 있을 것이다. 그리고 그 내부적인 진행과정은 '텍스트는 항상 자기 가 알고 있는 것 이상을 말한다'는 정신분석학적 독서이론으로 설명될 수 있을 것 같다. 책이 내 몸 속으로 들어와 내 몸을 온통 책으로 만드는 경지를 경험하 라는 것인데, 독서의 참다운 방향과 경지를 설파한 것이라 하겠다.

연암의 '책과 함께 푹 젖는 독서'는 200여 년 후에 프랑스의 문학비평가 롤랑 바르트에 의해 다시 한 번 강조된다. '쓸 수 있는 텍스트', '향유의 대상이 되는 텍스트' 등의 설명적 개념이 뒤따르면서 보다 세밀한 분석적 작업이 수행된다. 독서의 영역이 거의 무한적으로 확장되는 경지를 실제로 보여준 예가 된다. 참 고로, '책과 함께 푹 젖는 독서'의 경지를 설명하는 차원에서 바르트의 '읽기 이 론'에 대해 간략하게 소개한다.

바르트는 『텍스트의 즐거움』이라는 저서에서 책 읽기가 단순히 텍스트의 분 석에 그쳐서는 안 된다고 주장한다. 여러 가지 의미가 공존할 수 있는 복수(複 數)의 독해가 가능해야 한다고 말하면서 그것을 바탕으로 독서의 즐거움이 어떤 것인가에 대해 자세히 설명한다. 이미 『S/Z』를 통해서 '읽을 수 있는 텍스트'와 '쓸 수 있는 텍스트'로 독서의 위계를 나눈 바 있었던 바르트는 『텍스트의 즐거 움』에서는 '즐거움'과 '향유'라는 비대칭적인 구분을 통해 독서의 즐거움을 세

---

5 설흔·박현찬 지음, 『연암에게 글쓰기를 배우다』, 예담, 2007, 66~71쪽.

분해서 설명한다. 즐거움의 텍스트는 읽히는 텍스트, 즉 우리가 어떻게 읽어야 하는지를 아는 텍스트이지만, 향유의 텍스트는 독자에게 새로운 경험을 선사하는 텍스트라고 그는 설명한다.[6]

독서가 어떤 태도와 방법에 의해 이루어져야 하는가를 기호학과 정신분석학, 그리고 연암과 바르트의 경우를 예로 들어 간략하게 제시하였다. 독서의 방법 중에서, '푹 젖는 독서'는 이를테면, 무자수업의 출발점에 해당하는 것이다. 논술무자가 진정한 고수로 우뚝 서려면 출발선에서의 각오를 끝까지 가져가야 한다. 모든 수행에서 그 태도가 가장 중요한 법이다. '나는 끝까지 가겠다'는 각오가 꼭 필요하다는 것이다. 그러기 위해서는 이 책을 읽는 방법 역시 그러해야 된다는 점을 강조하고 싶다. 낯선 단어가 나오면 그냥 넘어가지 말고 좌우의 맥락을 고려할 때 어떤 의미가 형성될 수 있을까를 고려하면서 천천히 읽어야 한다. 가령, '〈말의 북받침〉에 의해 조각난 단상들, 그 고독하고 분절된 담론의 세계'라는 말이 어디선가 나왔다고 치자. 어렵지만 포기하지 않고 좌우를 살펴 그게 도대체 무슨 뜻인가를 스스로 생각해 보면서 책을 읽어야 한다는 것이다. 사랑과 열정, 그 열병 한 가운데에서 청춘 남녀가 격정에 휩싸여 뱉어내는 말들이, 어떤 일관되고 정연한 논리의 힘을 보여주지 못하고 앞서 말했던 이드의 '서술적 사고'에 의해 지배당하는 상황을 전제한 것이 아닌가 하는 생각도 해보고, 또 자신의 경험 속에서도 그런 경우가 없었는지도 반추해 보아야 한다. 꾸준하게, 조급한 마음을 버리고, 높은 산을 오르듯이 한 걸음씩, 책 속으로 몰입하여야 한다. 그러다 보면 언젠가는 정상 위에 올라서 있는 자신의 모습을 보게 된다.

투사적 독서 · 해설적 독서 · 시학적 독서

바르트처럼 표 나게 떠들지 않더라도 누구나 독서를 하다보면 '텍스트와의

---

6 김우창 외 엮음, 『103인의 현대사상』, 민음사, 1996, 롤랑 바르트 편 참조.
　바르트는 읽기의 대상을 '읽을 수 있는 텍스트'와 '쓸 수 있는 텍스트'로 나누어 발자크의 단편 「사라진」의 코드 체계를 분석하는 『S/Z』를 만들어낸다. 이 사실주의 소설 텍스트에 작동하고 있는 다섯 가지 내러티브 코드(해석 코드, 의미 코드, 상징 코드, 행위 코드, 문화 코드)를 밝히면서 바르트는 텍스트의 짜임, 생성의 기제를 밝히는 쪽으로 읽기의 초점을 이동하는 일대 전환점을 마련한다. 그 후 그는 다시 거기에 '즐거움'과 '향유'의 독서라는 새로운 패러다임을 추가한다. 우리가 이미 '어떻게 읽어야 하는지를 알고 있는' 텍스트는 '즐거움'의 대상이고, 우리의 존재 양상을 흔들어 새로운 '존재론적 언어의 경지'를 알게 하는 텍스트는 '향유'의 대상이 된다는 것이다.

대화'를 경험하게 된다. 그리고 그 '대화'의 깊이와 양이 주체의 성숙과 더불어 한층 더 깊어지고 확대된다는 것을 경험한다. 그래서 같은 책을 읽어도 독자의 수준에 따라 의미가 다르게 형성된다. 그런 이치는 한 사람의 독자 안에서도 그의 지적 성숙도에 따라서 다르게 나타난다. 타고난 독서가였던 토도로프의 '투사적 독서, 해설적 독서, 시학적 독서'도 그러한 '대화'의 양과 질을 전제로 만들어진 개념이다.

토도로프의 설명에 의하면 책읽기의 과정은, 자신의 경험이 텍스트 의미 형성에 주도적으로 반영되는 투사(projection), 사회적으로 공인된 의미를 추구하는 보다 객관적인 독서인 해설(commentary), 그리고 새로운 차원의 창의적인 의미 형성이 이루어지는 시학(poetics)적 읽기로 나누어진다. 물론 각 단계는 서로 변증법적 지양 관계를 보여준다. 모든 인간은 그 자체로 하나의 텍스트이다. 독서의 첫 단계인 투사의 과정은 대상 텍스트에 자신의 개별적 텍스트를 전이하는 과정이다. 그러나 건강한 정신의 소유자라면 공적 의미를 확정하도록 가해지는 문화적 압력을 거부하지 못하고 문화적 인용 행위를 통한 대상 텍스트의 객관화가 시도된다. 이 단계가 해설적 독서의 과정이다. 물론 이때의 인용 행위는 투사의 바탕 위에 이루어지는 것이다. 그 상호텍스트성이 창발적으로 진행될 때 비로소 시학적 독서가 이루어진다. 토도로프는 시학적 독서야말로 독서의 진정한 경지라고 주장한다. 바르트의 '향유'와도 일맥상통 하는 개념이다.[7]

모든 인간은 그 자체로 하나의 텍스트이기 때문에, 책을 읽는다는 것은 내 텍스트에 다른 텍스트가 들어와서 섞이면서 새로운 내용물을 기록해 나가는 것이라는 말이다. 그러니, 물에 물감이 풀리듯이, 그것들이 제대로 섞이게 하려면 '푹 젖는 독서'를 해야만 한다. 범박하게 풀이해서, 내 것 위주로 풀리면 투사적 독서가 되고 텍스트 위주로 풀리면 해설적 독서가 되는 셈이다. 그 둘이 조화롭게 풀려서 상승작용을 일으킨다면 물론 시학적 독서가 될 것이다.

다시 한 번 강조하자면, 모든 텍스트는 그것이 읽는이의 콘텍스트(삶의 맥락) 안에 들어올 때 비로소 용해된다. 독자가 자신의 삶 전체를 독서과정에 투사하지 않으면 진정한 독서가 이루어지지 않는다는 말이다. 그래서 연암이 '푹 젖어야 한다'고 가르친 것이다. 비 한 방울도 내리지 않아서 쩍쩍 갈라지는 그런 마른 땅에서는 어떤 씨앗도 그 싹을 틔우지 못하는 이치와 같다고 할 것이다.

---

7 양선규, 『코드와 맥락으로 문학 읽기』, 청동거울, 2005, 221쪽.

선현들의 가르침대로 '통째로 눈치껏', '책과 함께 푹 젖는 독서'를 하다보면 이른바 '옛것을 익혀 새것을 만들어내는' 법고창신의 경지에 도달하게 된다. 책 속에 들어있는 옛것에 자신의 몫이 젖어들었으니 여하튼 새것이 만들어질 수밖에 없다. 다만 그 새것의 가치가 문제일 뿐인데 그것까지 우리가 간섭할 문제는 아닌 것 같다. 다만, 마치 「헨젤과 그레텔」 이야기에 나오는 '과자로 만들어진 집'처럼 방법을 이야기하면서도 그 스타일이 내용으로 전이되는, 이를테면 양수겹장, 일거양득의 결과를 생산해내는 작업을 이 책에서 꼭 이루고 싶다는 마음은 간절하다. 다시 한 번 강조하거니와 이 책 역시 '푹 젖는 독서'의 대상이 되어야 할 것이다.

　그건 그렇다손 치고 무엇에 젖을 것인가? 방법과 태도를 알았으니 대상을 찾아야 할 것이다. 견물생심(見物生心), 역지사지(易地思之)가 그 출구가 될 것 같다. 카프카가 말했던 것처럼, 우리가 원하는 것은 자유가 아니라 출구이니까.

参 견물생심(見物生心), 만물이 스승이다

구체적인 사건과 사물에 대한 분석과 종합

무엇을 읽을 것인가를 두고 오래 고민할 필요는 전혀 없다. 인생의 주제는 그렇게 다양하지도, 화려하지도 않다. 제각각 절실한 것이 바로 인생의 주제다. 그러므로 미리 주제를 선정해서 텍스트를 고른다는 것은, 무엇이든 내 주제로 만들어 상대를 격파해야 할 논술무자로서는 당연히 미련한 짓이다. 무엇을 선택하든 지금 나에게 절실하지 않은 것은 '주제'가 될 수 없기 때문이다. 연장만 제대로 갖추어 놓고 무엇이든 차분하게 읽어 내려가기만 하면 된다.

인물과 사건과 배경이 어우러져 줄거리를 형성하고 있는 것부터 읽는 것이 좋다. 소설도 좋고 역사적 기록과 그것에 대한 여러 가지의 논평을 담은 책도 좋다. 그것들은 구체적인 사건과 사물에 대한 분석과 종합을 이미 마친 상태에서 기록된 것들이기 때문에 그것들을 많이 읽다보면 저절로 '분석과 종합'에 익숙해질 수 있다. 줄거리 있는 모든 이야기는 대체로 두 갈래로 요약되는데, 인간의 욕망과 그것이 불러일으키는 여러 가지 갈등, 그리고 출처를 알 수 없는 시련과 그것을 극복하는 인간의 승리가 바로 그것이다. 이 단계에서는 무엇보다도 읽기에 흥미를 붙이는 일이 중요하다.

'갈등'이든 '승리'든, 인생의 주제와 그것에 대한 이야기에 흥미가 생기면 일단 논술무자수업의 전도는 양양하다고 할 수 있다. 그 길로만 계속 가도 연장을 다루는 '팔심' 하나는 단단히 기를 수 있게 되기 때문이다. 운수가 좋아서 경지에 든 고수 몇 사람을 연거푸 만나게 된다면 언감생심이었던 '견물생심(見物生心)'의 경지도 넘볼 수 있게 될지도 모르는 일이다. 여기서 **'견물생심'이라고 하는 것은 '물건을 보고 괜스런 욕심을 낸다'는 뜻이 아니라 무엇을 보든 그것을 '인생의 주제와 연결시키고 싶은 마음과 역량이 생긴다'는 뜻이다.**

해석적 경험

그런 '견물생심'을 다른 말로 '해석적 경험'이라고 한다. 가다머(Gadamer, *Wahrheit und Method*)는 그것을 텍스트와 해석자 사이의 대화적 관계 및 '지평융합'으로 특징짓고 있다. 그는 언어적 과정을 인식의 핵으로 간주하고 지평융합 역시 언어적 과정 안에서 이루어진다고 주장한다. 해석의 대상인 전승과 해석 과정 자체가 언어적으로 조직되어 있다고 보기 때문이다. 우리가 할 수 있는 모든 류의 경험, 특히 해석적 경험은 이미 언어에 의해 선행적으로 구성되어 있는 한도 안에서만 가능하다고 그는 말한다.[1]

그러니까, '깊이 있는 해석적 경험을 담고 있는 언어'와의 만남이 논술무자에게는 가장 필요한 일이다. 여기서 깊이 있는 언어를 만난다는 것이 철학적으로 난해한 문제를 다루고 있는 책을 읽는다는 말이 아니라는 것을 알아야 한다. '깊이'와 '언어적 과정의 난해성'은 아무런 관련이 없다. 그래서 처음에는 '구체적인 사건과 사물에 대한 분석과 종합'이 이루어지고 있는 소설이나 역사서 혹은 비평서적을 읽으라고 권한 것이다. 언어가 행할 수 있는 해석적 경험의 실체는 다양한 장르에 산재하고 있다. 다만, 일상의 언어가 그 '깊이'를 감당하려면 고도의 비유를 동반할 수밖에 없다는 것 정도는 인정할 수 있다.

하버마스(Habermas)에 따르면 인간의 모든 정신 활동, 인식은 주체의 '관심'으로부터 자유로울 수가 없다. 가장 객관적이며 순수하다는 자연과학적 경험적 인식에 있어서도 합목적적인 관심과 기술적 유용성의 관심이 작용하는 것으로 그는 보고 있다. 역사적, 해석학적인 학문이나 인식에서도 역시 실천적 관심이

---

[1] 홍기수, 『하버마스와 현대철학』, 울산대학교 출판부, 1999, 84~85쪽.

영향을 미치고 있으며 비판이론적인 학문에서는 인간 해방적 관심이 인식을 이끌어 갈 수밖에 없다고 그는 주장한다.[2]

그러므로, '견물생심'은 대체로 **합목적적·기술적 관심, 실천적 관심, 인간 해방적 관심의 세 영역에서 이루어진다**고 볼 수 있다. 이제 막 무자수업 길에 오른 어린 논술무자의 입장에서는 만나는 상대의 병법(兵法)을 대략 그 세 가지 유형 안에서 파악하면 된다는 이야기다.

물론 그 세 가지 인식 관심이 언제나 따로 논다고 생각하면 오산이다. 고수들은 늘 한 가지 소재로 여러 가지 주제를 만들어낸다. 세 인식 관심 영역이 서로 넘나들면서 상호텍스트적으로 작용하여 참신한 이야기를 만든다는 것을 유념해야 한다.

당연히, 줄거리가 있는 실천적 인식 관심이나 해방적 인식 관심에서부터 합목적적·기술적 인식 관심을 촉발시키는 읽을거리로 점차 읽기의 영역을 확대시키는 것이 바람직하다. 순서가 잘못되면 흥미가 감소되어 무자수업이 난망이 되는 수가 있으니 조심할 필요가 있다. 무엇이든 안 되는 것을 굳이 억지로 해서는 발전이 없는 법, 논술무자수업의 일환으로 행하는 글 읽기는 늘 '재미있는 일상(日常)의 영토' 안에서 이루어져야 한다는 점을 유념하여야 한다.

붉은 까마귀[赤烏]

모든 글쓰기, 모든 해석적 경험, 모든 텍스트는 그 최고의 경지에 있어서는 항상 인식의 제약을 뛰어넘는 힘을 보여준다. 이른바 '인식론적 단절의 경험'을 보여준다는 것이다.

그 이치를 연암은 '약(約)과 오(悟)의 경지'로 설명한다. 객관적, 포괄적으로 꾸준히 개관하다 보면 내 편협한 주관, 선입견, 고정관념이 사라지고 한순간에 크게 깨치는 경지를 득한다는 뜻이다. 『연암에게 글쓰기를 배우다』에서 재미있게 그 대목을 잘 묘사하고 있다. 줄거리가 있는 이야기이면서 인식론적 단절의 한 경지를 보여주고 있는 적오(赤烏, 붉은 까마귀)에 관한 내용이다.

---

2 위위 책, 35쪽 참조.

아, 저 까마귀를 보라. 그 깃털보다 더 검은 것이 없건만, 홀연 유금(乳金)빛이 번지는가 싶더니 다시 석록(石綠)빛이 번지기도 하고, 해가 비추면 자줏빛이 튀어 올라 눈에 어른거리다가 다시 비취색으로 빛난다. 그렇다면 그 새를 '푸른 까마귀'라 불러도 될 테고 '붉은 까마귀'라 불러도 될 터이다. 그 새는 본래 제 빛깔을 정하지 않았거늘, 내가 눈으로 보고 먼저 그 빛깔을 정한 것이다. 어찌 단지 눈으로만 정했으리오. 보지 않고 먼저 마음으로 정한 것이다.

아, 까마귀를 검다고 단정 짓는 것만으로도 충분하거늘, 또다시 까마귀로서 천하의 모든 색을 한정 지으려 하는구나. 까마귀가 과연 검기는 하지만, 검은빛 안에 이른바 푸른빛과 붉은빛이 다 들어 있는 줄을 누가 알겠는가.

검은 것을 일러 '어둡다' 하는 것은 비단 까마귀만 알지 못하는 것이 아니라 검은빛이 무엇인지조차 모르고 하는 소리다. 왜냐하면 물은 검기 때문에 능히 비출 수 있고, 옻칠은 검기 때문에 능히 거울이 될 수 있기 때문이다. 그러므로 빛깔 있는 것치고 빛이 있지 않은 것 없고, 형체 있는 것치고 맵시가 있지 않은 것 없다.[3]

연암으로부터 '붉은 까마귀(赤烏)'에 대해서 답안을 제출하라는 문제를 받고 전전긍긍하던 지문이라는 제자가, 막다른 길에서 우연히 찾아온 정서적 충격이 가져다 준 일종의 인식론적 단절의 순간을 경험한 끝에 써낼 수 있었던 답안이었다. 약관의 제자는 묘령의 눈부시게 아름다운 여자를 대면하는 순간 그토록 찾아 헤매던 붉은 까마귀가 그녀의 머리 위를 맴돌고 있는 모습을 본다. 가슴이 철렁 내려앉고, 정신이 갑자기 몽롱해 지며, 얼굴이 불같이 뜨거워지는 순간, 제자는 문득 선입견과 고정관념에서 벗어나 '눈에 보이는 그대로'를 인식한다. 스승은 제자의 깨우침을 격려하고 그 의미를 가르친다.

"네가 스스로 약(約)과 오(悟)의 이치를 깨달았구나."
"네?"
"문제가 풀리지 않을 때는 거리를 두는 것도 좋은 방법이다. 네가 이리저리 걸으며 까마귀를 본 것이 그 방법이었다. 그럴 때 비로소 문제를 객관적으로 인식할 수 있다. 그것을 일컬어 약의 이치라고 하느니라."
"네."

---

3 위의 책, 108~109쪽.

"문제를 인식하고 나면 언젠가는 문제의 본질을 깨닫는 통찰의 순간이 오는 법. 네가 갑자기 깨달았다고 한 그 순간이니라. 통찰은 결코 저절로 오지 않는다. 반드시 넓게 보고 깊게 파헤치는 과정이 필요하다. 그것을 일컬어 오의 이치라고 하느니라."

연암이 약과 오의 이치를 일러주었지만 지문의 가슴속에는 여전히 풀리지 않는 의문이 남아 있었다.

"선생님, 그런데 왜 하필 까마귀를 관찰하게 하셨습니까?"

"문자로 된 것만이 책이 아니라는 사실을 알아야 한다. 책에 세상사는 지혜가 담겨 있으니 정밀하게 읽을 필요가 있기는 하지만, 그렇다고 늘 책만 본다면 물고기가 물을 인식하지 못하듯 그 지혜를 제대로 보지 못한다. 기껏 박람강기(博覽强記, 동서고금의 많은 책을 읽고 여러 사물에 대해 잘 생각하는 것)만 자랑하게 될 뿐 정말로 알아야 할 것은 알 수가 없다는 말이지. 즉, 요약하고 깨달아야 하는 대상은 문자로 된 책뿐만 아니라 천지만물에 흩어져 있다는 뜻이다. 그런 눈으로 보면 세상이 하나의 커다란 책이고, 그때 비로소 천지만물은 제 안의 것을 보여주느니라. 이것이 바로 네가 깨우쳤으면 했던 붉은 까마귀의 이치다."

주제는 나의 인식 관심이 어디로 향하는가에 따라 결정될 뿐, 스스로는 어떠한 형상도 지을 수가 없는 것이다. 만약 나의 인식 관심이 도달하기 전에 미리 정해진 것이 있다면 그것은 선입견이거나 편견일 뿐이다. 객관적 인식이 '약(約)'의 경지라 했지만 그것도 인식 관심의 영역 안에서 요약되는 것이고, '오(悟)'라는 것도 결국은 나의 인식 관심이 절실히 요구하는 해답에 근접되었을 때 비로소 이루어지는 것이다. 바슐라르가 말한 '인식론적 단절'의 개념과도 상통하는 것이기도 하다.

인식론적 단절

바슐라르는 과학 발전의 구조를 여러 흥미로운 개념 장치들을 통해 새롭게 분석했다. 이 개념 중에서도 특히 '인식론적 단절'의 개념은 유명하다. 이 개념은 한편으로 베르그송 등에 의해 제시된 과학 비판, 이른바 과학 상식론에 대한 응답으로 제시되었다. 베르그송은 과학은 근본적인 차원에서 상식과 다르지 않음을 강조했다. 그에 따르면, 과학은 어디까지나 생활세계에서 출발해 추상되는 것인데도 과학자들은 이 사실을 망각하고 자신들이 만들어낸 이론적 존재들을 현실세계보다 더 실재적인 것으로 간주한다는 것이다. 바슐라르는 이러한 주장들을 논박하면서 과학이 과학일 수 있는 것은 그 발상이 우리의 소박한 경험으로부터 일탈하여 불연속을 이루었을 때임을 강조한다.

라부아지에의 화학은, 무엇인가가 타는 것은 곧 그 타는 사물의 내용물이 줄어드는 것이라는 상식적인 직관을 뒤집는 데서 출발한 것이며, 상대성 이론은 시공간에 대한 우리의 상식적인 생각을 거부하면서 성립했다는 것이다. 바슐라르는 이러한 과정을 '인식론적 단절'의 과정으로 보면서 경험과 인식 사이의 불연속을 강조한다. 인식은 우리의 소박하고 애매한 경험이 어떤 이론적 틀(실재의 모습에 더 가까이 다가간 수학적 이데아)에 만족스럽게 흡수될 때 성립한다는 것이다.

이 인식론적 단절의 개념은 과학사의 불연속 문제에 자연스럽게 연결된다. 과학사의 불연속이란 결국 새로운 형태의 인식론적 단절이 일어난 것 이외의 것이 아닌 까닭이다. 실용적인 의미의 땅 측정과 단절함으로써 유클리드 기하학이 성립했으며, 무게에 대한 상식적이라는 생각을 거부함으로써 갈릴레오의 고전 역학이 생겨난 것이다. 과학의 역사는 이 인식론적 단절 없이는 발전할 수 없다. 상식의 수준에 머물던 담론이 뛰어난 인물의 '인식론적 행위'를 통해 '과학성의 문턱'을 넘어섰을 때 비로소 하나의 과학이 탄생할 수 있다. 때문에 바슐라르의 인식론은 역사 철학의 영웅사관처럼 과학적 천재들의 역할에 큰 비중을 둔다.

바슐라르에 따르면 과학사는 불연속적이지만 발전한다. 여기서 '발전한다'라는 말을 쓸 수 있으려면 한 가지 전제 조건을 만족시켜야 한다. 뒤에 나온 이론이 앞에 나온 이론을 자신의 한 '케이스'로 포괄해야 하는 것이다. 예컨대 리만 기하학은 유클리드 기하학을, 상대성 이론은 고전 역학을, 통계 역학은 열 역학을 자신의 한 경우(각각 곡률이 0일 경우, 속도가 매우 작을 경우, 한 물리적 계의 입자가 극히 많을 경우)로 포괄하고 있는 것이다. 바슐라르는 이러한 과학 발전 과정을 '변증법적'이라고 규정한다.[4]

일종의 인식론적 단절을 통해 새로운 경지로 나아가는 것은 동서고금을 막론하고 성공한 리더십의 필수조건이었다. 머리도 식힐 겸, 중국의 옛 이야기에서 그 편린을 엿보자.

---

4 김우창 외 엮음, 『103인의 현대사상』, 민음사, 1996, 바슐라르 편 참조.

언출필행(言出必行), 말을 했으면 반드시 행동으로 옮겨야 한다.

자기가 한 말에 책임질 줄 모르면 신용을 잃게 되고, 신용을 잃으면 사람의 기본적인 자격을 상실하여 결국 사회에서 설 자리를 잃게 된다.

'믿을 신(信)'이라는 글자는 '사람 인(人)'과 '말씀 언(言)'이 결합하여 만들어진 글자로 말과 행동이 일치해야 함을 보여준다. '신'은 원래 인간이 신(神) 앞에서 한 맹세를 성실히 이행하고 어기지 않는다는 의미였다. 옛날 사람들은 신이 인간이 감히 범접할 수 없는 지혜와 능력을 가지고 있어서 그와 한 맹세를 제대로 이행하지 않으면 큰 화를 당한다고 생각했다.

사실 사람과 사람의 약속도 성실히 이행해야 한다. 말은 마음의 표현으로 마음이 진실하고 믿을 만하다면 말에도 진실이 묻어나기 마련이다. 말이 진실하고 믿을 만하면 행동 역시 믿을 만하게 된다. 따라서 진실한 마음으로 다른 사람을 대해야 신뢰를 얻을 수 있다.

공자는 행실이 말에 미치지 못하는 재여(宰予)를 보고 이렇게 말했다.

"내가 처음에는 다른 사람에 대해 그의 말을 듣고 행실을 믿었으나, 지금은 그의 말을 듣고 다시 행실을 살펴보게 되었다. 나는 재여 때문에 이렇게 바뀌었다. (始吾於人也 聽其言而信其行 今吾於人也 聽其言而觀其行 於予與改是.)

도덕적인 사람은 자기의 마음을 통해 다른 사람의 마음을 헤아리고, 자기가 믿을 만한 말을 하기 때문에 남들의 말도 믿을 만하다고 생각한다. 하지만 모든 사람의 언행이 일치하는 것은 아니기 때문에 상대방의 말을 듣고 행실을 살펴보아야 한다.

증자(曾子)는 자신의 말에 책임을 져야 한다는 공자의 가르침을 잘 따랐다. '돼지를 죽여 자식을 가르쳤다'는 이야기는 좋은 예다. 하루는 증자의 부인이 장을 보러 나섰는데 어린 아들이 따라가겠다고 울며 떼를 썼다. 엄마는 아이를 달랠 요량으로 아이에게 말했다. "시장에 다녀와서 돼지를 잡아 맛있는 반찬을 해줄게. 그러니 집에서 기다려라." 아들은 돼지고기로 반찬을 만들어 준다는 엄마의 말에 울음을 뚝 그쳤다. 증자는 묵묵히 아내의 말을 듣고만 있었다.

아내가 집으로 돌아오자 증자는 마당에서 돼지 잡을 준비를 했다. 비싼 돼지를 잡으려는 증자를 보고 아내는 깜짝 놀라 펄쩍 뛰었다. "아이를 달래려고 그냥 한 번 해본 말입니다." 그러자 증자가 말했다. "아이에게 거짓말을 해서는 안 되오. 아이는 부모가 하는 대로 따라 배우는 법이오. 당신이 약속을 지키지 않으면 아이가 뭘 배우겠소. 부모가 자식을 속이면 자식은 부모를 믿지 못하게 되오." 그리고는 진짜로 돼지를 잡았다.

자신의 말에 책임질 줄 아는 것은 우리가 기본적으로 지켜야 할 도리다. 남과 교류할 때 먼저 신용을 지켜야 되며, 원만한 인간관계를 유지하기 위해서는 쌍방이 모두 신용을 지켜야 한다. 앞에서는 이렇게 말하고 돌아서서 저렇게 말한다면 우호적인 관계는 유지될 수 없다. 서로 진심으로 믿는다면 시간이 흘러도 믿음이 깨지지 않는다.

한 번은 조조(曹操)가 군대를 이끌고 가다가 보리밭을 지나게 되었다. 밭이랑마다 황금빛 보리이삭들이 물결치고 있었다. 그런데 이상하게 보리가 무르익었는데 거두는 농부의 모습은 어디서도 찾아볼 수 없었다. 알고 보니 백성들이 군대를 보고 겁이나 모두 사방으로 도망갔던 것이다.

이러한 정황을 알게 된 조조는 즉시 명을 내렸다. "나는 천자의 조서를 받들어 백성에게 해를 끼치는 역적무리들을 소탕하러 가는 길이다. 때마침 보리 수확 철에 보리밭을 지나게 되었다. 모든 장수들은 백성에게 해가 되지 않도록 조심하라. 절대로 보리를 밟아서는 안 된다. 만일 명을 어기고 보리밭에 들어가는 자가 있다면 군법에 따라 목을 베리라. 그러니 지역의 백성들은 두려워하지 말라."

하지만 백성들은 여전히 조조의 말을 믿지 못하고 숨어서 군대의 행동을 살펴보았다. 장졸들은 보리밭을 지날 때마다 모두 말에서 내려 축축 늘어진 보리를 손으로 곱게 헤치며 조심조심 지나갔다.

그런데 갑자기 새 한 마리가 날아올랐다. 조조의 말은 깜짝 놀라 순식간에 보리밭에 뛰어 들어갔고, 그 바람에 보리가 말발굽에 짓이겨져 엉망진창이 되어버렸다.

조조는 즉시 수행관원을 불러 자신을 군법대로 처형하라고 명했다. 그러자 관원은 황송해 하며 말했다. "어떻게 높으신 승상의 허물을 판가름할 수 있겠습니까?"

조조는 허리에 찬 칼을 뽑아들며 말했다. "내 입으로 내린 명령을 내가 지키지 않는다면 누가 지키겠는가. 자기가 한 말도 책임지지 못하면서 어떻게 수천수만의 병사들을 통솔할 수 있겠느냐!" 말을 마치고 자기의 목을 찌르려 하자, 주위에 있던 여러 사람들이 깜짝 놀라며 급히 만류했다.

이때 곽가(郭嘉)가 말했다. "『춘추(春秋)』에서 '법은 존귀한 자에게는 미치지 못한다(法不加於尊)'고 했습니다. 승상께서는 대군을 통솔하는 귀하신 몸인데 어찌 스스로 목숨을 끊으려 하십니까?"

조조는 한참을 곰곰이 생각하다가 말했다. "『춘추』에서 '법은 존귀한 자에게는 미치지 못한다'고 했고 또 지금 중요한 직책을 맡고 있으니 잠시 죽음을 면할 수 있겠다. 하지만 내가 내린 명을 내가 어겼으니 그냥 넘어갈 수는 없다. 내 머리카락을 잘라서 머리를 자른 셈으로 치겠다. 그리고 내 머리카락을 가져가 '승상이 명을 어기고 보리밭으로 들어갔다. 머리를 잘라 본보기가 되어야 하니 지금 머리카락을 잘라 머리를 대신한다'고 삼군에 전하거라."

그러고는 손에 든 칼로 머리카락을 싹둑 잘랐다. 지금이야 머리카락을 자른 것이 무슨 대수냐고 하겠으나, 옛날에는 신체발부(身體髮膚)는 부모에게서 받은 것이라 하여 이를 상하지 않게 하는 것이 '효'라고 여기지 않았는가? 이런 관념을 가진 당시 사람들이 보기에 조조가 머리카락을 자른 것은 머리를 자른 것과 매한가지였다.

– 창화 편, 박양화 역, 『왼손에 노자 오른손에 공자』 중에서

그러므로, 진정한 '약(約)'과 '오(悟)'에 도달하려면 주체의 인식론적 단절을 가능케 하는 이른바 심리내적 에너지의 변환과정(연암의 제자가 묘령의 아가씨 앞에서 얼굴이 붉어지고 가슴이 뛰는 것처럼, 그리고 조조가 죽음을 각오한 것처럼)이 반드시 전제되어야 한다. 단순히 객관적 통찰만 계속한다고 해서 발견의 경지가 온다는 보장은 없다. 근본적인 부분에서의 버림, 떠남, 던짐이 있어야 한다. 그래서 단순 소박한 말 같지만, '이야기의 힘'을 익히는 역지사지(易地思之)의 체득이 그만큼 중요한 것이다.

四 역지사지(易地思之), 진정한 장소는 지도에 없다

코드와 맥락

역지사지는 모든 의사소통 관계에서 반드시 강조되어야 할 덕목이다. 상대방의 처지에서 생각해 보지 않고서는 상대방이 전하고자 하는 말의 뜻을 충분히 이해할 수가 없기 때문이다. 그러나, 백 사람이면 백 사람이 다 입장이 다른 것이 세상사인데, 서로 막힘없이 '통(通)'한다는 것이 말만큼 그렇게 쉬울 수는 없는 일이다. 의사소통(communication)을 두고 학자들이 여러 말을 하는 것을 두고 보더라도 그 속내를 알 수 있는 일이다.

프랑스 소설 『위험한 관계』를 조선시대를 배경으로 각색한 영화 〈스캔들 – 조선남녀상열지사〉(이재용, 2003)를 보면 사대부가의 남녀가 서로 애정을 나누는 것(불륜을 포함해서)을 '통(通)한다'라고 표현하는 대목이 나온다. 그 말이 그렇게 사용되는 것이 실소를 자아내긴 했지만 그 맥락이 인상적이었던 것만은 사실이다.

언어를 사용하는 의사소통이든 애정을 매개로 한 남녀관계든 서로 '통(通)'하는 일은 본디 어렵다. 서로가 가진 입장이 다르기 때문이다. 영화 〈스캔들 – 조선남녀상열지사〉에서도 두 주인공이 초기에 서로 '통(通)'하기가 어려웠던 것도 서로의 입장이 너무 달랐기 때문이고, 난관을 극복하고 '통(通)'한 다음에도 결국 파국을 맞게 되는 것도 그 두 사람의 관계와 애당초 다리를 놓은 조씨 부인의 입장이 너무 달랐기 때문이었다. 그 '다름'을 조정하려는 의지가 양자 간에 발현되지 않으면 이미 소통은 없는 것이다.

일반적으로 의사전달은 '의사소통의 변인(變因)' 여섯 가지 요소에 의해서 크게 영향 받는다고 알려져 있다. 학자마다 용어와 해설이 일부분 상이하지만 큰 범주 안에서는 대동소이하다. 발신자(작가), 수신자(독자), 맥락(상황), 코드(규약), 메시지(전언), 매체(채널)가 그것이다. 야콥슨(R. Jacobson)에 의해 차용되어 많이 알려진 의사소통의 도식(Sebeok, Thomas A.(1991), *A Sign Is Just A Sign*)을 옮기면 다음과 같다.[1]

맥락

발신자 ──── (매체) ──── 메시지 ──── (매체) ──── 수신자

코드

메시지는 발화(텍스트) 그 자체의 표면적인 의미 내용을 뜻한다. 일정한 규약(코드)에 의해 조성된 내용이다. 그것이 어떤 맥락(발화 환경)과 채널(매체) 속에서 전달되느냐에 따라 수신자에게 전달되는 실제적인 의미 내용이 결정된다는 것이다.

앞에서 말한 것처럼, 동일한 메시지라도 매체와 맥락, 그리고 수신자의 코드 해독 기능에 따라 그 뜻이 서로 다르게 전달될 수도 있는 것이다. 서로 '통(通)' 할 수 있으려면 우선 발신자와 수신자가 공유할 수 있는 매체를 통해야 할 것이고(한 사람은 휴대전화를 가지고 있고 다른 한 사람은 그것을 가지고 있지 않다면 서로 통할 수 없다), 서로 입장이 다르지 않아야 할 것이고(한 사람은 비를 맞고 있고 다른 한 사람은 따가운 햇살 아래 있으면 서로 통할 수 없다), 코드를 운용하는 능력이 엇비슷하여야 한다(인식 능력이 한 사람은 대학생 수준이고 한 사람은 유치원생 수준이라면 서로 통할 수 없다).

그러니 적어도 그 세 가지 변인에 대해서는 늘 유념하면서 읽기와 쓰기에 나서야겠다는 것인데, 우리 입장은 매체(채널)에 대해서는 일단 큰 걱정을 하지 않아도 되는 경우이다. 논술의 과정에서 요구되는 '제시문 읽기'는 이미 그 채널

---

1 김경용, 『기호학이란 무엇인가』, 민음사, 1998, 102쪽.

이 고정되어 있는 경우가 되는 것이기 때문이다. 문자로 고정된 것을 읽을 경우, 작가와 독자의 복잡한 내면 심리를 고려하지 않는다면(크게 보면, 이 부분은 맥락에 포함된다고도 볼 수 있다) 메시지가 담고 있는 내용을 변화시킬 수 있는 요소로는 코드와 맥락만이 남게 된다. 작가가 사용하고 있는 코드를 독자가 모른다면 메시지가 담고 있는 내용을 완전하게 소화해 낼 수 없을 것이고, **작가가 메시지를 작성할 때의 역사·사회적 환경에 정통하지 않으면 작가가 메시지에 담아 보낸 지시적·정서적·미적 기능을 제대로 해독할 수가 없다. 그 역도 성립하는데 한 작가가 보낸 메시지가 독자와의 관계 속에서 욕구적·명령적 기능을 수행하지 못하게 되면 그 메시지의 의미는 이미 시대적으로나 상황적으로 그 효용을 잃게 된 경우가 된다.** 우리가 흔히 현 시대 상황과 맞지 않은 어떤 이념적 주장을 두고 '시대착오적인 담론'이라고 할 때가 그런 경우가 된다.[2]

문자적 상상력

독서 과정을 통해 '코드와 맥락'에 대한 이해가 점진적으로 확대된다는 것을 모르는 사람은 없을 것이다. 시각 매체가 모든 볼거리를 석권하다시피 하고 있는 현 시점에서 문식력(읽고 쓰는 능력)을 습득할 수 있는 통로가 책으로 한정된다고 말하기는 어렵다. 그러나 독서를 통하지 않고서는 읽기와 쓰기가 요구하는 진정한 의미에서의 '코드와 맥락에 대한 이해'에 도달할 수 없다는 것은 분명한 사실이다. 문자는 문자고 영상은 영상이다. 그 둘 사이에는 넘을 수 없는 장벽이 가로 놓여 있다. 문자적 상상력이라고 하는 것의 존재는 그 속으로 들어가 보기 전에는 그 웅장하고 신묘함을 짐작도 못하는 것이기에 '눈에 보이는 것만 사실로 여기는' 영상의 세계에서는 어떤 짐작도 할 수 없는 경지에 놓여있는 것이라고 할 수 있다. 우리가 — 논술무자 여러분이 — 연장통의 가장 밑바닥에 소중하게 간직하여야 하는 것이 바로 그것이다. 그것에만 접속할 수 있다면 논술은 이미 '식은 죽'이 되어 있는 것과 같다. 문자적 상상력이란 무엇인가?

영화는 대중적 기반을 지닌 예술이다. 그것은 18세기 이후 근대소설이 누렸던 성

---

2 박종철 편역, 『문학과 기호학』, 대방출판사, 1986, 16~17쪽 참조.

가에 버금가는 문화적 영향력을 지닌 것으로 평가되고 있다. 소설이 보여주지 못하는 생생한 영상 이미지를 무기로 영화는 현대인의 상상력을 지배한다. 그러나, 영화가 소설을 따라오지 못하는 영역이 있다. 문자적 상상력, 그리고 그것을 통한 서사의 인과성과 전체성의 구축이라는 부분이 바로 그것이다. 특히, 소설이 지닌 문자적 상상력의 배타적이고 독보적인 미학적 가치는 아무리 강조해도 지나침이 없을 것이다.

『모비 딕』이라는 소설 텍스트는 문자적 상상력의 세계 안에서만이 온전히 '작품'이 될 수 있다. 속된 차원의 '줄거리 요약'이나 '주제 파악'은 이 작품의 '작품성'과는 아무런 친족관계를 형성하지 못한다. **'줄거리와 주제'를 제외하고 책에서 무엇을 읽으라는 것인가? 그 해답을 구성하는 것이 바로 '문자적 상상력'이다.** 『모비 딕』의 저자는 그것을 '로코보코'라고 말한다. 내가 태어난 곳이지만, 지도에는 없는 곳, 모든 진정한 장소는 지도에 나타나지 않는 법, 그곳 '로코보코'를 찾아가는 인생의 여정이 바로 독서라고 말한다. 무릇 모든 독서는 자신의 '로코보코'를 찾아 떠나는 항해일 뿐이라는 것이다.

로코보코를 향한 나만의 항해는 이른바 '환유적 사고의 확장'이라는 배를 타고 이루어진다. 환유적인 사유의 확장이란 무엇인가? 환유적인 사유의 확장은 '이상적 인지 모형' 내의 개념적 인접성에 토대를 두고 있기 때문에, 독서를 통한 상상 활동은 독서 주체의 백과사전적인 지식과 문화적 특성의 내용에 따라 그 내포가 결정되는 한편, 주체의 능력에 따라 거의 무한한 확장이 가능하다는 특성을 보인다. 인접한 개념 사이의 상호텍스트성은 쌍방 간 문화적 인용의 형태를 띠면서 영속적으로 상호 피드백 되는 것이다. 문학적 상상력의 모태가 바로 문자적 상상력이라는 것은 그것이 일종의 공간적인 불명확성을 그 특징으로 한다는 말이기도 하다. 즉 '지도에 없는 고향'을 찾는 것이 문학적 상상력의 특징이라는 것이다. 환유적인 사유의 확장을 통해 우리의 상상력은 거의 무한대의 활동영역을 확보한다. 그것은 곧, 문자적 상상력이야말로 끊임없이 새로운 주체를 발생시키는 힘을 지니고 있다는 뜻이기도 하다. 나다니엘 호손이 허먼 멜빌에게 받은 것처럼, 『모비 딕』은 또 다른 수많은 헌정사를 받게 되는 것이다.[3]

　문자적 상상력의 '코드와 맥락'을 아는 일이 바로 우리가 연장통을 채우는 마지막 일이라는 것을 다시 한 번 강조한다. 좀더 과감하게 말하자면, 언어(특히 문

---

3 양선규, 『코드와 맥락으로 문학 읽기』, 앞의 책, 17장 참조.

자연어)의 나라〔國〕는 자신만의 율법에 의해 통치된다고 할 수 있다(언어의 율법은 이미 누구도 그것에 저항하거나 거부할 수 없을 정도로 막강한 힘을 가지고 있다. 모든 제도와 법령, 종교와 윤리, 매스컴과 사회적 소통의 규범 등에 작용하는 언어의 율법은 이미 그 자체로 하나의 절대권력이다). 그 율법에 '통(通)'하는 것이 논술무자가 통과해야 하는 일차 관문이다.

언어상실증 환자

문자적 상상력에 통하려면, 문자적 사유 아닌 것들에 현혹되던 습관들을 버려야 한다. 앞에서도 이야기했지만, 우리 논술무자들이 상대하는 모든 문자적 텍스트들은 이른바 '인식론적 단절'을 요구하는 것들이다. 제시문들은 나를 향해 던져진 상대의 병기(兵器)이므로 그 겉으로 드러나는 소리와 형상에 현혹되어 자칫 자세를 흐트리면('단절'의 방향을 잘못 잡으면) 내 몸을 다치게 된다. 그들이 요구하는 '단절'은 항상 우리의 기대를 벗어나 있다는 것을 알아야 한다(그래서 주제를 정해 공부하는 것은 실전에서 아무런 도움을 주지 못한다). 중요한 것은 상대의 의도, 바로 나를 향한 그의 공격의지이므로 그것의 흐름, 보이지 않는 그의 움직임의 패턴, 그 잠재적 동선구조를 잘 파악해야 한다. 그것을 알아야 상대의 동작이 나오는 순간 '선(先)의 선(先)'을 잡아 그를 제압할 수 있다. 그것이 바로 승부의 관건이라는 것을 명심할 필요가 있다.

다음의 한 신경학 보고서는 그 부분에 대한 이해를 타산지석으로, 반대편의 시각을 통해서, 매우 효과적으로 보여주는 재미있고 유용한 예가 되고 있다.

도대체 무슨 일이 일어난 걸까? 언어상실증 병동에서 갑자기 웃음소리가 터져나왔다. 환자들이 그토록 듣고 싶어 했던 대통령의 연설이 이제 막 진행되고 있었다.

텔레비전에서는 언제 봐도 매력적인 배우 출신의 대통령이 능숙한 말솜씨와 성우 뺨치는 매력적인 목소리로 멋들어지게 연설하고 있었다. 그리고 그것을 듣는 환자들은 파안대소했다. 그러나 모두가 그렇게 웃고 있는 것은 아니었다. 당혹스러운 표정을 한 사람도 있는가 하면 그저 잠자코 있는 사람도 있었고 개중에는 의아한 표정을 짓고 있는 사람도 한두 명 있었다. 그러나 대부분의 환자들은 재미있다는 표정을 짓고 있었다. 대통령은 늘 그렇듯이 감동적으로 연설했다.

환자들은 대관절 무슨 생각을 한 걸까? 대통령이 하는 말을 제대로 알아들은 걸까 아니면 알아듣지 못한 걸까?

지능은 높지만 극심한 수용성언어장애나 완전언어상실증에 걸려 말을 이해할 수 없게 된 환자들에게는 독특한 특징이 있다. 그들은 언어상실증인데도 남들이 하는 말을 거의 이해한다. 그래서 친구나 친척, 간호사 등 그들을 잘 아는 사람들은 그들이 언어상실증에 걸렸다는 사실을 거의 믿지 못하기도 한다. 왜냐하면 그들은 누군가가 자연스럽게 말을 걸면 그 말의 일부 혹은 거의 전부를 이해하기 때문이다. 그래서 당연히 보통사람들은 그들에게 자연스럽게 이런 저런 이야기를 한다.

따라서 신경과 의사들은 언어상실증을 찾아내기 위해서 지극히 부자연스럽게 말을 걸거나 행동해야 한다. 시각적인 단서뿐 아니라 언어에 수반되는 모든 단서를 전부 제거하기 위해서이다. 시각적인 단서란 표정, 몸짓, 거의 무의식 중에 나오는 버릇이나 태도를 말한다. 언어에 수반되는 단서란 말투, 목소리의 높낮이, 시사적인 강조, 억양 등을 가리킨다. **이와 같은 단서를 모두 제거해야 하는 까닭은, 발화(發話)를 순수한 단어의 집합체로 만들기 위함이며 프레게가 말하는 '목소리의 색조' 혹은 환기를 완전히 배제하기 위함이다.** 그러기 위해서는 말하는 사람의 특성을 감추고 목소리를 비인격화하며, 심지어 컴퓨터를 활용한 인공음을 사용하기도 한다. 특히 감수성이 뛰어난 환자라면 시리즈 영화 〈스타 트랙〉에 나오는 컴퓨터와 같은 인공적인 기계음을 사용해야 비로소 언어상실증을 확인할 수 있을 때도 있다.

왜 이와 같은 일을 하는 걸까? 그 까닭은 자연스러운 발화란 단어만으로 성립되지 않으며, 휴링스 잭슨이 생각했듯이 주제(말하려고 하는 내용)만으로 성립되는 것도 아니기 때문이다. 발화는 입에서 나오는 음임에는 틀림없다. 그러나 그것은 그 사람의 모든 존재와 의미를 담고 있는 음이다. 그것을 이해하려면 단어만을 알아서는 불충분하다. 바로 그렇기 때문에 언어상실증 환자가 전혀 단어를 이해하지 못한 채 상대방의 말을 알아듣는다 해도 별로 신기한 일이 아닌 것이다. 단어와 문법 구조를 전혀 이해하지 못하더라도 가만히 들어보면 말에는 반드시 나름대로의 말투가 있다. 또한 말하는 사람의 얼굴을 가만히 바라보면 그 얼굴에는 말을 능가하는 힘을 가진 표정이 있다. 이 표정은 대단히 깊이 있고 다양하며, 복잡 미묘하다. 단어를 이해하지 못하는 언어상실증 환자들이 이해하는 것이 바로 이 표정이다. 언어상실증 환자들의 경우, 때때로 말하는 사람의 표정을 이해하는 힘을 잃기는커녕 보통사람보다 오히려 더욱 뛰어난 힘을 갖기도 한다. (…중략…)

언어상실증 환자들이 그들의 내면에서 무엇인가를 잃은 것은 확실하다. 그러나 그

대신에 무언가가 나타나고, 그것이 점점 힘을 늘려가는 것도 사실이다. 따라서 적어도 감정을 넣어 한 말에 대해서는 단 하나의 단어도 이해하지 못하는 경우에조차 그 의미를 충분히 파악할 수 있는 것이다. (…중략…) 언어상실증 환자는 '필링 톤(feeling-tone)'을 감지하는 능력을 상실하지 않으며, 때로는 보통 사람보다도 재빠르게 파악한다는 것이다.[4]

인용문의 내용을 참조해서 우리의 목적에 맞는 교훈을 찾아내자면, **'진정한 문자 이외의 것에는 한 눈을 팔지 말라'**는 것이다. 논술 문제를 내는 출제자들은, 마치 언어상실증 환자를 찾아내는 신경과 의사처럼 지극히 부자연스럽게 언어를 다룬다는 것을 알아야 한다. 그들은 수험자들이 언어 그 자체가 아니라 그것에 수반되는 주변적인 단서들을 가지고 판단을 내려왔다는 것을 스스로 자인하지 않을 수 없도록 하게 하는, 마치 야바위꾼들과도 비슷한, 모종의 전략적 고려를 한다는 것을 알아야 한다. 만약, 그러한 전략적 고려에 아무런 대책 없이, 그냥 속수무책으로, 당한다는 것은 지나치게 낙천적이거나 아니면 자신의 인생에 대해 지나치게 무책임한 것이 된다.

언어상실증 환자들이 언어상실증에도 불구하고 의사소통에 참여하고 스스로는 자신이 언어를 상실했다는 것을 모르는 경우가 많다는 사실은 여러 가지로 유용한 시사점을 지닌다. 문자적 상상력에 본격적으로 접속되지 못한 사람들이 자신들의 문식력에 그 어떠한 회의도 품지 않고 늠름하게 잘 살아가고 있다는 사실을 두고 그들 역시 사실상의 언어상실증 환자라는 생각을 할 수 있게 해 주는 것이다. 분명히 양자의 경우 사이에는 어떤 일맥상통하는 이치가 존재한다. 그리고 자신의 척박한 문식성을 나무라지 않고 논술 문제의 난해성만을 트집잡는 일반적인 여론 역시 또 다른 언어상실증이 아닌가 하는 회의를 품게 만든다.

문자적 상상력의 부재를 언어상실증에 견주는 까닭은 무엇인가? 주어진 제시문에 대한 올바른 독해가 가장 중요하기 때문이다. '목소리의 색조'에만 의지해서 제시문을 이해하고 그 바탕 위에서 '자기만의' 주장을 아무렇게나 내뱉는 꼴이 되어서는 안 된다는 것이다. 이를테면, '대통령의 연설'을 듣고(보고), 그의 표정과 음색에만 의지해 그 부조화가 주는 기대감의 추락에 웃음을 터뜨리는

---

4 올리버 색스, 조석현 옮김, 『아내를 모자로 착각한 남자』, 이마고, 2006, 159~161쪽.

언어상실증 환자들의 경우처럼 논술문제에 반응해서는 안 될 것이다.

먼저 코드와 맥락을 이야기하고, 이어서 문자적 상상력의 중요성을 강조하는 것은 코드와 맥락에 대한 충분한 이해(책에 푹 젖어 읽는 경지)가 바로 문자적 상상력의 핵심적인 실체가 되는 것이기 때문이다. 논술의 핵심인 '창의적인 통합적 사고'는 바로 그러한 경지를 선결 과제로 요구한다. 결과적으로 자신의 '자기만의' 이해나 주장을 넘어서는 역지사지의 인간 이해, 그것이 결국 문제의 관건이라는 것이다. 그래서, **'한 마디로 논술을 정의한다면 역지사지다'**라는 이야기가 아는 이들끼리는 그야말로, '통(通)하는 이야기'가 되는 것이다.

세상과의 소통을 원하는 글쓰기 두어 편을 읽기로 한다. 주로 영화 이야기를 소재로 해서 문자적 상상력을 펼치고 있는 글인데 지도 밖에 있는 그 무엇을 찾는 자의 언어가 어떤 것인지 잘 보여주고 있다. 중간 중간에 해설을 넣어 필자의 문자적 상상력이 지닌 '코드와 맥락'을 이해하기 쉽도록 하였다.

이야기의 힘

아내와 영화를 보러 갔다. 함께 영화관에 간지가 서너 달은 된 것 같았다. 본디 영화를 좋아하는 편이 아닌 아내지만 영화 좋아하는 남편하고 박자를 맞추느라 가끔 영화관에 동행한다. 이번에 같이 본 영화는 〈강호(江湖)〉였다. 그냥 앉아서 볼만한 영화였다. 나는 '앉아서 볼만하지 않다'고 생각되는 영화는 끝까지 보지 않는다. 서서 보다 나오거나(시간이 아까워서 당겨 볼 때다) 중간에 그냥 나오고 만다. 최근에 그렇게 중간에 일어선 영화도 꽤 있다. 〈올드 보이〉, 〈옹박〉, 〈방탄승〉, 〈연인〉 같은 영화가 그랬다. 〈태극기 휘날리며〉는 아이도 같이 갔었는데, 아이 때문에 끝까지 앉아있었던 특별한 경우였다.

영화관 매표소에는 아내를 '이모'라고 부르는 아내의 친구집 딸아이가 아르바이트를 하고 있었다. 우리가 끊은 영화표를 보고, '이모, 영화표 바꿔 드릴까요?'라고 그 아이가 말할 때, 우리는 그 말이 무엇을 뜻하는지 몰랐다. 영화관에 들어가서 관객이라고는 우리 말고는 딱 두 사람밖에 들지 않았다는 것을 보고 그 말의 참뜻을 알 수가 있었다. 그런 경험은 몇 년 전에 오전에 틈을 내어 〈감각의 제국〉이라는 영화를 보러갔을 때(그 때는 혼자였다) 한번 겪고는 이번이 처음이었다. 그 때는 역시 혼자 온 남자 관객 한 명과 둘이서 보았다.

영화는 분위기 상으로는 〈무간도(無間道)〉 풍이다. 그러나, 서사는 없다. 시작도 없고 끝도 없다. 마치, 쓸데없는 이야기는 괜한 짜증을 일으킬 수 있기 때문에 과감히 생략하는 것이 낫다는 것 같았다. 그 분위기는 이명세 감독의 〈인정사정 볼 것 없다〉를 많이 닮았다. 나는 이명세 감독이 만드는 영화가 재미있다. 예술가는 때로는 인생을 '인정사정 볼 것 없이', 필요한 것들만, 과장해서 표현할 수 있어야 한다는 것을 잘 보여준다. 〈강호〉가 자신의 마지막을 〈인정사정 볼 것 없다〉의 시작 부분, 40계단에서의 암살 부분에서 취한 것은 잘한 일이라고 생각한다. 멋진 영화(장면)는 계속 그런 식으로 재연(再演)되어야 한다. 그래야 된다는 것이 내 생각이다.

이제 강호는 그 자체로 흥밋거리가 아니다. 아이들이 즐겨 읽는 판타지 소설들만 보더라도 그렇다. 이제는 '계(界)간의 이동'이라는 것이 등장하여 옛날 '강호' 개념을 무한 확장한다. 울타리가 사라졌다. 동시에 '의리(義理)'도 사라졌다. 3000년이나 이어져 오던 서술적 정체성 하나가 완전히 사라지고 말았다. 〈무간도〉가 사흘을 견디지 못하고 간판을 내려야 했을 때, 그리고 〈강호〉를 두 사람(두 팀이었다)이 앉아서 보았을 때, 이미 우리는 바뀐 세상 한 가운데 서 있었던 것이다. 무엇이 바뀌었다는 말인가?

〈무간도(無間道)〉는 자기 정체성 문제를 '주제적 울림'으로 가지고 있는 영화다. 작가는 표 나게 그 부분을 강조한다. 그 이야기가 아이러니의 구조를 지니고 있어 이른바 인과성과 전체성의 측면에서도 제법 운치 있는 영화가 되고 있다. '이야기의 힘'이 느껴지는 영화다. 전형적인 느와르 풍의 활극적 파블라로 행동(action)을 구성하고 있으면서, 보통의 대중극에서는 좀처럼 보기 드문, 환멸의 플롯(이 플롯 안에서 주인공은 파멸을 경험하고, 관객은 인생의 진리를 목격한다)을 가지고 있어 균형감도 있는 영화다. 그런데 손님이 들지 않았다. 그건 이제 그 주제가 안 먹힌다는 뜻이다. '내가 누구인가?'는 이제 질문의 가치를 잃었다. 〈무간도〉는 그걸 몰랐을까?

경찰 조직과 범죄 조직은 서로 첩자를 심어놓고 '역지사지(易地思之)'의 게임을 벌인다. 그런 게임에서는 보통 말(馬)들이 많이 상한다. 그런데 이 영화에서는 말 주인(馬主, 말을 움직이던 사람들)들도 죽는다. 말도 지나치게 혹사하면 주인을 무는 수가 있다는 서사구조 혹은 파블라(사건의 연속)와, 마주 역시 더 큰 구조 속에서는 한 마리 말에 불과하다는 어조(tone)가 — 우리에게 익숙한 플롯(intrigue)이다 — 복합적으로 얽혀 있다. 그 '얽힘'이 3편의 분량으로 이 영화의 스토리를 구성하고 있다.

일종의 정체성 서사인데, 이미 한물 간 고전적인 주제를 담아놓은 영화를 생기발

랄한 젊은이들이 좋아할 까닭이 없다. 그런데 비디오 가게로 나오면 문제가 좀 달라진다. 제법 찾는 사람이 있다. 나이가 좀 든, 우중충한 사람들이 찾는다. 양가위 감독도 알고 유덕화도 알고 양조위도 아는 40대 언저리에 있는 이들, 386세대라고 하는 이들이 '왜 장만옥은 안 나오나?' 하는 표정으로 곧잘 빌려간다. 한번 보면 3편을 다 봐야 직성이 풀리니까 그렇게 손해볼 것 같지는 않은 영화다.

크게 보면, 이 영화는 이를테면 '오디세우스적 주제'를 가지고 있다. 『오디세이아』의 주제는 '우리에게 필요한 것은 이야기다'이다(심층적인 주제가 그렇다는 것이다. 표층적인 주제는 물론 '귀향'이다). 영화 〈무간도〉에서 가장 비중을 두고 생각해야 할 점도 바로 그러한 주제의식이다. 인간에게는 이야기가 필요하다. 이야기 없이는 인간도 없다. 한 주인공(유덕화 분)의 애인이 소설가로 등장해 자기 애인의 정체성 서사(뒤에 밝혀지지만)로 작품을 쓴다는 에피소드가 나오는 것은, 당연히 작가(영화 감독)가 그 점을 특별히 강조하고 싶어서이다. 이 영화가 우리에게 무엇을 말하려고 하는지를 볼 것이 아니라, 이 영화가 우리에게 어떠한 방식으로 이야기를 전달하고 있는가를 보라는 말이 그래서 가능한 것이다.

영화는 마지막 파국으로, 유덕화의 '새로운 이야기 쓰기'가 마음먹은 대로 되지 못하고 '앞뒤가 맞지 않은 글쓰기'로 떨어져 결국 파멸될 수밖에 없음을 보여주는 장면을 마련한다. 이야기 쓰기에 실패한 자, 아무도 그의 이야기에 귀 기울여 주지 않는 자, 그는 결국 아무런 이야기도 존재하지 않는 세계, '무간도'로 떨어진다.

그가 '무간도'로 떨어질 수밖에 없었던 이유는 여러 군데서 강조되지만, 결국 '이야기 무서운 줄 모르고 덤볐기' 때문이다. 그가 가장 낭패를 보는 이야기는 '경찰이니까'라는 이야기다. 양조위도 그것 때문에 그를 끝까지 잡으려 했고, 마지막에 그에게 총 맞아 죽으면서까지 그의 '가짜 이야기'를 밝히는 경관(여명 분)도 '경찰이니까' 그런 삶을 택한다. 경찰 내부에 잠입한 범죄 조직의 스파이가 결국 진짜 경찰이 되지 못하고 '무간도'로 떨어지는 이야기는 그래서 '이야기 그 자체가 주제'인 이야기가 된다.

〈강호〉는 조금 다르다. 주인공(유덕화 분)은 친구(장학우 분)와 함께 '강호의 의리 서사'를 써보려 하지만, '이야기를 모르는' 배신자들에게 무참하게 살육된다. 그들과 함께 '강호'도 사라졌다고 작가는 말한다. 이야기 안의 대결이 아니라, 이야기를 지키려는 자와 그것을 훼손하려는 자와의 대결을 그린 것이 〈강호〉다.

그래서, 〈강호〉라는 영화가 더 무참하다.

어쨌든, 아무도 '강호'를 찾지 않는 시대에 〈江湖〉를 들고 나온 감독의 의도(혹은 의지)가 어디에 있는지가 궁금하다. 그리고, 그 앞에 앉아있는 나도.

- 양선규, 『풀어서 쓴 문학이야기』 중에서

영화는 현대인이 향유하는 대표적인 문화·예술이다. 필자는 '의리'라는 사회적 코드를 형상화해 내는 영화에 매료되어 있다. 그는 인간이 가져야 할 중요한 서술적 정체성(나는 누구인가에 답하는 이야기 형식의 정체성) 중의 하나가 바로 '의리'라고 생각한다. 그런데 그런 의리담론이 설득력을 잃고 있는 현재의 풍조가 그의 불만을 산다. 이야기의 도입을 자신의 일상적 관심으로부터 이끌어내는 글쓰기의 기법을 쓰고 있다.

필자의 말처럼, 이미 '강호(江湖)'는 사라진 것 같다. 이야기의 '강호(江湖)', '꾼들의 판'이 완전히 해체된 느낌이다. 명창도 고수(鼓手)도 없다. 한 시대를 풍미하는 큰 이야기꾼들이 보이지 않는다. 판이 있을 때는 귀명창 노릇도 꽤나 재미있었다. 작가나 평론가나 독자나 모두 흥(興)이 있었다. 기라성 같은 명창과 고수들이 즐비하였고, 그들이 무슨 소리를 하든 흥에 겹던 귀명창들도 많이 있었다. 그런데, 지금은 그렇지 않다.

판이 이루어지지 않는 이유는 여러 가지일 것이다. 물질문명이 지나치게 비대해진 탓인 것 같기도 하고, '영화판'에 밀려 '문학판' 자체의 의의가 존중받지 못하는 풍토가 조성된 것 같기도 하고, 입시제도 탓으로 진정한 '귀명창'들이 배양되지 못하고 있는 것 같기도 하고, 어떻게 보면 제대로 가는 것 같기도 하고, 여러 가지 생각이 오락가락 한다. 사람들이 애써 이야기를 찾는 까닭은, 그것에 기대어 자기의 이야기를 발굴하고 싶기 때문이다. 자기 이야기에 관심이 없는 자(그것이 어떻게 끝날 것인지 궁금하지 않은 자)는 남의 이야기도 읽지 않는다. 책읽기가 성공할 수 있느냐 없느냐도 결국은 그 책 속에서 자기 이야기를 얼마나 발굴해 낼 수 있느냐에 달려 있다. 그러니까, 문제는 '자기 이야기'에 관심을 쏟는 자들이 사라지고 있다는 것이다. 내 이야기가 어떻게 되든 상관없다는 판인데 남의 이야기 좀 안 읽는다고 해서 무슨 할 말이 있겠는가?

모든 정신활동이 다 그렇지만, '자기 이야기'에 대한 관심 역시 무의식적인 국면이 더 본질적이다. 우리가 '자기 이야기'를 방치한 채 살다 보면 자신도 모르는 사이에 스스로 통어할 수 없는 어떤 줄거리를 가지게 되는 수도 있다. 다음 이야기의 시사점이 그것이다.

이중인격자

우리는 흔히 겉 다르고 속 다른 사람에 대한 경멸의 의미로 "그 사람 이중인격자야"라곤 한다. 그러나 그 말이 이중인격장애를 지칭하는 것은 아니다. 이중인격장애란 두 가지의 인격, 즉 원래의 1차적 인격과 병적인 2차적 인격이 한 사람 안에서 교대로 나타나는 일종의 해리성 장애다. 해리(解離)란 받아들이기 어려운 성격의 한 부분이 자아의 통제를 벗어나 독립적으로 행동하는 것을 말한다. 감정적으로 고통을 주는 인격의 한 부분이 제거되는 것이다.

평소 윤리관의 지배를 받는 1차적 인격이 스트레스를 겪게 되면 갑자기 2차적 인격으로 돌변하여, 퇴행되거나 공격적이 된다. 소설 『지킬박사와 하이드씨』나 영화 〈프라이멀 피어〉가 대표적인 사례이다.

어느 날, 시카고의 존경받던 가톨릭 대주교가 잔혹하게 피살된다. 주교에 대한 애도와 '인간 도살자'를 처형하라는 여론으로 도시는 집단 히스테리처럼 들끓는다. 현장에서 체포된 용의자는, 성격이 여리고 말을 더듬는 애런이라는 19세의 앳된 소년이었다. 애런의 성격은 수동적이고 의존적이며, 죄책감이 많고 우울한 편이었다.

검사는 피가 묻은 소년의 옷을 증거로 제시하지만, 애런은 혐의를 강하게 부인하며, 사건 현장에 다른 사람이 있었다고 주장한다. 증거만으로는 기소가 불가능하자, 좀더 확실한 살해 동기를 찾던 검사는 피살자의 가슴에 새겨진 'B32-156'이라는 글자를 추적한다. 그것은 성당 도서실에 있는 『주홍글씨』라는 소설책의 156쪽이란 뜻이었다. 거기엔 이런 문구가 쓰여 있었다. "어느 누구도 진실한 모습을 들키지 않고, 두 개의 가면을 쓸 수는 없다."

한편 애런의 무죄를 믿고 변호를 자임한 변호사 배일은 우연히 끔직한 비디오테이프를 발견한다. 대주교가 애런의 애인인 린다를 친구인 알렉스와 변태적인 성행위를 하도록 시키고, 애런에게 이 장면을 찍도록 한 것이다. 애런의 살인동기를 뒷받침하는 강력한 증거 앞에, 애런을 변론하던 변호사는 좌절감에 빠져 애런에게 진실을 말하라고 다그친다. 이때 온순하던 애런이 갑자기 거칠게 욕설을 내뱉으며, 변호사를 폭행하는 전혀 다른 모습으로 돌변한다. 주교를 죽인 사람은 로이라는 자기 자신이지, 겁쟁이 애런이 아니라고 고함친다. 잠시 후 로이는 다시 소극적인 애런으로 되돌아오지만, 조금 전 자기가 한 일을 전혀 기억하지 못한다.

로이는 보다 적대적이고 지배적인 애런의 '보호자격'인 인격이었다. 결국 재판에서 애런은 이중인격장애라는 병으로 고통 받는 환자로 판정받아 치료기관으로 의뢰,

이송된다.

둘 이상의 인격이 존재할 때, 다중 인격장애라고 하는데 90%는 여성이다. 이들의 95%는 소아기 성적 학대의 경험을 가진 것으로 보고 되고 있다. 상처 받기 쉬운 아이가 반복적인 외상을 입게 되면, 스스로를 보호할 목적으로, 학대를 대신 받아주고, 위로하며 지켜주는 인격을 발전시키게 되면서 다중 인격이 형성된다는, 일종의 방어 기전으로 그 병인(病因)이 설명되기도 한다.

– 김성미, 『김성미의 영화 속 정신의학』 중에서

'애런'과 '로이'의 경우는 물론 병리학적인 것으로 매우 보기 드문 사례이긴 하지만, 그와 유사한 '이중의 줄거리'는 누구에게나 존재하는 것이다. 영화 〈러브 레터〉를 보면, 예고 없이 찾아온 갑작스런 이별(아버지와의 사별, 남학생 후지이의 전학)을 경험한 소녀(少女) 후지이 이츠키는 그 뒤로 큰 성격 변화를 겪는다(이 부분은 영화에서 자세히 설명하지 않고 있다). 수동적이고 내성적인 성격에서 능동적이고 외향적인 발랄한 성격으로 바뀐다. 와타나베 히로코의 요청으로 회상되는 중학교 때의 자화상과 서사적 현재를 살고 있는 화자 후지이 이츠키는 정반대의 성격을 지니고 있다. 그러니까, 지금의 성격이 '보호자격' 인격인 셈이다. 이 보호자는 그때의 아픈 상처가 주체를 더 이상 고통스럽게 하지 못하도록 '기억의 유폐'를 단행하고 스스로 명랑한 성격으로 탈바꿈한다. 아버지의 장례식을 마친 후 눈 속에서 발견하는 '얼어 죽은 잠자리'는 바로 그러한 '통째로 묻히는 (동결되는) 기억'의 상징이다. 이 보호자는 어린 후지이가 또 상처를 받을까봐 '남자의 접근'을 막는다. 우편배달부 청년과의 에피소드는 그것을 보여주기 위한 것이다. 고베에서 날아온 와타나베 히로코의 '러브레터'는 그 보호자의 소임이 무사히 끝났음을 알려주는 고지서였다.

우리 관점에서 본다면, 후지이 이츠키가 무사히 귀환할 수 있었던 것은 그녀가 꾸준히 '자기 이야기'를 알게 모르게 써 온(혹은 간직해 온) 덕분이었다. 그녀의 직분이 도서관 사서라는 것은 그런 의미에서 충분히 암시적이다. 그녀는 '나는 누구인가?'를 되뇌고 있는 수많은 '자기 이야기들' 속에서 지내면서, 때가 왔을 때(편지가 왔을 때), '진짜'인 자기 모습을 그려낼 수 있었던 것이다. 그녀가 '가짜 취급'을 받는 것에 특별하게 민감한 반응을 보인다는 영화 속 설정은 그런 의미를 내포한다.

인용문에서는 '로이'의 출현이 필연적이었음을 내비치고 있다. 그리고, 그것이 범죄라기보다는 '질병'이라는 것도 강조된다. '질병'은 치료되어야 한다. 그러나, 그것이 '질병'까지 가지 않았을 때는 사정이 조금 다르다. 발생은 그렇다 치더라도, 꾸준하게 '자기 이야기'에 몰두하다 보면, 우리 속의 '로이'는 스스로 자멸(自滅)하게 되어 있다. 먼저, 자기부정의 혹독한 통과제의가 있어야겠고(그것 없이는 출발도 없다), 이야기 속에 '나'가 있으며 모든 이야기는 '나의 이야기'일 수밖에 없다는 것, 이야기 속의 상징과 매개체들을 거치지 않고서는 결국 내가 있을 수 없다는 것을 깨달아야 한다. 그때, 비로소 '로이'는 사라진다.

이야기가 한 인물의 지속적인 성격(이른바 서술적 정체성)을 구축함과 동시에, 인물의 정체성을 만들어가는 플롯(intrigue)만이 역동적인 주체성을 구성한다는 것은 폴 리쾨르의 주장이다. 그 차원에서, 인물의 정체성 위기는 플롯의 정체성 위기와 밀접한 상관관계를 형성한다. 이야기의 외적 형태(configuration)의 위기, 특히 이야기 종결의 위기는 인물의 정체성 상실과 밀접한 연관을 갖는다. 내 이야기가 어떤 식의 종결(終結)을 가질 것인가를 생각해야 하는 것이 그래서 중요한 것이다.

우리는 흔히 어린이, 혹은 동심을 순진무구한 그 어떤 상태로 상정한다. 그러나, 정신분석적 측면에서 보는 인간의 서술적 정체성은 그와는 반대의 모습을 가질 수도 있다.

예를 들어 멜라니 클라인은 모든 인간(아동이나 성인을 막론하고)을, 모친의 가슴에 매달려 있을 때의 노여움에 찬 유아적 정신병에서 회복 단계에 접어들어 있는 존재라고 설명한다. 클라인의 이야기는 편집증과 우울증을 오락가락하는 보편적이고도 병리적인 유아적 상황에서 출발하고 있다. 클라인에게는 인간의 생애가 광기에서 시작되고 있으며 이 광기는 타인의 광기를 받아들이는 것까지 포함한다. 비록 운 좋은 처지에 놓이거나 정신분석 치료를 받아 도움을 받는 수도 있기는 하나 인간은 그 후로도 다소간 미쳐서 살아간다. 흔히 쓰는 말 속에 나타난 어느 부분들, 예를 들어 마녀, 독살스런 태도, 애타게 하거나 골 빠지게 하는 사람이라는 은유들, 혹은 어떤 상황에서 우리 모두가 '미칠 수 있다'는 사실의 일반적 인정, 이 모두가 우리의 무의식 속에 있는 유아기의 처벌, 강박관념, 유린에 대한 유아적 환상을 강조하는 이론을 지지해 주고 있는 것이다.

　　　　　　　　　　　　　　　－로이 샤퍼, 「정신분석학적 대화에서의 서술」, 『현대서술이론의 흐름』, 솔

우리의 삶이 이미 그 출발선 상에서 '미쳐 있다'는 가정은 여러 가지로 유용한 관점을 선사한다. 우리가 '책 읽기'를 강조하는 것은 그것을 통해 우리의 삶이 서서히 치유되기 때문이다. 특히, '자기 이야기의 발굴'을 직접적으로 독려하는 '남의 이야기'들은 그 치료 효과 면에서 특별한 효능을 발휘한다. 소설도 좋고, 역사도 좋고, 명상록도 좋고, 일기도 좋다. 무엇보다도, 누군가의 플롯이 나의 플롯을 도와서 내 이야기를 완성시킨다는 믿음이 중요하다. 하인츠 코후트라는 학자의 연구에 의하면, 아동이 분열되지 않고 통합된 자아(cohesive self)를 실현하기 위해 거의 본능적인 노력을 기울인다는 것이 확인되었다. 아동들이 겪는 '분열의 산물'(과대망상적이고 자기위안적인 환상, 방어적인 분열과 억압, 우울증과 같은 병리적 증세)들은 분열된 자아가 스스로를 보호하고 치유하고 성장을 계속하기 위한 노력의 일부분이라는 것이다.

'강호' 혹은 '의리'에 대한 영상 매체들의 강한 집착이, 사회가 암묵적으로 공인한 '치유와 성장'의 지속을 위한 노력이라고 볼 수는 없을까? 우리의 '성웅 이순신'이나 일본의 '주신구라(忠臣藏)'가 지금도 여전히 '불멸(不滅)'인 것이 그것을 증거하는 것은 아닐까?

어쨌든, 법고창신하여 견물생심에 이르고 역지사지의 경지에 도달하면, 그래서 몸으로 로코보코도 알고 마음으로 무간도도 이해하고, 강호(江湖)의 미학과 이야기의 힘을 인정한다면, 일단은 무자(武者)로서의 기본 자질은 다 갖춘 셈이다. 연장통을 열어서 간단한 사용법은 어린 후배들에게 가르칠 수도 있는 경지다. 무도계에서도 이 경지에 도달하면 사범 면허를 주는 것이 관례다. 그러나 무자수업이 여기에서 그친다면 그야말로 우물 안의 개구리, 시골무사로 그치게 되는 수가 있다. 자신이 배운 것, 익힌 것, 터득한 것을 다시 한 번 찬찬히 검토하는 과정을 반드시 거쳐야 한다. 내외(內外)의 적에 대한 면밀한 검토가 있어야 한다는 것이다. 그 바탕 위에서 다시 한 번 크게 앞으로 나아가는 무자수업을 행해야만 한다.

五 논술오적(論述五賊), 무용지식(無用知識)이 문제다

지피지기(知彼知己)

옛말에 지피지기(知彼知己)면 백전불태(百戰不殆)라고 했다. 상대(적)를 알고 나를 알면 절대로 지지 않는다는 것이다. 무자수행도 이제 딱 중간 지점에 당도했다. 여기까지 온 사람은 누가 봐도 이제 병법을 익히는 무자의 모습이다. 지나온 길을 되짚어 보고 앞으로 갈 길을 다시 한 번 크게 그려 보아야 할 때다. 무자수행의 큰 장애물이 무엇인지 찬찬이 살펴 볼 때이기도 하다. 경지가 크게 한 번 업그레이드되어야 하는 시점에 도달했다고도 할 수 있을 것이다. 군대로 치면 이제 사병에서 장교로 계급장을 바꾸어 달아야 할 시점인 것이다. 이 단계를 제대로 거치지 못하면 문자 그대로 시골무사로 주저앉아야 될지도 모른다. 그렇다면 수행 중인 논술무자가 반드시 알아야 할 적, 내·외부에 산재한 장애물들은 무엇인가?

적(敵)은 도처에 있다. 우선 논술이 적이다. 논술은 '상대하기 어려운' 상대다. 얕잡아 봐선 곤란하다. 상대를 묘하게 괴롭힌다. 상식을 묻는다고 내세우면서도 막상 상식적으로 대답하면 면박을 준다. 통합적 사고 능력과 창의적 발상이 없다고 시험장 밖으로 내몬다.

그런 식의 검사용 논술은 아주 오래 전부터 출세하려는 젊은이들을 괴롭혀 온 역사적인 적이다. 고려 때부터 인재 등용의 한 방편으로 운용되었던 과거(科擧) 시험이 바로 그런 검사용 논술이었다. 앞에서 과거 제도의 한계가 지나친 수사(修辭)와 문벌의 폐해에서 비롯되었다고 말한 바 있지만, 인재 등용 시험으로 긍정적인 면이 전혀 없었다는 말은 아니다. 문제 해결에 필요한 종합적인 사고 능력을 묻는 것이 이른바 책문(策問)이었고 그에 답하는 것이 대책(對策)이었는데, 이 대책문들을 보면, 지금 봐도 문제 상황을 어떻게 해결할 것인가를 궁리하는 문제 해결 능력을 여실히 드러내는 문장들이다. 개중에는 문제 해결력은 물론이고 전인적(全人的) 인격 및 교양을 동시에 드러내는 훌륭한 논술로 충분히 인정될 수 있는 것들이 많이 있다. 그러니, 그 관문을 어렵게 통과한 인재들이 이 나라를 수백 년 동안 이끌어 올 수 있었던 것은 아닐까라는 생각이 든다. 과거 이야기를 꺼내는 것은 그 제도를 다시 논하자는 뜻이 아니다. 그나저나 '무엇을 논하여 대책을 마련한다'는 것은 항상 어려웠다는 것을 알 필요가 있고, 그에 대한 대비를 독한 마음으로 하지 않으면 극복되지 않는 난적이 바로 논술이라는 것을 명심해야 한다는 것이다.

그 다음 적은 나와 경쟁하는 동년배 수험생들, 또 다른 논술무자들이다. 어차피 정원을 정해 합격자를 뽑는 실정이니 다 같이 시험에 붙을 수는 없는 일이다. 그 적들이 강하면 내가 지게 되어 있고, 요행히 그 적들이 약하거나 수가 적으면 내가 이기게 되어 있다. 이들은 동료이기도 하지만 결국 평생 적이다. 이만한 적이 또 있을까?

그만한 적이, 당연히 또 있다. 이른바 앨빈 토플러가 말한 무용지식(無用知識)이다. 토플러는 지식과 정보가 넘쳐나는 앞으로의 세상에서는 무용지식을 적절하게 걸러내는 것이 성공의 관건이 될 것이라고 예언한 바 있다. 지금 논술과 관련된 엄청난 양의 무용지식이 범람하고 있다. 그러나, 그것들이 왜 무용지식인지를 밝히기가 쉽지 않다. 이미 제도나 권력으로 군림하고 있는 것들이 많기 때문이다. 그것들과의 한 판 승부를 벌여야 마지막 승부에서 승리할 수 있다. 이 책도 또 한 권의 그것이 될까 두렵지만 최대한 피해 갈 요량이다. 이 적에 대해서는 따로 논의를 해 볼 필요가 있으므로 일단 여기서는 그만큼만 이야기 하겠다(논술오적의 유형을 일괄한 다음 다시 거론한다).

그 다음 적은 누굴까? 생각으로만 먹고 사는 책벌레, 망상가, 고집불통, 대학교수다. 그 사람들이 주로 논술 문제를 낸다. 문제는 그 사람들이 보통 인간들이 아니라는 것이다. 그 사람들은 생각을 너무 많이 하기 때문에 일상적 삶에 익숙한 사람들과는 말이 잘 통하지 않는다. 일상의 코드와는 전혀 다른 코드로 의사소통을 한다. 물론 자기들끼리다. 일상에서 벗어난 것은 비정상이다. 정상이 아닌 이들이 정상적인 사람들을 불러다가 자기 코드를 강요할 수 있는 곳이 바로 논술 시험장이다. 극단적으로 생각해 보면 그럴 수도 있다는 얘기다. 그들이 어떤 방식으로 살고 무엇을 좋아하는지를 알 필요가 있다. 이 책의 저자인 나도 그 중 한 사람이니 이 책을 완독하면 그 적은 알게 모르게 극복이 될 것으로 믿는다.

그 다음 적은? 물론 나 자신이다. 나는 항상 나 아닌 것을 꿈꾼다. 그래야 사는 맛이 있다. 그러나 그 '사는 맛'이 사람을 잡는다. 현실감각, 균형감각과는 늘 동떨어져 있는 것이 그 '사는 맛'이기 때문이다. 그 '사는 맛'에 길들여져 있는 '나 자신'을 반드시 잡아야 한다. 그 일이 가장 큰 일임은 두 말할 필요가 없겠다. 그러나, 스스로 알아서 할 일이니 더 이상 논급하지 않겠다.

이상의 논술오적은 반드시 우리가 퇴치해야만 하는 복병(伏兵)이다. 그들은 엎드려 있다가 불시에 암기를 날리기 때문에 한 걸음 한 걸음 나갈 때마다 주위를 살펴 그들을 경계하지 않으면 안 된다. 이 난적들 중에서도 논술무자 된 입장에서 면 대 면(面對面), 제대로 된 백병전을 치러야 하는 것이 바로 세 번째 적, '무용지식의 적'이다.

제도와 권력으로서의 무용지식

앞에서도 말했지만 이들 무용지식은 이미 '제도와 권력'으로 우리 위에 군림하고 있는 것이어서 그들에 대해 가타부타 시비를 거는 것 자체가 금기시되는 풍조가 만연해 있다. 그래서 기고만장, 꼬리에 꼬리를 물고 재생산이 거듭되고 있다. 그래서 더 난적이다. 개중에는 읽을 만한 것이 전혀 없는 것도 아니다. 표상적 지식이 절차적 지식으로 전이되는 경우도 왕왕 있어 일괄적으로 무용, 유용을 논하기도 어려운 것도 사실이다.

그러나, **철학이나 사회학 등의 지식 정보 그 자체, 국어 지식이라 할 문장론 중심의 논술교육론 그 자체, 논리학 개념이나 논증 과정 그 자체, 표상적 지식 위주의 교육방법론적 논술교육론 그 자체, 인지심리학에 토대를 둔 교육이론 일체 등은 우리가 행하는 논술무자수업에 한해서는 명백한 무용지식이다.**

철학이나 사회학, 그리고 국어 지식이나 논리학 이론이 논술에 도움을 주지 않는다는 것이 아니다. 그것 자체는 물론 주제나 표현 면에서 많은 도움을 주는 것들이다. 내가 말하는 무용지식이란 그것들을 중심으로 하는 '논술교육이론'들이다. 하나씩 예를 들면서 그것들의 무용성을 살펴보도록 하자.

[전제는 결론을 뒷받침하기에 충분해야 한다]

"좋은 논증이 되기 위해서는 첫째, 전제와 결론이 관련이 있어야 하고 둘째, 전제가 참이어야 한다는 것은 알겠습니다. 세 번째 조건은 무엇인가요?"

"서두르지 마라. 알리바이 예를 다시 생각해보자. 만사마가 살인 사건이 일어난 시각에 녹화 중이었기에 알리바이가 성립했다고 해서 만사마가 범인이 아니라고 결론지을 수는 없지 않았느냐. 왜냐하면 살인을 교사할 수도 있고 공범일 수도 있으니까. 다시 말해서, 알리바이 논증에서 전제 1과 2로는 만사마가 범인이 아니라는 결론을 내리기에 충분하지 않다는 것이지. 무슨 말인지 알겠느냐?"

"예. 전제는 결론을 뒷받침하기에 충분해야 한다. 그런 말씀 아니신가요?"

"그렇지. 그게 바로 좋은 논증의 세 번째 조건이다. 결론을 받아들이기에 충분한 전제를 제공해야 좋은 논증이 된다는 것이지. 따라서 알리바이 논증은 다음과 같이 고치면 더 좋은 논증이 되겠지. 자 봐라."

멘토의 말이 끝나자 스크린 위에 보충된 알리바이 논증이 떴다.

1. 사체업자 살인 사건은 2005년 7월 13일 오후 7시 12분에 일어났다.

2. 만사마는 그 시각에 웃찾사 녹화 중이었다.

3. 만사마가 살인 사건과 연관되었다는 증거는 발견되지 않았다.

4. 따라서 만사마는 범인이 아니다.

아하! 전제 3번이 보완되니까 만사마가 범인이 아니라는 결론이 말이 되는구나. 별로 어려워 보이지 않는데. 또 그렇지 않은 예를 보여주겠지? 그게 멘토의 취미인 것 같아. 멘토를 쳐다보았다. 역시나 다른 예를 보자고 한다.[1]

---

1 탁석산, 『핵심은 논증이다』, 김영사, 2007, 58~59쪽.

충실한 전제를 제시함으로써 자연스러운 결론을 도출할 수가 있다는 설명이다. 이를테면 추리에 의한 유추를 하는 과정이다. 추리에는 직접 추리, 연역 추리, 귀납 추리, 관계 추리 등이 있다. 그 중에서도 논술무자에게는 관계 추리 능력이 가장 많이 요구된다고 할 수 있다. 앞 장에서 살펴본 '견물생심 역지사지'가 따지고 보면 결국 관계 추리 능력과도 상통한다는 것을 어렵지 않게 알 수 있다. 참고로 그 예를 들어 보면 다음과 같다.

새는 난다   (전제)
조나단도 (새이므로) 날 수 있다. (결론)   **[직접 추리]**

새는 난다.   (대전제)
갈매기는 새다.   (소전제)
조나단은 (갈매기이므로) 난다. (결론)   **[연역 추리]**

조나단에게는 날개가 있다.   (대전제)
미운오리새끼에게도 날개가 있다. (소전제)
새들은 날개를 가지고 있다. (결론)   **[귀납 추리]**

논술에서 많이 활용되는 논법이 '관계 추리'라고 부르는 추리이다. 여러 가지 주변 상황(전제 판단)을 종합해서 논리 전개에 필요한 논거(결론 판단)를 확보하는 방법이다. 알려진 관계를 토대로 새로운 관계를 안다는 것인데 고등 사고력의 기초가 되는 것이다.

사람마다 타고난 능력이나 개성이 다르다. (대전제)
그렇기에 저마다 자아실현 과정도 다르다. (소전제)
하지만 (노력하여 성취하는 부분도 있다는 것이 많이 확인되므로)
타고난 능력이나 개성에만 의지하며 살아야 하는 것은 아니다. (결론) **[관계 추리]**

위에서 예로 든 추리 논법을 사용할 때는 몇 가지 유의할 점이 있다. 대표적인 것이

'논리의 비약'이다. 전제와 결론 사이에 추리의 적절성이 결여되어 올바른 판단이 도출되지 못하는 것이다. 논리학에서 '오류'라고 부르는 그것을 막는 방법은 다음과 같은 것들이 있다.

1) **주관적으로 판단하지 말자.** (내가 피자를 좋아하니 모든 사람이 다 피자를 좋아할 것이라는 판단)
2) **일부만 보고 판단하지 말자.** (조나단은 저공비행을 하다 백사장 위에 떨어진 적이 있다. 그것만 보고 조나단은 비행 중 늘 추락한다고 판단)
3) **겉모습만 보고 판단하지 말자.** (미운 오리새끼는 겉모습이 다르니 미움을 받아 마땅하다는 판단)[2]

이상의 논리학 논의를 통해서 우리가 취해야 하는 것은 논리의 비약이 없이, 즉 전제와 결론 사이에 추리의 적절성이 결여되지 않도록 유의하면서, 알려진 사실 관계를 토대로 새로운 관계를 파악하는 것이 좋은 논술의 방법이라는 점이다. 그것만 취하고 나머지는 다 버려야 할 것들이다.

강을 건너면 배를 버리고 가야 할 것인데, 강을 건너고도 배를 지고 다닌다면 몇 걸음 가지도 못하고 금방 쓰러지고 말 것이다. 논리학 지식도 그와 매한가지다. 전제니 결론이니 대전제니 소전제니 삼단 논법이니 연역이나 귀납이니 관계니 하는 것들은 그 자체로는 논술과는 아무런 관계도 없는 무용지식들이다. 논점이 파악되고 논제의 취지를 이해하면 논술은 저절로 자신의 구성적 절차를 수행하게 된다. 주장(명제)을 먼저 제출하고 그 주장의 타당성(전제)을 언급해도 되고, 문제를 제기한 후 여러 가지 근거(전제)를 들어 주장(명제)을 도출해도 된다. 연역이든 귀납이든 '나는 이렇게 생각한다'가 있으면 자연스럽게 '그 이유는 이렇다'가 앞이나 뒤에 따라 오게 되어 있다는 것이다. 그러니 **전제니 결론이니 삼단 논법이니 논증이니 논거니 하는 단어들을 굳이 머리 속에 담아두고 있을 필요가 없다**는 것이다. 이치만 취하고는 얼른 버리는 것이 머리 속 가용 용량을 넓히는 데 이롭다는 말이다.

---

2 양선규, 『창의독서논술지도법』, 대구교육대학교 언어표현교육연구소(자립형), 2007, 111~112쪽.

또 하나의 예를 들어보자. 서울대학교에서 발행한 「2007년도 2학기 논술교육 역량 강화를 위한 중등교사 연수 자료집」이 좋은 예가 될 것 같다. 논술과 관련된 다양한 글들을 실어서 논술교사들이 현장교육에서 참고할 수 있도록 공들여 만든 것이라는 느낌을 준다. 그러나, 그 방대한 자료집도 공들여 다 읽고 나면 논술에 대해서 무엇을 알게 되었다는 느낌보다는, 현장에서 지도하는 사람의 입장에서는 자포자기의 심정이 먼저 들게 할 수도 있겠다는 생각이 든다. 생각보다 무용지식이 많았다는 말이 된다.

학자적 관심에서 촉발된 지식 덩어리의 무분별한 나열, 대학 교수 수준이나 되어야 가능한 비판적 사고 연습, 그리고 무언가 보여주어야 한다는 강박에서 나온 궤변과 비문들이 적지 않았다. 그러나, 그것을 내놓고 무시할 수만은 없는 것이 현재 우리의 실정이다. 그만한 '제도와 권력'도 없기 때문이기도 하지만, 역설적으로, 그 자료의 무용지식적인 측면을 살펴보는 과정이 창의적 글쓰기가 요구하는 몇 가지 유용한 정보를 보다 효율적으로 강조하는 일이 될지도 모르기 때문이다.

비판을 통한 사고의 훈련

「연수 자료집」은 크게 세 부분으로 구성되어 있다. 목차를 간추리면 다음과 같다. 어떤 문제가 논의의 초점을 이루고 있는지 그 대강을 짐작할 수 있는 부분이다. 그 내용을 비판하는 것으로 사고의 훈련을 도모해 보자.

〔공통〕
논술시험의 철학과 이론
2008학년도 대학 입학전형과 논술교육
수행평가와 논술
창의적 글쓰기로서의 논술

〔인문계〕
비판적 사고와 논술
독서 방법, 독서와 논술

위의 내용 중에서 전혀 실용적으로 도움이 되지 않는 내용들부터 먼저 살펴보면, 〔공통〕에서 '창의적 글쓰기로서의 논술' 부분, 그리고 〔인문계〕 '논술 수업의 실제' 중 일부 정도가 유용한 지식이었고, 나머지는 거의 모두가 절차적 지식으로 전이되지 않는 표상적 지식으로 일관하고 있는 것들이었다. 특히 〔자연계〕의 '과학적 글쓰기는 따로 있다'는 식의 발상은 한 마디로 가관이었다. 왜 그런 영역(이기)주의가 창의적이고 통합적인 사고를 요구하는 통합교과논술 시험 연수장에 끼어들고 있는지를 알 수가 없다. 아마 그것도 권력이기 때문일 것이다. 그렇다면, 그것들이 왜 무용지식인가? 일례로 서두를 장식하고 있는 '논술시험의 철학과 이론' 부분을 직접 펼쳐 놓고 한 번 살펴보자.

'철학과 이론'의 핵심 부분은 〈2. 논술 시험의 성격〉이다. 그 안에 〈2-1. 문제의식의 측면〉, 〈2-2. 사고의 측면〉, 〈2-3. 교과의 측면〉, 〈2-4. 논술 시험의 평가〉 등의 항목이 있다. 순서대로 그 내용을 검토해 보자.

2-1. 문제의식의 측면

(1) 문제 발견으로서의 논술

'문제 발견'이란 설명, 해결, 개선, 입증, 분석, 선택 등이 필요한 문제 또는 사상(事象)을 독자적으로 찾아내는 일이다. 논술은 이와 같이 문제적 안목으로 해결해야 할 과제를 파악하는 데에서부터 시작된다. 즉 문제를 주어진 상황 안에서 해결해야 할 뿐만 아니라 문제 상황에 대한 다른 여러 여건이나 조건과 연관지어 해결하고자 하는 능동적이고 적극적인 사고인 것이다. 여기에서 사실에 대한 이해 능력이 우선적으로 필요하다. 즉, 사태가 어떠한가 하는 관찰과 그 관찰의 결과를 문제적인 명제로 요약할 수 있는 능력이 있어야 한다. 이러한 문제 발견의 태도가 갖추어졌을 때, 인간의 개인적, 사회적 삶은 비로소 의미 있는 것이 된다.

(2) 문제 해결로서의 논술

'문제 해결'이란 문제 상황에 대한 판단을 통해 마련되는 대처 행위를 말한다. 여기서 대처 방식이 문제되는데, 그것은 합리적이고 사리에 맞는 것이어야 한다. 합리적이라는 것은 자체의 논리성을 갖추어야 한다는 뜻이며, 사리에 맞는다는 것은 문제를 해결함에 있어 현실성이 있어야 한다는 뜻이다. 이를 위해서는 문제에 대한 분석력과 객관적 논의 능력, 그리고 관점의 전환이 필요한데, 이런 논술의 특성 때문에 발견한 문제에 대한 해결 방안을 모색하는 과정에서 논술이 주체적인 사고활동이라는 의미가 살아나게 된다.

이런 부분은 대학이 논술을 어떻게 생각하고 있는가를 명시적으로 드러내는 부분이기 때문에 특히 조심스러운 접근이 요망되는 곳이다. 수험생이나 논술 지도교사에게는 그야말로 금과옥조(金科玉條)가 되는 것이기 때문에 한 마디 한 마디에 치밀한 검증을 덧붙여야 하는 대목이다. 그런데, '모든 글쓰기에는 문제의식이 선결 조건이다. 그것은 문제의 발견과 해결이라는 글쓰기의 두 에너지 원(原)으로 구성된다' 정도로 요약하면 될 일을 장황하게 늘어놓고 말았다. 본디 논술 시험용 제시문들은 그 자체로 이미 문제 제기적인 내용을 가지고 있다. 그리고 그 '문제'들은 평가의 신뢰성 확보를 위해서 어느 정도는 '일반화된 타자들의 공인'을 획득할 수 있는 내용으로 제시된다. 만약, 논술의 본디 취지에 걸맞도록, 주체적으로 문제를 발견해서 그야말로 주체적으로 해결하도록 요구한다면 평가의 신뢰성에 문제가 생겨 검사용 논술 시험으로서의 타당성을 인정받을 수가 없게 된다. 그런데 인용문에서는 오로지 능동적이고 적극적인 주체적 활동만을 강조하다 보니 말이 겉돌고 있는 느낌을 주고 말았다. 특히, (1)의 말미에서 문제 발견의 태도와 의미 있는 삶을 연결시킨 것은 전혀 문맥 정합적이지 못한 구성이었다. (2)에서 '합리적이라는 것'과 '사리에 맞는다는 것'을 각각 자체 논리성과 현실 정합성에 연결해서 설명하고 있는 것도 말을 위한 말이라는 느낌을 주고 있다. 그리고 논술만이 주체적인 사고 활동이 아니라 모든 읽기와 쓰기는 주체의 능동적인 자기실현이라는 점을 간과하고 있는 것도 큰 흠이다. '분석력과 객관적 논의 능력, 그리고 관점의 전환이 필요'한 것이 논술이라는 것을 강조하고 '인식론적 단절' 내지는 '역지사지'로서의 문제 해결을 첨언하는 것으로 매듭을 지었어야 했다.

논술 시험의 출제와 평가

무용지식은 그 다음 항목으로 넘어가면 더욱더 그 본색을 드러낸다. 〈2-2. 사고의 측면〉은 〈(1) 논리적 사고로서의 논술, (2) 창의적 사고로서의 논술, (3) 종합적 사고로서의 논술〉로 세분되어 마치 〈1 + 2 = 3〉이라는 식으로 '사고'를 나누고 있다. 인간의 사고활동을 좌뇌 활동(응축적)과 우뇌 활동(발산적)으로 나누고 그것의 종합이 궁극적인 도달점이라는 식의 기계론적 인지론의 표본이라고 할 것이다. 그런 사고에서 벗어나도록 하기 위해서 논술 시험을 부과하는 것으로 알고 있는데 어떻게 그런 지침이 버젓이 활자화될 수 있었는지 이해하기 어렵다. 논의의 가치조차 없는 것들인데, 그런 관점이 시종일관 반성 없이 유지되고 있다. 〈4-2. 논술 시험의 평가〉 항목을 살펴보자. 이 부분 역시 그러한 관점에서 장황하게 논술 시험의 일반적 목표와 의의에 대해서 중언부언 하고 있다. 그 세부 항목을 나열하면 다음과 같다.

(1) 자료의 해석과 분석 능력

우선 논술 시험에서는 논제에 대한 이해와 파악이 선행되어야 한다. 아울러 제시문으로 제시된 글을 읽어내는 능력이 필요하다. 즉 주어진 자료들을 바르게 해석하고 분석하는 능력을 평가하는 시험이라는 점을 유념할 필요가 있다. 이와 같은 해석, 분석 능력과 관련하여 제시될 수 있는 평가 항목들은 다음과 같다.

＊ 논제에 대해서 정확하게 이해하고 있는가?

＊ 제시문을 정확하고 정밀하게 이해하고 분석할 수 있는 능력을 갖추고 있는가?

＊ 각 교과에서 학습한 내용을 논술에 적용하는 응용 능력이 있는가?

＊ 조직적, 체계적으로 사고하고 조직할 수 있는 능력을 갖추고 있는가?

(2) 논리적 사고 능력

논술 시험은 논리적 사고력 측정을 위한 시험으로, 대학에서의 학습 능력인 글쓰기와 말하기와 밀접한 관련이 있는 능력을 평가하는 것을 목표로 하고 있다. 즉 논술고사는 합리적인 판단에 기준을 두어 자신의 주장을 세우고, 이를 뒷받침할 수 있는 적절한 논거를 제시하여 자신의 주장을 입증할 수 있어야 한다. 이런 점을 고려하여 논리적 사고 능력과 관련된 평가 항목들은 다음과 같다.

* 주장에 대한 적절하고 분명한 논거를 제시하고 있는가?
* 논증의 절차와 규칙에 일관적으로 논리를 전개하고 있는가?
* 사상(事象)에 대해 합리적으로 판단하는 비판 능력을 갖추고 있는가?
* 건전한 윤리가 바탕이 된 포괄적인 사고 능력을 갖추고 있는가?

(3) 창의적 사고 능력

논술 시험은 창의적 사고 능력을 측정하는 시험이다. 따라서 논의하고 있는 내용이 독창적이면서 설득력을 가지고 있어야 한다. 몇 가지 유형화된 논제에 대해서 정리한 내용을 외워서 쓰거나 틀에 박힌 내용을 서술하는 것이 아니라, 남과는 다른 자신의 견해를 심층적으로 밝혀서 설득력을 지녀야 좋은 논술이라고 할 수 있다. 서울대학교는 논술 고사의 이같은 성격을 자기주도성이라고 설명하고 있다. 그리고 이 창의적 사고 능력을 측정할 수 있는 항목들은 다음과 같다.

* 논의의 관점이나 주장을 독창적으로 전개하는 능력이 있는가?
* 다양한 관점에서 발상하고, 설득력 있는 대안을 제시할 수 있는 능력이 있는가?
* 치밀하고 깊이 있게 논리를 전개하여 결론을 도출할 수 있는 능력이 있는가?

(4) 종합적 사고 능력

논술 시험은 종합적 사고력을 측정하는 시험이다. 즉 논술 시험에서 제시된 논제와 제시문으로만 문제 상황을 해결하는 시험이 아니라, 학습자의 과거 배경 지식(개인적 체험, 독서 체험, 학습 내용 등)을 결부시켜서 논의를 전개해야 한다. 따라서 풍부하고 깊이 있는 논거와 예를 활용하는 능력이 중요하게 요구된다. 이와 같은 종합적 사고 능력 측정과 관련된 평가 항목들은 다음과 같다.

* 논술의 내용을 결정하는 독서 체험의 폭과 깊이가 풍부하게 나타나 있는가?
* 문제 상황을 자신의 경험에 바탕을 두고 사고하여 재구성하는 능력을 갖추고 있

는가?

　＊ 문제 상황을 종합적으로 사고하고 판단하는 능력을 갖추고 있는가?

(5) 언어 표현 능력

　논술 시험은 표현력을 측정하는 글쓰기 시험이다. 따라서 단어, 문장, 단락, 전체글이라는 맥락에서 글쓰기에서 요구되는 언어 능력을 보여주어야 한다. 국어 규범에 맞는 자연스러운 글을 써야 하며, 논리를 중시하는 논술고사라는 글쓰기 개념과 특성에도 부합하는 논술문을 작성해야 한다. 이런 점에서 논술 시험에서 평가하고자 하는 언어 표현 능력의 평가 항목들은 다음과 같다.

　＊ 표현의 조직과 전개 능력을 갖추고 있는가?

　＊ 풍부하고 적절한 언어로 표현하는 언어 구사 능력을 갖추고 있는가?

　＊ 사고 과정을 체계화할 수 있는 언어 능력을 갖추고 있는가?

　인용된 부분에서 우선적으로 지적되어야 할 것이 '사고 능력'을 자의적으로 나눈 것과 '사고 능력'과 '언어 능력'을 별개의 평가대상으로 보고 있는 점이다.

　앞에서도 말한 바 있지만, 분석 능력, 논리적 사고 능력, 창의적 사고 능력, 종합적 사고 능력, 언어 표현 능력으로 나누어 논술 능력을 평가한다는 것은 한마디로 어불성설이다. 하다못해, 창의적 사고 능력이 응축적 사고와 확산적 사고를 종합하는 능력에서 출발한다는 기계적 인지론의 기본적인 개념조차도 지켜지지 않고 있다. 그리고, 논술 시험의 평가 과정에서는 사고 능력과 언어 표현 능력의 관련성이 아주 밀접해서 그 둘을 분리해서 평가한다는 것은 전혀 불가능한 일이고, 기껏해야 문법 능력과 어휘 제한 조건 정도가 '언어 표현 평가 영역'의 독립된 영역으로 인정된다는 사실도 감안하지 않고 있음을 알 수 있다.

　두 번째는 각 평가 항목이 어떤 위계를 가지고 평가 기준 역할을 하는가에 대한 어떠한 언급도 없다는 점이 이 내용이 전형적인 무용지식임을 잘 보여주고 있다. 평가는 점수로 표현되는데, 무엇이 몇 점이고 무엇이 다른 무엇보다 우선적인 평가 영역이며 서로 상치될 때 어떤 기준이 우선한다는 설명이 없는 것이다. 그것이 없다는 것은 실제로는 아무런 기준이 될 수 없다는 것을 뜻한다. **'창의적으로 논제를 해석하고 그것을 바탕으로 자신의 주장을 효과적으로 제기하고 있는가?'**라고 한 문장으로 요약할 수 있는 것을 쓸데없이 장황하게 늘어놓았다는 말이다. 주장이 효과적으로 제기되려면 추론의 과정이 논리성을 띠어야 하고 결론이 윤리성을 띠어야 한다는 것은 상식이므로 거론될 필요조차 없는 것이다.

마지막으로 지적하고자 하는 것은 비문 문제와 문맥 정합성 문제다. 위의 인용문에는 비문이 많고, 구성 상 문맥 정합적이지 못한 곳도 많다. 일일이 지적하자면 끝도 없을 것 같아 독자들이 스스로 찾아보기를 권한다. 어쨌든 위의 인용문들은 표상적 지식일 뿐, 평가에 직접적으로 유용한 기준이 되는 절차적 지식이 아니라는 것을 다시 한 번 강조해 둔다.

그렇다면 논술 시험의 평가를 위한 기준은 어떤 방식과 내용으로 마련되어야 하는가? 현실적으로 가능한 모델은 어떤 것인가? 실제 저자가 한 논술 대회 출제위원장으로 참여했을 당시 제출했던 것을 소개하는 것으로 설명을 대신한다.

1. **제시문 구성 원리** : 복수 제시문을 제공, 상호연관성을 유추토록 하고, 이해력과 창의력 측정을 위한 적절한 위계를 설정함.

1) 1단계 제시문 : 코드 해득(decoding) 중심. 단순 연상 기능, 선형적 유추 기능(은유법 모드)만으로 의미 구성이 가능한 내용. 외부 이미지에 대한 이해(지각작용)를 적정한 수준에서 수행할 수 있는가를 측정할 수 있는 제시문 선별.

2) 2단계 제시문 : 맥락적 이해가 필요한 고등 독해 중심의 제시문. 인접성(환유법 모드)에 의한 사유의 확장을 요구하는 내용. 자기반성을 토대로 한 비판적 독해 가능성을 측정. 내부 이미지 작용의 역동성(상상작용) 여부 측정.

2. **논제 구성 원리 및 평가 기준** : 1, 2단계 제시문의 통합적, 맥락적 이해를 요구하는 논제의 개발. 이해력 평가를 위한 소 논제와 논자의 수준에 따라 고도의 대화적 상상력까지 요구(자극)할 수 있는 내용의 대 논제를 제시. 통합적 문식력을 토대로 한 독자적 의미 구성 능력을 측정할 수 있도록 고려. 평가는 논제 별로 종합적으로 상 중 하로 구분하여 시행하되, 소 논제와 대 논제의 비율은 3 : 7로 하고, 전사 능력 부분은 전체의 10% 이내에서 독립적으로 평가할 수도 있음. 평가 항목은 다음과 같음.

1) 해설적 표현 능력 : 공적 의미의 확정을 위한 일반화된 타자(generalized other)의 준거화가 적절하게 이루어지고 있는가.
2) 비판 능력 : 자기반성 능력, 논거 제시 능력, 추론 능력이 탁월한가.
3) 창의 능력 : 관계화된 주체(투사 – 해설 – 시학)의 창발성이 존재하는가.
4) 전사(轉寫) 능력 : 구문 형성 능력, 문법 인지도 등.

지금까지 우리는 '논술오적'이라는 캐치프레이저를 내걸고, 한갓 풍문으로 그쳐야 할 것들이 '제도와 권력'으로 우리 위에 턱없이 군림하고 있는 모습을 간략하게나마 살펴보았다. 쓸데없이 논리학의 개념들로 너스레를 떨고, 고압적으로 지식 내용을 가지고 윽박지르는, 무례하기도 하고 방자하기도 한 모습들이 더 있었지만, 본디 무자수행이란 것이 자기를 강하게 키우는 목적 하에 이루어지는 것이지 남을 비방하고 나무라는 것에 그 취지가 있는 것이 아니므로 그 정도로 그치는 것이 좋을 듯하다.

나를 알고 적을 알면 위태롭지 않다고 했으니 이제는 '위태(危殆)'의 염려를 벗어나 좀더 자유로운 경지를 찾아 떠날 때가 되었다. '무용지식'들을 털어버리고 보다 넓은 세상으로 떠나야 할 때가 온 것이다. 세상은 넓고 쓸 일은 넘쳐나게 많으니 그 도정이 마냥 무료하지는 않을 듯싶다.

六 자유자재(自由自在), 세상은 넓고 쓸 일은 많다

논리적인 서술과 명제화

　무자수업은 이제 큰 고비를 하나 넘긴 셈이다. 자유자재(自由自在)라는 말은 무도의 경지, 즉 체달의 수준을 뜻하는 말이 아니다. 그런 무도의 경지, 체달의 수준은 없다. 중력과 공기의 저항, 그리고 육체의 변화와 한계는 무자가 살아생전에 벗어 던질 수 없는 영원한 제약이다. **자유자재란 수행의 자율성을 뜻하는 말이다.** 무도계에서는 이 경지에 든 이를 연사(鍊士), 즉 스스로 연마하여 무도의 수준을 높일 수 있는 무사라고 칭한다. 그 다음 경지는 교사(敎士), 즉 남을 가르칠 수 있는 수준이고, 그 다음이 범사(範士)다. 무릇 모범이 되는 경진데, 이 범사 칭호는 무도 최고의 경지에 이른 사람에게만 부여한다.

　연사는 무도의 시스템을 몸으로 체득하고 그 시스템의 흐름에 자신을 맡겨 스스로 연마할 수 있는, 이를테면 백련자득(百鍊自得)할 수 있는 무자의 경지다. 논술무자도 이 경지에 들면 비로소 논술의 시스템을 체득하게 된다.

　논술은 학습자의 구체적이고 실천적인 언어행위의 자연스러운 발로로 이루어지는 것이 아니다. 그것은 특정 검사용 시험에 답하는 언어행위이며, 그런 의미에서 일상적인 자연 언어와는 본질적으로 다른 체계를 지닌 특정 '시스템 언어'에 속한다고 할 것이다.

시스템 언어는 자연 언어와는 달리 시스템이 허용하는 한도 안에서만 자신의 주장을 펼칠 수 있다. 자신이 모르는 언어에 대해서는 어떠한 말도 할 수 없는 것이 시스템 언어의 속성이다. 전래 동화에 자주 나타나는 계모의 캐릭터가 늘 심술궂고 야멸찬 것은 전래 동화라는 시스템의 규범이 그와 같은 언어만을 허용하고 있기 때문인 것처럼, 논술에도 그와 같은 규범이 있다. 주어진 제시문을 비판적으로 읽고 논제의 취지에 부합하는 관점을 세워 논리적인 서술을 통해 자신의 주장을 분명하게 밝혀야 하는 것이 바로 그 규범의 포괄적인 내용이라고 할 수 있다.

비판적 독서와 관점의 확보를 위해서는 앞 장에서 강조한 '견물생심 역지사지'의 독법을 활용하면 될 것이다. 남은 문제는 '논리적인 서술을 통한 주장'인데, 그 방법에 대하여 간략하게 살펴보자.

논리적인 서술의 출발점은 올바른 전제의 확보에 있다는 것은 앞에서 설명한 바 있다. 그 전제를 활용하여 심층적으로, 다각적으로, 그리고 독창적으로 논의를 전개하는 것이 중요하다. 반론의 가능성이 있는가, 더 나아갈 논의의 여지가 있는가, 전체 맥락과 어울리는가(문맥 정합성 고려)를 고려하여 심층적인 논의를 전개하여야 하고, 혹시 생략된 전제는 없는지, 또는 가능한 대안은 없는지 등을 고려하여, 제시된 여러 개념들을 종합하는 다각적인 논의를 전개하여야 한다. 나아가서 남다른 발상의 전환이니 인식지평의 확대를 통한 문제의 통찰을 꾀해 독창적인 논의를 이끈다.

논리적인 서술의 종착지는 창의적인 결론의 명제화에 있다. 일반적으로 장문의 제시문이 주어지는 논술 시험에서의 성패는, 제시문 내용을 논제가 요구하는 방향에 따라 얼마만큼 창의적이고 논리적으로 명제화할 수 있느냐 달려 있다고 해도 과언이 아니다. 주어진 지식 정보를 일정한 관점에서 분석, 종합하여 개념화하고 그것을 또 다른 것들과 견주어 보는 것(유형화)이 명제화의 핵심이다. 한 개의 텍스트에서 몇 가지 명제화도 가능하다는 것을 보여주는 '천장지구 이야기'를 소개한다. 코드와 맥락에 따라 문제를 발견하고 해결하는 관점이 얼마만큼이나 달라질 수 있는가를 잘 보여주고 있다.

천장지구(天長地久)와 세 가지 명제

우리의 화두는 영화 〈천장지구(天長地久)〉와 관련된 해석적 경험들이다. 그것을 두고 대학 교수 세 사람이 말문을 열었다. 정치학, 문학, 철학을 전공하는 학자들이다. 60대에서 40대까지, 글 쓸 당시의 나이가 10년 정도씩 터울이 지고, 살아가는 터전도 각기 다른 사람들이다. 공통점은 전공 이외의 사물에도 관심이 두루 미치는 호사가들이라는 점 정도일 것이다. 글이 발표된 순서대로 실어 보면 다음과 같다.

〈1〉

미인과 가인에 대한 동경을 나만 가지고 있지는 않다. 소동파의 「적벽부(赤壁賦)」에는 "넓고 아득한 나의 마음이여, 하늘 저 끝에 있는 미인을 그리도다"라는 구절이 있고, 또 한 무제(漢武帝)의 「추풍사(秋風辭)」에는 "난은 빼어나고 국화는 향기로워라, 가인을 생각하매 잊을 수가 없음이여"하는 대목이 나온다. 한 무제는 가을을 맞는 인생의 쓸쓸한 심정을 노래하면서 가인을 그리워했고, 동파는 월야(月夜)의 적벽에서 배를 타고 놀 때 회고의 감정에 젖어 미인을 못 잊어 했다.(…중략…) 당나라 때 와서는 양귀비 때문인지는 알 수 없지만, 경국(傾國)이란 말이 많이 쓰여졌다. 이백의 「악부청평조(樂府淸平調)」에는 "좋은 꽃인 모란과 경국의 미인은 함께 사랑할 만하다"는 구절이 있고, 이상은의 「북제(北齊)」시에도 경성과 경국이란 말이 나온다. 그러나 경국이란 말을 크게 유행시킨 것은 백낙천(白樂天)의 「장한가(長恨歌)」가 아닌가 생각한다. 다 아는 이야기지만, 장한가는 현종 황제와 양귀비와의 사랑을 주제로 한 담화시이다. 그런데 그 시의 첫 구는 '한황(漢皇)이 색을 중히 여겨 경국의 미인을 구하도다'로 시작한다. 이 노래가 크게 유행하여 당시 사람들은 낙천을 장한가주(長恨歌主)라고 불렀다. 경국이란 말과 경국의 미인 양귀비가 인구에 회자하지 않을 수 없었다.(…중략…)

그러면 양귀비는 얼마나 아름다웠는가? 경국의 미인이라고 하나 나로서는 상상도 할 수 없다. 다만 장한가에 추상적으로 묘사된 것을 여기에 옮겨 보려고 한다.

천생으로 아리따운 자태는 그대로 버려두기 어려워
일조에 뽑혀 군왕의 곁에 모시게 되었다네.
눈동자를 돌려 한 번 웃으면 백 가지 교태가 나타나니,

육궁의 분단장한 미인들은 얼굴빛을 잃었더라.

(…중략…)

당시 천자에게는 궁이 여섯 개나 있었고, 거기에는 삼천의 미인이 있었다. 그러나 삼천 인에게 갈 총애를 한 몸에 모으게 되었으니 그 영화를 짐작하고도 남는다. 그리하여 양귀비는 모든 사람의 선망의 대상이 되었던 것이다. 그러나 두 사람의 사랑도 영원할 수가 없었으니, 한을 품고 눈물을 뿌려야 했다. 그것을 낙천은 이렇게 묘사하고 있다.

하늘은 길고 땅은 오래라도 다할 때가 있겠는데,　　　　　天長地久有時盡

이 슬픈 사랑의 한스러움은 끊일 날이 없겠다네.　　　　　此恨綿綿無絶期

이것이 「장한가」의 마지막 두 구이다. 천장지구(天長地久)라는 것은 노자의 말이다. 하늘과 땅이 영원하고 영존하는 것은 그들이 스스로 생존을 위하여 다투지 않기 때문이다. 따라서 성인은 자연을 따를 뿐 자신을 드러내지 말아야 된다고 노자는 말했다(도덕경 7장). 그것은 그렇다고 하자. 아무튼 '장한가'라는 이름이 여기서 나왔다고 한다.

　　　　　　　　　　　　　　　　　－ 최명, 『소설이 아닌 삼국지』 중에서

〈2〉

〈천장지구〉라는 영화는 홍콩판 〈맨발의 청춘〉이다. 부잣집 딸인 청순가련형 여주인공과 가난한 휴머니스트 불량배 남주인공의 '이루어질 수 없는 사랑'이 메인 플롯인데 그것만 가지고는 그리 인상적이지 못했을 것이다. 그런 모티프는 '선녀와 나무꾼' 이래 두고두고 우려먹은 것이기 때문이다. 당시로는 드물게 리얼리스틱한 화면 구성, 영화의 힘이 돋보였다. 이 영화는 '天長地久'라는 제목이 우선 문학적, 문제적이다. 이를테면 그것에 따른 '해석학적 규약'이 이 영화를 보다 심미적으로 읽게 만들고 있다. '해석학적 규약'이란 작품의 제목이 본문 속에서 그 의미를 드러내는 과정에 따라 독서를 해 나가는 독법이다. '하늘과 땅은 장구하다'는 제목과 '맨발의 청춘'에 방불한 내용이 어떠한 역사적 맥락을 공유하면서 연결되느냐가 핵심이다.

우리 나라의 문화적 맥락에서, 그것이 노자(老子)의 도덕경에 나오는 말("하늘과 땅이 영원하고 영존하는 것은 그들이 스스로 생존을 위하여 다투지 않기 때문이다")이고, 백낙천의 '장한가'에 나오는 구절이라는 것을 아는 이는 그리 많지 않다. 굳이 비유하자면, 춘향이가 곤장을 맞으며 불렀다는 '십장가'나, 박을 타다가 돈벼락을 맞은 흥부가 불렀다는 '돈 타령'을 다른 나라 사람들이 듣고 그 문맥을 잘 파악하지 못하는 것과 한 가지일 것이다. 그러니까 그 말은 중국인들에게는 '상통(相通)'의 언어일 수는 있어도 우리 나라 사람에게는 '불통(不通)'의 언어였던 셈이다. 그러나 문화는 언제나 높은 곳에서 낮은 곳으로 흘러드는 것, 영화 〈천장지구〉가 우리 나라 사람들의 흉금을 울렸다면 이제 우리도 그 '언어의 역사성과 사회성'에 동참해야 할 의무가 생겼다고 할 수 있는 것이다. 적어도 먹물인 한에서는.

 '천장지구(天長地久)'라는 말은 『노자』에서 끝나는 말이 아니다. 언어에는 역사성이 있다. 한 언어가 생성되기 위해서는 엄청난 세월의 무게를 견뎌야 하는 것이다. 그 '세월'은 우리의 지나온 사회·역사적 맥락으로 채워진 거대한 콘텍스트이다. '천장지구'라는 말도 마찬가지, 백낙천이 노자의 그것을 희롱하며 그 안에 '사랑만이 인간을 구원한다'라는 의미를 새로이 새겨 넣었던 것처럼, 진목승 감독의 〈천장지구〉라는 영화도 이제 '천장지구'의 한 내포로 당당하게 서게 되는 것이다. 그러므로 이 영화 감독이 자신의 영화에 '천장지구'라는 제목을 붙이기로 작정하기까지의 콘텍스트를 아는 것이 중요하다. 그것이 문제의 핵심이다. **그 콘텍스트가 『노자』에서 시작했으나 단지 그곳으로 다시 돌아가는 것이 아니라 더 큰 바다로 흘렀다는 것을 아는 것이 중요하다는 것이다.**

 '천장지구'는 백낙천이라는 유명한 시인에게 와서 또 하나의 중요한 내포를 부여받는다. 그의 「장한가」는 당 현종과 양귀비의 비극적인 사랑(안록산의 난 중에서, 양귀비는 민중들에게 던져져 죽임을 당한다)을 노래한 시였는데 거기서 '천장지구'의 환골탈태가 이루어진다. 그 내포를 알아야 왜 이 영화의 제목이 '천장지구'가 될 수밖에 없었는지를 알게 되는 것이다. '천장지구'는 백낙천의 「장한가」에서 비롯된 일종의 관용구인 셈이다. 그 부분이 나오는 곳만 따로 떼어내 인용해 보자.

天長地久有時盡(하늘은 길고 땅은 오래라도 다할 때가 있겠는데)
此恨綿綿無絶期(이 슬픈 사랑의 한스러움은 끊일 날이 없겠다네)

 말하자면, '천장지구'라는 4자(字)는 그 뒤에 연이어 나오는 나머지 10자(字)를 항상 대동하고 다니는 일종의 관용구였던 것이다. '천장지구!' 하면, 이루어질 수 없는 사랑으로 고통 받는 연인들의 그 말로 표현하기 힘든 사랑과 한을 연상해야 한다는 것이 바로 그 관용구와 우리가 맺고 있는 언어의 규약이었던 것이다. 창녀의 아들로 태어난 거리의 불량배(아화 - 유덕화)와 상류층의 무남독녀(죠죠 - 오천련)가 범인과 인질이라는 관계로 만나 사랑을 나누지만 그 결과는 비극일 수밖에 없는 것이었다. 그러나 우리는 그들이 나누었던 사랑의 과정에서 '인생의 진실'을 발견하고 그들의 사랑이, 남보란 듯, 결실을 맺기를 기원한다. 그렇지만, 결국은 한(恨)만 남기고 영화는 비극으로 끝난다. 영화 〈천장지구〉는 '하늘과 땅이 없어질 때까지 영원할 슬픈 사랑의 한(恨)'을 그 주제로 하고 있는 것이었으니 썩 어울리는 제목이라고 할 수 있을 것이다.

- 양선규, 『칼과 그림자』 중에서

〈3〉

"천장지구!" 『노자』의 일곱째 가름은 이 말로 시작하고 있다. "천장지구!" 우리에게 퍽 낯익은 이름이다. 그러나 이것이 유덕화(劉德華, 리후 떠후아)가 나오는 홍콩 액션 무비의 이름이라는 것은 알아도, 이것이 정확하게 『노자』에 출전을 준 심오한 철학적 개념이라는 것을 인지하는 사람은 드물다. (…중략…) 그런데 왜 하필 불량배 유덕화와 청순한 오천련(吳倩蓮, 우 치엔리엔)의 사랑을 그린 이 영화제목이 "천장지구"인가? 주윤발의 〈영웅본색〉이나 정우성의 〈비트〉나 다 같은 주제의 영화들인데 여기엔 왜 이렇게 심오한 이름이 붙었을까?

나는 어떠한 경우에도 철학이 우리 삶의 문제를 떠날 수는 없다고 생각한다. 삶의 갖가지 양태가 저지르고 있는 문제들이 아무리 천박하게 보이는 것이라 할지라도 그 속에는 반드시 심오한 철학적 주제들이 도사리고 있다고 생각한다. 칸트의 『순수이성비판』을 붙들고 고민하고 또 고민하던 문제들이, 어느 순간엔가 몽롱한 노래방에서 흘러나오는 유행가 가사 한 구절에서 해결되는 체험을 할 때도 있다. 철학이 나의 삶을 리드할수는 없다. 나의 삶의 본연에서 우러나오는 나 자신의 생각들이 철학이라고 하는 사유체계를 리드하는 것이, 오히려 철학이 생성되는 정당한 과정인 것이다.

사실 진목승(陳木勝) 감독이 붙인 이 "천장지구"라는 이름은 별로 심각한 의미부여가 없다. 보석상을 터는 과정에서 우연하게 피치 못할 운명으로 맺어진 두 젊은 남녀의 사랑, 날카롭고 정의로운 인상을 주는 아화, 세상 물정을 전혀 모르는 가냘프고 청순한 죠죠. 이 두 어린 생명들의 극적인 사랑의 순간이야말로 "천지처럼 장구하다" 즉 "영원하여라"라는 예찬의 율로지(eulogy)에 불과한 것이다. 피 튀기는 칼싸움에서 태연하게 죽어가는 아화는 하늘에서의 영원(天長)을 희구했을 것이다. 그 순간 웨딩드레스 차림으로 천주교 성당 앞에서 기도를 드리고 있는 죠죠는 이 땅에서의 영원(地久)을 갈구했을 것이다. 그러나 이들이 빌고 있는 순간의 영원은 사실 가장 비노자적인 천장지구였다. 그러나 이러한 찰나적인 비극적 정조의 배면에 깔린, 인간이 동경하는 보편적 정서 속에는 분명 하늘과 땅의 장구함이 배어 있다.

> 꿈꿔왔던 청춘이
> 바람에 흩날리고
> 자신도 모르게 얼굴엔
> 슬픔만이 가득찼네.
> 자연의 변화가
> 새 생명을 만든다지만,
> 처량한 비는
> 날 고독하게 만드네.
> (…중략…)
> 사랑하는 연인이여
> 청춘은 죽음이 두렵지 않네
> 청춘의 아름다운 꽃들이
> 만발하는데,
> 슬픔의 그림자가
> 그대 얼굴에 드리워지네.
> (…중략…)

　다시 말해서 "천장지구"란 우리 존재의 근원으로서 가장 장구한 최종적인 근거는 천지(天地)일 수밖에 없다는 것을 말하고 있는 것이다. 나는 천지를 생각할 땐, 미생물학자며 세계적인 환경론자인 르네 드보가 편집한 유엔보고서, "한 작은 혹성에 대한 관심과 관리"라는 소제가 붙은, 『단 하나뿐인 지구』라는 명적의 제목을 되새겨 보지 않을 수 없다. 사실 아주 소박하게 말하자면 동양인들이 말한 천지(天地)는 관념적인, 빅뱅으로부터 진화된 그런 거창한 시공계라기보다는, 우리 이 지구라는 태양계의 한 혹성을 둘러싼 바이오스페어(Biosphere)를 가리키는 것이었다. 천지인 삼재(天地人 三才)가 모두 하나의 바이오스페어인 것이다.

　그런데 우리 인간은 이 천지를 벗어날 수가 없다. 이 천지야말로 우리 생명체들의 최종적 근거일 뿐이다. 이 지구는 단 하나의 지구일 뿐이다. 이 하늘은 단 하나의 하늘일 뿐이며, 이 땅은 단 하나의 땅일 뿐이다. 이 땅과 하늘의 에너지를 다 고갈시켜 먹고 딴 곳으로 도망가면 된다고 생각하는 스페이스 커넥션(space connection)의 망상을 우리는 하루속히 버려야 하는 것이다. 여기에 바로 우리가 21세기에 와서 어김없이 다시 『노자(老子)』를 배워야 하는 소이연이 있는 것이다.

천(天)은 장(長)하고 지(地)는 구(久)하다! 이것은 아화(유덕화)와 죠죠(오천련)의 사랑의 장구함을 말하는 것이 아니다. 아화와 죠죠의 사랑을 포함한 모든 사랑, 그러한 사랑을 잉태시키고 있는 모든 생명체의 공동체 의식, 그 공동체 의식의 근거로서의 장구한 천지를 노자는 말하고 있는 것이다. 요즈음과 같은 환경론적 불안감을 가지고 이야기한다면, 천지는 장구해야 하는 것이다. 그것은 자인(Sein)이 아닌 졸렌(Sollen)이 되어가고 있는 것이다. 사실이 아닌 당위가 되어가고 있는 것이다. 그러나 노자는 말한다. 모든 당위가 구극적으로는 사실이다. 천지는 장구해야 하는 것이 아니라, 장구하고, 또 장구할 수밖에 없는 것이다. 인간의 어떠한 장난도 천지 앞에서 무기력한 것이다.

그렇다면, 천지는 어떻게 해서 장구할 수 있는가? 노자는 말한다. 천지가 장하고 또 구할 수 있는 것은(天地所以能 長且久者), 바로 "부자생(不自生)"하기 때문이다.(…중략…) "자생(自生)"하면 "스스로 생한다"의 뜻이 됨으로 노자사상의 맥락에서 좋은 뜻인 것처럼 보일 수도 있다. 그러나 여기서 "자생"이란 그와 반대되는 뜻으로 "자기를 고집한다," 즉 "자기라는 동일성의 체계를 고집한다"는 뜻이다.(…중략…) 노자는 말한다. 천지가 장구할 수 있는 것은 오로지 천지가 자기를 고집해서 생성하지 않기 때문이다. 스스로 그러한 대로 자기를 맡기는 것을, 왕필은 "천지임자연(天地任自然)"이라고 표현한 것이다.(…중략…) 노자는 다시 말한다. 천지가 장구할 수 있는 것은 오로지 자사(自私)하지 않기 때문이다. 자사한 인간들이여! 어찌 천지처럼 장구하기를 바랄손가!

– 김용옥, 『노자와 21세기』 중에서[1]

위의 글들은 어느 정도 팔렸던 책들에서 뽑은 것이기 때문에 그 내용이 많이 알려져 있다고 볼 수 있다. 영화 제목에서 출발해서, 이제 '천장지구'라는 말이 사회적으로 어느 정도 공인된 개념어로 정착되고 있다고 해도 무방할 것이다.

위의 세 글은 모두 필자의 해석 관점을 명료하게 드러내고 있는 것들이다. 실린 순서대로 사회적 코드, 심미적 코드, 논리적 코드에 입각해서 자신이 주장하

---

1 양선규, 『코드와 맥락으로 문학 읽기』, 청동거울, 2005, 271~279쪽.

고 싶은 취지를 효과적으로 잘 표명하고 있다.

코드는 사람들이 기호를 계속적, 반복적으로 사용함에 따라 관습화된 기호 사용들의 패턴들인데, 그것을 크게 세 가지 유형으로 나누면, 위에서 말한 논리적 코드, 심미적 코드, 사회적 코드가 된다. 언어가 의미의 가치 체계이고 사회적 제도라는 관점에서 보면 그러한 코드의 운용이 한 개인의 사회적 성취와도 밀접한 관련을 맺는다는 것을 인정하지 않을 수 없다. 그것을 효과적으로 운용할 수 있는가 없는가에 따라 사회적인 자아실현이 크게 좌우된다는 것이다.

만약, 사회적 코드에 익숙하지 못한 사람이 있다고 치자. 그는 원만한 대인 관계를 꾸려나갈 수가 없다. 일반화된 타자들의 공인에 익숙하지 못해서 자신과 타자를 조화롭게 공존시키지 못하게 된다. 상사와의 관계에서도 잦은 마찰이 있고 부하들에게는 독선적이라는 평가를 받을 공산이 크다.

심미적 코드는 문학·예술·종교 등 인간 해방적 관심과 연관되어 있다. 그것 없이는 문화교양도 없고 자기만족도 없다. 삶을 풍성하게 하고 윤택한 것으로 만들 수 있는 해석적 경험은 모두 심미적 코드에 입각해서 이루어진다.

논리적 코드는 따로 설명이 필요 없을 것이다. 우리의 화두인 논술은 논리적 코드에 입각한 글쓰기다. 모호한 것, 중복되는 것, 원인과 결과의 관계에 논리적인 비약이 개입되는 것을 용납하지 않는다.

그러면 위의 세 글을 그것이 사용하고 있는 코드에 따라서 해석해 보자. 이미 이 글들이 자신의 '해석적 경험'을 드러내고 있는 것이기 때문에 우리의 해석 행위는 메타적인 성격을 띠는 것이다. 그리고 각 코드를 그 코드에 입각해서 이해한다는 것은 곧 역지사지의 경지에 든 읽기를 행한다는 말임을 다시 한 번 강조한다. 그리고, 아래 부분에 제시된 부분이 일반적으로 검사용 논술이 요구하는 논증의 과정으로서의 '개념화, 유형화'에 해당된다는 것도 유념해 주길 바란다.

　①미인(美人)은 죄가 없다 : 사회적 코드 : 사회적 코드에 의해 문화는 일어난다. 사회적 코드를 개발하지 못한 사회에는 문화적 교양이 없다. 사회적 코드는 개인들에게서 동물성을 억제 혹은 정화하여 다른 동물들과 분별된 인간으로서의 정체성을 이룩하고, 사회에서는 야만성을 극복하여 인간 고유의 문화를 일으킨 핵심요소이다. 서열, 지위, 예의범절, 의례(rituals) 등은 사회적으로 중요한 코드이다. 인간에게서 사회적 코드를 없앤다면, 이미 인간이 될 수 없다.

제시문 〈1〉은 필자가 자신의 저서에서 기술하고 있는 '미인론' 중의 일부다. 저자가 중국의 미인 예찬론을 '메타'하고 있는 부분인 것이다. 겉으로 보기엔 심미적 코드에 따른 것처럼 보일 수 있으나, 여기서 다루어지는 '미인과 가인을 동경하는 마음'은 사회적 코드로 이해되고 설명되는 것이다. 그것을 소유하는 자의 서열과 지위가 무시될 수 없는 맥락을 지니고 있음인데, 당연히 노자의 '천장지구'가 백낙천의 '천장지구'로 변주(變奏)되는 맥락을 그 코드로는 설명할 수가 없다.

② 사람만이 희망이다 : 심미적 코드 : 예술과 종교의 수많은 코드들은 심미적 코드이다. 논리적 코드가 자의적 상징기호를 사용하는 것에 비해서, 미학적 코드는 도상적 혹은 도상-지표적 기호를 사용한다. 이것은 심미적 코드가 체험된 물체를 반영하려 하기 때문이다. 논리적 코드는 인간 심리와 어느 정도 독립된 체제이지만, 심미적 코드는 인간 심리에 직결되어 있다.

심미적 코드는 불가시성, 신비성, 비이성성 같은 추상적이고 심리적인 체험의 대상들을 표상하는 코드이다. 이런 코드는 인간을 미지의 것에 연결시킨다. 그런데 그 연결 방식이 코드 사용자마다 다르기 때문에 심미적 코드는 논리적 코드에 비해서 훨씬 덜 관습화되어 있음을 알 수 있다. 즉 코드화의 강조가 약하다. 인류 생성 이후 엄청난 양의 심미적 코드가 만들어져 인간의 집단무의식 속에 가라앉아 있다.

대중문화 시대의 대표적 심미적 코드는 여러 가지 유행에서 볼 수 있다. 그러나 유행은 언제나 짧다. 유행도 예술과 비슷하지만 코드가 바뀌는 과정이 다르다. 예술에서는 코드가 다른 사람들이 눈치채는 순간 코드를 뛰어넘어 다른 미지의 차원으로 움직이지만, 유행은 알려진 코드를 즐기며 얼마간 그 코드 위에 머문다. 유행이 바뀌는 것은 코드가 지쳐버리기 때문이다. 심미적 코드의 해석은 메타언어의 수준에서 일어난다.

'천장지구'가 백낙천의 문맥으로 내려앉을 때 이미 그것은 심미적 코드 안에 들어와 있는 것이다. 백낙천 같은 대시인이 노자의 '천장지구'가 '부자생(不自生)'에 바탕한다는 것쯤을 모를 리가 없었을 터인데(그때는 읽을 책이 지금처럼 많지 않았다), 두 눈 딱 감고 '천장지구가 아무리 자신을 주장해도 끝이 있기 마련이다(관념이기 때문에). 그런데 인간사 애절함이여 어찌 그 끝을 보겠느냐(삶의 구체성이 확보되어 있기 때문에)'라고 내질러 버리는 그 심사를 우리는 이해해야 하는 것이다. 핵심이 바로 그것이기 때문에 그것이 다시 진목승 감독의 〈천장지구〉로 내려앉을 수 있는 것이다. 그러니까 진목승 감독은 노자파가 아니라 백낙천파다. 그러니 고작 노자파(김용옥)인 주제에, 자기

분수도 모르고, '진목승 감독이 붙인 이 천장지구라는 이름은 별로 심각한 의미부여가 없다'라고 함부로 내지른 것은 실수다.

③ 그래도 천장지구다 : 논리적 코드 : 논리적 코드에는 대체 코드, 신호와 프로그램, 과학적 코드, 점술 코드의 네 가지가 있다. 이 예들은 기호들의 계열체를 이루고 있음을 알 수 있다. 한 계열체 안에서, 이 코드는 하나의 기표에 단 하나의 기의가 일대일로 대응되도록 만들어져 있다. 논리적 코드는 어느 것이나 외시 의미만을 일으키도록 할 뿐, 함축적 해석을 허용하지 않는다. 대체 코드(substitute code)는 언어적 기능을 시각적으로 대체하는 코드이다. 알파벳, 모스 부호, 수화 같은 것들이 여기에 속한다. 이것들은 언어를 대체하는 코드들이기 때문에 기호 자체가 혼자서 '말'을 할 수 있다. 신호와 프로그램들은 매우 실용적인 코드들이다. 교통 신호나 경보신호들은 우리가 익히 알고 있는 코드들이다. 프로그램은 신호보다 복잡하지만, 고도로 조직되어 있기 때문에 애매함이 없다. 컴퓨터나 워드프로세서의 프로그램이 그 예가 된다. 일상생활에서의 프로그램의 예를 들자면, 한 사람의 틀에 박힌 일상성 같은 것을 들 수 있다. 과학적 코드는 과학자들이 자연을 객관적으로 관찰해서 발견한 어떤 규칙성을 정식화하여 기호로 표시해 놓은 것이다. 산수의 구구단, 화학의 주기율표, 생물학의 유전 코드 등이 예가 된다. 점술 코드(mantic codes)는 과학성을 지향하는 종교적 코드이다. 예를 들면 점성술, 화투나 카드점, 손금보기, 해몽 같은 것들이다. 점술 코드를 사용하는 사람들은 그 코드를 과학이라기보다는 확실성의 원리로 믿는다. 점술 코드도 과학적 코드와 마찬가지로 기표와 기의 사이에 애매함이 없는 일대일 대응을 이루고 있다.

김용옥 교수가 백낙천을 모를 리 없다. 동양철학의 대가이고 중국 고전에 정통하고 있는 김교수가 백낙천의 '천장지구'를 모른다는 것은 빵 좋아하는 사람이 '파리바케트'가 '빵집 이름'인 것을 모른다는 말과 같다. 그럼에도 불구하고 그가 낙천을 언급하지 않은 것은 텍스트의 응집성 때문이다. 김교수만큼 코드 운용에 뛰어난 사람도 드물다. 자신이 운용하는 코드에 이물질이 끼어들면 안 된다는 것을 그는 잘 알고 있었다. 그래서 밀어붙인 것이다. 그러니, '실수'는 고의적이다. 그것 하나를 양보하고 얼마나 많은 철학적 코드를 재미있고 유익하게 가르칠 수 있는데 '인생의 교사'로 타고난 그가 왜 마다하겠는가.[2]

---

2 위의 책, 280~283쪽.

명제화에 대한 논평

주어진 제시문 〈1〉, 〈2〉, 〈3〉을 읽고 코드 분석을 통해 ①, ②, ③으로 각각 개념화해서 그 유형을 나눌 수 있다면 일단 논술로서의 형태는 갖춘 것으로 평가될 수 있다. 거기에서 한 걸음 더 나아가 ③에서처럼 '역지사지'의 맥락적 이해를 할 수 있다면 나무랄 데 없는 답안으로 평가될 것이다.

물론, 코드의 분류에 대한 지식 정보는 또 다른 제시문을 통해서 제시될 것이니까 복잡한 코드 이론에 미리 주눅들 필요는 없다. 제대로 읽고 그것을 '법고창신'한 해석적 경험을 통해 분명하게 표현하기만 하면 되는 일이다.

앞에서 '천장지구'와 관련된 세 편의 글을 읽고 그것들을 각각의 코드로 분석하여 '미인은 죄가 없다', '사람만이 희망이다', '그래도 천장지구다'라고 결론을 내린 논술 행위를 다시 메타해 보자. 그 글은 전제가 몇 개인지 무엇이 대전제이고 무엇이 소전제인지 의식적인 구분 없이 작성되었지만 아무런 결격 사유 없이 좋은 논술로 평가될 만한 글이 되고 있다. 전제니 결론이니 하는 의식적 사고 과정보다는 사유를 명제화(개념화)하는 읽기 능력이 돋보이는 글이다.

예를 들어, '미인은 죄가 없다'라는 결론을 보자. 글쓴이 최명 교수는 그의 글 중 어느 곳에서도 그런 명제적 표현을 사용하지 않았다. 그러나, 양귀비가 경국지색(나라를 망하게 하는 미색)이었다는 것, 그리고 천장지구라는 말이 백낙천의 장한가라는 시를 통해 그녀와 삶과 죽음을 평가하는 내용을 담게 되었다는 것, 그리고 그 평가 문맥이 상당히 동정적이라는 것 등 이른바 '알려진 사실관계'를 통해 미인에 대한 사회(남성중심사회)의 인식이 어떠한 것인가를 유추해 내고 있는 것이다. 나라를 망하게 한 장본인일지라도 미인이라면 용서될 수 있다는 남성중심의 봉건적 사회 관념을 거기서 읽어내고 그것이 이른바 사회적 코드에 입각해 쓰여진 글이라는 것을 밝힌 것이다.

마찬가지로 '사람만이 희망이다'라는 결론도 '천장지구유시진(天長地久有時盡), 차한면면무절기(此恨綿綿無絶期)'에서 인간 중심의 휴머니즘을 읽어내고 노자의 철학적 천명보다는 백낙천의 문학적 휴머니즘을 더욱 더 높이 쳐야 될 것이라는 주장을 담아내고 있는 것이다. 그리고 '그래도 천장지구다'는 제시문의 취지와 의도를 존중해서 사랑도 좋고 휴머니즘도 좋지만, 결국 더 중요한 것이 무한한 우주 속에서의 유한하기만 한 삶에 대한 보다 지혜로운 해석이 아니겠는가라는 철학적인 명제를 도출해 내고 있는 것이다. 어느 것 하나 도식적인 '전제 –

결론'의 틀에 맞추어 논지를 전개하고 있는 것이 없다. 자유자재하는 글쓰기의 필자들은 오직 자신이 선택한 코드로 사상(事象)을 해석하고 주장을 펼칠 뿐이다. 주어진 제시문에 전제가 있고 결론이 있다고 믿는 것은 스스로 아직 하급무사라는 것을 드러내는 일이다. 자연스럽게 '견물생심, 역지사지'하는 글쓰기를 실행에 옮기는 것, 그것이 곧 좋은 글쓰기라는 것을 명심해야 한다.

七 일도만도(一刀萬刀), 시작이 절반이다

발도(拔刀), 혹은 도입

무자수업 그 일곱 번째 단계는 일도만도의 경지라고 할 수 있다. 현란한 칼솜씨도 결국 그 출발은 칼집에서 칼을 뽑는 것에서 시작한다. 그 발도(拔刀)가 허무하면 그 나중의 모든 것이 맹랑하게 된다. 그래서 칼 뽑는 자세 하나만 보아도 그 경지를 알 수 있는 것이 무도의 세상이다. 논술무자수업도 그 단계인 지금쯤에 이르면 웬만한 글쓰기에는 이제 두려움을 느끼지 않게 된다. '법고창신'한 바탕으로 '견물생심 역지사지'의 경지에 들어 '자유자재 백련자득'으로, 논술의 요체인 명제화의 요령까지 터득한 마당인데 두려울 게 없는 것이 당연한 일이다.

이제 남 앞에서 스스로 터득한 이치를 광고(廣告)할 수도 있는 입장인데, 그래도 무언가 불안한 구석이 있다. 이를테면 남 앞에 설 때의 몇몇 동작과 예법을 공들여 연마한 적이 없었다는 것이 때때로 마음을 불편하게 만든다. 칼을 뽑고 넣는 것도 그저 만만한 것이 아니라는 생각도 들고, 검세(劍勢)의 조절과 동작의 완급이 마음먹은 대로 따라와 주지 않는다는 것도 마음에 걸린다.

그도 그럴 것이 지금까지의 무자수업은 진검 승부가 아니었다. 기초체력을 기르고, 목도(木刀)를 들고 검의 이법(理法)을 터득하고, 적의 움직임에 대처하는

'선(先)의 선(先)'의 동작을 익히는 데 치중하였다.[1] 그러니 진검을 사용하는 것이 부담스러울 수밖에 없다.

논술무자에게도 마찬가지의 입장이 주어지는 것이 이번 단계이다. '논술 시험에서 서론 결론은 중요하지 않다'는 말은 이제 상식에 해당한다. 여느 논술 책을 보더라도 그런 가르침이 없는 것이 없다. 심지어는 '도입 부분은 생략하고 곧바로 자신의 주장을 펼치시오'라는 주문이 제시되는 논술 시험도 있다.

그러나, '도입 - 전개 - 결말'은 모든 글쓰기의 기본적인 구성이다. 도입을 생략한 글쓰기라도 이미 '전개 부분'에 그 취지가 녹아들어 있다고 봐야 한다. 그렇지 않다면 '논리'가 서지 않는 것이 글의 이치다.

당대의 검객이 당당하고 우아하게 칼집에서 칼을 뽑아내는 것처럼, 그런 당당하고 우아한 도입 부분을 쓰고 싶은 것은 논술무자라면 누구나 가질 수 있는 욕망이다. 그 욕망의 실현을 도울 수 있는 보다 본격적이고 실천적인 수행에 들어가 보자. 일단, 자연스럽게 칼을 뽑는 것이 중요하다.

한국은 하나의 철학이다

다음에 소개하는 글은 한국에서 8년 간 유학생활을 하고 일본으로 돌아간 한 일본인 동양 철학 전공자가 『한국은 하나의 철학이다』라는 제목으로 일종의 세태보고서를 작성한 것 중의 일부이다. 내용이 진지하고, 우리를 돌아보게 하는 대목이 많이 있어 유익한 책이다. 아직 번역서가 안 나온 모양인데 곧 나와서 여러 사람에게 읽혀졌으면 좋겠다는 생각이 든다.

이 책은 유교(儒敎)적인 이념과 풍속에 젖어있는 한국을 주로 비판적인 시각에서 조망하고 있다. 저자의 생각으로는 아직 우리 나라는 '유교의 왕국'이다. 인용된 부분은 한국인들이 '이(理)'를 숭상하는데, 그것이 일본과 관련된 문제에서 어떻게 비이성적으로 사용되고 있는지를 일본인 시각에서 조망하고 있는 내용이다.

---

[1] 대결의 승패는 '거리와 기회'에 달려 있다. 모든 무도는 그래서 기회를 잡는 '선(先)'의 문제를 중요시 한다. 선에는 선(先)의 선(先), 대(對)의 선, 후(後)의 선이 있다. 그 중에서도 가장 높이 치는 것이 '선의 선'이다.

〔일본에 의존하는 한국의 '이'〕

결국 이러한 심성이 한국을 일본에 종속시켜 버린다. '타케시마는 일본 것이 아니다' 고 주장하는 일본 학자의 연구를 사용하여 자국의 설을 전개하는 한국인. '일본은 없다'는 명제의 이면에 '일본이 없어졌으면 좋겠다'라고 바라는 마음을 두고 '일본은 있어서는 안 된다'는 당위를 강조하고 싶은 한국인.

모든 것을 일본이라는 존재에 의존하여 말하는 한국 지식인이야말로 한국의 모든 문제를 '일본화'하고 있는 것이다. 그들은 일본과 관계없이 한국을 이야기하지 못한다. 한국 지식인이 '우리 나라' 고유의 문화를 찬양할 때도 마찬가지이다. 예를 들면 미술 평론가인 최순우(1916~1984)가 한국미를 찬양하는 글을 보기로 하자.

> 한국의 주택은 일본 주택처럼 섬세하고 신경질적인 디자인이나 건축양식에서의 기교미를 자랑하거나 하지는 않는다. 인위적이고 꽉 짜여진 축산(築山)이나 이발소에 다녀 온 것처럼 잘 정리된 나무로 정원을 장식하지는 않는다. 그리고 중국의 정원처럼 과장되지도 않았다. 한국의 주택은 산뜻하며 안정감이 있고 한국 자연의 풍광에 그 규모가 잘 어울려 있다. (최순우, 『우리들의 미술』 중에서)

한국인의 귀에 가장 기분 좋게 와 닿는 논리의 울림이 여기에 자리 잡고 있다.

〔일본 없이는 성립될 수 없는 한국을 만드는 것이 한국 지식인의 역할〕

이것은 '일본의 조형은 A이므로 미(美)가 아니다' '중국의 조형은 B이므로 미가 아니다'라고 일방적으로 규정해 두고 그리고 나서 '한국의 조형은 A도 B도 아니다. 그러므로 미이다'라 하여 한국미를 자기애(自己愛)하고 있는 데 불과한 것이다.

이러한 사고는 한국 지식인에게 공통적으로 보인다. 한국 문화를 설명하는데 일본이나 중국, 서구를 부정적으로 매개시켜 말한다. 그 중에서도 특히 일본과의 비교에 초점이 맞춰지는 경우가 가장 허다하다. 위에서 인용한 최순우의 글이 대표적인 것이다. 한국을 일본이나 중국, 서구에 종속시키는 사고란 이런 것을 말하는 것이다.

그것만이 아니다. 일본이나 중국, 서구의 다양성을 부정하여 일면화하고 그리고 그 부정의 모습으로 한국의 다양성을 부정해 버린다. 그것은 마치 '일본 없이 한국문화는 성립할 수 없다'고 말하고 있는 것과 같다. 그러면서 한편으론 '문화 없이 한국은 성립할 수 없다'고도 말한다. 결국 한국인은 '일본 없이 한국은 성립되지 않는다'고 말하고 있는 것이다.

그렇다면 한국인은 왜 일본이라는 '외부'에 의존하는 것일까? 한국의 '이기(理氣)'학을 조사해 보면 자명해진다. '이'는 스스로의 존립을 위해 반드시 '외부'를 필요로 하는 것이다.

– 오쿠라 키조(小倉紀藏), 『한국은 하나의 철학이다』 중에서

참으로 통절한 비판이 아닐 수 없다. 왜 자기들 이야기에 남의 이야기를 끌어들이느냐고 따지고 있다. 그것이 이기철학이 가지는 한 속성이라고 마지막에 첨언하고 있지만, 결국 너희 문화가 의존적이며 못난 것이 아니냐는 질타를 던지고 있는 것이다. 필자는 '이'가 반드시 '외부'를 필요로 하는 개념이니까 그런 이기철학에 젖어있는 이들에게는 자기 존재 증명이 반드시 타자와의 비교에 의해서만 이루어진다고 말하고 있다. 그러나, 그런 이기철학을 그렇게 발전시키고 애지중지하는 민족이라면 본디 그런 심성이 있기 때문이 아니겠는가? 남 흠이나 보면서, 남과 다른 것을 우월한 것으로 여기면서, 앞뒤가 안 맞는 이야기나 늘어놓고, 언제 무간도로 떨어질지도 모르는 주제에, 남의 이야기를 무시하기를 밥 먹듯이 하는 그런 민족이기 때문 아니겠는가? 역지사지 하니 그렇게 정리가 된다.

그런데 그냥 그렇게 치부하고 넘어가려니 속이 여간 상하는 것이 아니다. 마치 우리는 속이 텅 비어 있는 속빈 강정이고 자기네는 속이 꽉 차 있는 찰옥수수라고 하는 것처럼 들린다. 이기철학도 그렇다. 퇴계학을 배워가서 근대일본의 초석을 그것으로 삼았다는 것은 누구나 다 인정하는 사실인데, 그 핵심에 놓인 '이기'를 속빈 강정처럼 홀대하는 것도 못마땅하다. 그리고 노자도 현빈(玄牝, 검은 암컷)이라고 해서 비어 있는 구멍, 혹은 골짜기를 영원히 마르지 않는 생명의 근원이라고 추켜세웠는데, 비어있음으로 해서 모든 것이 그 안에 들어올 수 있다는 이치도 모르는가 싶기도 하고, 라캉도 '비어있음(empty)'을 강조했고, 불교에서도 색즉시공(色卽是空)을 강조했고, 결국은 모든 것이 '이야기의 앞뒤 관계'에 의한 것이라고 『무간도』 해설에서도 설파되고 있는데, 본디 '내 것이 없음'을 진즉 알고 비교를 통한 자기 정체성 확립에 익숙한 우리 문화를 그렇게 핍박을 하다니, 하나는 알고 둘은 모르는 처사가 아닐 수 없다는 생각이 들지 않

는 것은 아니다.

　그러나, 속단은 금물, 더군다나 우리는 우정 역지사지하기로 작심한 터가 아닌가. 그 다음 내용에도 귀를 기울여 보자.

〔망언이라고 규정하는 동어반복〕

　일본 정치가의 '망언'이 자주 한국인을 분개시켜 한일관계에 분규가 발생한다. 망언이란 무엇인가? ''이'가 없는 말'= '비도덕적인 말'이다. 그러나 '말'은 코스모스이고 '이'이므로 '비도덕적인 말'이란 모순적이다. '말'이 되지 않는 음성은 '소리'라고 한다. 때문에 비도덕적인 '말'은 '소리'와 같다고 할 수 있을 것이다. 어떤 사람의 발언이 '망언'으로 규정되는 것은 '님'이 '놈'을 봉쇄하기 위한 전략을 취했음을 의미한다. 그것은 유교적인 봉쇄이다. '놈'이란 '이'가 드러나 있지 않은 인간이다. 그 인간이 '바른 말'을 할 '리(이)'가 없다. 그러므로 '놈'이 발한 음성은 '소리'에 불과하다고 한다. 그리고 '말'을 발하는 인간은 '소리'를 논의의 대상으로 삼지 않는다.

　즉 한 인간이 발한 말이 올바른지를 분석·검토한 결과, '소리'나 망언으로 판단하고 규정하는 것이 아니다. '소리'나 '망언'밖에 발할 수 없는 인간이 발한 음성이기 때문에 거기에는 '이'가 없고 따라서 그것은 '소리'이거나 '망언'인 것이다. 이것이 동어반복에 불과한 것은 이미 자명하다. 일본 정치가는 유치한 말들을 계속해서 토해내고 한국인은 동어반복의 회로를 계속해서 돌고 있는 것이다.

〔일본의 역사관과 한국의 역사관〕

　일본은 역사를 소중히 하지 않는 나라이다. 대부분의 한국인은 그렇게 생각하고 있다. 왜냐하면 일본은 과거를 도덕 지향적으로 재해석하고 그것에 기초하여 미래를 당위적으로 창조하고자 하는 의지가 부족하기 때문이라고 한다. 그것은 올바른 지적일까? 그렇다면 한국은 역사를 소중히 하는가? 한국인은 당연한 것처럼 긍정할 것이다. 확실히 한국인은 역사에 집착하고 첨예한 역사의식으로 몸을 무장하고 있는 것처럼 보인다. 그러나 과거를 철저하게 도덕 지향적으로 재구축하고 춘추(春秋) 필법(筆法)으로 훼예포폄(毁譽褒貶)을 일관하는 태도는 유교적인 의미에서 역사를 소중히 하고 있는 것에 불과하다. 예를 들어 '식민지근대화론'에 대한 거절은 식민지 시대라는 역사적 사실(참으로 그것은 조선 근대화의 귀중한 궤적이다)을 일체 인정하지 않고, 주자학적 동기주의와 도덕지향성을 가지고 '좋아, 그것이 우리 나라의 근대화를 추진하였다 하더라도 그것은 일본이 조선을 위해 한 것이 아니라 어디까지나 일본의 이익을 위해 한 것이다' 라고 반론하는 것이다. 여기서 역사적 사실은 소홀히 취급되고 동기와 도덕만이 크게 부각된다.

그 결과를 두고 보면 한국 역시 역사를 제대로 보지 않는 나라인 것이다. 한국에서 보면 일본인이 역사를 소중히 여기지 않지만, 일본에서 보면 한국인 또한 역사를 소중히 여기지 않는 것이다.

－ 오쿠라 키조(小倉紀藏), 『한국은 하나의 철학이다』 중에서

이번에는 역사를 보는 관점이 지나치게 자기중심적이라는 비판이다. 그런 면이 전혀 없지 않다. 우리의 역사관은 자주 맹목성을 띤다. 그러나, 동시에 일제 강점기를 바라보는 일본인들의 시각(그 뻔뻔한 시각?)이 어떤지 확연하게 드러나고 있는 부분이기도 하다. 식민지 시절 우리 민족이 겪었던 그 모진 학대와 모멸의 경험은 아예 안중에도 없다. 욱하고 속에서 무언가 치미는 것을 느끼지 않을 수 없다. 그러나 어쩌겠는가, 우리는 역지사지하기로 이미 작정한 터가 아니었던가. 참아야 할 것이다. 그렇게 이야기할 수도 있을 것이다. 왜? 그는 일본인이니까. 그가 보면 우리는 자기 입맛에 맞지 않는 말을 무조건 '망언'이라고 되풀이해서 말하는 사람들이다. 일본은 '이'가 없는 나라이기 때문에 그 쪽 정치가들은 '말' 대신 '소리'만 지껄일 뿐이라고 생각하는 사람들이다. 참으로 한심한 사람들이다. '망언'이 사라지고 듣기 좋은 '말씀'만 만발하면 얼마나 좋겠는가, 그것은 결국 우리 하기에 달린 일인데, '자기 할 일'은 도통 하지 않고 남 탓만 하고 있으니 그것도 못난 짓거리임에는 분명하다.

어쨌든 이런 글을 읽다가 보니 우리가 좀 심한 면도 있겠구나 싶기도 하다. 얼마 전 고구려사를 둘러싸고 한중관계가 묘하게 뒤틀렸던 때, 국회의원들이 '간도협약이 무효다'라는 결의를 했다는 보도도 있었다. '간도협약이 무효다'라는 말은 '만주 땅 일부에 대한 우리의 연고권을 주장하겠다'는 뜻이다. 일본이 우리를 대신해서 맺은 협약이기 때문에 원천무효라는 것이다. '동북공정'은 말도 안 되는 짓거리고 '간도협약이 무효다'는 그럴 듯해 보이지만(우리한테는 손해될 일이 없으니까), 둘 다 '이야기가 안 되는 이야기임'에는 틀림이 없다. 역사적인 비유를 찾아서 이해를 돕는다면, 그것은 마치 '로마가 점령했던 지역에 대해 현재

이탈리아 정부가 연고권을 주장해서, 프랑스 정부에게 알프스 지역 일대를 공동 통치하자고 제안했다'라는 말이나 '옛날 프랑스 땅에서 일어난 역사이므로 로마사는 프랑스사에 편입되어야 한다'라는 말과 별반 차이가 없는 말이다.

고구려사 문제에 대해서는 그 정도에서 마무리하고, 『한국은 하나의 철학이다』를 어떻게 우리 공부에 써 먹을 것인지를 궁리하자.

● 저자는 지금 어떤 대상에 대해 말하고 있는가?

물론, 이미 하나의 '구조(構造)'로 고착된 한국 사람, 한국 사회의 일반적 의식(意識)에 대해 좀 아는 체하고 싶은 것이 저자의 속마음인 것 같다. 8년 동안이나 유학한 나라에 대해 무엇인가 한 마디 할 수 있어야 하지 않겠는가. 충분히 이해가 간다.

● 욕인가 칭찬인가?

물론 욕이다. 득보는 일도 없이 남 칭찬하려고 우정 입을 여는 사람은 잘 없는 법이다. 우리가 우정 입을 여는 데에는 대충 세 가지 까닭이 있어서이다. 무슨 이득이 있거나, 남을 욕하거나, 굉장히 심심하거나 할 때이다. 아마 저자는 욕하는 것으로 책을 좀 팔아서 용돈에나 좀 보태려는 생각이 있었을 것이다. 아니면 무지 심심했거나.

저자의 이데올로기적 층위의 시점(point of view)을 빨리 파악해야 한다. 시점이 소설에만 필요한 것이 아니라는 것은 다 아는 사실일 것이다. 저자는 한국 사회에 대해서 무엇인가 큰 불만이 있는 사람이다. 내가 생각하기에, 일본인이 한국에 와서 몇 년 살아보고 나서 불만을 가지지 않는다면 그는 굉장히 무딘 사람이거나 도인(道人)일 것이다. 그건 우리도 마찬가지다. 그렇게 말할 수도 있을 것이다. 민족이 다르고, 역사가 다르고, 문화가 다르고, 다 다른데 우리라고 일본서 살면서 불만을 가지지 않겠느냐고 말할 것이다. 그러나, 그렇게 말하는 것은, 내가 늘 쓰는 표현이니 오해 없기 바란다, 못난 놈들이나 하는 짓이다. 일본은 우리보다 국민교육이 잘 되어 있는 나라이다. 자세한 것은 설명하지 않겠다. 그들이 보면 우리 나라는 무도(無道)한 나라다. 일본이 어떤 국가적 이념으로 이웃 나라에 대해 어떤 식으로 피해를 주었느냐는 문제와 일본인이 국민교육이 비교적 잘 되어 있는 나라에서 산다는 것은 전혀 다른 문제이다. 지금 저자는 그것을 책잡고 있다. 도무지 국가 차원에서의 교육이 덜 된 나라라는 것이다.

● 저자의 '소잡는 칼(牛刀)'은 어떤 것인가?

물론 유교에 대한 소양이다. 동양 철학을 전공한 자로서 '이기철학'을 가지고 한국 사회의 현상을 분석하고 있다. 그런데 그걸 함부로 휘두르는 경향이 있다. '우도할계(牛刀割鷄, 소 잡는 칼로 닭을 잡는다는 뜻, 무언가 목적을 이루기 위한 수단이 적절치 못할 때 쓰는 말)'라고나 할까? 한국인이 '이(理)'를 너무 숭상하는 나머지 모든 사유의 틀을 그것을 토대로 짜고 있다는 견강부회가 일어나고 있다. 이것을 다른 말로 풀이하면 '본질주의적 사유 방식'에 지나치게 사로잡혀 있다는 말이 되는데 이미 조선 후기로 접어들면 그러한 본질주의적 사유 방식에 대한 회의와 반성이 물밀 듯 넘쳐나게 된다. 이론이 다소 있기는 하나 본디 실학이 그것을 표방한 것이었고, 그 이외에도 민본적인 사유는 모두 실존주의적인 요소(혹은 행동주의적 요소)를 어느 정도는 모두 가지고 있었던 것이다. 더군다나 그러한 사유의 형식이 조선시대를 관통하여 지금까지 유전되고 있다고 치더라도 그것은 소수 일부 계층만의 전유물이지 전 국민적인 '영혼의 형식'이라고 보기에는 어폐가 있다. 말이 나온 김에 본질주의적 인간 이해와 그에 맞서는 행동주의적 인간관에 대해 설명하고 있는 김영민 교수의 말을 조금 들어보자.

> '인간'이라는 개념에 대한 그간의 여러 토의에서도 이 명사화(名詞化)의 오류는 쉽게 찾아볼 수 있다. 빈번한 오류의 전형은 이른바 '본질주의'라고 불릴 수 있는 것으로서, 개념을 모종의 불변하는 본질에 의해서 규정하려는 태도다. 가령 '신의 형상'이나 '사유하는 존재'는 서양 사상사가 줄기차게 변호해온 본질주의적 인간이해의 대표적인 사례들이다. (…중략…) 이런 식의 본질주의는 인간의 핵(核)이 될 만한 '무엇'이 있고, 또 이것은 인간의 속 어디엔가 숨어 있는 '무엇'이라고 여김으로써 명사적 오류의 한 전형을 보여준다.
>
> 그러나 지난 세기로부터 서양 사상사에서도 여러 형태의 비본질주의적 인간 이해가 자리를 잡았다. 그 중의 하나가 소위 행동주의적 인간관이다. 간단히 말

하자면, 이것은 행동 너머에, 행동과 별 상관이 없는 인간의 본질이 따로 숨어
있는 것이 아니라는 주장이며, 행동 그 자체가 인간을 형성해 간다는 주장이다.
가령 사르트르는 인간, 혹은 인간의 존재는 행동의 연속이며, 또 행동을 위한 끊
임없는 선택에 다름 아니라고 주장한다. (…중략…)

  헤밍웨이의 작중인물들은 이 행동주의적 인간관에 썩 잘 어울리는 전형으로
보인다. 사실 그것은 작가 자신, 헤밍웨이의 경우도 마찬가지다. 여러 평론가들
의 지적처럼 그의 삶과 문학에서 행동은 각별한 뜻을 얻는다. 그가 투우, 권투,
수렵, 그리고 낚시 따위에 미친 듯이 열중한 것도 결국 행동의 깊이를 통해서 문
학과 삶의 깊이를 느끼려 했기 때문이 아닐까. 심지어 그가 자살한 것도 삶의 마
지막조차 자신의 선택과 행동으로 채우려 했다는 뜻에서 그 삶과 문학의 일관성
을 나름대로 드러내는 증표가 될 수 있을지 모른다.

– 김영민, 『소설 속의 철학』, 문학과지성사

  내 생각으로는 저자가 일본인이기 때문에 그런 우를 범한 것이 아닌가 싶
다. 일본인들은 '전일본(全日本)'이 가능한 나라에서 태어나고 죽는다. 천황
이 있고, '전일본'이라는 말이 '전국(全國)'을 대신하는 나라에서 산다는 것
은 어떤 의미일까? 일종의 환상체계에 자신도 모르는 사이에 이미 동화되
어 있다는 말이다. 일본인은 약간 판타스틱(fantastic)한 세계관을 가지고 있
어서 쉽게 '하나'가 되는 경향이 있다. 또 사람은 모두 '아는 것만큼 보기'
마련인데, 신유학의 '이(理)'에 몰입하다보면 모든 것이 '이(理)의 발현'으로
보일 수도 있을 것이다. 내가 한때 심리학에 심취했던 적이 있었는데, 세상
에 정신병자 아닌 이가 하나도 없었다. 이 놈도 미친 놈 저 년도 미친 년, 모
두 정도의 차이는 있었지만 다 미쳐 있었다. 그리고 그때 유행했던 노래가
'세상은 요지경'이었다.

● 이 글의 최대 약점, 혹은 결정적인 한계는?

  역시 저자의 식견 부족이 가장 큰 약점이다. 아직 인식의 수준이 어리다.
'조상이 한 짓이지 내가 한 짓이냐'라고 생각(생각?)하고 일제 강점에 대한
죄의식을 느끼지 못한다면 아직 하수(下手)다. 그 부분은 5.18 광주 민주화
운동 때 많은 시민(동포)들이 억울하게 희생되었지만 내가 한 일이 아니니

마음이 아프기는 하나 죄의식까지는 느끼지 못하겠다는 치들과 같은 차원이다.

그 다음은 앞에서도 말했지만, 아직 공부가 얕아서 '인식은 항상 상호텍스트적 문맥 속에서 형성된다'는 것을 과소평가하고 있는 부분이다. 우리나라 사람이 일본을 비교 대상으로 삼는 것은 그 영향력이 지대했기 때문이다. '일본한테는 꼭 이겨야 한다'는 것은 우리 서술적 정체성 중의 한 중요한 플롯이다. 그 플롯이 왜 생겨났는지를 모르면 입을 닫아야 한다. 그것이 우리에게 누추한 것임을 우리도 잘 알고 있다. 우리 옆에 일본이라는 나라가 있는지 없는지 별반 의식 없이 살 수 있었으면 우리도 좋지 않겠는가? 저자가 생각하는 '이'라는 플롯은 '극일'이라는 플롯과 비교한다면 아주 미미한 것이 된다는 것을 저자는 모르고 있다. 어쩌면 알기 싫은지도 모르겠다.

- **그래도 배울 점이 있다면?**

고마울 뿐이다. 아니면 그만큼 우리 나라가 힘이 생겼다는 이야기다. 예전에는 아예 한국은 그들의 안중에 없었다. 욕할 가치가 없었다. 이제 제법 어설프나마 '이기철학으로 본 한국 사회'라는 패러다임을 가지고 우리 사회를 분석하고 있다. 그게 일본에서 팔리는 책이 된다면 더 반갑겠는데, 거기까지는 아닌 모양이다. 앞에서도 말한 바대로, 우리 나라도 국민교육이 좀 더 강화되었으면 좋겠다. 이를테면 복벽(複壁)은 아니더라도, 일본에 의해 강제적으로 폐기된 우리 황실 제도를 다시 부활시켜 문화적 구심점으로 삼는 일을 도모했으면 좋겠다는 생각도 든다.

텍스트 분석이 대충 되었으면, 일본인이 쓴 『한국은 하나의 철학이다』를 텍스트로 삼아 어떤 논술 행위가 가능할지에 대해 생각해보자.

먼저, 이 자료의 내용을 그대로 논제로 삼는 경우가 있겠다. '한국인의 심성에 침전되어 있는 '理' 중심주의와 그 폐해'에 대해 주어진 자료를 토대로 삼되 확장적으로(자기비판적으로) 논술할 것이 요구될 수 있겠다. 그 다음으로는, 이 자료의 내용과 일본인 저자의 한국(인)관을 비판적으로 고구(考究)하라는 요구가 가능하겠다. 이 경우는 자료의 내용을 비판적으로 분석하여(전제를 통한 결론 도출) 가능한 명제를 작성하여야 할 것이다.

그러면, 그 두 가지 경우 중, 전자에 적용될 수 있는 글쓰기 유형을 간략하게 한 번 살펴보자.

자기 비판적 글쓰기

어떤 글쓰기에서든 시작 부분이 제일 어렵다. 한번 시작되면 생각의 줄기를 되돌리기가 어렵기 때문에 시작에 신중해야 한다. 우리의 경우는 아우트라인이 이미 작성되었으므로 거기에 호응하는 오프닝 멘트를 고르면 된다. **오프닝은 원심적으로 하든지 구심적으로 하든지, 보통 두 가지 중 하나를 선택한다.** 원심적 멘트는 명제보다 상위의 범주에 대한 말로 시작하는 것이고, 구심적 멘트는 명제를 보다 구체화시키는 말로 시작하는 것이다. 시작 말이 그렇다는 것이니 그로부터 이어지는 말들과의 관계를 보자면 그 반대가 된다. 원심적 멘트는 구심적인 논지 전개를 보이고 구심적 멘트는 원심적인 논지 전개를 보이게 된다. 이름이 중요한 것이 아니니 그 뜻만 잘 새기면 되겠다. 예를 들어보자. 가능한 것 중의 하나일 뿐이니 꼭 이렇게 써야 한다고 생각하지 말기를 바란다.

ⓐ **원심적 멘트** : 예부터 한국인은 이념지향적인 세계관 속에서 살아왔다. 지금도 면면히 계승되고 있는 애니미즘, 샤머니즘은 물론이고, 불교와 유교, 그리고 기독교는 그것이 한국에 전래된 이래 줄곧 한국인의 심성을 강하게 지배해 오고 있다. 그 중에서도 조선조 500년을 지배해 온 유교적 이념은 보다 강력한 영향력으로 한국 사회의 담론구조를 지배하고 있다. 그 중에서도 대표적인 것이 바로 '이기철학', '理' 중심주의이다.

ⓑ **구심적 멘트** : 한국인의 '理' 중심주의가 세간의 화제가 되고 있다. '그럴 '리'가 없다', '이치에 닿지 않는다'는 등의 말은 한국인들이 무엇을 부정할 때 가장 많이 쓰는 말이다. 그러한 '理' 중심주의는 조선조 500년을 지배해 온 유교적 이데올로기의 잔흔이라고 보여진다. 조선조가 숭배했던 주자학적 이념의 핵심에 바로 '이기철학'이 자리 잡고 있었기 때문이다. 그러한 '理' 중심주의가 한국 사회가 앞으로 나아가는 데 어떠한 역기능을 행사하고 있는 지가 우리의 관심사이다.

시작을 어떤 식으로든 감행했으면, 그 시작을 이로정연(理路整然)하게 끝으로 이어주는 중간을 잘 구상하여야 한다. 본격적으로 주어진 자료를 활용하여야 하고, 그것들을 나열하는데 그치지 않고 적절한 명제로 집약될 수 있도록 '개념화' 하고 '유형(예시)화' 하는 것이 좋다. 그러면 시작에 이어 어떤 식의 중간이 가능한 지 살펴보자.

ⓒ **개념화 작업** : '理' 중심주의는 결국 본질주의적 인간관에 속한다고 볼 수 있다. 본질주의적 인간관은 하나의 개념으로 인간을 규정하려 한다. 인간 개념을 모종의 불변하는 본질에 의해서 규정하려는 태도다. 가령 '신의 형상'이나 '사유하는 존재'는 서양 사상사가 줄기차게 변호해온 본질주의적 인간이해의 대표적인 사례들이다. 이것은 인간의 속 어디엔가 숨어 있는 그 '무엇'이 바로 인간을 규정하는 하나의 본질이라고 여긴다. 선험적 관념론인 것이다. 유교의 '이기철학' 역시 그러한 선험적 관념론의 한 전형을 보여준다 하겠다.

ⓓ **유형화 작업** : 그러한 '理' 중심주의는 자신의 본질을 타자와 비교함으로써만 규정할 수 있는 매우 의존적인 심리상태를 만들어 왔으며, 자신의 입장에서만 유용한 '理'를 강조함으로써 타인의 입장을 몰각하고, 나아가 역사의 올바른 해석을 가로막는 역기능을 수행하고 있는 것이다. 이를테면, '한국의 미'는 '일본의 미'와 비교될 때만 그 가치가 살아나고, 자신의 입장을 옹호하지 않는 말은 모두 '망언'으로 치부되며, 조선의 식민지 경험이 근대화의 촉매로 작용하였다는 객관적인 사실마저도 부정하는 태도가 당연시 되고 있는 것들이 바로 그러한 예가 될 수 있는 것이다.

중간은 그러한 개념화와 유형화를 위주로 해서 텍스트의 내용을 최대한 활용하면 된다. 끝에서는 자기 주장을 자연스럽게 담아내는 것이 중요하다. 본질주의적 인간관이 자기 자신을 제대로 보지 못하게 하고 있으니 행동주의적(실존주의적) 인간관 등의 제창으로 그 모순과 오류를 바로잡을 것을 제안하거나, 정책적으로 국가가 나서 국민교육을 새롭게 펼쳐나갈 것을 요구하는 형식으로 마무리를 지으면 될 것이다.

ⓒ **주장** : 위에서 살펴본 대로 '理' 중심주의, 혹은 본질주의적 인간관은 많은 한계를 노정하고 있다. 지나친 자기중심주의적 태도는 개인의 실존이나 민족의 역사에 아무런 도움이 되지 않는다. 텍스트의 논지에 의하면 지나친 자기중심주의는 오히려 의존적인 타자지향적 세계관을 형성하여 타율적이고 부정적인 민족성을 길러내는 역기능을 수행할 수도 있는 것이다. 일본과의 관계에서 그러한 사례가 충분히 적출될 수가 있었다. 인간은 혼자서 살 수 없는 사회적 존재다. 민족의 역사도 마찬가지이다. 나만의 역사는 이미 '역사'가 아니다. 통일을 앞두고, 민족적 도약기를 맞이하고 있는 우리 민족 전체가 이념적 차원의 갱신을 성수(成遂)할 수 있는 국가적 국민교육 프로그램이 절실히 요청되는 때이다.

오프닝 멘트(원심적, 구심적)를 하고나서 개념화와 유형화를 시도하고 적절한 주장을 더하는 것으로 글쓰기를 진행시켜 보았다. 글쓰기는 시작부터 선택의 연속이다. 스타일의 선택(원심적, 구심적)은 물론이고, 단어 하나하나, 문장 형식 하나하나를 계속 선택해 나가는 것이 바로 글쓰기다. 물론 선택할 수 있는 것들이 많을수록 글쓰기가 성공할 확률도 높아진다. 이 단계에서 중요한 것은 '선택'에 생각을 집중하는 일이다. 앞뒤 문맥을 살펴 어떤 단어, 어떤 형식의 문장이 텍스트 응집성을 높이는지 잘 선택하는 노력을 기울여야 한다.[2]

---

2 이상은 '양선규, 『코드와 맥락으로 문학읽기』, 앞의 책, 21장'을 시의에 맞게 수정 보완한 것임.

八 묵수묵공(墨守墨攻), 문밖이 문안이다

수·파·리(守破離)

 비판적 독서를 토대로 한 분석과 종합을 수행하고, 그리고 전제와 결론을 명제화 할 수 있는 글쓰기 요령을 터득하고(reading-rehearsing), 나아가서 도입 부분을 자연스럽게 도출할 수 있게 되었다면, 그리고 그 결과로 자기 비판적 글쓰기가 가능해졌다면(writing-revising), 이제 남은 것은 그것들의 내용물을 문화적 인용과 백과전서식 조회를 통해 가치 있는 것으로 채우고(collecting), 그것들을 생산적으로 연관시키는 일(connecting)에 보다 능숙해 지는 것 즉, 통합적 사고 능력의 배양에 힘쓰는 일이라고 할 것이다.[1]

 논술무자의 무자수업 단계로 보자면, 이른바 관(觀)과 견(見)의 시야가 두루 갖추어지는 경지라고 할 수 있다. 숲과 나무를 동시에 볼 수 있다는 말이다. 주어진 제시문에서 어떤 논제를 추출할 수 있으며, 가능한 논점은 몇 가지이고, 논의의 범주는 어디까지인가 등이 일목요연하게 한 눈에 들어오는 경지인 것이다.

 무도(武道) 무자수업이 이 경지에 들면 어떤 무도 영역이든 그 기술이 스스로

---

[1] Murray(1980)는 일찍이 쓰기 활동에 읽기가 필수적인 요소가 된다고 강조하였다. 작문과정에 작용하는 네 가지의 힘에 대해서는 '김정자, 「읽기와 쓰기의 관련성 측면에서 본 국어교육과정과 교재」, 한국작문학회 제10회 연구 발표회 자료집, 별지 5쪽.' 참조.

앞뒤를 가려 나올 때 나오고 들어갈 때 들어가게 된다. 무념무상 명경지수(無念無想 明鏡止水), 관념과 행위 사이의 간극이 최소화 되는 체달의 경지, 그야말로 기술의 최고 경지이며 수·파·리(守破離, 지키고 깨고 떠난다)의 마지막 단계인 '기술이 몸을 떠난 경지'이다. 속도를 제압할 수 있는 혜안이 구비되고, 모든 동작의 시작과 끝이 하나로 이어지면서, 깃털같이 가벼운 것을 태산처럼 무겁게 쓰는 경지에 도달하게 된다.

대교약졸(大巧若拙, 큰 기교는 오히려 치졸해 보인다), 단도직입(單刀直入, 우회하지 않고 바로 정곡을 찌름)의 경지에 이르는 것도 이 때이다. 이 경지에 든 고수와 상대할 때는 기력을 아껴 최대한 동선을 줄이고 상황에 즉하여 꼭 필요한 기술만 전개해야 한다. 그렇지 않을 경우에는 지레 힘을 소진하여 정작 필요한 때 기술을 사용하지 못하는 우를 범하게 된다. 일반적으로 하수가 고수 앞에서 우왕좌왕하는 것은 바로 그러한 이치를 터득하지 못해서이다.

글쓰기, 특히 논술 시험의 경우에서 그와 같은 무자수업의 이치를 유추하자면, **첫째 잔기술보다는 큰 기술 하나로 상대를 제압하려고 노력하는 것**(인식론적 단절에 해당될 만큼 크게 발상을 전환한다)**이 좋고, 둘째 논제의 취지를 내려다보고 그 요구에 이리저리 휘둘리지 않겠다는 각오를 가지는 것이 좋고, 셋째 일단 만들어진 명제는 자신 있게 제출하여야 한다는 것 정도가 될 것이다.**

묵수(墨守)

그러나, 그와 같은 '말'은 그야말로 '말'에 그치는 것이기 때문에 이 경지는 실전의 연습을 통해서 도달될 수 있을 뿐이다. 통째로 눈치껏, 고수가 내는 문제를 많이 풀어보는 수밖에 없다. 이 장의 표제어가 '묵수묵공(墨守墨攻)'인데, 묵가(墨家)가 성을 지키는 특별한 비책을 가지게 된 것은 오로지 다양한 실전을 통한 경험의 축적의 결과였다는 것을 명심해야 한다.

또 하나, 이 단계에서는 **묵수가 묵공이라는 것을 아는 것이 중요하다.** 묵수라는 말은 본디 묵적지수(墨翟之守)의 준말이다. 공수반(公輸盤)과의 시뮬레이션 게임에서 굳건하게 성을 지켜낸 묵자의 고사에서 나온 말이다. 자기의 주장이나 의견을 굳게 지킨다는 뜻으로 전용되어 많이 쓰인다. 간혹 전통이나 관습을 지나치게 존중하여 낡은 틀에 얽매여 있다는 듯으로도 사용되기도 한다.

얼마 전에 안성기와 유덕화가 출연하는 〈묵공(墨攻)〉(2006, 장지량)이라는 영화가 상영된 적이 있었다. 한중일이 합작을 한 영화라는데 '묵수'라는 고사성어를 현실적으로 재구성해서 형상화한 영화다. 10만 대군을 이끌고 조나라 장수 항엄중(안성기 분)이 양성(梁城)을 공략하지만 혁리(유덕화 분)라는 묵가 한 사람의 힘으로 그것을 막아낸다는 이야기를 담고 있다. 인구 4000명이 고작인 양성은 혁리의 등장으로 외적을 막아내는데 성공하지만, 내부적으로는 갖가지 갈등에 휩싸이게 된다. 인간 심리에 내재한 여러 가지 저급한 본능과 충동의 각축장이 되는 것이다. 영화는 그 두 가지 이 영화의 중심 서사를 지루할 정도로 세밀하게 그려낸다. 그리고는 '미래는 어린 아이들에게 있다'는 메시지를 생각게 하는 어린이 구출 작전으로 막을 내린다.

그런데, 그 제목이 '묵공'이라는 것이 재미있었다. '묵수'가 아니라 '묵공'이었던 것이다. 틀림없이 '묵수'에 대한 이야기인데 왜 '묵공'인가. 여기서 '수(守)' 대신 사용된 '공(攻)'이란 무엇인가. 왜 감독은 그 제목을 택했을까. 그 영화를 보면서 내내 그 생각을 버리지 못했던 것 같다.

생각 끝에 내린 결론이 없었던 것은 아니었다. 그 무렵의 '상황'을 고려한 결과였다. 묵수로 대변되는 묵가의 겸애설과 비공, 비전론(非攻非戰論)이 우리 시대의 경구(警句)로 작용되기를 바라는 감독의 마음이 반영된 것이리라고. 묵자(묵가)와 같은 재주 있고 신념에 살았던 용사들이 다시 나타나 이 세상에 만연한 비겁과 나태와 불의와 모반과 그 이외의 모든 저급한 충동들을 일거에 소탕해 주기를 바라는 간절한 마음이 수(守)를 공(攻)으로 바꾸는 일종의 패러디를 꾀하게 했다고 생각하고 싶었다.

각설하고, 우리는 '묵공'의 교훈을 다른 데서 찾기로 한다. 문제를 푸는 입장과 문제를 내는 입장의 경계를 해체해 보자는 발상이 그것이다. 논제를 제시하고 가능한 논점들을 추려내는 작업부터 해봄으로써 논술의 과정을 제대로 한번 알아보자는 것이다. 그래서 다음의 연습 과정 표제를 '묵공'이라고 붙였다.

묵공(墨攻)

＊ 다음 제시문을 읽고 가능한 논제와 논점에 대해 말하시오.

〈1〉

공수반(公輸盤)이 초(楚)나라를 위하여 운제(雲梯)라는 성을 공격하는 기계를 만들었는데, 완성되자 그것을 가지고서 송(宋)나라를 공격하려 하였다. 묵자(墨子)는 그 말을 듣자 제(齊)나라에서 출발하여 열흘 낮과 열흘 밤을 달리어 초나라의 도읍 영(郢)에 이르러 공수반을 만났다.

공수반이 말하였다.

"선생님은 무슨 일로 오셨는지요?"

묵자가 말하였다.

"북쪽에 나를 업신여기는 자가 있어 선생님 힘을 빌려 그를 죽이고자 합니다."

공수반은 기쁘지 않은 표정을 지었다. 묵자가 말하였다.

"십금(十金)을 바치고자 합니다."

공수반이 말하였다.

"저의 의로움은 본시부터 사람을 죽이지 않습니다."

묵자가 일어나 두 번 절을 하면서 말하였다.

"청컨대 설명을 하게 해주십시오. 나는 북쪽에서 선생님께서 운제를 만들어 그것으로써 송나라를 공격하려 한다는 말을 들었습니다. 송나라에 무슨 죄가 있습니까? 초나라는 여유 있는 땅을 가지고 있으나 백성들이 부족합니다. 부족한 백성을 죽임으로써 여유 있는 땅을 위하여 다툰다는 것은 지혜롭다 말할 수가 없습니다. 송나라는 죄도 없는데 그 나라를 공격한다는 것은 어질다고 말할 수 없습니다. 알면서도 간하지 않는 것은 충성되다 말할 수가 없습니다. 간하여 뜻을 이루지 못하는 것은 강하다고 말할 수가 없습니다. 의로움으로 적은 사람들을 죽이지 않으면서도 여러 사람들은 죽이는 것은 일의 유추(類推)를 안다고 말할 수 없습니다."

공수반은 설복 당하였다. 묵자가 말하였다.

"그런데 어찌하여 그만두게 하지 않습니까?"

공수반이 말하였다.

"안됩니다. 나는 이미 그렇게 하도록 임금님께 말하였습니다."

묵자가 말하였다.

"어찌하여 나를 임금님께 뵙도록 해주지 않습니까?"

"그렇게 하겠습니다."

묵자가 임금을 뵙고서 말하였다.

"지금 여기에 한 사람이 있는데 그의 무늬 새겨진 좋은 수레를 버려두고 이웃에 있는 다 낡은 수레를 훔치려 합니다. 그의 수놓인 비단 옷은 버려두고 이웃에 있는 짧은 거친 옷을 훔치려 합니다. 그의 기장과 고기는 버려두고 이웃에 있는 겨와 지게미를 훔치려 합니다. 이것은 어떠한 사람이라 하시겠습니까?"

임금이 말하였다.

"반드시 도적질하는 버릇이 든 사람이겠지요."

묵자가 말하였다.

"초나라 땅은 사방 오천 리의 넓이이고 송나라 땅은 사방 오백리이니 이것은 마치 무늬 새겨진 좋은 수레와 낡은 수레의 관계와 같습니다. 초나라에는 운몽(雲夢)이란 못이 있는데 그 근처에는 물소와 외뿔소와 고라니와 사슴 같은 짐승들이 가득하고 강수(江水)와 한수(漢水)에는 물고기와 자라와 큰 자라와 악어들이 있어 천하의 부를 이루고 있습니다. 송나라는 이른바 꿩과 토끼나 붕어 같은 물고기조차도 없다는 나라입니다. 이것은 마치 기장과 고기와 겨와 지게미의 관계와 같습니다. 초나라에는 장송(長松)과 문재(文梓)와 편남(楩枏)과 예장(豫章) 같은 좋은 재목들이 나는데 송나라에는 긴 나무란 없습니다. 이것은 마치 수놓은 비단 옷과 짧은 거친 옷과 같습니다. 저는 임금님의 관리들이 송나라를 공격하려 하는 것도 앞 사람들과 같은 종류의 일이라 생각합니다. 저의 생각으로는 대왕께서는 반드시 의로움만 손상하게 될 뿐으로 얻어지는 게 없을 것으로 압니다."

임금이 말하였다.

"좋은 말씀이오! 비록 그러하다 하더라도 공수반이 나를 위하여 운제를 만들었으니 꼭 송나라를 취해야만 하겠소."

이에 공수반을 만났다. 묵자는 허리띠를 끌러 성을 만들고 나무조각으로 기계를 삼았다. 공수반은 성을 공격하는 방법을 아홉 번이나 바꾸면서 기계로 공격하였으나 묵자는 아홉 번 모두 이를 막아내었다. 공수반의 성을 공격하는 기계의 방법은 다하였으나 묵자의 수비에는 여유가 있었다. 공수반이 굴복한 것이다.

그러나 그는 말했다.

"저는 선생님을 막아내는 방법을 알고 있지만 말하지 않겠습니다."

묵자도 역시 말하였다.

"저도 선생님이 저를 막아낼 방법을 알고 있지만 말하지 않겠습니다."

초나라 임금이 그 말을 듣고, 까닭을 물었다. 묵자가 말하였다.

"공수 선생의 뜻은 다만 저를 죽이려는 것뿐입니다. 저를 죽이면 송나라는 초나라의 운제 공격을 막아낼 수 없을 것이라는 거지요. 그러나 저의 제자 금골희(禽滑釐) 등 삼백 명이 이미 저의 수비하는 기계를 가지고서 송나라 성 위에서 초나라의 군대를 기다리고 있습니다. 비록 저를 죽인다 하더라도 그것을 없앨 수는 없습니다."

초나라 임금이 말하였다.

"좋습니다! 나는 송나라를 공격하지 않도록 하지요."

묵자는 돌아가는 길에 송나라를 지났다. 마침 비가 내려 그곳 마을문 안으로 들어가 비를 피하려 하였다. 그러나 마을 문을 지키는 사람이 그를 들여보내 주지 않았다. 그러므로, '신묘하게 일을 다스린 사람에 대하여 사람들은 그의 공을 알지 못하고 밝게 드러내 놓고 다툰 사람만 뭇사람들은 알아주는 것이다.' 라는 말이 있는 것이다.

– 김학주, 『墨子-그의 생애, 사상과 묵가』 중에서

〈2〉

(…)나는 모리 선생님에게 정상에 있으려고 필사적으로 버티지만 벌써 언덕을 넘어 내리막길에 들어선 기분이라고 말했다. 먹는 것을 조심하고. 거울 앞에서 머리가 얼마나 벗겨졌는지 점검하고. 젊었을 때는 자랑스럽게 나이를 말했는데 이젠 더 이상 나이 얘기를 꺼내지 않게 되었다고. 또 직업적으로 인기를 잃을까봐 사십 줄에 가까워지는 것이 두렵다고.

그러나 선생님은 나이 먹는 것을 좀더 긍정적인 시각으로 바라봤다.

"세상 사람들은 젊음을 강조하지만 난 그렇게 생각하지 않아. 잘 들어보게. 젊다는 것이 얼마나 처참할 수 있는지 난 잘 알아. 그러니 젊다는 게 대단히 멋지다고는 말하지 말게. 젊은이들은 갈등과 고민과 부족한 느낌에 늘 시달리고, 인생이 비참하다며 나를 찾아오곤 한다네. 너무 괴로워서 자살하고 싶다면서……."

나는 그의 말을 들으면서 나의 생활을 떠올렸다.

그는 계속 말을 이어나갔다.

"그런데 젊은이들은 이런 비참함을 겪는 것으로도 모자라 아둔하기까지 하지. 인생에 대해 이해하지도 못하지. 어떻게 돌아가는지 모르는데 누가 매일 살아가고 싶겠나? 이 향수를 사면 아름다워진다거나 이 청바지를 사면 섹시해진다고 하면서 사람들이 조작해대는데 바보같이 그걸 믿다니! 그런 어처구니없는 일이 또 어디 있어."

"늙어가는 것이 두렵지 않으셨어요?"

"미치, 난 나이 드는 것을 껴안는다네."

"껴안아요?"

"아주 간단해. 사람은 성장하면서 점점 많은 것을 배우지. 22살에 머물러 있다면, 언제나 22살만큼 무지할 거야. 나이 드는 것은 단순히 쇠락만은 아니네. 그것은 성장이야. 그것은 곧 죽게 되리라는 부정적인 사실 그 이상이야. 그것은 죽게 될 거라는 것을 '이해'하고, 그 때문에 더 좋은 삶을 살게 되는 긍정적인 면도 지니고 있다구."

"네…. 하지만 나이 먹는 게 그렇게 귀중한 일이라면 왜 모두들 '아, 다시 젊은 시절로 돌아갔으면…' 하고 말할까요? 누구도 '빨리 65살이 되면 좋겠다'라고는 하지 않잖아요."

"그게 어떤 것을 반영하는지 아나? 인생이 불만족스럽다는 것을 적나라하게 보여주는 것이지. 성취감 없는 인생, 의미를 찾지 못한 인생 말야. 삶에서 의미를 찾았다면 더 이상 돌아가고 싶어 하지 않아. 앞으로 나가고 싶어 하지. 더 많은 것을 보고, 더 많은 일을 하고 싶어 하지. 아마 65살이 되고 싶어 견딜 수 없을걸."

선생님은 미소지었다.

"잘 들어보게. 자넨 알아야 해. 젊은 사람 모두 알아야 한다구. 늘 나이 먹는 것에 맞서 싸우면, 언제나 불행해. 어쨌거나 결국 나이는 먹고 마는 것이니까."

"그렇군요."

"그런데, 미치?"

그는 갑자기 목소리를 낮췄다.

"사실, 결국 자네도 죽게 될 거야."

나는 고개를 끄덕였다.

"자네가 자신에게 뭐라고 얘기하든 끝내 그렇게 될 거야."

"네, 알아요."

"하지만 다행히 오랫동안, 아주 오랫동안은 그런 일이 없겠지."

그가 말했다.

– 미치 앨봄, 공경희 역, 『모리와 함께한 화요일』 중에서

〈3〉

나도 한때 소설가였지만, 소설 읽기보다 사람 말 듣기를 더 좋아한다. 아마 젊었던 그 시절에도 그런 취향이 꽤나 있었던 듯하다. 그래서 성공한 작가가 되지 못한 것 같다. 예나 제나 소설가가 술자리에서나 하는 말이 그가 정색을 하고 쓴 소설보다 훨씬 재미 있다. 어쩌면 소설은 그런 '재미있는 말'에 이런 저런 물을 탄 것이라는 생각이 들 때도 많다. 근자에 또 재미있는 말 한 자락을 들었다. 면 대 면(面對面), 흥이 돌고 술잔이 도 는 술자리는 아니지만 재미있었다. 한 소설가가 상을 받는 자리에서 한 '수상 소감'이다.

…나의 할머니는 이제 99세가 되었다. 그분은 압구정동에서 태어났으며 할아 버지와 결혼한 뒤엔 공덕동에서 오래 사셨다. 할아버지는 마부들을 고용해 마포 나루 일대에서 일종의 운수업을 하셨다고 한다. 할아버지의 마차는 아마도 부잣 집 마나님들이 까다롭게 고른 새우젓 동이를 문안으로 실어날랐을 것이다. 할머 니는 한때 소위, 마포나루의 새우젓 장사들을 상대로 개장국을 만들어 팔기도 하 였다. 할머니는 할아버지가 돌아가시기 전까지 평생 서울을 떠나지 않으셨다. 그 래서 그분에게 있어선 세상이 문안과 문밖, 둘로 나뉜다. 그 바깥은 잘 모르신다.
할머니는 세상을 문안과 문밖, 둘로만 구분하듯이 사람의 성격도 단 두 가지 로만 구분하신다. 하나는 '암상'이고 다른 하나는 '심술'이다. 할머니의 지론대 로라면 모든 사람은 그 둘 중의 하나에 속해 있다. 그 분은 이에 대해 별다른 설 명이 없다. 그저 누구를 가리키며 저애는 암상이고 또 다른 누구는 심술이라는 식이다. 내가 왜 그러냐고 물으면 그분은 이렇게 대답한다.
– 글쎄, 보면 모르겠니? 쟤는 심술이라니까.
처음에 나는 그 기준이 뭔지 몰라 혼란스러웠지만 곧 할머니의 구분법에 익숙 해졌다. 그리고 나도 사람들을 그 기준에 의해 구분할 수 있게 되었다. 그 구분 법에 의하면 할머니와 나는 암상에 속한다. 그리고 돌아가신 할아버지는 심술이 다. 그 구분의 기준을 구태여 설명하려면 못할 바는 아니지만 반드시 그럴 필요 는 없다. 할머니의 말대로 그것은 그냥 척 보면 알게 되는 것이다. 할머니의 주 장에 의하면 사람들은 누구나, 친구든 부부든, 주인이든 밑에 두고 부리는 사람 이든, 암상과 심술이 서로 짝을 이뤄야 잘 살게 되어 있다. 그러고 보면 세상이 대개 그렇게 이루어져 있는 것 같기도 하다. (천명관, 「수상소감」 중에서)

그렇다. 세상은 문안과 문밖으로 구성되어 있다. 문은 도처에 있고, 인간은 그 앞에서 어쩔 수 없이 둘로 나뉜다. 문안으로 당당히 들어갈 수 있는 자와 그 문 밖에서 하릴없이 배회하여야 하는 자로 인간은 나뉜다. 나이가 들어 심술만 늘게 되면, 그것 이외의 분류는 아무런 의미가 없는 것이 인간 세상이다. 혹자는 '들어갈 수 없는 자'들이 대체로 심술에서 자유롭지 못하다고 말하기도 한다. 그들은 '그 문이 눈에 보이지 않는 것일 때 더욱 그렇다'고 강변한다. 그들의 말대로라면, 그 반대로 어디든 자신이 문안에 든 자로 여겨질 때 사람들은 여유롭다는 것이다. 그래서 문안 사람들은 무엇이든 감싸안으려 한다고 그들은 말한다.

말이 나온 김에 그 말을 가지고 문학판으로 가보자. 문학판은 그렇다면, 문밖 세상 어디엔가 있는 것이다. 그래서 문학 하는 자들은 심술에 가득 차 있다. 몸과 시선이 따로 노는 것이 싫어 자학과 도착이 일상이 된다. 문안에 있는 자들은 바깥세상을 모른다. 그것이 문안의 이치다. 문안 사람들에게는 문학이 오로지 장식적 가치일 뿐, 본질을 다루는 정신세계라고는 인정받지 못한다. 그래서 문밖에서의 자학과 도착이 문안에서의 문화와 교양이 된다. 그 역설의 줄타기가 문학의 숙명이다. 줄타기는 곡예다. 모험과 위험이 없는 곡예는 더 이상 곡예가 아니다. 작가란 무엇인가? 그 말이, 평생 글쓰기로 일가를 이루거나 그렇게 되기를 꿈꾸는 자를 뜻한다면, 그는 늘 모험과 위험에 놓여 있어야 한다. 그럴 수 있는 자가 바로 작가이다. 곡예 그 이상도 그 이하도 아닌, 능숙하나 항상 발밑에 죽음과 병신의 세계가 도사리고 있는 기예, 그것이 바로 작가의 글쓰기이다. 문안 세상에게 위안과 반성의 계기를 제공할 수 있는 글쓰기는 오직 그것 하나밖에 없다.

지난 일요일, 가까운 지인의 혼사에 참획하였다가 문득 문안 세상(문밖 세상인지도 모르겠다) 하나를 되찾았다. 40년이라는 세월을 격(隔)하고 다시 만나는 일인지라 몹시 황홀하였다(같이 갔던 열여섯 살 난 집아이는 심드렁했다). 예식이 있던 호텔 뒤편, 이제는 큰 예배당이 들어선 언덕에 100년 된 사과나무와 그 주인이 살던 건물이 있었다. 어릴 때 시장통 근처에 살던 나는 늘 그 언덕, 선교사들의 황홀한(?) 저택들이 있던 그 문밖에서 서성이곤 했다. 그 문안이 탐이 났으나 가질 수 없었다. 그 근처에서 오래 머무는 것 자체가 금기 사항이었다. 어디선가 금방 잡역부 아저씨가 나타나 우리를 쫓아내곤 했다. 우리는 그 아저씨가 시커먼 굴뚝 아래 어디에선가 나타나는 것으로 짐작했다. 그 굴뚝 아래 어딘가 시체를 태우는 병원의 화장장이 있다고 믿고 있던 우리는 그 병원 뒤편 건물을 가로질러 그 문안 세계로 향하는 것 자체가 모험이었다(그 느낌은 여전하다).

이미 그 세상은 허물어져 낡은 기와와 색 바랜 단청으로 희미하게 내 앞에 나타날 뿐, 예전의 그 비밀과 엄숙은 자취를 감추고 없었다. 대로가 뚫린 반대편 입구에서 채 쉰 걸음도 되지 못한 곳에서 그것은 자신의 모든 것을 다 드러낸 채 그저 막연히, 초라하게, 거기 있었다. 이국적이기만 했던 선교사 사택. 한옥과 양옥의 기묘한 조화. 그야말로 문안 세상(그때는 문안이 참 좁았다)을 훤히 내려다 볼 수 있는 문밖 동산 마루턱에 자리잡고 있던 그 선교사 사택은 그 아래를 지나던 나에게는 언제나 멀리서만 바라다 볼 수 있는 비밀의 성채였다(그곳은 이제 의료선교 박물관이 되어 있었다). 그런 만큼, 내가 아무런 희생도 없이 대가도 없이 그 옛날의 비밀의 문안에 들어 있다는 사실이 허허로웠다. 이제 1899년부터 이 땅에 거주하던 선교사들은 비석으로만 자신의 존재를 알린다. 그들이 만든 교회와 병원, 그리고 학교는 이미 그들을 잊은 지 오래다. 오래든 말든, 문안에 살든 문밖에 거하든, 사람들은 말하고 싶어 한다(도대체 나는 지금 무얼 말하고 싶은 건가?). 문안 것들에 대해서, 혹은 문밖 것들에 대해서.

– 양선규, 『풀어서 쓴 문학이야기』 중에서

제시문 〈1〉, 〈2〉, 〈3〉을 읽고 가능한 논제가 어떤 것이 있는지를 먼저 살펴보자. 〈1〉은 묵자 사상을 요약하고 있는 서사체 철학 글쓰기이고, 〈2〉 역시 베스트셀러 전기(傳記)의 일부이고 〈3〉은 일종의 수상록이라고 할 수 있는 글쓰기이다. 모두 '인생의 지혜' 혹은 '생의 비밀'에 대한 나름대로의 메시지를 전하고 있다. 이야기를 담고 있는 글들이라 비교적 잘 읽히고, 특별하게 어려운 개념도 없어서 우리의 논술무자수업용으로 적절한 텍스트라는 생각이 든다.

논제의 수준은 출제자의 수준을 반영한다. 그러므로 모든 평가자는 자신에 대한 평가를 피할 수 없게 된다. 남을 평가한다는 것은 곧 자신이 평가 받는다는 뜻이다. 논제 제시하기가 논술 공부의 알파와 오메가가 되는 것도 바로 그런 이치 때문이라고 할 수 있을 것이다. 필자와 함께 독서논술교육을 공부하고 있는 연구생들의 도움을 얻어 수준별로 어떠한 논제와 논점이 가능한지 살펴보자.

첫 번째 수준은 제시문의 메시지를 해설적 차원에서 전체적 혹은 부분적으로 그 의미를 명확하게 밝혀보라는 주문이다. 이 수준에서는, 출제자가 논제 뒤에 자신의 모습을 숨길 수도 있고 반 틈 정도 자신의 모습을 앞으로 내밀 수도 있다.

1. 세 개의 제시문은 모두 하나의 공통된 주제를 다루고 있다. 제시문 간의 연관관계를 밝히고, 그것들이 다루고 있는 공통 주제에 관하여 논하시오.(600자 내외)

2. 묵자의 겸애설을 고사를 통해 전하고 있는 제시문 〈1〉과 죽음의 의미와 그것에 임하는 태도를 다룬 제시문 〈2〉, 그리고 문학 행위의 의미와 가치를 논하고 있는 제시문 〈3〉를 읽고, 초월의지가 인간의 삶에 미치는 영향에 대하여 논하시오.(1200자 내외)

3. 제시문 〈3〉에서 '문(門)'은 하나의 메타포가 되고 있다. 제시문 〈1〉과 〈2〉에서 그 '문'의 원관념이 되는 것을 요약하고(400자 이내), 자신의 인생에서 스스로 도달하고자 하는 '문안' 세상이 무엇인지 구체적으로 서술하시오.(800자 내외)

4. 다음 황지우 시인의 시를 참조하여 제시문에서 다루고 있는 '문안과 문밖의 경계'에 관해 논하시오.(1200자 내외)

바깥에 대한 반가사유

황지우

해 속의 검은 장수하늘소여
눈먼 것은 성스러운 병이다

활어관 밑바닥에 엎드려 있는 넙치
짐자전거 지나가는 바깥을 본다, 보일까

어찌하겠는가, 깨달았을 때는
모든 것이 이미 늦었을 때

알지만 나갈 수 없는, 無窮(무궁)의 바깥
저무는 하루, 문안에서 검은 소가 운다

이상의 네 개의 논제들도 앞의 두 논제가 '인생에 있어서의 초월 의지란 어떤 의미와 가치가 있는가?'를 묻고 있는 보다 포괄적인 물음이라면, 뒤의 두 논제는 그것을 가로막는 현실적 장애물 혹은 인식론적 장애물에 대하여 보다 구체적으로 고찰하기를 요구하고 있다. 20세 전후의 논술무자 입장에서는 뒤의 것이 난이도가 조금 더 높다고 할 것이다.

특히 4번의 경우처럼 '안과 밖의 경계 허물기'를 메타하고 있는 별도의 논제 제시문(시 「바깥에 대한 반가사유」에서 시인은 인간 조건의 한계를 고려하여 그것이 사실상 불가함을 토로하고 있음)이 첨가될 때는 논제와 논점의 방향이 여러 갈래로 파생될 수 있어 난이도가 한층 더 높아진다고 할 것이다. 어쨌든 번호 순서대로 출제자가 자신의 모습을 많이 드러내고 있는 형국이라고 할 것이다.

두 번째 수준은 제시문의 메시지가 담고 있는 의미를 보다 제한적으로 제시하고 그것에 대한 논자의 소견을 묻는 것이다. 물론 이 때는 출제자가 자신의 신념이나 취향, 그리고 인식 관심과 사유의 방향성을 전면적으로 드러내는 경우가 된다.

1. 제시문 〈3〉에서 말하고 있는 '문안'과 '문밖'은 절대적 개념인가? 상대적 개념인가? 제시문 〈1〉의 묵자의 비공설(非攻說)과 제시문 〈2〉의 모리의 '나이 드는 것을 껴안는 삶'의 예를 활용하여 800자 내외로 논하시오. (반드시 하나의 주장만을 펼칠 것. 논자에 따라 다를 수 있다는 투의 표현은 절대 사용하지 말 것.)

2. 제시문 〈3〉에서의 '문(門)'은 우리의 사유 방식과 체계 속에서 자연스럽게 자리잡고 있는 대립 구조를 뜻하는 말이다. 제시문 〈1〉, 〈2〉, 〈3〉에 나타난 '문(門)'의 구체적인 내포를 말하고 그것을 극복하기 위한 노력과 방책이 무엇인지 각 제시문의 내용을 토대로 800자 내외로 논하시오.

3. 제시문 〈3〉에서의 '문(門)'은 인간이 가질 수밖에 없는 동경(憧憬)의 출입구라고 볼 수 있다. 제시문 〈1〉과 〈2〉의 묵자와 모리가 지니고 있는 '인생에 있어서의 동경'은 무엇인지 간략히 서술하고, 그들의 삶의 태도와 일반적인 인간의 행복 조건이 어떻게 같고 다른지를 구체적으로 800자 내외로 논하시오.

4. 2년 전 영화배우 고 이은주의 자살에 이어 1월 21일 가수 유니도 자살을 하였다. 유니에 앞서 1996년 1월에 두 명의 인기 가수가 스스로 목숨을 끊었다. 하이틴 스타 서지원은 1월 1일 자신의 아파트에서 유서를 남긴 채 약물 과다 복용으로 숨졌고 같은 달 6일에는 김광석이 자택에서 숨진 채 발견됐다. 이에 앞서 1995년 11월에는 듀스의 김성재가 약물 과다 복용으로 숨졌다. 1990년 2월에는 가수 장덕 씨가 수면제 과다 복용으로 숨졌으며 2003년 4월에는 홍콩의 국제적 스타인 장궈룽(장국영)이 만다린 오리엔탈 호텔에서 몸을 던져 목숨을 끊었다.

연예인이나 유명인의 자살은 그 자체가 뉴스 가치를 지니기 때문에 언론의 보도를 막을 수는 없다. 그러나 그 파급 효과 특히 '베르테르 효과(연쇄 모방 자살 충동)'가 우려될 정도라면 언론의 보도 태도는 좀더 자기절제성이 요구된다고 할 것이다.

제시문 〈1〉, 〈2〉, 〈3〉과 연예인들의 일련의 자살 사태와 그것에 대한 언론의 보도 태도를 연관지어 ①연예인들이 자신의 삶에서 느낄 것 같은 '인생의 문(門)'에 대해서 유추해 보고, ②삶의 존엄성이 유지될 수 있는 조건들에 대해서 논하시오.

두 번째 수준은 첫 번째 수준보다는 요구의 범위가 좁다. 그러나 보다 구체적인 논거를 제시하기를 요구하기 때문에 수험생 입장에서는 더 까다로운 문제일 수도 있다. 이 경우는 출제자의 의도에 부합되는 논점과 논거를 제출할 수 있느냐 없느냐가 가장 중요한 문제다.

1번의 경우는 절대적이든 상대적이든 어느 한 쪽에서 자신의 주장을 명료하게 펼쳐주기를 원하는 논제이므로 그 방향에서 논점을 정하고 논거를 수집해야 한다. 99세 공덕동 할머니는 그것을 절대적 개념으로 설정해 놓고 모든 귀하고 좋은 것은 안으로 들이고, 천하고 못된 것은 밖으로 내몬다('암상'과 '심술'이라는 이분법이 '문안'과 '문밖'의 차별성을 시사한다). 어차피 경계 설정은 주관적일 수밖에 없으므로 절대적 개념으로 설명할 수도 있다. 그러나 그 이야기를 인용하고 있는 제시문 〈3〉의 내레이터는 문을 가운데 둔 안과 밖의 경계는 상대적이라고 말하고 있다. 사람마다, 시간마다, 공간마다, 그들이 마주하고 있는 '문'들은 다를 수밖에 없다. 그래서 상대적이라고 주장할 수 있는 것이다. 어느 한 쪽을 선택하여야 하는데 그러지 못하고 우물쭈물하면 실패하는 것이다.

2번도 마찬가지다. 각 제시문에서 거론하고 있는 인식의 한계 혹은 장애물들이 무엇인가를 구체적으로 서술해야 한다. 모리와 묵자의 상대방들과 99세 공덕동 할머니가 어떤 인식의 한계 안에 갇혀 있는가를 잘 설명하는 것이 요체다.

3번은 '문'을 다르게 보자는 주문이다. 주문하는 이의 의도에 부합되도록 모리와 묵자, 그리고 제시문 〈3〉의 내레이터가 지니고 있는 가치관을 잘 분석할 필요가 있다.

4번은 '자살' 문제와 연결시켜보라는 주문이다. 초월 의지가 자살 충동을 막을 수 있는가, 인간의 욕망과 죽음충동의 관계는 어떠하며, 죽음충동이 희생과 헌신 그리고 달관적 삶의 태도에 어떤 식으로 내장되어 있는가 등의 문제를 검토해 보아야 할 논제인 것 같다.

세 번째 수준에서는 맥락적 이해를 토대로 제시문 안에서 스스로 문제를 발견하고 그 해결책을 찾아보라는 식의 논제가 제출된다. 첫 번째와 두 번째의 변증법적 지양이라고 할 수 있을 것이다. 형식은 첫 번째와 유사하지만, 두 번째 수준에서의 논제를 수험자가 직접 만들어서 해결해야 하는 것이 세 번째 수준의 어려움이다.

1. 제시문 〈1〉, 〈2〉, 〈3〉을 묶는 하나의 명제를 만들고, 그것을 각 제시문의 내용을 토대로 논증하라.

2. 제시문들은 각기 '문밖이 문안이다'라는 명제를 내함(內含)하고 있다. 그 명제를 1000자 내외로 논증하라.

3. '경계의 해체'는 포스트모더니즘 문화의 한 특징이다. 제시문 〈1〉, 〈2〉, 〈3〉에 나타난 '안과 밖의 모순'을 그러한 포스트모더니즘 문화의 한 특징과 결부짓는 것이 타당한가? 1000자 내외로 논술하라.

4. 우리가 안다는 것은 무엇인가? 99세 문안 공덕동 할머니의 앎과 모리나 묵자의 앎은 어떻게 같고 다른가? 1000자 내외로 논술하라.

5. 제시문 〈3〉에서는 인식 변화의 원인을 '시간'에서 찾고 있다. 제시문에 나타난 모리와 묵자의 시간관을 유추하라. (1000자 내외로 쓸 것. 물리학적 지식 내용을 원용하여도 좋음.)

제시문 안에서 논점 찾기

수준이야 어떻든 하나같이 수험생들에게는 어려운 문제일 수밖에 없다. 문제는 가능한 논점에 어떤 것이 있느냐를 아는 것인데 그게 쉽지 않기 때문이다. 논점을 어디에서 찾을 것인가? 제시문을 정독해 보자.

제시문 〈1〉, 〈2〉, 〈3〉 중에서 명제(주장)가 개념화되어 밖으로 노출되어 있는 곳은 제시문 〈3〉이다. 제시문 〈1〉과 〈2〉는 주로 요약 서술 위주의 서사문(敍事文)과 대화체의 묘사문(描寫文)으로 이루어져 있어(소설은 주로 그 두 기술법의 교차로 이루어진다) 개념화된 명제가 자연스럽게 드러나기가 어렵다. 그에 비해 제시문 〈3〉은 이른바 설명·논증문 중심으로 되어 있어 저자의 주장이 알아보기 쉽게 노출되어 있다.

제시문 〈3〉의 주장은 '문밖이 곧 문안이다'라는 문장(명제)으로 요약될 수 있다. 저자는, '암상'과 '심술', '문안'과 '문밖'이라는 세상보기의 견고한 이분법을 거의 문안(서울의 사대문 안. 서울 토박이들의 '문안 의식'은 지방 사람들이 잘 모르는 아주 특별한 선민의식이라고 할 수 있다)에서만 평생을 살아온 한 할머니(99세의 의미를 새겨야 한다)의 입을 빌려(사실은 그의 손자의 입을 빌린다) 소개하고는 이내 '암상'과 '심술'의 대립 구조는 해체하고("나이들어 심술만 늘게 되면"이라는 말은 그러한 이분법을 수용하지 않겠다는 표현이다. 그러므로, '암상'이 일종의 작은 심술이라는 사전적 의미는 이 맥락에서는 아무런 의미가 없다. '할머니'는 그것을 '심술을 받아주는 사람'이라는 뜻으로만 사용한다. 아마 '암'자가 가지고 있는 어떤 의미론적 특성을 과도하게 유추해서 사용하였던 듯하다.), '문안'과 '문밖'이라는 개념만 사용해 "문밖이 곧 문안이다. 문안(문안으로 여기던 것)에 드는 순간 나는 다시 문밖으로 밀려나 있음을 안다."라는 주장을 펼친다. 문학판 이야기나 어린 시절의 선교사 사택과 관련된 경험담은 모두 그러한 진실의 아이러니적 속성(낭만적 ―우주적― 아이러니라는 말의 함의도 그와 비슷하다)을 논증하기 위한 일종의 '예시(예증)'에 속한다. 저자는 '문안'이라는 단어의 함의(내포적 의미)를 다층적(多層的)으로 구사함으로써 글의 밀도를 높이는 한편, 읽는 재미도 배가시키려고 노력하고 있다.

'문밖이 문안이다'라는 제시문 〈3〉의 주장은 제시문 〈1〉, 〈2〉에 접속됨으로써 곧 '사랑과 포용의 삶만이 가치 있는 삶이다'라는 뜻을 생산해 낸다. 수십 년간의 문학판 이력과 그 동안 까맣게 잊고 살았던 유년의 시공간과의 우연한 대면(허무감)을 교차시키면서 저자는, 결국 자기중심적인 경계가 해체되어야만 우리는 모리 교수와 묵자가 보여주는 '전폭적인 사랑과 희생, 전방위적인 실천과 용서(운명까지도)'의 삶에 접속할 수 있다는 주장을 편다. 제시문 〈3〉을 그러한 맥락으로 읽어낼 수 있을 때 비로소 논술무자로서의 문식력을 인정받을 수 있을 것이다.

문안에서 '문밖 것'들을 업신여기며(실제로는 문밖 것들에 의해 —강남의 졸부들로 대표되는— 업신여김을 당해온) 평생을 살아온 99세 할머니는 결국 문밖에서만 떠돌며(진정한 문안 마나님들은 개장국 장사 따위는 결코 하지 않는다) 살아온 인생이다(할머니 자신의 문밖으로 단 한 번도 나오지 못함으로써 결국 문안을 한 번도 경험하지 못했다). 그녀는 세상을 흑과 백으로만 본다. 그것도 항상 자기중심적으로. 암상이니 심술이니 척보면 안다는, 그런 할머니 이야기를 수상 소감에 소개한 작가는(아무런 표정의 변화도 없이) 아마 자신의 소설을 그러한 흑백논리로 낮게 취급할지도 모를 문단의 기성세대들에게 따가운 일침을 놓고 싶었는지도 모르겠다.

그러므로, '문안'을 실제의 현실과 결부지어(정치, 경제, 사회, 문화적 경계), 사회적 불평등이나 갈등의 문제를 중심으로 논점을 구축하는 것은 전체 제시문의 맥락을 충분히 살리지 못하는 결과를 빚게 된다. 그러나, 그러한 전체 맥락을 먼저 소개한 연후에 여러 가지 작은 논점들을 결부지어 논제를 제출하는 것은 무방할 것이다.

다시 문밖

초등학교 시절이었든가, 그 전이었든가, 하여튼 그만큼 어릴 때 '성밖 교회'라는 이름에 몹시 당황했던 적이 있었다. '문안 교회', '새문안 교회'라는 이름을 먼저 알고 있었던 탓인지도 몰랐다. 서너 살 때 어머니가 아끼시던 찬송가 내 표지에 그려진 가시 면류관을 쓰고 쓰러진 채 피를 흘리는 예수의 모습을 처음 보았을 때도 아마 그랬을 것이다. 피 흘리며 쓰러진 자를 경배하고, 스스로 성 밖을 자처하는 그 심사가 이해하기 어려웠다. 고등학교 시절이나 되었을까, 그 교회가 옛날로 치면 성안에 세워진 교회라는 것을 알고 또 한 번 당혹감을 느꼈다. 그때까지 의도적으로 마음속으로는 '성 밖'의 내포를 인정하지 않았다는 증거가 되는 셈이었다. 그 뒤로 교회가 심드렁해지기 시작했고, 대학입시를 앞두고 결국은 교회 문밖으로 나오게 되었다.

문안으로 다시 들어가고 싶을 때가 많았지만 세속적인 인간관계의 번거로움 때문에 발길을 돌리곤 하였다. 그리고는 이제 가까스로 문밖의 삶에 익숙해져 가고 있는데 다시 문안의 삶에 미련을 두어서는 되겠느냐고 자문하곤 하였다.

문안으로 들어간다고 인생의 모든 문제가 해결되는 것은 아니다. 어디든 들어 갔다고 해도 다시 또 문 앞에 서서 안과 밖을 나눌 수밖에 없는 것이 인생이다. 그러니 무슨 주장이나 설법이라도 결국은 말하는 자는 문안에서 말하고 듣는 자는 문밖에서 듣게 되어 있다. 평생을 '말하는 자'로만 살 수는 없는 법(그럴 수 있는 자는 오직 '피 흘리며 죽은 자'밖에 없다), 결국 우리는 모두 문밖에서 서성이다 죽는 존재들인 것이다.

마치 설교 투의 이야기를 덧붙이는 까닭은 읽기와 쓰기가 결국은 '경지의 패러다임' 안에서 설명될 수밖에 없다는 것을 강조하기 위해서다. 지식론은 지식의 경지, 인생론은 인생의 경지, 무도론은 무도의 경지에 따라서 그 깊이와 폭이 달라질 수밖에 없다. 글쓰기의 경지를 단어, 문장, 문단, 텍스트(전체글)의 문제에서만, 즉 텍스트언어학적 차원의 유기적인 조합에서만 찾고자 하는 일부 식자들, 그리고 '핵심은 논증이다'라는 식으로 끼워 맞추기 기술의 습득이 논술의 전부인 것처럼 호도하는 일부 식자들은 평생 동안 글쓰기의 진정한 '문안'을 구경 한 번 해보지 못한 자들이라고 할 수 있다. 그들은 자신의 '문안'에서 평생을 살아왔기 때문에 '문밖'에 어떤 세상이 있는지 모른다. 그것을 모르니 자기 자신이 평생을 문밖에서 서성이며 살아왔다는 것을 어떻게 알겠는가?

九 금시벽해(金翅劈海), 크게 깨쳐라

바보들의 기억

무자수업 명심(銘心) 편의 마지막 단계는 '금시벽해(金翅劈海)'다. 거대한 금시조가 큰 날갯짓 한 번으로 심해(深海)를 가르고 그 바닥에 숨어 있는 흑룡을 쪼아 먹는다는 불교 설화에서 나온 말이다. 이문열 소설 「금시조」로 유명해진 구절이기도 하다.

'금시벽해'는 스스로 크게 깨쳐 삶의 번뇌에서 벗어나라는 가르침이다. 그리고 그것이 서법(書法)의 교훈이 될 때는 잔기술, 잔재주에 집착하거나 현혹되지 말고 크게 깨쳐 인간적인 성숙을 도모할 수 있는 글쓰기로 나아가라는 가르침이 되기도 한다. 예술은 사람의 완성도를 높이는 수단이 된다는 이른바 동양적 예도사상의 입장을 대변하는 말이 되는 것이다.

앞 장에서 말했듯이, '묵수묵공의 경지'는 이미 관념과 행위 사이의 간극이 최소화 되는 체달의 경지 그야말로 기술의 최고 경지라고 할 수 있고, 수·파·리(守破離)의 마지막 단계인 '기술이 몸을 떠난 경지'였다. 이제, 그것의 다음에 올 것이라고는 정신의 경지밖에 없는 법, '금시벽해'는 바로 '기술이 몸을 떠난 후의 경지'를 비유한 말이다. 무도 수행의 마지막 단계로서 자신의 인생을 최종적으로 점검하고 마무리하는, 무도와 삶이 하나가 되는 경지라고 해도 될 것 같다.

글쓰기, 특히 논술 쓰기에서 정신의 경지를 거론하는 것에 대해 의아하게 생각하는 사람도 있을 줄로 안다. '논증이 핵심인데', 투철한 논증 정신 하나면 될 것을 '무슨 귀신 씨나락 까먹는 소리냐'라고 반문하는 사람도 있을 줄로 안다. 그런 건 '문학적 글쓰기, 특히 시작(詩作)에서나 나오는 소리 아니냐'고 반문할 사람도 있을 것이다. 그러나, 그렇지 않다.

좋은 글을 쓰고 싶은 사람은 반드시 좋은 사람이 되어야 한다는 것을 명심하고 글쓰기에 나서야 한다. 그것이 어떤 장르이든 '글쓰기'를 그 수단으로 삼는 것이라면 반드시 그 법칙의 지배를 받는다. 우리가 흔히 논술을 '논증을 통한 설득적인 글쓰기'라고 정의하는 경우가 많은데, 한 번 뒤집어 생각해 보면 어떤 글쓰기도 '설득'을 전제로 하지 않은 것이 없다는 것을 금방 알 수가 있다. 설명문이든 논설문이든, 초등학생 자연관찰 보고서든 시골 농부의 재정 출납부든, 모든 기록은 반드시 누군가를 설득시키기 위해 존재한다는 것을 잊어서는 안 된다. 모든 글쓰기는 자신의 존재증명을 통해 누군가를 설득하려는 욕망의 소산이라는 점을 잊어서는 안 된다. 그리고, 설득은 말만 가지고는 안 된다는 것도 잊어서는 안 된다.

앞 장에 이어 이번 장에서도 몇 개의 제시문을 두고 어떤 논점, 논제를 찾을 수 있는가를 살필 것이다. 이미 독자들이 느끼고 있듯이 6, 7, 8, 9장은 본서 수행(修行) 편의 본격적인 무자수업을 위한 예비 수행의 의미도 가지고 있다. 입장이 되는 독자들은 자발적으로 논제 하나를 선택하여 직접 논술을 한 번 해 보는 것도 바람직한 일이라고 생각된다.

✳ 다음 제시문을 읽고 물음에 답하시오.

〈1〉
문학작품에서 작가의 체험은 중요한 한 요소가 된다. 우선 독자의 측면에서 본다면, 작품을 읽었을 때 그 체험의 내용이 자신이 직접 경험한 사실과 일치할 때 공감의 폭을 넓게 되며, 직접 체험한 사실과 일치되지 않더라도, 누구에게나 느껴질 보편적인 체험의 내용을 담고 있을 경우 좀더 감흥을 크게 받게 되는 것이다.

그러나 더욱 깊은 인상을 받게 되는 경우는 전혀 체험해 보지 않은 내용이라도, 그럴

듯함(probability)의 내용을 담고 있을 때 체험의 확대 내지 첨가의 의미를 지니기 때문에 큰 반향을 일으키게 되는 것이다. 위대한 작가일수록 독자들에게 이러한 새로운 경험의 폭을 넓혀주는 것이다.

ⓐ소설은 꾸며낸 이야기인 동시에 그 안에 리얼리티를 담고 있어야만 생명력을 지닐 수 있기 때문에, 어느 경우에나 사실에 바탕을 두어야 하며, 아날로지나 상상력을 통하여 그 체험을 용해시킨 제3의 구상물을 형상화시켜야 하는 것이다. 체험의 직간접성이 작품 안에서 차지하는 비중은 작가의 개성에 달려있다. 그러나 어느 작가에게나 작가 자신의 직접체험이 작품 속에 어느 정도까지는 용해되어 나타나게 마련이다. 특히 당대 사회현실을 사실적으로 그리려고 하는 리얼리즘 계열의 작가일수록 그의 직접체험이 작품의 주요 모티프가 되는 경우가 많다.

작가 김유정의 경우는 그의 직접체험이 작품 속에 형상화되는 경우가 많은 작가에 해당된다. 몇 가지 예를 든다면 그가 1933~1935년 무렵 형수, 조카와 더불어 창신동, 신당동, 효제동 등을 전전하며 셋방살이의 어려운 생활을 하던 시절에 보고 들은 체험을 엮은 「따라지」(『조광』, 1937년)가 있으며, 고향 실레마을에서 직접 목격한 데릴사위제도의 허상을 모티프로 한 「봄·봄」이 있다. 유정의 대표작으로 손꼽히는 「봄·봄」에 등장하는 주인공 및 보조인물들은 모두 실존인물이라는 데 특징이 있다. 우선 작품에서 주요한 등장인물로 설정되어 있는 장인 봉필이, 욕을 잘한다 하여 욕필이로 나오는 그 장인어른부터 김종필이란 실존인물이다. 그는 2남 6녀를 둔 인물로 그 중 장녀가 바로 작품 속에 점순이로 나오는 김씨만(金氏萬)이다.

봉필의 사위로 작품 속에 나오는 머슴은 최순일(崔淳壹)이란 이름을 가진 사람으로, 실제 유정의 고향마을에서 30리쯤 떨어진 강원도 춘성군 동내면에서 3년의 농사일을 하면 새경으로 딸을 준다는 조건의 데릴사위로 유정이 살던 실레마을로 온 인물이다. 최순일은 키와 골격이 크고 힘이 센 머슴형의 인물로 순박한 성격을 가졌다고 한다.

그에 비해 본명은 김씨만이나, 집에서 김점순으로 불려지던 점순이는 미인형의 곱상한 얼굴을 가진 여성으로 성격이 쾌활하고 작품에서와 마찬가지로 적극적인 성격의 인물이라고 한다. 작품에서는 두 인물이 갈등을 빚다가 끝을 맺지만, 실제에서는 두 인물이 결혼하여 최규석이란 아들을 둔 바 있는데, 이 아들이 유정의 고향인 실레마을에 살다 작고하였다.

유정의 전기적인 사실 중에서 중요한 것은 왜 김유정이 실제 체험한 김종필 씨 일가의 일을 소설화하였는가 하는 점이다. 여기에는 서울에서 학창시절을 보내다 드문드문 고향에 다니러 왔다가 유정이 바라본, 당대 식민지 치하의 농촌의 궁핍화 현상과 변모되어 가는 인심을 정확하게 깨닫게 된 작가의식이 작용하지 않았나 생각된다. 특히 김종필(작품에서의 장인 봉필)은 그 당시 일본인 지주의 산과 농토를 관리해 주던 인물로서 마을에서 인심을 잃고 있던 인물이다. 이러한 식민지 지배계층의 화신을 작품 속의 인물로 등장시켜 당대의 농민계층을 '뿌리 뽑혀진 존재'로 전락하게 만드는 식민지 농촌정책을, 데릴사위라는 빌미로 머슴의 노동력을 착취하는 수법으로 전환하여 형상화한 작가의 수사적 기교와 치밀한 플롯이 돋보인다.

> "자네 말두 하기야 옳지, 암 나이 찾으니까 아들이 급하다는 게 잘못된 말은 아니야, 허지만 농사가 한창 바쁠 때 일을 안 한다든가 집으로 달아난다든가 하면 손해죄루 그것두 징역을 가거든!(여기에 그만 정신이 번쩍 났다) 왜 요전에 삼포말서 산에 불 좀 놓았다구 징역 간 거 못봤나? 제 산에 불을 놓아두 징역을 가는 이땐데 남의 농사를 버려주니 죄가 얼마나 더 중한가. 그리고 자넨 정장을 (사경을 받으러 정장가겠다 했다) 간대지만 그러면 괜시리 죄 들쓰고 들어가는 걸세. 또 결혼두 그렇지 법률에 성년이란 게 있는데 스물 하나가 돼야지 비로소 결혼을 할 수가 있는걸세. 자넨 물론 아들이 늦일걸 염려지만 점순이루 말하면 인제 겨우 열여섯이 아닌가. 그렇지만 아까 빙장님의 말씀이 올갈에는 열일을 제치고라두 성례를 시켜주겠다 하시니 좀 고마울겐가. 빨리 가서 몸 붓든거나 마저 붓게. 군소리 말구 어서 가……."
> 그래서 오늘 아츰까지 끽소리 없이 왔다.(「봄·봄」 중에서)

일만 잔뜩 시키고 성례를 시켜주지 않는 장인의 행위에 화가 난 주인공 '나'가 데릴사위를 주선한 구장을 찾아가 항의를 하지만 구장을 잘 구슬린 장인의 꾐에 빠지게 되어 다시 일터로 돌아오는 이 같은 장면에서 당대 식민주의자들의 감언이설과 위협, 그리고 이러한 체험을 형상화하게 된 유정의 작가의식을 생생하게 엿볼 수 있게 된다.

– 박태상, 『한국문학의 발자취를 찾아서』 중에서

〈2〉

기억이란 자신의 과거와 관계를 맺는 능력이다. ⓑ한 사회의 문화 속에는 개인과 집단으로 하여금 자신들의 과거와 관계를 맺도록 도와주는, 자신들의 현재 속에 과거가 보존되도록 도와주는 관행과 수단들이 존재한다. 개인의 비밀스런 기억을 환기하는 물건에서부터 국가의 지나온 역사를 상기시키는 의식(儀式)에 이르기까지. 현대인의 기억에 장애가 일어났다면 그것은 바로 그렇게 기억을 도와주는 관행과 수단에 변고가 일어났다는 뜻이다. 기억 장애를 사회적 현실로 만든 비근한 원인의 하나는 사람들이 매일 쓰는 물건들 자체가 자신의 생활이나 아니면 선조와 이웃의 생활로부터 유기적으로 생겨난 재화가 아니라 그 발생과 역사가 감추어진 상품이라는 사정에서 발견된다. 「옛우물」[1]의 바보에게 들이닥친 불행의 배경에, 백 년이 넘도록 존속한 그의 고통스런 가옥이 명문화족의 상징이기를 그치고 음식점용 부지가 되고 있다는 사실이 암시하듯, 땅을 포함한 모든 물건이 역사적 표상의 기능을 하지 못하게 하는 시장체계가 자리잡고 있다는 것은 놓치기 어려운 중요한 지시이다. 현대인이 겪고 있는 기억 부전(不全)과 상품경제 사이에는 명백한 유사성이 있다. 상품의 물신숭배이론이 알려준 바와 같이 상품은 그것이 생겨난 과정이 베일에 가려진 채로, 그것을 발생시킨 물질적, 사회적 삶의 요소들이 소거된 채로 유통되며 그래서 어떤 인간적 목적과 유기적인 관계 없이 투자를 허용한다. 상품화의 세계는 인간이 행하는 사물과의 교섭에서 역사적으로 전수된 기억을 박탈하고 대신에 어떤 의미의 소비든 허용하는 만화경적 환상의 체계를 성립시킨다. 그래서 상품화 또는 물화는 기억의 문화에 대해 치명적이다. 아도르노가 벤야민에게 보낸 편지에서 적고 있듯이 "모든 물화는 망각이다".

　　그러나 어떤 개인이나 집단도 철저한 망각 속에 살지는 못한다. 기억이 없다면 정체성 또한 없다. 내가 누구였는가 모른다면 내가 누구인지도 모른다. 개인이나 집단은 자신의 현재와 과거를 어떻게든 연계시키는 기억의 행위를 통해 자신의 정체성을 유지한다. 현대라는 실존적 조건은 개인적, 집단적 삶을 치유가 불가능한 기억 부전의 상태에 빠뜨리는 한편으로, 바로 그렇기 때문에 개인과 집단으로 하여금 더욱 강렬하게 기억을 욕구하게 만든다. 과거의 물품과 기록에 대한 집착, 역사적 지식에 대한 대중적 요구, 역사 해석을 둘러싼 분쟁은 현대에 들어 출현한 새로운 현상들이다. 역사학이 과학으로서 유례없는 발전을 기록하고 집합적 기억의 전수에서 불패의 지위를 차지한 것은 바로 혁명의 시대를 보낸 19세기 유럽에서 일어난 일이다. 새로운 기억체계 수립에 열심이었던 것은 무엇보다도 현대 국민국가였다. 지배하에 있는 영토의 주민들을 동질적인 국민으로 일체화하려면 어떤 가문의 종손이나 어떤 지방의 향민이 아니라 한 국가의 신민

---

1 오정희의 소설. 이야기 전통에 의지해 여성의 역사적·서사적 정체성을 통찰하고 있음.

으로 그들 자신을 인식하게 하는 기억의 조정이 필요했다. 국민적 기억을 육성하는 또는 날조하는 많은 기구들, 예컨대 박물관은 탄생에서부터 현대 국민국가의 정치적 공정에 연루되어 있다. 1793년 파리에 세워진 박물관 루브르는 예술과 유물을 활용하여 민중을 소집하고 정체성을 가르치는 역사상 최초의 사례를 만들었고 민족주의의 전파에 따라 세계 전역에서 모방을 낳았다. 애초에는 혁명에 의해 귀족 계급으로부터 탈취한 물품들을 전시하려는 목적에서 세워졌지만 새롭게 개조된 프랑스 국민의 성격을 강화하는 역할을 맡기까지는 그리 시간이 걸리지 않았다. 보들레르의 이죽거리는 표현을 빌리면 그 "국립박물관은 민중에게 점잖게 영향을 미쳐 그들의 마음을 부드럽게 만드는 종교 교우회"였다.

따라서 현대사회의 문화적 기억이 온전치 않다고 하는 것은 진실의 반쪽을 말한 것에 불과하다. 진실의 다른 반쪽은 개인과 집단의 기억이 권력의 조종 하에 있다는 것이다. 옛날이나 지금이나 한국인들은 자신들의 역사적 경험을 국민국가의 서사 속에서 이해하도록 훈육되고 있다. 정치적 자주권을 상실한 국민적 불행 속에서 자기 자신과 가족의 고난을 이해하도록, 국민국가의 영광을 향한 분발과 투쟁의 역정 속에서 자기 자신과 사회의 발전을 이해하도록 훈육되고 있다. 역대 정권치고 자신들의 정치적 이익에 합치되는 방향으로 국민적 기억을 개편하려고 시도하지 않은 정권은 없다. 노무현 정부 수립 이후 친일파 청산을 비롯한 각종 '과거사'가 사회 현안이 되어 공론을 들끓게 하고 있는 사태는 국민의 기억을 통제하려는 강력한 의지라는 면에서 정치권력의 속성은 전혀 달라지지 않았음을 보여준다. 현재 영화와 텔레비전에서부터 소설과 평전에 이르는 '역사 산업'의 모든 매체들은 자주 국민국가의 이데올로기에 따라 다시 만들어진 과거의 표상들을 무수히 쏟아내고 있다. 이른바 국민영웅들과 민주투사들이 망각의 무덤에서 일어나 오욕의 먼지를 털고 돌아오는 광경은 분명히 장관이다. 하지만 민족과 민주의 영령을 기억한다고 해서 민주적인 문화가 저절로 성숙되진 않는다. 한국인의 집합적 기억에서 박정희가 차지했던 자리에 박헌영을 앉히는 것은 배역만 바꾼 같은 정치 시나리오일 뿐이다. 진정한 의미에서 민주적인 문화는 개인의 기억을 권력의 통제로부터 해방시키는 데서, 개인적, 집단적 삶의 연속성을 개인 스스로 발명하는 능력을 신장시키는 데서 시작된다. 자유로운 회상의 장려와 육성 없이 문화의 민주화는 불가능하다.

– 황종연, 「바보들의 기억」 중에서

〈3〉

　트로이 전쟁에 나갔던 오디세우스가 이타카의 고향집으로 되돌아오기까지는 꼬박 20년이라는 세월이 흐른다. 전쟁에 10년, 회항길에 또 10년의 세월이 흘렀기 때문이다. 청년으로 떠났던 오디세우스가 아내 페넬로페를 다시 만났을 때 그는 이미 중년의 늙은 이가 되어 있었다(그러나 그는 변하지 않는다). 그의 귀향길이 그토록 오랜 세월을 요했던 것은 방해와 모험의 서사 『오디세이아』가 그것을 먹고 사는 '이야기의 공룡'이기 때문이었다. 그 수많은 삽화 중의 하나가 키르케의 이야기이다.

　키르케를 모르는 사람은 없지만(키르케는 디즈니 만화 동산의 중요한 한 캐릭터이기도 하다) 우리가 아직도 그녀의 마법에 걸려 있다는 정보는 널리 퍼져 있지 않다. 키르케의 섬에 표류한 오디세우스의 부하들은 그녀의 마법에 걸려 돼지로 바뀌고 오직 오디세우스만이 특별한 장치의 힘으로 그 변신의 형벌을 모면한다. 그들이 겪는 변신의 형벌이란 몸은 돼지로 바뀌었지만 정신은 인간의 것으로 남아 자신이 돼지가 아니라 인간이라는 고통스러운 '기억'을 유지해야 하는 것이다. 그 기억이 고통스러운 것은 돼지의 몸과 인간의 정신이라는 그 기묘한 결합의 내부에 견딜 수 없는 비동일성과 분열이 담겨 있기 때문이다. 나는 돼지이지만 돼지가 아니다. 나는 인간이지만 인간이 아니다라고 말해야 하는 것(말하고 싶은 욕망에 시달리는 것)이 바로 비동일성의 고통이다. 이 고통을 더욱 견딜 수 없게 하는 것은 '언어의 상실'이다. 돼지로 바뀐 인간은 '나는 돼지가 아니라 인간이다'라고 말하고 싶지만 그의 언어는 이미 인간의 것이 아니라 돼지의 목소리이기 때문에 그가 그 내적 분리의 고통을 인간 통신회로 속의 분절기호로 표현해 낼 방법은 없다. 그가 이런 역경에서 벗어나는 한 가지 수단은 자신이 인간이었다는 기억 자체를 포기하는 '망각'의 기법을 선택하고 그 망각을 '즐거움'으로 바꾸는 일이다. 그러나 그가 망각의 즐거움을 거부할 때는 어떤 일이 일어나는가?

　기억의 유지를 고집하는 자는 자신이 키르케의 마법 속으로 납치되어 변신의 계절을 살고 있지만 그 계절은 영원하지 않을 것이라는 희망을 갖고 있다. 그는 구원과 해방의 순간을 기다린다. 그가 기억하고 있지 않다면 구원은 구원이 아닐 것이므로 기억을 유지하는 일은 그에게 구원의 첫째 조건이다. 또 해방이란 말을 잊지 않기 위해 그는 언어를 기억하고 있어야 한다. 그는 기억의 정치학에 매달린다. 반면 망각의 기법을 선택하는 자는 구원을 기다리지 않고 망각의 방식으로 구원을 성취한다. 그는 그에게 발생한 변화를 받아들이고 그것을 그의 새로운 현실로 인정하며 그 현실에 맞는 새로운 언어를 얻기 위해 망각의 정치학을 개발한다. 키르케의 마법을 인정하지 않고 오히려 키르케를 유혹하려 한다. 키르케를 유혹하기, 그것이 그의 희망이다.

　오늘날 시가 당면하는 문제는 기억의 고통과 망각의 즐거움 사이에 놓여 있다. '후기산업사회'를 이끄는 하나의 부호가 우리에게 키르케의 마법으로 작용한다. 그 부호는 이미 오래 전에 모스크바를 관통했고 만리장성을 뚫었기 때문에 지금 그 부호의 침투를 받지 않은 곳은 지구상 어디에도 남아 있지 않다. 그것은 욕망의 부호이고 풍요의 부호이다. 그러므로 그 부호에 대한 대응이 후기산업사회에 대한 '시적' 대응이라는 문제의 핵심을 이룬다. 그 문학적 대응의 역사는 이미 오래 된 것이다. 왜냐면 후기산업사회란 새로운 사회가 아니라 이미 오래 전에 작동하기 시작한 욕망부호의 관철과 확산이 한 차원 더 심화된 사회이기 때문이다. 또 그 대응의 방식도 수없이 많다. 혼란의 시대일수록 '인식의 지도'가 필요한 법, 우리는 그 대응 양식을 '기억의 시학'과 '망각의 시학'으로 대별할 수 있을 것이다.

　키르케의 마법에 걸려 돼지가 된 인간의 얘기는 후일 게오르크 루카치가 현대적 경험의 특수한 곤경을 '물화(物化)'라는 개념으로 이론화해 낼 때 그를 전율케 했던 대목이며 그 전율은 『역사와 계급의식』에 씌어진 다음과 같은 구절에 잘 표현되어 있다. '오늘날 인간은 상품이 되어 있다. (……) 그러나 상품이 되었으면서도 그는 자신이 인간이라는 것을 기억한다.' 물건이 된 인간, 상품이면서 인간임을 기억하는 상품, 이것이 루카치가 평생을 두고 추구한 현대적 변신의 주제이다. 이 주제가 현대문학의 상상력과 이론의 충동을 자극하게 되는 것은 그 속에 분열(나는 내가 아니다), 인지(나는 마법에 걸려 있다), 극복(나는 인간이 되어야 한다)이라는 세 가지 갈등의 계기가 모두 들어 있기 때문이다. 키르케의 돼지와 마찬가지로 물건이 된 인간도 내적 분열이라는 특수한 곤경을 그의 경험으로 가지고 있다. 분열의 경험은 그 분열의 조건을 제거하지 않는 한 극복되지 않는다. 오디세우스가 고향으로 돌아갈 때까지는 소외된 '이방인'임을 극복할 수 없듯이, 그리고 키르케의 돼지가 마법을 벗어날 때까지는 돼지 속에 소외당한 자기를 회복할 수 없듯이, 물건으로서의 인간은 그를 물건이게 하는 조건을 제거하지 않는 한 인간이 되지 않는다. 그러나 그의 인간 회복을 향한 운동은 분열의 조건과 경험에 대한 인지내용을 전제로 한다. 그가 그 자신의 소외를 알지 못한다면 회복을 향한 운동은 일어나지 않는다. 그것이 그가 기억의 정치학, 기억의 시학에 매달리지 않으면 안 되는 이유가 되는 것이다.(…중략…)

　후기산업사회는 욕망부호의 관철이 소비문화의 확산이라는 형태로 폭발하는 사회이다. 기억의 시학이 욕망의 문제에 예민한 관심을 갖게 되는 것은 '인간의 물건 되기'가 바로 그 욕망이라는 매개에 의해 더욱 촉진되고 사회적으로 정당화되기 때문이다. 소비 사회에서의 욕망은 사회적으로 생산되고 사회적으로 모방된다. 욕망은 결핍감에서 발생하는 것인데, 그 결핍감 자체를 사회적으로 대량 생산하고 그 결핍감을 메우려는 욕망을 '만들어 내는' 것이 후기산업사회이다. 후기산업사회는 자본주의 생산양식과 소비양식이 더욱 철저하게 확산되어 결핍의 무한 창출과 욕망의 무한 분출을 생산과 소비의 기본 문법으로 갖고 있는 사회이다. 기억의 시학은 이처럼 '사회적으로 생산된' 욕망이 후기산업사회의 인간을 어떻게 인간 아닌 것으로 바꾸어 놓는가, 욕망이 어떻게 인간을 끝없는 변신의 윤회 고리 속에 묶어 두는가를 관찰한다. 그러나 이 경우 기억의 시학이 곧장 빠져드는 한 가지 오류는 욕망부호에 관통 당한 개인들을 향해 빈곤의 미덕을 노래하거나 '가난했던 과거'의 기억을 환기시켜 그 과거로 되돌아가는 것이 인간 회복의 길인 것처럼 설교할 때이다. 그것은 궁핍성을 미화하고 신비화하는 일에 다름 아닌데, 그러나 물화와 마찬가지로 궁핍 그 자체는 미화의 대상이 될 수 없는 것이다. 기억의 시학이 요구하는 인간 회복은 단순한 과거의 회복이 아니라 인간의 해방이다. 이 해방이 기억을 요구하는 까닭은 복고주의의 충동에서가 아니라 인간 해방이라는 것이 관념적 이상이 아닌 경험적 목표 – 다시 말해 물화의 현실로부터 나오는 꿈이기 때문이다.(…중략…)

후기산업사회는 인간의 물화를 심화시키면서도 그 물화를 오히려 충족, 행복, 성취로 생각하게 함으로써 물화상태로부터의 탈출을 좌절시키는 여러 장치, 기술, 이데올로기를 갖고 있다. 따라서 후기산업사회는 두 가지 의미에서 물화가 철저히 진행된 사회이다. 첫째는 그 사회가 인간의 삶을 구석구석 물화시킨다는 의미에서 그러하고, 둘째는 그 물건적 삶의 왜곡과 고통을 고통 아닌 즐거움으로 받아들이게 한다는 의미에서 그러하다. 이 망각의 공법, 고통을 즐거움으로 바꾸는 공학적 기술 수준이 최고도로 발달해 있는 것이 후기산업사회이다. 후기산업사회가 이 망각의 공학을 동원하는 곳은 무의식의 영역이다. 무의식의 공략을 통해 후기산업사회는 그것이 현실적으로 해결할 수 없는 문제인 자유, 평등, 정의를 욕망의 무한 분출과 소유의 무한 추구라는 방식으로 해결한다. 욕망 추구와 무한 소유의 자유를 허여함으로써 후기산업사회는 무의식의 영역에서 물화의 고통을 소유의 즐거움으로 전환시킨다. 이것이 바로 '무의식의 식민화'라는 현상이다.(…중략…)

ⓒ후기산업사회에서의 삶을 지배하는 광고의 효과는 슈퍼맨이 거두는 효과와 같은 성질의 것이다. 광고가 던지는 것은 '지금 당신은 이것을 가지고 있는가'라는 질문이고 '가지고 있지 않다면 당신은 무언가 잘못되어 있다'라는 진단서이다. 그 질문은 '결핍'

을 지적하고 그 진단은 결핍이 '퇴치되어야 할 악'임을 규정해 준다. 자신의 결핍을 아는 순간 현대의 소비자는 슈퍼맨처럼 모든 수단과 능력을 동원하여 그 악의 퇴치에 나선다. 그는 슈퍼맨처럼 날아서 슈퍼마켓과 쇼핑센터로 달려간다. 후기산업사회의 과소비란 그러므로 과소비가 아니라 모든 사람이 슈퍼맨이 되어 열심히 악의 퇴치에 나서고 있는 현상일 뿐이다. 기억의 시학은 과소비라는 형태의 표면 현상이 아니라 그보다 좀 더 깊은 지층으로 내려가 욕망의 모방과 소비의 실천이 어떻게 현대의 슈퍼맨에게 정의와 자유가 되는지를 관찰하는 것에 다름 아니다. 망각은 즐거운 것일 수 있으나 거기 죽음이 있고 기억은 고통스러울 수 있으나 삶의 희열이 있다. 인간의 서사 문화는 바로 그 고통 속의 희열 때문에 지속되어 온 것이 아니겠는가.

– 도정일, 『시인은 숲으로 가지 못한다』 중에서

* 밑줄 친 ⓐⓑⓒ의 구체적인 의미를 각 제시문의 문맥을 살펴 각각 200자 내외로 작성하시오.

* 위의 제시문들을 참조하여, '경험'과 '기억', 또는 후기산업사회에서의 욕망과 현대인의 정체성 사이의 연관성 문제에 대하여 수험생 스스로 논제를 제출하고, 적절한 논거를 들어 그것을 논증하시오.

제시문 해설, 인간 조건으로서의 기억

모든 고통은 기억으로부터 나온다. 그러나 인간은 그것을 지우고 살아갈 수 없는 존재다. 키르케의 마법은 일종의 역설이다. 인간들이 그 마법의 힘을 빌려 모든 기억을 지우고 돼지가 되는 그 순간이 바로 그가 '인간의 고통'으로부터 해방되는 날이라는 것을 신화는 가르친다.

그러나 인간의 조건은 항상 기억을 전제로 기술된다. 집단이든 개인이든, 존재의 연속성을 보장하는 유일한 수단이 그것이기 때문이다. 역사든 일기든, 인간이 만든 모든 서사적 정체성 기술 장치들이 기억에 대한 복종과 저항의 궤적 속에서 생장·소멸할 수밖에 없는 것도 당연한 이치라고 할 것이다.

이번 장의 제시문들은 주제(主題)든 부제(副題)든, 그러한 '인간 조건으로서의 기억'에 대한 설명이 구체적으로 이루어지고 있는 것들로 구성되었다. 제시문

〈1〉은 소설가가 자신의 기억(현실적 경험)을 집단의 기억(바람직한 경험에 대한 유추)으로 재구성해 내는 과정을 생생하게 고증하고 있다. 그 가운데 우리가 왜 문학(소설)이라는 장르를 유지하는가에 대한 설명이 깃들어져 있다. 제시문 〈2〉는 집단의 기억에 대한 국가권력의 통제를 말하고 있다. 본디 「옛우물」이라는 오정희 소설을 평하는 자리에서, 그 소설이 다루고 있는 기억의 전승과 관련해서 '우리에게 기억이란 무엇인가'를 되짚어 보는 대목이다. 작가 오정희는 나이 들어 이른바 '위대한 어머니의 기억 – 이야기 전승'에 많은 관심을 기울인다. '옛우물'은 그런 차원에서 '집단 기억의, 깊이 모를, 융숭한 저장고'라는 내포를 지닌 상징이 된다. 그러나 평자의 관심은 그러한 이야기 본체보다는 국가권력의 국민의식 조작이라는 부산물에 더 쏠려 있다. 아마 평자에게는 그 문제가 더 각별한 인식 관심의 대상이 되고 있었던 모양이다. 제시문 〈3〉은 후기산업사회의 문학(시)이 시대의 강한 흡인력에 의해, 마치 키르케의 마법에 걸린 인간/돼지의 모습처럼, 제 갈 길을 잃고 표류하는 것은 아닌가 하는 노파심을 담고 있다. 그래서 고통이 따르지만, 그것이 곧 마법에서 벗어나는 유일한 출구이므로 '기억의 시학'을 우리 시대의 시인들이 고수해 주기를 권유하는 내용을 담아내고 있는 글이다. 그러나 이 글의 가치는 그러한 주제 하나에만 있는 것이 아니다. 그 주제를 드러내며 평자가 동원하는 갖가지 이야기 자료들 역시 그만한 주제를 갖는다. 오디세우스가 20년 만에 귀향을 하지만 그는 전혀 변하지 않았다는 대목을 설명하는 서두에서의 다음과 같은 이야기 인용을 그 한 예로 들 수 있다.

정체성은 육체와 어떤 관련을 갖는가? 우리는 서양 문학 전통의 초기에 이에 관한 매우 유명한 예를 호머의 『오디세이Odyssey』에서 찾을 수 있다. 오디세우스가 페넬로페의 방탕한 구혼자들의 손아귀에 빠진 이타카의 자기 성으로 변장을 하고 찾아갔을 때 늙은 유모 유리클레아는 누구보다 먼저 오디세우스를 알아보았다. 그러나 그것은 지적인 인지가 아니라 육체에 의한 극적 발견을 통해서였다. "그러나 오디세우스는 불빛이 비치지 않는 그늘 속으로 고개를 숙였다. 늙은 유모가 그의 다리를 씻게 되면 다리의 흉터를 알아보게 될 것이고, 그렇게 되면 모든 것이 탄로나고 만다는 생각이 떠올랐기에. 아니나 다를까, 유모 유리클레아는 다리를 씻자마자 어렸을 때 보았던 주인의 흉터를 곧바로 알아보았다." 이어 호머는 어린 오디세우스가 파르나소스 산에 가서 수퇘지 사냥을 하던 중에 입게 된 상처에 관하여 백여 줄에 걸쳐 상세히 설명한다. 이 서술은 바로 육체에 새겨진 표지에 관한 서술로, 몇 십 년 후 유리클레아는 이 표지에 의해 오디세우스를 알아보게 되는 것이다. 그런 뒤 서술은 다시 현재로 돌아온다. 유리클레아는 두 손으로 오디세우스의 다리를 들어 잘 쥐었다. 그러나 흉터를 보자마자 금방 알아차리고는 너무도 놀란 나머지 다리를 손에서 놓아버렸다. 그러자 다리가 대야에 떨어지면서 탕 하고 뒤집어지는 소리가 나고 물은 온통 마룻바닥에 엎질러졌다. 반가움과 서러움이 엇갈린 유리클레아의 두 눈에는 눈물이 가득 고이고 입에서는 말도 안 나왔다. 그녀는 오디세우스의 볼을 쓰다듬으며 이렇게 말하였다. ─내 자식같이 귀여운 사람아, 그대가 바로 오디세우스임에 틀림없어! 내 손으로 만져보기 전까지는 그대를 몰라보았을 뿐이지!─ 아리스토텔레스의 비극 이론에서와 마찬가지로(이 이론은 또한 호머의 시에서 많은 영향을 받았다) 신분 확인의 순간은 극적 클라이맥스의 순간이며, 숨겨진 정체와 잠재적 가능성이 공개되는 순간이다.

  – 피터부룩스, 이봉지·한애경 역, 『육체와 예술』, 문학과지성사, 2000, pp.22~24.

다시 본 화제로 돌아가자. 밑줄 친 부분 ⓐⓑⓒ의 설명은 어떻게든 위의 해설을 참조해서 써 보면 될 것 같다. 작가의 소명이 개인의 기억(현실적 경험)을 집단의 기억(바람직한 보편적 경험)으로 승화시키는 것이 그것이라는 점과 그 과정에 작가의 상상력이 생산적으로 작용한다는 취지를 담으면 될 것 같다.

만약, 논제가 그 명제 자체를 비판적 시각으로 논하라는 것으로 나왔을 경우에는, ⓐ는 소설의 리얼리티(사실성)에 대해 지나치게 좁은 해석을 시도하고 있다고 비판할 수도 있다. 소설이 추구할 수 있고, 추구해야 하는 리얼리티는 작품 외적 사실(事實, facts) 관계에 기반을 두는 것이 아니라, 소설의 내적 형식에 의지하는 것이어야 하는데, 제시문에서는 지나치게 외적 사실에 비중을 많이 두고 있다는 점을 지적할 수 있다는 것이다. 소설의 내적 형식이란, 이른바 작품의 구성(composition)이 소설 안의 모든 사건·사물적 요소들을 잘 짜인 원인과 결과의 관계 안에 있도록 하여 이른바 개연성(蓋然性, 그럴듯함)과 핍진성(逼眞性, 진짜 같음)을 획득할 수 있도록 할 때 비로소 부각되는 것이다. 궁극적으로 작품 속의 요소들은 그 내적 형식 속에서 사실적인 것으로 인정될 뿐이라는 점을 강조한다.

ⓑ에서 강조하는 것은 일종의 상징적 매개물들이 인간의 집단적 정체성에 크게 관여한다는 점이다. 문제는 경험 그 자체가 아니라, 그것이 기억으로 고형화(固形化) 될 수 있도록 도와주는 촉매의 역할이라는 것이다. 우리 사회가 지닌 여러 문화적 장치가 그런 역할을 하지만, 정권적 차원에서 행해지는 상징 조작 또

한 큰 영향을 미친다는 점을 설명하면 될 것이다.

ⓒ의 풀이는 소비문화의 폭발적인 확산이 욕망을 사회적 차원에서 과도하게 생산해 내는 결과를 빚어내고 있다는 점, 그리고 그것은 '꿈'과 '욕망' 사이에 있는 모순 관계를 완전히 배제한 채 소비자의 허위의식을 충동질하여 키르케의 마법에서 설파된 인간/돼지의 경지로 현대인을 내몰고 있다는 점들을 지적하면 될 것 같다.

논점·논제 찾기, 기억 만들기의 유형

각 제시문의 연관성을 고려하여 논점을 파악하는 일은 ⓐⓑⓒ에 대한 이해를 바탕으로 해서 진행시키면 될 일이다.

논점 찾기의 전제 조건을 먼저 살펴보자. 이번 제시문들은 필자들이 사회문화적 현상에 대해서 자신의 주장을 강하게 내세우는 비평문에 속하는 것들이다. 평자들은 스스로 자신의 주장을 명제화하고 있는 발제자의 입장을 취하고 있다. 발제자(제시문의 필자)의 인식 관심을 간추리면 대략 다음과 같을 것이다.

제시문 필자들의 인식 관심

1) 왜(어떻게) 우리는 글을 쓰는가(개인적 글쓰기/문예창작, 집단적 글쓰기/역사, 양자의 상호텍스트성, 글쓰기 주체와 기록의 진실 등).

2) 왜 우리는 (국가 권력 차원에서) 기억을 조장하는가(권력은 나의 안과 밖에 동시 공존한다는 점도 이해).

3) 왜 기억의 시학이 필요한 시대인가(후기산업사회는 시인에게 어떤 글쓰기를 강요하는가).

발제자의 의도가 파악이 되었으면 각 제시문의 의도가 맺고 있는 의미 연관성을 살펴야 한다. 제시문 의미 연관성은 '기억은 만들어진다'라는 명제로 요약된다. 대체로 다음과 같은 세부적인 논점이 가능할 것이다.

제시문 간의 의미 연관성을 토대로 추출된 논점

1) 기억 만들기의 필연성(인류의 제도적–종교적, 문화적, 정치적–유산을 거시적으로 분

석)과 그 순기능 및 역기능

2) 실존적 차원과 역사적 차원의 기억 만들기(개인과 집단, 작가와 권력의 기억 만들기의 문제)

3) 포스트모던 시대의 기억 만들기(욕망을 위한 기억의 조작과 실존적, 역사적 정체성의 정합성 문제)

최종적으로, 검토된 여러 가능한 논점을 찾아 논제를 구성하려면, 제시문이 어떤 의도에서 선택되었는지를 아는 것이 남은 과제이다. 논술 문제를 내는 출제자의 의도를 알아야 한다는 것이다.

출제자의 제시문 선택 의도

첫 번째 지문은 「봄·봄」 작품론에서 나온 것이다. 제시문에서는 여러 가지 정보가 소개 되고 있다. 그러나, 그러한 '정보'와 발제자의 '의도'는 전혀 별개의 문제이다. '정보'는 '의도'에 종속된다. '의도'에 따라, 단순히 그 정보를 요약할 것을 요구할 수도 있고, 그 정보를 통해 보다 광범위한 철학적 주제에 접근하기를 요구할 수도 있고, 자기만의 역발상을 요구할 수도 있다.

출제자의 '의도'는 지문들의 텍스트상호성에 의해 파악된다. 제시문 〈1〉은 그 의미가 제시문 〈2〉에 의해 규정된다. 여러 가지 가능성으로 존재하던 그 '의도'의 범위가 구체적인 어떤 것 하나로 좁혀진다. 기억은 언제나 조작될 수밖에 없다는 점이 설파된다. 권력에 의하여 행해지는 기억의 왜곡에 대한 부정적인 입장이 강조되고, 묵시적으로 제시문 〈1〉에서 설명된 '김유정의 왜곡'은 긍정적인 왜곡으로 정의된다. 마지막으로 제시문 〈3〉에서 다시 '기억의 고통'이 강조된다. 식민지 시대와 후기산업사회가 공히 인간/돼지를 강요하는 '마법의 시대'라는 점이 유추되고, 김유정이 했던 것처럼, 우리 시대의 시인들도 '기억의 시학'을 고수해야 한다는 '의도'가 최종적으로 노정된다.

그와 같이 의미 연관성이 드러나는 제시문들을 선택한 출제자의 '의도'를 다시 한 번 간추리면 다음과 같다.

앞에서 말한 바대로, **'기억의 조작(왜곡)'과 관련된 ① 존재론적 해명**(인간은 기억을 조작할 수밖에 없는 존재다 – 기억의 왜곡과 정체성 형성) **② 가치론적 해명**(실존적·역사적 차원의 왜곡 – 작가의 왜곡과 권력의 왜곡) **③ 인식론적 해명**(후기산업사회에서의 시인의 책무) **등으로 요약될 수 있을 것이다.** 그러한 '의도'를 파악하고, 제시문 각 지문의 의미 연관성을 살려 적절한 논제를 찾아보면 될 것이다.

논지 전개의 요령

일단 논점을 잡았을 경우, 가능한 논지 전개를 가능한 한 많이 설정할 수 있어야 한다. 이는 '예상되는 논지'의 작성에 필요한 과정이다. 이를 위해서는 기존의 배경 지식을 잘 활용할 필요가 있다. '주체'를 구성하는 요소 중에서 '왜곡, 조작' 등과 가장 친연성이 있는 것이 무엇인가를 살펴야 한다. 트라우마(정신적 외상 – 개인적, 집단적), 합리화, 자기애(나르시즘, 위안), 죄의식(자기처벌, 투사·덮어씌우기), '타자(他者) 이론' 등 정신분석학 논의 중에서 동원 가능한 스키마가 있으면 그것들을 충분히 활용하는 것도 좋고, 다음과 같은 외부 화제를 도입해서 논지의 방향을 보다 명확하게 해주는 것도 좋을 것이다.

> "국민 – 국가(nation)는 역사적 구축물의 하나이다. 그것은 환상의 산물, 상상의 공동체이다. 국민–국가의 집단성이 압도적, 절대적 사회 현실로 존재해 올 수 있었던 것은, 어떤 균질적인 주체성의 구축을 위해 고도의 표상체계가 주도면밀하게(의식적이든 무의식적이든) 운용되어 온 결과이다. 그러한 주체성은 한 사회 속에 상이한 공동체들이 병존할 가능성이나 한 사람 속에 상이한 언어나 문화가 동시에 존재할 가능성을 배제한다. 잡종적일 수밖에 없는 언어와 문화를 억압하며 거기서(주체성에서) 일탈하는 타자에 대해 끊임없이 배타성을 환기시키는 방식으로 주체성은 자기를 관철한다."
>
> – 이효덕, 박성관 역, 『표상공간의 근대』 중에서 발췌 요약

그러한 '외부 화제의 도입'(제시문을 읽는 관점을 제공)은 논점의 영역을 확대하거나(제시문이 지엽적인 문제를 다루고 있을 때), 축소할 필요가 인정될 때(제시문이 보편적인 문제를 다루고 있어 논자의 지적 수준으로 감당하기 어려울 때), 그리고 특별히 창의적인 발상을 촉발시키고자 하는 의도가 있을 때 이루어진다. 일반적으로, 외부 화제의 도입은 논점의 영역을 보다 축소하여 정확한 평가의 기준을 마련하고자 할 때 많이 사용한다. 이때 동어반복적인 소재나 현학적(혹은 개인 취향적)인 소재는 피하는 것이 원칙이다.

요코 이야기, 논제 검토

이번 경우는 8장에서와는 다르게, ⓐⓑⓒ로 밑줄을 쳐서 뜻풀이를 요구하고 있으며 그 바탕 위에서 논제도 자유롭게 제출해 보라고 요구하고 있다. 굳이 8장에서처럼 수준별로 고찰할 필요가 없다는 말이다. 연구생들이 제출한 논제를 일괄 검토하는 것으로 우리 모두의 '금시벽해'를 기원해 보기로 하겠다.

먼저 이 단락의 표제로 사용된 '요코 이야기'부터 설명을 해야겠다. 『요코 이야기』(So Far from the Bamboo Grove, 1986)는 일본계 미국인 작가 요코 가와시마 왓킨스의 자전적 소설이다. 2차 세계 대전 말기에 조선의 나남(함흥의 일부 지역)에서 일본으로 무사 귀환하기 위한 여행이 묘사되어 있는 이 소설에는 조선인이 강간, 강탈을 일삼는 사악한 사람들로 묘사되어 있어 큰 물의를 빚은 바 있다. 일제의 조선 강점에 대한 어떠한 역사적 배경 설명도 없이 어린 소녀의 눈으로 관찰한 일명 '용기와 생존의 실화(a true story of courage and survival)'가 미국 초중등학교의 교재로 채택이 되면서 사회적으로 큰 파장을 불러일으키게 된 것이다. 함흥에는 대나무 숲이 없다는 것, 그리고 작가의 아버지가 시베리아에서 전범으로 6년간 복역한 사실이 있다는 사실 등이 밝혀지면서 기록 내용의 진정성이 의심받기도 하였던 것이 바로 '요코 이야기'다.

'요코 이야기'는 기억 혹은 기록이 얼마나 편파적이며 맹목적인지를 여실히 보여준 예가 된다. 상대적으로 김유정의 「봄·봄」이 왜 탁월한 문학인지 온전하게 이해가 된다. 어린 소녀의 눈이 훗날 성숙한 작가의 눈에 의해서 그 시각이 교정되지 못한 채 그대로 '기억의 기록'에 나섰을 때 어떤 불상사가 생기는지를 잘 보여주고 있는 것이다.

어쨌든 '요코 이야기'는 기억과 관련된 제시문들이 제출되었을 때 시사적으로 가장 실감나는 유추를 가능케 해 주는 소재였다 할 것이다. 연구생들이 제출한 논제에서도 그런 점이 많이 확인되고 있었다.

1. 일제 말기 한국인들이 한국을 탈출하는 일본 부녀자들을 위협하고 강간을 일삼았다는 내용의 실화소설이 미국 전역의 중학교 교재로 사용되고 있어 현지 한인 자녀들이 수업을 거부하는 등 파문이 일고 있다. 이 책으로 인해 '착한 일본인. 나쁜 한국인'이란 잘못된 인식이 유포되면서 한인 학생들이 학교에서 왕따를 당하는 곤란을 겪는 상황이

초래되고 있다. 문제의 책은 시베리아에서 전범으로 6년 간 복역한 일제 전범의 딸 요코 가와시마가 쓴『요코 이야기』이다. 역사를 왜곡하고 있는『요코 이야기』를 제시문의 내용을 토대로 비판하시오.(1000자 내외)

2. 자신의 기억 중 제시문 〈2〉의 '루브르 박물관'과 유사한 기능을 하는 것이 있다면, 구체적으로 서술하되, 가정 사회 국가의 차원으로 나누어 기술하시오(600자 내외). 또 현재 우리 사회에서 물질 만능주의, 배금주의, 속물주의를 반영한 '기억의 왜곡'을 찾아 적어도 두 가지 이상 구체적으로 서술하시오(600자 내외).

3. 사실(fact)을 의도적으로 재조정하는 소설의 순기능에 대하여 논하고(600자 내외), '슈퍼맨'이 조장하는 허위의식에 대하여 아는 대로 쓰시오(600자 내외).

4. 제시문의 내용을 바탕으로, 자기 자신의 기억이 정체성 형성에 어떤 영향을 미치고 있는지 구체적으로 서술하시오(800자 내외). (기억의 내용은 독서 내용을 포함해도 좋음)

5. '망각'은 신이 인간에게 내린 가장 큰 선물이라고 한다. 후기산업사회를 살고 있는 현재, 그것은 역사적 차원과 실존적 차원에서 어떤 '선물적 의의'가 있는가? 제시문의 내용 중에서 그 논거를 찾아 800자 내외로 논술하시오.

이번 제시문은 비교적 개념화가 명료하게 되어 있는 내용들이라서 수험생 입장에서의 명제화 작업(주장이나 결론의 내용을 문장화 함)이 어렵지 않았다. 그만큼 논제를 제출할 수 있는 영토가 협소했다는 말도 된다.

제시문 〈3〉의 필자가 강조하고 있듯이, 우리에게 필요한 것은 '인간회복의 시와 서사'라는 점을 명심하고 '꿈'과 '욕망'은 모두 역사적·사회적 산물들로서 상호 모순관계에 놓인다는 것을 알아야 한다. 상처, 억압, 좌절로서의 역사를 극복하는 '꿈'은 그러므로 고통스럽지만 '기억의 시학'을 요구한다는 것도 필자들의 강조점이다.

슈퍼맨의 해독에 대해서도 제시문 〈3〉의 필자가 한 말을 요약해 보면 다음과 같다. 한때, 아이들에게 '날아다니는 것 세 가지를 써라'라고 하면 '6백만불 사나이, 슈퍼맨, 소머즈'를 써냈다는 우스개 소리가 있다. 슈퍼맨 환상은 현대의 평균 독자와 평균 시청자들도 언젠가는 '평범의 세월'을 보상받는 슈퍼맨적 순간을 갖게 될 때가 있을 것이라는 막연한 기대를 하게 해준다는 데 그 위안과 해독의 모멘트가 존재한다. 그러나, 슈퍼맨의 주요 사업은 부패한 정부(권력)이나 고약한 재벌(대기업주)을 혼내주는 일이 아니라 은행 강도나 미치광이 범죄조직을 퇴치하는 일에 국한되어 있다. 그의 활약은 그러므로 무의식의 차원에서 '가지고, 지배하는 자들'을 옹호한다. 그의 활약상에서 스릴을 느끼며 갈채를 보내는 시청자들의 머릿속에는 '사유재산의 불가침성'이 각인되고 더 근원적이고 더 큰 문제의 해결이 필요하다는 생각은 들어 올 자리를 잃는다. 바로 그런 질문, 근원적 문제에 대한 관심과 질문을 유효하게 봉쇄하는 것이 슈퍼맨 신화의 문화적 프로그램으로서의 의의이기 때문이다. 그러므로 그의 초능력은 경험과 의식의 확장을 보여주기는커녕 오히려 위축된 경험을 미화하고 의식을 제한한다. 무의식의 영역에서 현대적 소시민은 자신의 위축된 경험이 위축이 아니라 정상이라는 것을 슈퍼맨에게 승인받는다 것이다.

이미 '제시문 해설' 부분에서 많이 거론된 내용들이라서 따로 설명을 덧붙이지 않기로 한다. 독자 여러분들 스스로 그것들의 출제 배경과 취지에 대해서 한 번 생각해 보기를 권한다. 그리고 앞서도 말했던 것처럼, 직접 논제를 뽑아 스스로 논술을 한 번 해 보기를 권한다.

명심 편의 마지막 장인지라 논점·논제 찾기와 더불어 그것과 관련된 논지 전개 방식에 대해서도 같이 공부해 볼 필요가 있을 것으로 생각된다. 물론 다음의 수행 편에 가면 실전을 방불케 하는 본격적인 논지 전개 연습이 이루어지겠지만, 동일한 제시문을 두고 여러 논점과 논제를 찾아보고 그에 따른 논지 전개 방법을 토의하는 것은 어디까지나 명심 편의 몫이다. 수행 편에서는 예상 문제와 가능한 예시 답안을 중심으로 실제적인 글쓰기 공부를 한다는 것이 이 책의 구성 방침이다. 이번에는 '매개된 시각'이라는 주제다.

---

* 다음 제시문을 읽고 주어진 물음에 답하시오.

〈1〉
고대의 신화, 전설에서 복희는 동방의 상제이다. 인류에 대한 복희의 공은 지대하다.

역사서에서는 복희가 팔괘를 그렸다고 기록되어 있다. 건(乾, ☰)은 하늘을 대표하고 곤(坤, ☷)은 땅을 대표하며, 감(坎, ☵)은 물을, 이(離, ☲)는 불을, 그리고 간(艮, ☶)은 산을, 진(震, ☳)은 천둥, 손(巽, ☴)은 바람, 태(兌, ☱)는 늪을 나타낸다. 팔괘의 이 부호들은 세상 만물의 여러 가지 상황을 포괄한다. 인류는 이것들을 가지고 일상생활에서 발생하는 일들을 기록할 수 있었다. 또 복희는 노끈을 짜서 그물을 만들어 고기 잡는 법을 백성들에게 가르쳤다고 전해진다. 그의 신하 망씨(芒氏)도 복희의 방법에 따라 새 잡는 그물을 만들어 사람들에게 새 잡는 법을 가르쳤다고 한다. 이러한 발명들은 인류의 생활을 개선하는 데 큰 도움을 주었다.

그런데 인류에 대한 복희의 가장 큰 공헌은 아마도 불씨를 인류에게 가져다 준 일일 것이다. 불이 있음으로 해서 인간은 동물의 익은 고기를 먹게 되어 위장병이나 배탈이 나지 않게 되었다. 불을 발견해 낸 사람에 대해서 사서(史書)에는 수인씨(燧人氏)의 이름으로 기록되어 있는데, 어떤 기록에는 복희로 되어 있기도 하고 황제의 이름으로 기록되어 있기도 하다. 이런 기록들을 보면 최초로 불을 취해 온 사람에 대해서는 예부터 정설이 없었음을 알 수 있다. 복희가 '포희(庖羲)' 혹은 '포희(炮犧)'라고 불렸다는데, 그 뜻은 '희생물[犧]들을 부엌[庖]에 채운다' 또는 '날고기를 익힌다'라는 의미라고 한다. 이런 목적을 달성하려면 불이 있어야만 했을 것이니, '포희(炮犧: 동물의 고기를 굽는다는 뜻)'의 발명은 곧 불의 발견을 뜻하는 것이다. 수인이 나무를 비벼 불을 일으킨 것도 그 목적이 바로 '포희(炮犧)'에 있었다. 신화 속에서 복희는 뇌신의 아들이며 또한 봄을 다스리는 동방의 상제였으니, 수목의 생장과 밀접한 관계가 있는 셈이다. 바로 여기에서 우리는 다음과 같은 문제를 생각해 볼 수 있다. 즉, 번개가 나무에 떨어진다면 어떤 광경이 벌어질까? 말할 것도 없이 타오르기 시작해 작열하는 큰 불이 일어나게 될 것이다. 직책을 연결지어 생각해 본다면 아주 간단하게 '불'이라는 개념을 끌어낼 수 있다. 그래서 불의 발견은 수인보다는 복희에게 돌리는 것이 더 타당할 것 같다. 물론 복희가 일으킨 불은 뇌우가 지난 뒤 숲에서 타오르는 천연적인 불이었을 것이다. 그러고 나서 수인이 나타나 나무를 비벼 불을 일으켰는데, 이 불은 삼림에서 발생했던 자연적인 불 이후에 발견된 것으로 보아야 한다.

- 위앤커, 전인초·김선자 역, 『중국신화전설』 중에서

〈2〉

세계를 이루는 사람들은 눈으로만 존재하는 것이 아니다. 그들은 마음, 신체, 젠더,

개성, 역사를 가진다. 어린아이의 눈은 '순수'하다. 하지만 유아기는 오래 지속되지 않는다. 어린이들은 급속하게 보기 방식을 배우고, 사회적 존재가 된다. 즉 그들은 언어를 말하는 것을 배운다('모국어'에 의해 현실은 독특한 방식으로 불려지고, 분류된다). 그리고 세계 혹은 과거의 이미지에 대한 지식을 획득한다. 그 지식은 정보를 부여하고, 보기 방식을 조정한다. 또한 인식과 의미독해를 가능하게 한다. 이런 점에서 '시각'이란 용어와 '시각성'이라는 용어 사이의 차이가 설명될 수 있다. 이론가들의 주장에 따르면 '시각'은 빛의 자극이 눈에 작용하는 과정에서 발생하는 물리학적·생리학적 과정을 지시한다. 이에 반해 '시각성'은 사회적 과정을 지시한다. 시각성은 사회화된 시각이다. 노먼 브라이슨은 다음과 같이 상세하게 서술한다.

> 내가 볼 때, 내 눈에 비치는 것은 단순한 빛이 아니다. 그것은 이해 가능한 형태이다. 광선은 (…중략…) 의미의 망에 잡힌다. (…중략…) 인간 존재는 스스로 시각적 경험을 집합적으로 조직화한다. 즉 인간은 자신의 망막상의 경험을 사회가 승인하는 기술(記述)에 복종시킬 필요가 있다. (…중략…) 주체와 세계 사이에는 시각성, 즉 문화적인 구성물을 만드는 언설(담론)의 총체가 삽입된다. 그 언설의 총체는 시각성과 시각(매개되지 않은 시각 경험)을 구별한다. (…중략…) 내가 사회에서 보는 방식을 배울 때, 즉 나의 망막상의 경험을 내가 소속된 사회적 환경으로부터 유래하는 인지 코드로 분절화할 때, 나는 전에 보았던 세계를 보고, 보지 않았던 세계를 계속해서 보게 될 것이다. (…중략…) 나는 내가 시각의 중심에 서 있음을 항상 스스로 느낀다. 하지만 ⓐ시각은 사회적 환경으로부터 유래한 의미의 네트워크에 의해 탈중심화 된다.

더군다나 시각은 보는 사람들의 다양한 관심과 욕망에 의해, 그리고 지각하는 자와 지각되는 자 사이에 존재하는 사회적 관계로부터 영향을 받는다. 가령, 19세기 말 브르타뉴 농가에서 소를 돌보는 젊은 여인을 생각해 보자. 여행자, 인류학자, 고갱과 같은 화가, 풍속사가, 그녀의 연인, 부모, 고용주, 동료들은 각각 그녀를 다르게 바라볼 것이다.

비주얼 컬처(visual culture) 연구자들이 관심을 기울이는 것은 사람들이 세계를 어떻게 바라보는가가 아니라, 사람들이 전체 혹은 부분을 추리해서 볼 수 있는 정지 이미지, 움직이는 이미지, 그 외 다른 제작물 등을 어떻게 보는가이다. 물론 '매개되지 않는' 시각과 '매개된' 시각 사이에는 상호관계성이 존재한다. 우리는 어떤 그림들을 세계의 사실주의적인 묘사로 본다. 그런데 그림은 현실을 지각하는 방식에 영향을 끼친다. 따라서 '그림 같은'이라는 말이 풍경에 적용되기도 한다.

시각적인 표상은 코드화되고 의도적인 커뮤니케이션으로서의 존재이고, 또한 무언가의 표상인 존재이다. 그런 점에서 자연의 지각과는 구별된다. 물론 대부분의 건축물이나 상품 디자인이 속임수는 아니다. 그것들은 새로운 창안으로서, 자연에 부가된 것이다. 소묘나 회화는 구성되기 때문에 실제로 존재하는 것에 스스로를 한정짓지 않으며 가공의 세계나 생물체(요정이나 우주인으로 나오는)의 상상적인 시각을 제시할 수 있다. 그래도 여전히 강력한 현실감을 가진다. 폴 클레는 이렇게 말했다. "미술은 눈에 보이는 것을 재현(再現)하는 것이 아니라, 오히려 눈에 보이게 만드는 것이다."

　　　　　　　　　－ 존 A. 워커·사라 채플린, 임산 역, 『비주얼 컬처』 중에서

〈3〉

얼마 전 『연금술사』의 저자를 한국의 한 철학자(아마, 〈TV 책을 말하다〉의 고정 패널이었을 것이다)가 집으로 찾아가 탐방 인터뷰를 하는 장면을 TV에서 본 적이 있다. 어디, 알프스 산맥의 어느 한 자락이었던 것 같다. 그림 같은 곳에서 작가는 살고 있었다. 보기에 무척 근사했다. 보는 것만 해도 기분이 좋았다. 그 몇 달 전에도 작가 황석영이 그와 유사한 배경에서 인터뷰를 하는 것을 본 적이 있었다. 혹시 같은 프로가 아니었는지 모르겠다. 알프스는 아니었지만 그런대로 괜찮았다는 인상이 지금 남아 있다(이쯤 되면, '나도 언젠가는 저런 집에서 한 번 살아봐야겠다는 생각이 들었다'라는 말이 나와야 하는데, 아직 나에게는 그런 염이 들지 않는다. 그저 보기만 좋을 뿐이다).

ⓑ집이 더해지므로 자연은 비로소 하나의 우주가 된다. 이 말은, 일전에 가까이 사는 친구네와 함께 청도의 연꽃 연못에 연꽃과 연잎을 따러갔다가 문득 내뱉었던 말이다. 그냥 무심코 보기에는 별 것 아니었는데, 집이 앉을 자리를 염(念)에 두고 산천과 초목을 바라보니 경개(景槪)가 일변, 천장지구(天長地久, 천지자연이 영원한 것은 애써 다투어 자기를 내세우지 않기 때문이다 + 그래도 인간만이 희망이다)가 엄존함을 알게 하는 것이었다. 그렇게 내뱉고 나니, 문득 옛 선인들의 마음 역시 다르지 않았을 것이라는 생각이 들었다. 그래서 재미삼아 인근 마을길을 두루 섭렵하였다. 멀리서 좋다 싶은 곳이 있어 가까이 다가가면 역시 그곳에는 명문 사족들의 사당이나 제실 같은 유서 깊은 가옥들이 한 자리씩 차지하고 있었다.

지리(地理)가, 한눈에(그 눈이 어떤 눈이냐가 문제이겠지만), 대번 편안한 느낌을 주

는 곳을 찾기는 실로 어렵다. 시쳇말로 지리는 '그때그때 다르기' 때문이다. 그곳 지세와 내 기분이 그 날의 환경(실존적, 역사적) 속에서, 혼연일체가 되어야 눈이 열리는데, 그런 컨디션은 갖고 싶다고 마음대로 가질 수 있는 것이 아니다. 최근에 다녀본 길에서는 좋은 곳을 많이 보지 못했다. 나도 모르게 어떤 엄격한 기준이 내 마음 속에 자리 잡기 시작한 때문인지도 모르겠다(아니면 심술이?). 여간해선 성에 차질 않는 것이다. 괴산의 제월리 홍명희 선생 생가 터나 청도의 고성 이씨 제실 주변, 그리고 합천의 송(宋)교수(개인적 친분이 있는 분이라 성명은 밝히지 않음) 친가 주변처럼, 한 눈에 쏙 들어오는 지리가 별로 없었다.

요즘은 집은 모두 아파트라서 지리를 논할 일도 없겠지만, 주거지의 높이에 대해서는 한 마디 하고 넘어가야 겠다. 아파트는 고층에 살아야 제격이라는 생각 때문에 저층을 기피하는 사람들이 많다. 그런 사람들에게 나는 '오층도 높다'라는 말을 자주 한다. 나도 한때 고층에 살았던 적이 있었다. 그러나, 보이는 것이라고는 길과 지붕밖에 없는 고층이 왜 좋은지 지금도 알 수가 없다. 물론 확 트인 전망이 일품이었다. 그런데 그 장면 하나로 몇 년을 버티려니 지루하기 짝이 없었다. 그런 전망보다는 지금처럼 창밖으로 동네 사람들의 모습들을 볼 수 있는 편이 훨씬 좋은 것 같다.

'오층도 높다'라는 말의 함의(含意)는 이렇다. 첫째, 집은 모름지기 걸어서 올라갈 수 있는 곳에 있어야 한다. 그렇지 않다면 그건 이미 내 집이 아니다. 말하자면 옥황상제의 집이다. 기계에 의존해야만 갈 수 있는 곳에 내 집이 있다는 것은 「선녀와 나무꾼」에서처럼, 하늘에서 내려오는 두레박 없이는 갈 수 없는 곳에 내 아내와 자식이 있다는 것을 뜻한다. 한번은 '두레박' 고장으로 20층을 걸어서 올라간 적도 있었고, 옆 라인 '두레박'을 타고 옥상을 통해 집으로 들어간 적도 있었다. 한번은 '두레박'이 덜컹거려 크게 놀란 적도 있었고, 내려오지 않는 '두레박'을 하염없이 땅에서 기다린 적도 있었다. 모두 끔직한 기억들이다. 이제 40층, 50층짜리 아파트가 비일비재한 세상이다. '두레박' 없이는 꼼짝도 할 수 없는 곳에 집을 지어놓고 아래를 내려다보는 재미로 사는 자들이 결국은 '나무꾼'의 운명을 자초할 것이라는 것은 자명한 사실이 아닌가(일종의 피해망상?).

둘째, 걷다보면 내 키에서는 시야(視野)의 상한선이 4층 정도의 높이임을 느낄 수 있다. 내 머리에서 약 10M 정도의 높이다(밑으로도, 조금 경우가 다르지만, 역시 비슷하다. 사람은 그 높이에서 가장 공포감을 크게 느낀다고 한다.). 5층만 되어도 자연스럽게 시야에 들어오지 않는다. 높아서 우정 눈을 들어야만 볼 수 있는 것이다. 그러니, 내게는 '오층도 높다'는 것이다. 시야란 무엇인가? 시선(視線)이 닿는 곳이란 어떤 의미인가? 내 눈이 볼 수 있는 영역이 곧 나의 삶의 영역이다. 그 안이 바로 실재(實在)의 세계인 것이다(아무리 부자라 할지라도 자기가 쓰는 만큼만 딱 자기 재산이다?). 그 이상이나 그 이하는 실재를 왜곡시키는 영역이다. 남산 타워나 63빌딩같이 높은 곳에서 아래를 내려다보면 세상이 개미들의 세상처럼 축소되어 있다는 것을 느낄 수 있다. 소리마저 왜곡되어 올라온다. 사람들 말소리 자동차 경적소리가 모두 장난감의 그것처럼 축소되어 올라온다. 그런 곳에서 오래 살다 보면 실재계의 왜곡이 내 몸 속에 파고들어 심리적으로나 육체적으로 부작용이 뒤따르게 된다.

셋째, 믿고 안 믿고는 자유지만 인간에게 유익한 지기(地氣)의 상한선이 4층이라는 말이 있다. 그 이상일 경우는 천기(天氣) 하나에만 의지해야 한다는 것…, 그런데, 천기는 인간이 받을 수 있는 지기만큼만 딱 내려온다는 것(개그맨 어조?)……

이상이 내가 생각하는 '오층도 높다'의 함의인데, 물론 객관적인 근거보다는 주관적인 느낌이 사주(?)하는 대로 한 번 써 본 것이다. 어쨌든 무엇보다도 중요한 것은 거할 때의 느낌일 것이다. 편한가 편하지 않은가? 그 느낌에 충실하게 부응하겠다는데 그것을 나무랄 수는 없는 일 아니겠는가?

편안한 것도 종류가 있다. 서서 편안함을 느끼는 곳도 있고 앉아야 편한 느낌을 받는 곳도 있다. 이를테면, 문경 새재는 서서 걸을 때 편안한 느낌을 준다. 덕수궁 돌담길은 그 반대다. 벤치에 앉았을 때 편하다. 물론, 내가 해 본 경우에만 한해서 하는 말이다. 그러나, 편안함의 척도가 물적인 것에 한정된다는 것은 물론, 결코 아니다. 인적(人的)인 요소가 사실은 훨씬 더 크다. 아무리 좋은 지리(地理)라 하더라도 혼자서 그 안에 들어 산다는 것은 의미 없는 일이다. 옛날 유배지 치고, 빼어난 풍광 한두 개쯤 자랑하지 않는 곳이 없다는 것도 참으로 의미심장한 일이다.

－양선규,『풀어서 쓴 문학이야기』중에서

제시문 해설, 매개된 시각

제시문 〈1〉, 〈2〉, 〈3〉은 모두 문화를 구성(창안)하는 상징적 매개(시각적, 서술적)의 작용에 대해 설명하고 있는 글이다. 이를테면, 주제를 뒷받침하는 주요 개념에 관한 한, 동어반복적인 글들이다.

'복희'가 불을 발견한 사람이라는 서술은 문화의 속성상, 당연히 '매개된 시각(사고)'의 소산이다. 누군가 최초의 발견자 한 사람은 꼭 있어야 된다는 것이 그런 사유를 촉발한다. 그리고 그로부터 인류는 문명사회로 진입하게 되었다는 것을 확정해서 '출발점의 의의'를 부여한다. 그러한 '시작의 신화'는 대표적인 '매개된 시각' 예가 된다. 팔괘라고 하는 것도 그렇다. 그것이 변화를 얻어 64괘가 되는 것이 '눈에 보이는 것을 재현(再現)하는 것이 아니라, 오히려 눈에 보이게 만드는' 그 무엇이라는 것이라는 점 등에서 제시문 〈1〉과 〈2〉의 관계는 [현상/설명]의 관계로도 볼 수 있는 내용이다. 분량과 관계없이 제시문 〈2〉는 '매개된 시각(사고)'라는 개념 하나를 수험자에게 인식시키면 자신의 역할을 다하는 셈이다.

지리(地理)며 풍수(風水)며 명당(明堂)이라는 말들의 출처는 어디인가, 그것들은 과연 땅에서 나온 것들인가 아니면 (땅을 빌려) 인간의 심리가 온전하게 자신을 반영하는 지식 체계(논리적 코드)를 만든 것에 불과한 것인가, 인간의 지식 체계라는 것은 그 이상도 이하도 아니지 않은가 등등을 생각해 보도록 자극하는 〈3〉 역시 기본적으로 '매개된 시각'의 문제를 다루고 있는 글이다.

동어반복적인 제시문 간의 관계를 고려하여, 그 의미 연관성을 묻는 것보다는, 최근의 시사적인 현안 문제 —정치, 경제, 문화, 학문, 종교 등등— 중에서 하나의 화제를 골라 제시하고 그것을 제시문에서 설명(구체화)되고 있는 내용을 활용하여(그 관점에서) 수험자가 자기만의 판단(사실, 가치, 정책판단)을 내려 보도록 논제를 구성해 보는 것도 좋을 듯하다. 수험자 입장에서는 제시문에서 설명된 현상과 그 배후에 대해서 충분히 이해하고 주어진 논제의 요구에 응하면 될 것이다. 앞장에서 『요코 이야기』가 적절하게 접목되었던 경우를 참조하면 될 것 같다.

연구생들이 제출한 논제를 살펴보자. 총 여섯 편을 골랐는데 제시문의 내용이 어떤 관점에서 읽혀져야 하는가를 지시하는 내용이 많았다. 제출된 논제들을 일괄해서 살펴보고 논점들이 어떻게 같고 다른지를 찬찬히 비교해 보는 일이 중요할 것이다. 길 안내에 필요한 만큼 몇 가지 안내를 덧붙일테니 자세히 읽어보고, 나머지 것에 대하여 논점 확보, 논지 전개, 결론 도출 등 논술에 필요한 절차와 과정들을 직접 써 보는 연습을 통해서 숙달하기를 바란다.

1. 다음 글들을 읽고 주어진 논제에 답하시오.

(1) 고법 부장판사, 소송 당사자에 석궁으로 피습

판결 불만품은 전직 교수가 공격

(…중략…) 김 전 교수는 1995년 S대 입시 본고사 채점위원으로 참석해 수학 과목의 한 문제가 잘못 출제된 것을 지적했다가 학교와 마찰을 빚었으며, △해교행위 △학사질서 문란 △다른 교수 비방 등의 이유로 징계를 받고 이듬해 3월 1일 재임용에 탈락했다. 김 전 교수는 부교수 지위 확인 소송을 냈지만, 법원은 '재임용은 학교의 자유재량'이라며 학교 쪽 손을 들어줬다.

(2) 나는 인문학자이고 문학평론가인데, 그러다 보니 인간이란 과연 무엇인가라는 문제에 자주 봉착한다. 그런데 인간의 내면이라는 것은 지극히 복잡하고 또 섬세한 것이어서, 소설 속 인물들의 경우도 가치지향을 해석할 수는 있지만, 완전히 규정하는 것은 불가능하다는 생각에 자주 빠져든다. 소설 속의 인물도 그러하거늘, 하물며 현실의 인간을 판단하는 것은 더더욱 어렵다. 물론 한 인물에 대한 주관적인 호오를 드러낼 수는 있다. 그러나 이조차도 객관적인 평가라기보다는, 객관화에 이르기 위한 지난한 노력을 내포한 주관성에 그칠 뿐이다. 특히 한 인간의 복잡한 내면적 가치의 총화일 인성이나 자질, 품성에 대한 평가는 어려울 뿐만 아니라, 특히 법적 판단과는 범주가 전혀 다른 영역이라고 나는 생각한다. 그런데 법원에서 한 교수의 교육자로서의 자질, 그러니까 한 개인의 주관적 품성을 근거로 법적 판단을 내릴 수 있다는 사실이 나는 놀라웠다. 판결의 정당성을 논하기 전에, 나는 한 개인의 인성에 대한 평가에 실정법이 개입하는 일이 과연 가능한가라는 근본적인 의문을 제기하고 싶다. 인간의 내면에 대한 법적 판단의 준거, 법철학적 근거는 무엇인가.

(3) 지난 해 74세의 일기로 타계한 비디오 아티스트 백남준씨의 반려자 구보타 시게코 여사가 오는 29일로 다가온 남편의 1주기를 한국에서 보내기 위해 27일 서울에 온다. 전화 인터뷰에서 여사가 들려준 백남준의 이야기이다.

– 개인 백남준은 어떤 사람이었나요? 다정했습니까?

"스마트하고 달콤하고 재미있는 남자였어요. 96년 쓰러지고 나서 2001년에 그가 내게 편지를 보냈어요. '시게코, 넌 젊어서 멋진 애인이었고, 늙어선 최고의 엄마이자 부처가 됐어'라고 했어요. 그걸 읽고 내가 깔깔 웃으면서 '남준, 당신 정말 웃겨요. 불교도도 아니면서' 하고 놀렸죠. 그 편지, 늘 가지고 다녀요. 자주 꺼내 보죠. 남들은 그이가 위대한 예술가라고 말하지만 내겐 그저 커다란 아기였죠."

〔논제〕

1. 글 (1)과 (3)은 신문기사의 일부이고, 글 (2)는 (1)의 사건을 본 한 문학평론가의 글이다. 이 글들은 인간 존재의 다면적인 측면에 대해 말하고 있다. 이 글들과 제시문의 내용을 활용해 '사회적, 역사적 존재로서의 인간과 개인적, 실존적 존재로서의 인간은 조화롭게 공존할 수 있는가, 없는가'를 1200자 내외로 논하라.

2. 제시문 〈1〉, 〈2〉, 〈3〉을 읽고 다음 물음에 답하시오.
(1) 제시문의 밑줄 친 ⓐⓑ의 의미를 각각 200자 내외로 설명하시오.
(2) 다음 글을 읽고, 선생님의 베티에 대한 배려를 800자 내외로 논하시오. 단, 제시문에서 공히 채택하고 있는 이른바 '매개된 시각'이라는 관점에서 논하시오.

베티는 미술 시간에 아무 것도 그리지 못하고 낙담한다. 하지만 선생님은 그런 베티의 빈 도화지를 보고 말씀하신다. "우와! 눈보라 속에 있는 북극곰을 그렸네." 선생님은 무엇이든 그려보라며 격려하시지만 베티의 귀에는 들어오지 않는다. 선생님은 오히려 화만 더 내는 베티에게 무엇이든 그려보라고 다시 격려한다. 무엇이든지 하라고? 도대체 무엇을 하란 말이야?! 베티는 홧김에 벌컥 연필을 종이 위에 내려찍는다. 선생님은 '점'이 찍힌 도화지를 보시며 여전히 자애롭게 말씀하신다. "자, 이제 여기 네 이름을 쓰렴." 일주일 뒤 베티의 '점 그림'은 금테 액자에 담겨 선생님의 책상 뒤 벽에 걸린다. 이를 본 베티는 그보다는 더 잘 그릴 수 있다며 열심히 점을 그리기 시작한다. 색깔을 다양하게 칠해보고 크기도 계속 바꿔 보다가 마침내 바깥을 채우되 안에는 아무것도 그리지 않아도 점을 그릴 수 있는 경지까지 성장하고 발전한다.

베티의 점 그림 전시회가 학교에서 열리고, 쭈뼛거리면서 다가오는 꼬마 소년 하나. 자신도 그림을 잘 그리고 싶지만 선 하나도 정확히 못 그린다며 자신 없어 한다. 베티는 소년에게 말한다. "너도 잘 할 수 있어." 소년이 비뚤비뚤하게 선을 그린 도화지를 내밀자, 베티는 말한다. "자, 이제 여기 네 이름을 쓰렴."

– 피터 레이놀즈, 「점」, 문학동네

3. 영화 〈미녀는 괴로워〉(2006, 김용화 감독, 김아중 주진모 출연)에서는 자신의 외모 때문에 무대 뒤에서 립싱크 가수 대신에 노래하는 여자 주인공이 나온다. 그녀가 성형 수술을 통해 성공한다는 영화의 스토리를, 제시문 〈1〉, 〈2〉, 〈3〉에서 공통적으로 주장되고

있는 내용을 토대로 비판적으로 논하시오.(800자 내외)

4. 현대 사회에서는 인터넷이나 텔레비전 등 대중 매체가 제공하는 정보나 이미지가 큰 사회적 파장을 불러일으킨다. 현대 사회에서 대중매체의 시각/시각성이 지배성을 지니게 되는 까닭에 대해 나름대로 논리를 세워 1000자 내외로 논하시오.

5. 인터넷은 신조어(新造語)의 보고다. 연일 신조어가 탄생한다. 웹상에서 자신의 평판을 반복해 확인하는 '에고 서핑(ego-surfing)', 온라인으로 옛 친구나 첫사랑의 현재를 엿보는 '구글 스토킹(google-stalking)', 악플러를 일컫는 '키보드 워리어(keyboard warrior)' 등 인터넷 중독 관련 신조어도 많다.

인터넷 자체에서 생기고 퍼진 말들은 더욱 많다. 은어나 유행어의 형태로 유포되는 경우가 일반적이다. 얼짱, 쌩얼, 된장녀, 낚시질(제목에 유혹당하는 것), 훈남(마음을 훈훈하게 하는 남자), 안습(안구에 습기차다. 눈물나다), 완소(완전 소중), 십장생(10대도 장차 백수가 된다는 것을 생각해야 한다) 등 다양한 통로로 만들어지지만 언어의 품격을 깬다는 측면에서 많은 비판도 받고 있다.

그러한, 인터넷 신조어의 등장이 어떠한 사회적 맥락 위에서 가능한지를 논술하고 (600자 내외), 그것의 순기능과 역기능을 논하시오. (300자 내외)

6. 최근 등장한 사회 흐름 가운데 하나가 '웰빙(well-being)'이다. 말 그대로 '건강한 인생을 살자'는 뜻으로 삶의 질에 대한 관심에서 나왔다고 생각된다. 우리 나라에서도 웰빙 문화가 확산되어 웰빙족을 겨냥한 의류, 건강, 여행 등 각종 상품에 이어 잡지까지 등장하고, 인터넷에도 웰빙 관련 사이트가 홍수를 이루고 있다. 그러나 이와 같은 현상은 개발과 속도 위주의 논리에서 벗어나 보다 본질적인 삶의 가치를 추구하자는 바람직한 면도 있으나 상업주의적 거대 자본이 만들어낸 허구적 기대감으로 채워진, 만들어진 획일적 삶이 조장된다는 부정적인 면도 있다.

제시문 〈1〉, 〈2〉, 〈3〉의 내용을 참조해 '웰빙족'이라는 새로운 생활 패턴에 대해 1000자 내외로 구체적인 사례를 들어 논하시오.

〈논제 1〉의 가능한 논점과 논지 전개의 방향

논점

모든 정신병은 사회적 원인을 지닌다. 심리학자들이 하는 말이다. 실존적 존재로서의 인간이라는 말은 그 자체로 모순이다. 인간은 오직 사회적 존재로서의 의미만을 지닐 뿐이다. 법이 인간의 내면을 판단하는 것은 소위 '내면'에서 우러난 그 인간의 행위가 반사회적일 경우에 한한다. 백남준과 시게코의 사랑은 그들이 서로의 '내면'에 대해 존중하고 아끼는 사회적 관계를 토대로 이루어지는 것이다. 그 관계가 '젊어서 멋진 애인'에서 '늙어선 최고의 엄마이자 부처'로 변화하였다는 그들의 일화는 그러한 인간 내면의 '사회성'을 잘 드러내는 일화라 할 것이다. '위대한 예술가'이든 '커다란 아기'이든 그것은 모두 사회적 관계 속에서 형성된 한 개인의 실존일 뿐이다.

논지의 방향

논점을 그렇게 잡으면, '반사회성'이라는 관념은 우리 사회가 만들어 놓은 '매개된 시각'에 의해 형성된 것이며, 그렇게 형성된 시각성 즉 '공인된 타자들의 시각'에서 판결하는 것이 바로 법관의 책무라는 것도 설명이 될 것이고, (2)에서 옹호되고 있는 '내면적 가치의 총화로서의 인성이나 자질, 품성'이라는 것이 사실상 정체불명의 것이라는 점도 논증할 수 있을 것이다.

제시문 〈3〉은 한 개인이 자신의 실존성을 가장 견고하게 확보할 수 있는 방도가 무엇인지를 이리저리 궁리하는 내용을 담고 있다. 자신만의 사유의 체계 속에서 자신만의 가치를 추구하기 때문에 어떤 독법을 동원하더라도 그 글이 반사회성을 띤다고 말할 수는 없을 것 같다. 그러나, '오층도 높다'라는 그의 메시지를 초고층 아파트 분양 사무소 앞에다 대서특필해서 걸어 놓았다면 문제는 달라진다. 천기니 지기니 하는 그의 말은 자신의 주거 환경에 한하여 강조될 수 있는 것이지 남의 것에 토를 달 수 있는 성질의 것은 아니다. 당연히 반사회성을 띠게 되는 것이다. 그 글 안에서 글쓴이의 '내면적 가치의 총화로서의 인성이나 자질, 품성'을 따진다면 당연히 '도사(道士)'급에 속하는 등급이겠지만, 사회적 관계라는 '글 밖의 문맥'에서 본다면, 그 글에는 분명히 남의 영업 이익에 손해를 끼치는 범법자의 인격이 반영되어 있다고 할 수밖에 없는 것이다.

그러므로, '사회적, 역사적 존재로서의 인간과 개인적, 실존적 존재로서의 인간은 조화롭게 공존할 수 있는가, 없는가'라는 물음 자체가 성립되기 어려운 것으로 판단된다고 결론을 삼으면 될 것 같다. 인간은 자신의 삶에 투영된 역사적 맥락과 사회적 관계 속에서만 자신의 실존을 구성할 수밖에 없다는 점에서 그렇다는 것이다.

이상의 논지에 수험생 나름대로 살을 좀 붙이면 1200자 정도는 어렵지 않게 써내려 갈 수 있을 것이다. 제시문에서 사용되고 있는 개념들을 줄이고 늘리면서 적절히 인용하는 것도 분량을 맞추는 한 방법이라는 것을 알아두면 좋을 것이다.

〈논제 2〉-(1)의 함축적 의미 찾아 쓰기

ⓐ와 ⓑ의 함축적 의미

밑줄 친 ⓐ의 '시각은 사회적 환경으로부터 유래한 의미의 네트워크에 의해 탈중심화 된다.'라는 문장의 문맥적 의미를 살펴보면 다음과 같다.

제시문 〈2〉의 주장은, 우리의 시각이 순수한 감각이 아니라 시각성의 지배를 받는다는 사회화된 시각이라는 것이다. 즉, 언어가 하나의 사회적인 시스템이듯이 시각도 지각하는 자와 지각되는 자 사이에 존재하는 사회적 관계로부터 영향을 받는다는 것이다. 그러므로 보는 자의 시각은 보는 자가 처한 사회적 환경, 이를테면 그 환경 안에서 작동하는 사회적 의미의 시스템, 혹은 네트워크 안에서만 의미를 생산해 낼 수 있다. 그러므로 여기서 '탈중심화 된다'란 말의 의미는 시각이 주체성을 지닌 순수 감각이 아니라는 말이다.

밑줄 친 ⓑ의 '집이 더해지므로 자연은 비로소 하나의 우주가 된다.'라는 말의 문맥적 의미는 위에서 살펴본 ⓐ와 그 뜻이 유사하다. 그러나 ⓐ는 보다 가치중립적 차원에서 '매개된 시각'을 설명하고 있는데 반해, ⓑ는 우리의 삶에서 요구되는 의미화의 주체적 수용이라는 차원에서 '매개된 시각'의 필요성을 강조하고 있다. 어디에다 '집'을 짓는다는 것은 그곳에서 자신의 우주를 설계하는 것과 같은 의미를 지닌다고 제시문의 필자는 말하고 있다. 그러므로 여기서의 '집'은 단순한 주거공간이라기보다는, '인간의 생활이 가미되어 비로소 완전한 환경의 의미를 띠게 되는 자연', '자연과 사람의 공존', '자연을 의미화 하는 사회적 절차' 등의 의미로 사용되고 있다고 할 것이다.

〈논제 2〉-(2)의 '선생님의 베티에 대한 배려' 고찰

선생님은 베티에게 자신감을 심어주고 인정받는 즐거움을 알게 하여 자신의 재능을 훌륭하게 발휘할 수 있도록 도와준다. 선생님은 애정과 관심을 가지고 아이를 가르쳐야 한다는 교육자로서의 '매개된 시각'에 충실하였다. 빈 베티의 도화지를 보고 "우와! 눈보라 속에 있는 북극곰을 그렸네."라고 선생님은 말하고 홧김에 종이 위에 연필로 내려찍은 것을 금테 액자에 담아 '작품'으로 인정한다. 자신의 '매개된 시각' 안으로 베티가 들어오기를 간절하게 요청한 것이다. 베티는 그 안으로 기꺼이 들어가 행복을 맛본다. 그리고 거기서 그치지 않고 또 다른 자신의 분신을 보고 그 '매개된 시각' 안으로 들어가 보기를 권한다.

'매개된 시각'의 문제는 그러한 교육학적 서사에서만 발견되는 것은 아니다. 베티와 선생님의 에피소드는 회화적 작업에 있어서의 '매개되지 않은 시각'과 '매개된 시각'의 문제를 정면에서 다루고 있다. 베티의 그림은 '아무것도 아닌 것'이었지만, 의도적으로 '매개된 시각'의 개입으로 '작품'으로 발전한다. 베티의 '점 그림'이 작품으로 발전해 나가는 과정은 제시문에서 말하고 있는 것처럼, 하나의 시각적인 표상이 의도적인 커뮤니케이션의 수단으로 코드화 되는 과정을 그대로 설명하고 있다고 볼 수 있다. 작품은 작가만의 재능으로 탄생되는 것이 아니라, 그것을 향수하는 자와의 사회적 관계 속에서 '표상'으로서의 가치를 획득하게 되는 것임을 잘 보여주고 있다고 할 것이다.

그러므로, '선생님의 베티에 대한 배려'를 '매개된 시각'이라는 관점에서 논한다면, 교육학적 차원에서의 교육학적으로 '매개된 시각'의 효용과 가치를 논하는 일과, 미학적 차원에서의 예술품의 생산 과정에 영향을 미치는 생산자와 소비자의 '매개된 시각'의 역할을 논하는 일로 크게 나누어질 수 있다.

〈논제 3〉의 현대인의 외모에 대한 '매개된 시각'의 문제

영화 〈미녀는 괴로워〉는 현대 사회의 물신풍조를 조롱하는 하나의 패러디라고 할 수 있을 것이다. 그 영화가 한 개인이 역경을 극복하고 이루는 성공의 신화를 담고 있어 기본적으로 서사적 재미를 주는 것도 사실이지만 외모와 관련된 현대인들의 공동 관심사를 잘 형상화하였다는 점이 크게 어필하였다는 것이 세평이었다. 이 영화의 성공에서도 알 수 있는 것처럼, 현대인의 외모 중시 풍조는 그것의 역기능을 충분히 고려한다고 해도, 단순한 유행이나 시류라고 보기 힘든 면이 있다. 그것이 후기산업사회, 유비쿼터스 사회, 정보화 사회, 포스트 모던 사회 등등, 현대 사회를 일컫는 여러 가지 명칭과도 밀접한 연관성을 지니고 있는 것으로 유추되기 때문이다.

제시문 〈2〉에서도 밝히고 있는 것처럼 시각은 보는 사람들의 다양한 관심과 욕망에 의해 영향받고 조정되며, 그것이 의미를 생산하는 과정은 주체와 대상 사이의 사회적 관계에 의해서 지배된다고 할 수 있다. 그리고 시각성 자체도 시대별로 그 의미가 달라진다. 후기산업사회에서의 생활 환경이나 정보화, 유비쿼터스 사회에서의 지식 권력 유통과정 등을 고려할 때 현대 사회에서 시각 혹은 시각성의 사회적 의미는 다른 어떤 것보다도 높은 비중을 띠고 있다고 할 수 있다. 이를테면, 만지고, 냄새 맡던 시대에서 보는 시대로 급속도로 전환되고 있다는 말이다. 그런 차원에서 여성들의 외모와 그것을 바라보는 남성들의 시각 사이에 모종의 새로운 '사회적 관계'가 형성되었다는 것, 즉 새로운 '매개된 시각'이 형성되었다는 것을 영화 〈미녀는 괴로워〉는 잘 보여주고 있다.

외모지상주의는 포스트 모던 사회가 보여주는 탈중심성, 개인성, 표피성, 다중성 등의 특성 중에서도 개인성과 표피성의 측면에서 고찰되어야 할 시대적인 문제라고도 볼 수 있다. 오래 생각하고 남을 배려하고 남과 함께 하는 삶을 궁리하는 것보다 가볍게 보고 즐기고, 나만의 행복을 추구하려는 경향이 외모지상주의라는 '매개된 시각'을 만들어낸 것으로 추정할 수 있다.

결론적으로, 영화 〈미녀는 괴로워〉는 포스트 모던 사회의 대표적인 '매개된 시각'을 패러디하여 영화적 즐거움과는 별도로 표피성에 함몰한 현대인들에게 필요한 반성적 성찰의 계기를 만들어 주었다고 할 수 있다.

〈논제 4〉의 대중매체의 시각/시각성이 지니는 지배성

시각/시각성에 호소하는 대중 매체의 발달은 최근에 이르러서야 비로소 본격적으로 이루어졌다. 한 세대 안에서 사회의 지배적인 매체 코드가 그렇듯 갑작스럽게 바뀔 것이라고 예측한 사람은 아무도 없었다. 이제 책은 시각/시각성에 호소하는 장정과 콘텐츠를 담아내기에 급급하다. 오랜 기간 인류를 지배했던 문자매체는 눈에 보이는 것이 아니라 들어서 마음으로 그려낼 수 있는 것의 전달에 골몰하였다. 스스로 무엇을 그려 그것을 그대로 독자의 시야에 제시하겠다는 생각은 전혀 없었기 때문에 시각이 지배하는 현대 사회에서 살아남기 위해 그런 식으로 몸부림치고 있는 것이다.

물론 그러한 대중매체의 시각 지향성이 우리의 삶에 긍정적일 수만은 없을 것이다. 포스트 모던 사회, 후기산업사회의 개인성, 표피성과 어울려 현대인의 삶을 한층 더 물신화 시킬 공산이 큰 것만은 분명한 사실이기 때문이다.

그러나, 대중매체의 시각 지향성은 단순히 대중의 취향에서 비롯된 것만은 아니라는 사실도 알 필요가 있다. 앞에서 말한 것처럼 대중매체의 한 축이었던 문자매체의 급속한 쇠퇴를 불러일으킨 보다 근본적인 원인이 있기 때문이다. 만약 언어(문자)가 자신의 힘을 계속 유지할 수 있었다면 대중매체의 시각 지향성은 지금처럼 일방통행적이지 않았을 수도 있다는 것이다.

언어에 대한 본격적인 관심이 대두되기 전에는 문자의 재현 양식과 그 효능에 대해서 아무도 이의를 제기하지 않았다. 문학작품을 읽는 방법, 즉 독법(讀法)의 문제에 대해 본격적인 관심이 야기된 것은 금세기 후반의 일이었다. 독법의 변화가 요구된다는 주장은 대체로 두 가지 갈래의 원천을 지닌다. 서로 상관적인 관계에 놓이는 것이기도 하지만, 그 하나는 언어적 경험의 세계에 대한 회의론적 시각이었고, 다른 하나는 인간 정신의 불투명성에 대한 인식이었다.

인간 정신의 불투명성에 대한 인식은, 무의식에 대한 연구가 진전되면서 분명하게 자리잡게 되었다. 글쓰기는 이른바 '상처와 상징'이라는 매커니즘 안에서 이해될 수 있다는 관점이 정립된다. 이른바 심층 심리학적 코드에 입각한 독서가 설득력을 얻게 되는 것이다. 다른 또 한 가지 독법, 즉 언어적 경험의 세계에 대한 회의론적 시각에서 나온 읽기 이론은, 역설적으로 현대 사회에서 왜 시각 매체가 중요한 위치를 차지하게 되었는가를 설명해 주는 내용을 담고 있다. 전통적 독법에서의 탈피를 요구하게 되는 과정은 다음의 인용에서 요약적으로 살펴볼 수가 있다.

> 말로 표현할 수 있는 것을 불연속적인 여러 조각들로 자른다는 것은 언어의 속성 자체이기도 하다. 이름이란 그것이 형성하는 개념 중에서 하나 또는 몇 개의 특성들만을 선택한다는 점에서 다른 모든 특성들을 배제해 버리고, 이것과 그 반대의 명제만을 제기한다. 그런데 문학은 단어들에 의해 존재한다. 그렇지만 문학의 소명은 언

어가 할 수 있는 것보다 더 많은 것을 말하는 것이고 언어적인 분할들을 넘어서는 것
이다. 언어의 내부에서 문학은 모든 언어에 내재한 형이상학을 파괴하는 것이다. 문
학적 담론의 특징은 저 너머로 가는 것이다(그렇지 않으면 존재 이유가 없다). 문학
은 언어가 자살하는 데 쓰는 무기와 같다.

– 츠베탕 토도로프, 하태환 옮김, 「문학과 환상」 중에서

위의 인용문은 극단적으로 언어의 불연속성을 강조함으로써 문학작품의 독법
은 '언어적인 분할을 넘어서는 것'이 되어야 한다고 주장하지만, 동시에 그것은
인류가 시각 매체에 몰입하게 되는 이유를 설명하고 있는 것이기도 하다. 이를
테면, 인간이 지닌 문화적 욕구는 항상 통일성·전체성에 대한 집착을 보여주는
데, 언어는 자신이 지닌 태생적인 불연속성 때문에 언제나 그것을 방해하고 교
란할 수밖에 없다는 것이다. 그러나, 시각 매체는 그러한 불연속성에서 자유롭
기 때문에 인간의 문화적 욕구에 내재한 통일성과 전체성에 대한 욕망을 훨씬
더 충족시킬 수 있다는 것이다.

그러므로, 대중매체의 시각 지향성이 단순히 물신 풍조나 대중의 취향에 영합
하기 위한 상업자본주의의 자기 이익 관철 방식에 의해 확대 재생산되는 것만
은 아니라는 것임을 알 수 있다. ([논제 5, 6]은 위의 시범을 토대로 직접 작성해 볼 것)

수(守), 지킬 것은 지킨다. 면밀히 읽고 뜻을 파악한다.

初. 미래 貳. 공자 參. 예술

파(破), 깰 것은 깬다. 논지의 허를 발견하고 비판의 날을 세운다.

四. 승리 五. 환상 六. 공존

리(離), 떠날 땐 떠난다. 변증법적인 과정을 거쳐 새로운 논리를 세운다.

七. 햄릿 八. 경지 九. 유추

序

　수행 편은 명심 편과 마찬가지로 총 9장으로 구성되어 있다. 수·파·리(守破離, 지키고, 깨고, 떠난다)라는 우리의 논술무자 수행법을 효과적으로 뒷받침해 줄, '미래'부터 '유추'까지, 아홉 편의 주제로 요약되는 문제(제시문 + 논제)들이 주어지고, 실전에서처럼 직접 논술해 보기를 권하는 내용으로 되어 있다.

　[제시문]과 [논제] 다음에는 [생각해 보기]와 [읽기 자료]를 덧붙였다. 제시문을 이해하는 데 필요한 배경지식과 논제를 해석하는 관점, 그리고 논지의 방향 등에 대하여 필자 나름의 소견을 첨부하고 필요한 배경 지식이나 참고 자료 한 가지씩을 소개하였다. [생각해 보기]는 먼저 읽지 말고, 논제의 요구에 응하는 것이 자신의 능력에 비해 엄청 벅찬 일이라는 느낌이 들 경우에만 참조하기 바란다. 가급적이면 스스로 논제의 요구에 응답해 본 연후에, 그 내용과 절차를 두고, 남의 견해와 내 견해를 서로 견주어 보기를 권한다.

　제시문들은 주로 다른 텍스트를 '비평적인 관점에서, 이를테면 메타적으로, 읽고 쓴' 책에서 많이 골랐다. 이로(理路)가 정연한 글들만 뽑으려고 노력했다. 그래서 그 글들을 다시 '메타'하다 보면 저절로 '논술 쓰는 법'을 터득할 수 있도록 배려하였다. 제시문 자체가 바로 문제를 발견하고 그것의 해결을 도모하는 논술의 모범문인데 그것에서 다시 문제를 발견하고 해결하는 노력을 기울여야 하니 읽고 쓰는 만큼 실력이 배양되지 않을 수 없을 것이다. 가급적이면 흥미를 느낄 수 있는 내용으로 골랐다. 대략 30여 편 남짓한 글이니 읽는데도 크게 부담이 없을 것이다.

시사적인 내용과 고전적인 내용을 골고루 배합하려고 했으나, 본디 자신의 취향을 벗어나기 어려운 것이 읽기·쓰기인지라 한 쪽으로 많이 치우치지 않았다고 장담할 수는 없다. 다만, 논술무자수업의 목적에 부합하는 필수적인 내용과 절차를 선별하려는 노력은 분명히 있었다는 것은 말할 수 있다. 아홉 편을 대략 세 편씩 갈라 나누면 한 묶음씩 각각 수·파·리에 해당이 된다고 보면 될 것이다.

아홉 편의 논술 문제가 이른바 [예상문제]가 될 수 없다는 것도 자명한 사실이다. 물론 이 문제들 중의 몇 문제는 본의 아니게 [예상문제]의 역할을 다했던 것들도 있다. '미래(변화의 속도)'나 '예술', 그리고 '햄릿(호동왕자의 죽음)' 등 일부 기출 문제와 그 내용이 겹치는 것이 그런 것들이다. 수행 편의 논술 문제들은 필자가 여기저기서 이미 소개했던 것들 중에서 고른 것이라 그런 경우도 있다. 그러나 [예상문제]가 마냥 좋기만 한 것은 아니라는 것도 강조하고 싶다. 유효기간이 짧은 [예상문제]보다는 거의 반영구적인 유효기간을 가진 보편성을 띤 [연습문제]가 훨씬 가치 있다고 생각한다. 하나를 알면 열이 보이는 경지가 거기 있기 때문이다. 그러므로 [연습문제]를 한 문제라도 더 진지하게 풀어보는 것이 논술무자들에게는 득이 되는 일임을 다시 한 번 강조한다.

일반적으로 제시문이 제공되는 〈자료 제시형 논술〉일 경우 논제의 형식은 다음과 같은 형태를 띤다. 우리 [연습 문제]도 마찬가지인데 알아 두면 좋을 것 같다.

* 자료에 대한 정확한 해석을 요구하는 유형. (해석형)
* 자료를 토대로 더욱 발전된 논지를 전개할 것을 요구하는 유형. (논지 발전형)
* 자료 분석 후, 그에 대한 대책을 마련할 것을 요구하는 유형. (대책 마련형)
* 자료의 주장에 대해 반박하거나 비판할 것을 요구하는 유형. (반론 제기형)
* 자료들의 관점들을 종합한 새로운 관점의 설정을 요구하는 유형. (통합 사고형)

앞의 세 유형은 수(守), 네 번째 것은 파(破), 마지막의 유형이 리(離)에 해당한다 할 것이다. 이것 역시 그 자체로는 무용지식이나 한 번쯤은 논제가 나에게 요구하는 것이 어디에 속하는 것인가를 가늠해 보는 것도 전혀 무용한 일은 아닐 듯싶다.

모든 것이 그렇겠지만, 글쓰기 공부 역시 끝을 볼 때만 유효한 것이다. 끝까지 같이 가주면 고맙겠다.

수(守), 지킬 것은 지킨다. 면밀히 읽고 뜻을 파악한다. 初. 미래 貳. 공자 參. 예술

初 미래

＊ 다음 제시문을 읽고 주어진 물음에 답하시오.

|제시문 1|

프로슈밍

오늘날 대부분의 사람들이 사용하고 있으며 기업인과 정치가들이 크게 의존하고 있는 경제 지도는 아주 큰 지도의 단편이자 세부적인 내용을 담은 화폐 경제만을 보여 준다. 그러나 추적되지도 측정되지도 않고, 대가도 없이 대대적으로 경제 활동이 벌어지는 숨은 경제가 있다. 바로 비화폐의 프로슈머 경제(prosumer economy)이다.

제품, 서비스 또는 경험을 화폐 경제 안에서 팔고자 하는 사람들은 '생산자(producer)'라고 부르며 그 과정은 '생산(production)'이라 칭한다. 그러나 비공식 경제, 즉 비화폐 경제 안에서 벌어지는 활동에 해당하는 단어들은 존재하지 않는다. 나는 『제 3물결 *The Third Wave*』에서 판매나 교환을 위해서라기보다 자신의 사용이나 만족을 위해 제품, 서비스 또는 경험을 생산하는 이들을 가리켜 '프로슈머(prosumer)'라는 신조어로 지칭했다. 개인 또는 집단들이 스스로 생산(PROduce)하면서 동시에 소비(conSUME)하는 행위를 '프로슈밍(prosuming)'이라고 한다.

우리가 파이를 구워 그 파이를 먹는다면 우리는 프로슈머이다. 그러나 프로슈밍은 단순히 개인 차원의 행동이 아니다. 돈이나 그에 상응하는 보상을 바라지 않고 가족, 친구, 이웃과 나누고자 파이를 구웠을 수도 있다. 교통수단, 커뮤니케이션, IT의 발달로 세계가 점점 작아지는 오늘날 ①이웃이라는 개념은 세계를 의미할 수도 있다. 이는 심층 기반인 공간에 대한 우리의 관계가 변화된 결과이기도 하다. 프로슈밍에는 세상 반대쪽에 사는 타인과의 공유를 위해 대가를 받지 않고 창조하는 가치도 포함된다.

인생을 살면서 사람은 누구나 한번쯤 프로슈머가 된다. 사실 모든 경제에는 프로슈머가 존재한다. 극히 개인적인 필요나 욕구를 시장에서 모두 충족시켜 줄 수 없고, 또 너무 비쌀 수도 있다. 혹은 사람들이 프로슈밍 자체를 사실상 즐기고 있고, 때때로 프로슈밍이 절박하게 필요한 상황이 벌어지기 때문이다.

화폐 경제에서 잠시 눈을 떼고 경제에 대한 이런저런 주장들에서 벗어나 보면 몇 가지 놀라운 점을 발견하게 된다. 첫째, 프로슈머 경제가 어마어마하다는 사실이고, 둘째 우리가 하고 있는 가장 중요한 것들의 일부가 이미 프로슈머 경제 안에서 이루어지고 있으며, 셋째 대다수 경제학자들이 크게 주의를 기울이고 있지 않음에도 불구하고 그들이 그토록 면밀히 관심을 기울이는 화폐 경제 안의 50조 달러는 프로슈머 경제 없이는 단 10분도 존재하지 못한다는 사실이다. 기업인과 경제학자에게 '공짜 점심은 없다'라는 격언보다 가슴에 와 닿는 말도 없을 것이다. 대부분의 사람들은 식사를 하는 와중에도 이 말을 아무 생각 없이 뱉어 낸다. 그러나 이 말만큼 혼란을 주는 말도 없다. ②프로슈머의 생산력은 전체 화폐 경제가 의존하는 중요한 부분이다. 생산 활동과 프로슈밍은 불가분의 관계이다. (… 중략 …)

현대 역사에서 볼 수 있었던 프로슈머 파워의 놀라운 사례들은 말 그대로 전 세계 사람들이 일하고, 생활하고, 사고하는 방식을 바꾸어 놓았다. 그러나 이를 눈치 챈 이는 거의 없었다.

지금까지는 프로슈머가 어떻게 비화폐 경제 안에서 부를 창조하여 화폐 경제에 공짜 점심을 제공해 주었는지를 살펴보았다. 하지만 프로슈머의 기여가 그 이상인 경우도 많았다. 그들은 화폐 경제에 성장 호르몬을 투여해 화폐 경제의 성장을 촉진시키고 있다. 더 분명하게 표현하면 생산뿐만 아니라 생산성에도 영향을 끼치고 있다.

주류 경제학자 중에서 생산성 증가가 병든 경제를 치료하는 데 얼마나 좋은 약이 되는지에 대해 동의하지 않을 사람은 없다. 하지만 프로슈밍이 생산성에 미치는 영향을 따져본 경제학자는 거의 없다. 그렇기 때문에 요즘처럼 전문 용어들이 난무하는 시대에도 이를 표현할 적절한 단어조차 없는 것이다. 나는 이를 '창조생산성(producivity)'이라 규정하고자 한다. 이는 프로슈머가 대가 없이 창출하는 가치를 화폐 경제로 유입시킬 뿐만 아니라 실질적인 성장률도 동시에 향상시키는 특별한 그 무엇을 의미한다.

교육을 넘어

대부분의 사업가나 경제학자들은 근로자 교육의 질을 높이면 생산성도 향상 시킬 수 있다고 말한다. 그러나 선진국에서 현대적이라 여겼던 교육기관조차도 그동안 시행해 온 공교육과 마찬가지로 역기능적이고 시대에 뒤처져 있다. 게다가 소위 개혁이라 불리는 것들조차 공장형 대량 교육만이 교육의 유일한 방법이라는 은밀한 가정을 내포하고 있다. 공장 형태를 벗어난 새로운 모델로 교체하기보다 무의식적으로 '학교 공장(school-factory)'을 더 효율적으로 굴러가게 하는 것에 집중해 온 것이다. 오로지 교사만이 교육을 할 수 있다는 고정된 사고도 만연해 있다.

(중략 – 1977년, 개인 컴퓨터의 본격적인 보급이 시작된 이후 '지식의 전파'에 새로운 바람이 불어 왔다는 것을 상세하게 예를 들어 설명함)

오늘날에는 이를 가리켜 개인 대 개인 학습이라고 하는 사람도 있다. 하지만 사실 이런 방식은 냅스터를 통한 음악 교환보다 한층 복잡하다. 전문가와 학습자는 동료가 아니기 때문이다. 한 쪽이 다른 쪽보다 내놓을 지식이 더 많다. 이들이 함께한 이유는 분명한 지식 차이 때문이지 평등을 위해서가 아니다. 이런 사실 자체로도 흥미로운 일이지만 더 흥미로운 사실은 역할이 뒤바뀔 수 있다는 데 있다. 이들이 서로 경험과 정보를 나누는 동안 나중에 배운 학습자가 스승이 되고 원래의 스승이 학습자가 되는 일도 생긴다.

그 이후로 프로슈머는 컴퓨터에 관한 지식을 나날이 더 발전시켜 왔다. 팔로 알토 리서치 센터(PARC, Palo Alto Research Center)의 키이스 에드워드와 레베카 그린터는 "하드웨어를 업그레이드하거나 소프트웨어를 설치, 삭제하는 일 등 예전에는 메인프레임 컴퓨터 운영자에게나 익숙할 만한 일들을 오늘날에는 일반적인 컴퓨터 사용자들이 하고 있다"고 말한다.

이런 점진적인 학습 과정을 통제하는 이는 없었다. 그 누구도 이끌어가지 않았고 조직화되지도 않았다. 대가를 받는 이도 거의 없이 하나의 거대한 사회화 과정이 진행되고 있었다. 교육자도 경제학자도 이를 크게 인식하지 못한 채 미국의 화폐 경제는 바뀌고 있었다. 기업 조직을 광범위하게 바꾸고 언어에서부터 생활양식까지 모든 부분에 영향을 미쳤다. 한참이 지나서야 기업은 구성원들에게 대대적으로 PC 교육을 시켰다. 전문 프로슈머들은 PC 혁명을 이끈 필수불가결한 추진체였지만 그 존재는 인식되지 못했다. (… 중략 …)

세풀베다 해법

미국 로스앤젤레스의 고속도로 중 405번 도로는 극심한 교통체증으로 악명이 높다. 얼마나 막히는지 그 도로와 나란히 있는 세풀베다 대로(Sepulveda Boulevard)까지도 차들이 넘쳐난다. 세풀베다에는 세계에서 가장 특이한 사업으로 간주될 만한 자동차 세차장이 있다. 이 세차장을 독특하게 만드는 것은 차를 세웠을 때 볼 수 있는 주유기나 차들이 아니다. 계산을 하려고 안으로 들어갔을 때에야 비로소 볼 수 있는, 세상에 단 하나뿐인 세차장 내 서점이다. 우리의 일상생활을 지탱하는 제도들의 체계 붕괴를 극복하고, 더 나아가 방지하기 위해서 필요한 것이 바로 이런 기발한 조화를 이끌어 내는 정신이다.

미국의 평범한 여성

미국의 AT&T는 1900년대 초에 설립되어 1980년대에 세계 최대의 회사로 성장했다. (… 중략 …) 1970년대 이 회사는 100만 명에 가까운 직원을 고용했다. 디지털 전화 이전 세대였던 당시에 이 엄청난 수의 직원 중 거의 대부분은 여성 전화 교환원이었다. 이들의 숫자는 해가 갈수록 늘어갔다. 하지만 1984년 정부에 의해 와해된 이후 AT&T는 결국 과거의 모습으로 돌아갔다(그 많던 직원들은 미국의 평범한 여성으로 되돌아갔다). 2005년 중반 SBC커뮤니케이션스는 AT&T의 나머지를 인수했다. AT&T에 이런 일이 일어났다는 사실은 심지어 가장 견고해 보이는 어떠한 제도나 조직에도, 이와 유사한 일이 훨씬 빠르게 일어날 수 있음을 시사한다.

허위전환

유럽, 일본, 다른 경제 대국의 제도들도 심층 기반의 변화로 인해 동요하고 있지만 새로운 제도적 하부구조를 창출할 필요성이 가장 커진 곳은 미국이다. 그동안 미국은 다른 나라보다 산업시대에서 더 멀리 진보해 나갔기 때문이다. 하지만 미국은 전환(transformation)에 대해 관심이 적은 것은 물론이고 그것이 의미하는 바에 대해서도 아직 이해하지 못하고 있다.

교육의 경우를 보자. 최근의 대통령들은 모두 교육 대통령이 되고자 했다. 조지 부시도 예외가 아니다. 그런데 실질적인 교육 향상을 도모하고자 한다면 일차적으로 지식의 생산과 분배에 근거하여 경제가 요구하는 변화에 대한 인식이 필요하다. 교육이 직업을 준비시키는 역할만 하는 것은 아니지만 학생들이 원하지도 않는 직업에 대비시키려 한다면 이는 학생들을 기만하는 것이다. 하지만 실제 경제와 조화를 이루지 못하는 오늘날의 대량 생산 학교들은 아직도 기계적이고 반복적인 공장식의 학습방식을 강조하고 있다.

급진적이라고 생각되는 부시의 교육 계획도 호기심, 사고, 창의성, 개별성, 기업가 정신 등 지식 기반 경제에 필요한 자질들을 강조하지 않는다. 대신 학교를 효율적으로 운영하는 도구로서 이미 진부해진 틀에 박힌 것들, 즉 표준화된 시험과 학생, 교사를 요구하고 있다.

허위 전환(fake transformation)이라 불릴 만한 것의 또 다른 사례는 9.11테러에 대한 워싱턴 관료들의 대응에서 찾아볼 수 있다. 상당한 예산을 차지하는 내각수준의 부서인 국토방위청(Department of Homeland Security)은 기존의 22개의 피라미드식 관료조직을 하나의 거대한 피라미드 구조에 구겨 넣었다. 산업사회식의 관료체계를 구성한 것이다. 워싱턴은 나름대로 이 방식이 최선이라 생각했다. 이들이 창조한 결과는 셀 수 없이 많은 단위를 가진 수천 개의 더 작은 자치정부와 주정부의 관료조직들을 연결하고 지원해야 하는 거대한 수직 구조의 위계적인 조직체였다. 이와 대조적으로 테러조직은 관료조직보다 훨씬 신속하게 운영된다. 구성원들이 1~2명의 신분만 알고 있는 작고 느슨하게 연결된 망조직으로 구성되어 빠르게 의사결정을 내릴 수 있다. 그들은 민첩하게 치고 달아나거나 자폭하도록 훈련받는다. 알 카에다의 조직 층은 국토방위청과 비교하면 팬케이크만큼이나 얇다. 구성원들은 공무원 노동조합에 가입하지도 않는다.

허위 전환 역시 미국만의 전유물이 아니다. 유럽에도 널리 퍼져 있다. 유럽의 기업과 공공 부문은 그 자체가 산업시대 관료조직의 전형인 EU가 부과한 더 경직되고 증가된 제약에 굴복해야 한다.

[논제 1]

밑줄 친 ①에서 저자가 강조하고 싶은 의미가 무엇인지, '포스트모던 사회에서의 공간의 의미가 인간관계의 변화에 미치는 영향'을 중심으로 설명해 보시오. (600자 내외)

[논제 2]

밑줄 친 ②에 나타난 저자의 주장을, '인간의 경제 활동에서 욕망이 차지하는 비중'을 중심으로 상술하시오. (1000자 내외)

[논제 3]

저자가 말하는 '허위 전환'의 예를 2개 이상 들어 현대 사회의 자기 기만과 현대인의 정체성 불안에 대해 논하시오. (최근 우리나라의 정치적, 문화적, 경제적 사회상에 반영된 고정 관념, 기득권 등을 중심으로 비판적인 고찰을 행하시오. 1200자 내외)

[논제 4]

다음 상자 속 글을 참고로 하여 [제시문]에 나타난 필자의 '변화'에 대한 가치관을 비판적으로 논하시오. (1200자 내외)

그러나 그의 국가의 옛 법률을 위한 헤라클레이토스의 투쟁은 허사였으며, 삼라만상의 덧없음이 그에게 깊은 인상을 주었다. 그의 변화의 이론은 이런 느낌을 나타낸다. '모든 것은 유전한다', '우리는 똑같은 강물에 두 번 들어갈 수가 없다'고 그는 말한다. 환멸을 느낀 그는 현존하는 사회질서가 영원하리라는 믿음을 반박한다. "우리는 '우리에게 쭉 전승되어 온 것과 같은' 좁은 식견으로 키운 아이들과 같이 행동해서는 안된다."

변화에 대한 강조, 특히 사회생활의 변화에 대한 이러한 강조는 헤라클레이토스의 철학에서뿐 아니라 역사주의 일반에 있어서의 중요한 특성이기도 하다. 사물들이 변화하며 왕까지도 바뀐다는 것은 자기의 사회적 환경을 당연하게 받아들이는 자들에게는 특히 심각한 인상을 주는 진리이다. 그 정도는 인정될 수 있다. 그러나 헤라클레이토스적 철학에서 역사주의의 별로 추천할 만하지 못한 특성 중의 하나가 나타나는데, 냉혹하고 변치 않는 운명의 법칙(law of destiny)에 대한 믿음과 결합되어 있는 변화에 대한 지나친 강조가 그것이다.

이런 견지에서 우리는, 처음에는 변화에 대한 역사주의자의 지나친 강조와는 모순되는 것 같이 보이지만, 대부분의 역사주의자들을 특징짓는 하나의 태도에 부딪친다. 우리가 변화에 대한 역사주의자들의 지나친 강조를 변화의 관념에 대한 자신의 무의식적인 저항을 극복하는 데 필요한 어떤 노력의 징후라고 해석한다면, 이러한 태도를 설명할 수 있다. 이것은 또한 그토록 많은 역사주의자들로 하여금 (오늘날까지도) 그들이 전혀 새로운 미증유적 계시를 발견했다고 주장하게끔 한 정서적 긴장상태를 설명해 줄 것이다. 이런 고찰들은 역사주의자들이 변화를 두려워했으며, 변화의 관념을 심각한 내적 갈등 없이는 받아들일 수가 없었다는 가능성을 암시한다. 때로는 역사주의자들이 변화란 변하지 않는 법칙에 의해 지배된다는 관점에 매달림으로써, 안정된 세계의 상실에 대해 그들 자신을 위로하고자 했었던 것 같기도 하다(우리는 심지어 파르메니데스와 플라톤에서는 우리가 살고 있는 변화하는 세계는 하나의 환상이며, 변하지 않는 보다 참된 세계가 존재한다는 이론을 찾아낼 수 있을 것이다).

– 칼 R. 포퍼, 이한구 역, 『열린 사회와 그 적들 1』 중에서

생각해 보기

　　〔논제 1〕은 밑줄 친 ①의 맥락적 의미를 분명하게 해석하고, 그것을 바탕으로, 역사적으로 공간과 인간 사이에 설정된 기본적인 관계가 큰 변화를 보이고 있는 현실에서, 그러한 심층 기반의 변화가 초래하는(혹은 요구하거나 강요하는) 인간 존재의 바람직한(혹은 미래적) 존재 양태가 무엇인가를 생각해 보라는 요구를 하고 있다.

　　그러므로 문제 해결의 핵심적인 열쇠는 바로 밑줄 친 ①의 '이웃이 곧 세계이다'라는 말의 정확한 이해에 있다고 할 수 있다. 그 말이 단순히, 시간을 단축하는 교통수단의 발달이나 공간의 의미를 퇴색시키는 의사소통 수단의 발달(인터넷이나 통신의 발달)을 의미하는 것이 아닐 수도 있다는 발상이 중요하다.

　　앞뒤 문맥을 살피면, 보상이나 대가를 바라지 않고 창조하는 가치에 대한 저자의 강조가 선명하게 드러나 있다. 그 문맥 속에서 '네 이웃을 네 몸처럼 사랑

하라'는 기독교적 윤리관을 읽을 수 있으면 논제를 해결하는 일이 쉬워진다. 거리 개념에 근본적인 변화가 초래되어 가깝고 먼 인간관계 자체가 소멸되고, 따라서 '세계'라는 공간 개념 자체가 없어졌으니, 가장 가까운 이웃에게 잘 하는 것이 곧 (먼 나라에 사는 사람들에게 잘 하는 것이 될 수도 있으니) 세계적인 공헌이 될 수도 있다는 저자의 인식 관심과 논리를 이해해야 한다.

저자는 프로슈밍이라는 비화폐 경제 행위를 '무용(無用)의 유용성(有用性)'이라는 예술론의 전개와 유사한 관점에서 정의내리고 있다. 주변에서 겪고, 보고, 들은 것들을 예시하여 〔주제와 목적에 맞는 상위화제(논제의 해석)〕, 〔참신한 정보로 가득 찬 중심 글감(해석을 뒷받침할 수 있는 사례)〕, 〔적절한 주제의 도출(주장)〕 등의 순서로 글을 써 주면 되겠다.

구체적인 예를 들라고 했으니, 도시민들의 주말 농장이 자급자족의 비화폐 경제 행위에 속하면서 장년층에서 최근 본업과 맞먹는 생활의 비중을 차지하기 시작한 것, 아파트 입주 예정자들의 온라인 모임이 건설회사에 대한 압력단체로 부각되고 있는 것 등의 예를 들어 변화한 '공간의 문제'가 현대인의 삶에 어떠한 변화를 초래하고 있는지를 설명하면 된다.

〔논제 2〕는 〔논제 1〕의 해결이 순탄하게 진행되었다면 크게 어렵지 않게 풀수 있는 문제다. '프로슈머의 생산력'이 본디 물질적인 욕망보다는 비물질적 욕망의 산물이라는 점을 먼저 전제하고, 실물 경제가 선도하는 화폐 경제는 인간의 비물질적 욕망이 지배하는 비화폐 경제에 절대적으로 의존하고 있다는 것을 강조하면 된다. '욕망이 차지하는 비중'을 논하려면, '욕망'을 개념화할 수 있는 선행지식이 요구되는데, 르네 지라르가 말한 '삼각형의 욕망'이나, 라깡의 욕망 모방이론, 나르시시즘(자기만족 부분) 이론 등을 알고 있으면 한결 쉽게 논지를 전개시킬 수 있을 것이다.

욕망은 언제나 비교의 대상이 필요하다는 것, 그것은 모방을 통해 재생산되며 항상 자기 만족감이라는 보상을 요구한다는 것 등을 기술하고, 동호인 집단이나 종교인 집단에서의 초월(해방)지향적 활동들이 비화폐 경제 영역에서 화폐 경제 영역으로 그 활동 범위를 넓혀가는 것도 욕망의 재생산 과정(모방심리)에서 비롯되는 것임을 밝힌다.

비교의 대상들과의 경쟁에서 비롯된 욕망의 문제는 최근 우리 사회에 대두되고 있는 이른바 '명품족'에서 첨예하게 드러난다. 명품을 갖지 못한 자들을 차별적으로 배제함으로써 성취하는 선민의식의 범주화가 명품 선호 욕망의 본질이라는 점, 그리고 그것도 사실은 비화폐경제에서 출발한 것이라는 점 등을 설명하면 될 것이다. 그 이외에도, 주식 시장, 부동산 시장, 광고 시장 등 인간의 욕망이 직접적으로 관계하는 경제 활동 영역에 대한 설명을 덧붙이고(특히, 광고 시장의 '작은 차이가 큰 가치가 되는' 메커니즘에 대한 설명도 덧붙일 수 있다면 좋을 것 같다), 결국 경제 활동의 모든 측면에서 욕망의 문제가 큰 비중을 띨 수밖에 없음을 강조한다.

[논제 3]의 허위 전환 문제가 가장 심각하게 드러나고 있는 부분은 정치, 행정, 교육, 통일 문제 등 공공 분야에서이다. 대통령 선거를 앞두면, 마치 우리 사회의 모든 갈등이 대통령 한 사람의 잘못에서 비롯된 것처럼 호도하는 분위기가 넘쳐흐른다. 대통령 한 사람의 능력이 국가 경제를 좌우할 수 있다고 생각하고 그래서 대통령이 바뀌면 민생 경제가 획기적으로 나아질 것이라고 믿는 사람들도 많다. 그것을 정치적으로 이용하려는 정치인들이 있는 한, 허위전환을 막을 수가 없다.

또, 햇볕정책에 따른 대북 지원이 한반도에서의 핵 갈등을 초래한 것처럼 반공 이데올로기를 복벽(復辟)시키는 매카시즘 분위기도 통일 분야의 대표적인 허위 전환으로 꼽을 수 있을 것이다. 그 외에도 사회, 문화적 차원의 허위 전환도 많이 있을 것이다(노조문제, 취업문제, 주택문제, 교육제도문제, 대학입시문제 등등 자신의 관심에 따라 얼마든지 추가할 수 있을 것이다).

그러한 허위 전환은 우리 사회가 지닌 고질적인 정체성 불안에서 비롯되는 것이다. 불안은 항상 자기기만의 유혹에 노출되어 있다는 점을 강조하면서 끝마무리를 지으면 무난할 것 같다.

[논제 4]는 칼 포퍼의 '역사주의 비판'을 가지고 제시문의 주장을 비판적으로 해석해 보라는 요구이다. 칼 포퍼의 주장에는 지배 계층의 자기 방어 의식이라는 심리적인 측면에서의 논리가 개입되어 있어서 조심스럽게 접근할 필요가 있다. 전제 해석(도입), 전제에 의한 제시문 비판적 검토(전개1), 전제에 대한 비판적 검토(전개2), 논지 전환(전환), 논지 재전환(결론)의 설득을 위해 주장하는 글에서 가장 많이 사용되는, 이를테면 논설문의 고전적인 구성으로 논지를 전개해 보자.

[전제 해석(도입)]

'역사주의'는 칼 포퍼가 적(敵)으로 규정한 것 중의 하나이다. 헤라클레이토스의 '만물은 유전한다'라는 말 속에서 변화에 대한 귀족주의자들의 강박을 읽어내고, 내친 김에 그것을 플라톤의 '이데아론'으로까지 연결시키는 그의 논리는 '역사주의'가 우리 사회를 안으로부터 닫아거는 매우 영향력 있는 자물통이 되고 있다는 자신의 신념으로부터 나온 것이다.

[전제에 의한 제시문 비판적 검토(전개 1)]

상자 속 제시문에서 칼 포퍼가 말한 바처럼 '변화에 대한 신봉'이 '변화의 관념에 대한 무의식적인 저항'을 극복하고자 하는 무의식적인 노력, 즉 자기방어의 매커니즘에 의존하고 있는 것이라 한다면, 비단 역사주의뿐만이 아니라 지상에 존재하는 모든 신앙과 신념들이 결국, 인간이 태생적으로 지니고 있을 수밖에 없는 존재론적 불안과 정서적 긴장 상태를 무마하기 위한 의식, 무의식적 자기방어의 방책들이라고 할 수 있을 것이다.

[전제에 대한 비판적 검토(전개 2)]

그러나 칼 포퍼가 엘빈 토플러가 '제 3의 물결'이나 '부의 미래'에서 설명하고 있는 '미래/현재'를 얼마나 예측할 수 있었을까, 그리고 그러한 '미래학'이 낙양의 지가를 천정부지로 뛰게 하는 오늘날의 현실을 과연 짐작이나 했었을까가 궁금하다. 포퍼가 예측한 대로 모든 전체주의적 조류의 소멸과 함께 하는 인류 사회의 '열린 사회로의 진입'은, 토플러의 설명대로라면, 이미 성공적으로 이루어지고 있는 셈이기 때문이다.

[논지 전환(전환)]

토플러는 포퍼가 말했던 '역사주의자'의 일원일 수도 있다. 그리고 역시 포퍼가 헤라클레이토스의 입을 빌어 말한 바대로, 그는 인류의 태생적인 콤플렉스, 이를테면 '존재론적 불안과 정서적 긴장 상태'를 무마시키는 '변화'라는 노래를 부르는, 또 다른 '음유 시인'이거나 '대중적인 미신을 퍼뜨리는 자'일지도 모른다. 설혹 그렇다손 치더라도, 이제는 '변화' 그 자체가 문제가 아니라 그것의 '속도'가 문제일 뿐이라는 토플러의 외침이 우리의 귀에 생생한 울림을 주고 있음은 부정할 수 없다.

그러나 토플러의 주장이 현실적으로 우리가 제 3세계의 빈곤과 정치적 억압 상태를 생생하게 목격하고 있는 상황에서, 또 다른 '닫힌 사회'의 자기 방어 기전이라는 혐의를 완전히 벗을 수는 없다고 생각된다. 토플러가 말하는 '변화'는 결국 '살아남기 전략'이며 그것은 언제나 가진 자들에게만 유리한 게임이기 때문이다. 낙오된 계층이나 지역에 대한 국가적, 사회적 배려를 고려하지 않는 토플러의 '미래를 내다보는 힘'이 왠지 가진 자의 궁색한 자기변명처럼 들리는 것도 그 때문이다.

| 읽기자료 |

열린 사회와 닫힌 사회

포퍼에 의하면 역사는 열린 사회와 닫힌 사회의 투쟁과정으로 볼 수 있다. 물론 이것이 역사를 해석하는 유일한 관점은 아니다. 하지만, 인류가 지향해 왔고 지금도 추구하고 있는 가치 있는 사회를 제시하는 매우 편리한 패러다임이 되는 것만은 사실이다.

포퍼는 열린 사회(the open society)를 닫힌 사회(the closed society)와 대립적인 성격으로 규정하며, 우리가 인간으로 살아남을 수 있는 유일한 사회라고 정의한다. 그리고 이 열린 사회만이 참다운 과학적 이론의 기초 위에 서 있는 사회이다. 말하자면 그의 열린 사회란, 참다운 과학적 방법으로 그가 제시한 방법론적 개체주의의 원리에 입각해 있는 사회로서, 전체주의에 대립되는 개인주의의 사회며, 사회 전체의 급진적인 개혁보다는 점진적이고 부분적인 개혁을 시도하는 점진주의의 사회이다. 여기에서 우리는 포퍼의 열린 사회의 이념이 고전적 자유주의의 흐름 위에 서 있음을 쉽게 간파할 수 있다.

포퍼가 정의한 닫힌 사회는 불변적인 금기(taboo)와 마술 속에 살아가는 원시적인 부족사회이다. 소위 국가유기체 이론이나 생물학적 이론은 상당한 범위까지 이 닫힌 사회에 적용될 수 있다. 이 사회는 구성원들이 혈족관계에 있고 공동으로 노력하며 기쁨과 고통을 공통으로 나누는 반(半)생물학적 결속으로 함께 묶여 있는 사회이며, 서로 만져 보고 냄새 맡고 바라보고 하는 육체적 관계에 의해 맺어진 개인들의 구체적인 집단이다. 대다수의 구성원들이 사회적으로 높아지기 위해 그리고 다른 사람의 지위를 차지하기 위해 투쟁하는 열린 사회에 반해, 닫힌 사회란 계급투쟁과 같은 것은 존재하지 않는 사회이다. 유기체 속의 세포나 조직은 영양분을 얻기 위해 상호 경쟁할지는 모르나, 다리가 머리가 되고자 한다든가, 몸의 어느 부분이 위가 되고자 하는 선천적인 경향은 없을 것이기 때문이다. 이와 아울러 닫힌 사회는 그 사회의 법률과 관습을 계절의 순환이나 자연의 규칙성과 같이 불가피한 것으로 받아들이는 사회이다. 닫힌 사회는 과학적 태도에 의해서가 아니라 마술적 태도에 의해서 그 성격이 드러난다. 그 사회의 구성원들에겐 그들의 행위를 규제하는 규범을 바꾼다는 것은 감히 생각조차 할 수 없는 일이다.

닫힌 사회의 두 번째 특징은 국가가 크든 작든 시민생활의 전체를 규제하려 드는 점이다. 이것은 개인의 책임을 종족적 터부와 개인에 대한 전체적 무책임에 의해 대체하고자 하는 것이다. 이리하여 모든 규범이 자연의 법칙과 같이 불변적인 것으로 간주되는 닫힌 사회에서는 개인은 무엇이 옳고 그른지에 관해 전혀 독자적인 판단을 내릴 수가 없는 반면에, 국가만이 개인들의 판단에 대해 대답을 제시할 권리를 갖게 된다.

이에 대립되는 열린 사회는 정반대의 특징을 갖는다. 첫째로 열린 사회에서는 행위의 규범들이 고정불변한 것으로 간주되지 않고 필요에 의해서 얼마든지 변경될 수 있는 약속의 체계에 불과한 것으로 간주된다. 둘째로 열린 사회는 개인들이 스스로 판단을 내리고 독자적인 결단을 내릴 수 있는 사회이다.

열린 사회란 사회 구성원 개개인들이 자신의 행위에 대해서 책임을 질뿐만 아니라, 자신의 독자적인 판단을 내릴 수 있는 사회이다. 따라서 어떤 불변의 규범이나 습관 같은 것이 개인들에 부과되는 강제적 사태라는 것은 열린 사회 속에서는 존재할 수가 없다. 열린 사회는 불변의 규칙이나 전통적 권위에 의존하는 것이 아니라, 이성과 자유 및 인간에 대한 박애의 신념에 의존한다. 즉 열린 사회는 각자가 자신의 이성을 사용하여 판단을 내리며, 다른 사람의 자유를 인정하고 형제애 속에 살 것을 동의할 때만 존재하는 사회이다.

- 칼 R. 포퍼, 이한구 역, 『열린 사회와 그 적들 1』 중에서

貳 공자

＊ 다음 제시문을 읽고 주어진 물음에 답하시오.

| 제시문 1 |

공자와 관련된 책에는 늘 안회(顏回)와 자로(子路)가 등장한다. 엉뚱하게도 나는 '주워온 자식'과 '데려온 자식'으로 그들을 자리매김 한다. 안회는 '주워온 자식(업둥이, 입양아)'이고 자로는 밖에서 낳아서 '데려온 자식(전실 소생, 사생아)'이라는 식이다. 본디 입양아에게는 부모의 핏줄 욕심이 개입할 여지가 없다. 그런 관계로 부모는 비교적 평정심으로 아이를 대한다. 그 아이는 그냥 귀엽다. 조금만 노력하면 부모들의 사랑을 독차지 할 수 있다. 핏줄 쪽에서의 과장된 기대나 염려가 없기 때문이다. 그러나 사생아는 그렇지 않다. 부모와의 핏줄 인연에 흠집이 나 있어 자꾸 꼬인다. 투사와 보상심리와 피해의식이 서로 피드백 하면서 과도한 심리 에너지의 손실이 발생한다. 어떤 일에서나 부모 중의 어느 한 쪽에게는 공연히 미워 보일 때가 많다. 늘 무거운 짐과 같은 존재로 남아 있어 곧잘 타박의 대상이 된다.

『논어』를 보면 두 사람의 운명이 딱 그렇다. 안회는 하는 일마다 칭찬이고 자로는 하는 일마다 꾸지람이다. 자로는 그래서 천덕꾸러기다. 적어도 안회와 대비될 때는 그렇다. 그는 언제나 '주워온 자식' 안회에게 눌려 지내고, 미운 오리 새끼처럼 좌중들 앞에서 '데려온 자식'으로 무안을 당한다. 한번은 스승이 안회를 지나치게 두둔하여 안중무인, 다른 제자들을 아예 쳐다보지도 않자 자로가 자기를 좀 봐달라고 간청한다. 그러나 끝내 그 소망은 좌절되고 만다.

　　"선생님께서 삼군(三軍)을 거느리고 출정하신다면 누구와 함께 하시겠습니까?"
　　처음부터 자기 이름이 거론될 것을 기대하고 한 말이다. 그러나 공자는 매정하게 말했다.
　　"맨손으로 범을 때려잡으려 하고, 맨발로 배 없이 황하를 건너려다 죽어도 후회하지 않는 자와는 함께 하지 않을 것이다. 반드시 일에 임해 두려워하고 꾀를 잘 내어 일을 성취하는 자와 함께 하겠다"고 했다.
　　공자에게 가장 충실했던 이 제자는 가엾게도 언제나 남만 돋보이게 하는 보조 역할에 만족해야만 했다.

　　그러나, 공자가 안회만을 사랑했던 것은 아니었다. 자로와 안회는 스승보다 일찍 죽었던 제자들이다. 그들의 죽음을 두고 스승이 보여준 애도는 참으로 절절한 것이었다. 하늘이 자신을 버리는 것으로 여겼고, 아예 식음을 전폐할 정도로 큰 충격을 받은 것으로 묘사된다. '죽음에 임하여서도 비뚤어진 갓끈을 고쳐 매는 예교 문화의 화신'으로 잘 알려져 있는 자로의 죽음은 공자에게 크나큰 고통을 주었다. 늘 꾸지람으로 대하던 제자였지만 스승의 속마음은 그렇지 않았던 것이다.
　　스승은 제자를 대체로 두 가지 방향에서 다룬다. 안회처럼 대하거나 자로처럼 대한다. 보통 자로 같은 제자가 내심 편하고 사랑스러울 때가 많다. 다만 그가 넘칠까 두려워 내색하지 않을 뿐이다. 공자도 '데려온 자식' 자로를 누구보다도 더 사랑했을 것이다. 미우나 고우나, 불쌍한, 어쨌든 자기 핏줄이었기 때문이다.
　　공자에게 '위정지도(爲政之道)'의 실천을 넘어선 '안빈낙도(安貧樂道)'가 하나의 주의(主義)가 되는 것은 그의 나이가 근 60세에 이르렀을 때였다. 그 문맥에서 '60번도 넘게 새롭게 자신을 바꾼' 거백옥(蘧伯玉)[1]에 대한 강조가 등장한다. 공자가 제자들에게 거백옥을 닮자고 한 것은 이미 속세에서 뜻을 거둔 뒤였다. 안

---

1 위나라의 대부. 위나라 영공의 책사 안합(顔闔)에게 당랑지부(螳螂之斧)의 비유를 들어 섣불리 자기를 주장하다가 화를 입게 되는 우를 범하지 말 것을 충고함.

회가 스승과 행장(行藏)을 같이 할 수 있는 유일한 후계자로 지목되는 것도 그 무렵이라는 것. 공자는 예순아홉 살에 겨우 고국의 땅을 다시 밟을 수 있었는데, "위태로운 나라에는 들어가지 말고, 어지러운 나라에는 살지 아니하며, 천하에 도가 있으면 벼슬하고, 도가 없으면 숨을 것이니라"(「泰伯」)라는 평소의 지론을 그때서야 실천에 옮길 수 있었다. 욕심 없이 키워온 '주워온 자식'이 더할 나위 없이 이뻐 보일 때가 바로 그때였다는 것이다.

- 양선규, 『풀어서 쓴 문학이야기』 중에서

| 제시문 2 |

자공(子貢)은 『논어(論語)』의 실제적 주인공이다. 안회(顔回)는 너무 완벽하게 이상화되어있고, 자로(子路)는 최다출연자이기는 하지만 항상 조연의 역할에 머물고 있다. 자공은 자로를 제외하면 『논어』의 최다출연자이다. 그리고 그는 항상 스승 공자(孔子)와 맞대결하면서 깨달음을 축적해가는 주인공적 캐릭터로서 등장한다. 자공이 없으면 『논어』는 무너진다.

공자의 삶이 자로와의 만남과 더불어 시작했고 자로의 죽음과 더불어 끝이 난 것이라면, 공자의 자공과의 만남은 공자의 삶의 크나큰 행운이었다. 공자는 자로와 더불어 죽었지만, 자공과 더불어 부활할 수 있었던 것이다. 위대하다! 자공이여!

자공의 성이 단목(端木)이라는 사실은 아마도 그의 집안이 목재상이었을지도 모른다는 추측을 낳게 한다. 사(賜)라는 명(名)과 공(貢)이라는 자(字)의 연관성에서 알 수 있듯이 그는 원래 위(衛)나라의 조정에 물자를 납품하는 어용상인이었을 것이다. 공자는 자공을 가리켜, "재화를 늘리는데 있어서는 도사! 억측을 해도 번번이 들어맞는다(「선진」 편)."라고 매우 정확하게 세속적인 기술을 하고 있다. 자공은 요즈음으로 말하면 "증권가의 큰 손"이었다. 다시 말해서 공자의 교단은 실제적으로 자공에 의해서 그 재정이 확보되었던 것이다. 자공이 없었더라면 공자 교단의 형성은 어려웠을 것이다. 자공이라는 젊고 영민하며 항상 배움에 게으름이 없는 물주(物主)의 사심 없는 헌신 때문에 공자 교단이 유지된 것이다. 그런데 공자는 자공에 대한 평가에 매우 인색하였다. 그러면서도 결코 자공을 천대하지는 않았다. "군자불기(君子不器)"[2]의 원칙에 비교하면 공자가 자공을 평가하여 "너는 한 그릇에 불과하다"(女, 器也.「공야장」)라고 한 것은 매우 인색한 평가다. 그러나 어떤 그릇이냐고 묻자, "호련(瑚璉)"[3]이라는 찬란한 옥그릇에 비유한 것은 자공의 역할을 충분히 인정한 것이었다.

– 김용옥, 『도올논어 1』 중에서

| 제시문 3 |

천자문에 나오는 '인자은측(仁慈隱惻)'을 맥락을 보충해 좀더 자세히 살펴보자. 보통 그 말은 '인자함과 불쌍히 여기는 마음은' 정도로 해석되지만 그 자형적 의미를 더하면 여러 가지 뜻으로 확장된다.

'어질 인(仁)'자는 '사람 인(人)'과 '두 이(二)'로 이루어졌다. '이(二)'자는 사람이 등에 짐을 지고 있는 모양을 나타낸다. 게다가 '인(仁)'자의 독음은 '참을 인(忍)'자와 같으므로 결국 '인(仁)'의 자형적 의미는 '참고 견디다'가 된다.

'사랑할 자(慈)'자는 '마음 심(心)'과 '검을 자(玆)'로 이루어졌다. '자(玆)'자는 어린 새끼들이 여러 마리인 모양이므로 '자(慈)'자의 자형적 의미는 '새끼를 돌보고 아끼는 어미의 마음'이 된다.

'숨을 은(隱)'자의 좌측 변은 '언덕 부(阜)'이고, 우측 방은 위아래의 두 손이 '장인 공(工)'자를 쥐고 있는 모양과 '마음 심(心)'으로 되어 있다. 위아래의 두 손이 '장인 공(工)'자를 쥐고 있는 모양이란 세공업을 상징하므로 매우 미세하여 잘 보이지 않음을 의미하고, '부(阜)'자는 언덕에 가려 보이지 않음을 뜻한다. 그러므로 '은(隱)'자의 자형적 의미는 '밖으로 드러나지 않은 마음속의 기미'가 된다. 이로부터 '숨다', '가리다' 등의 가차 의미가 파생된 것이다.

'슬플 측(惻)'자는 '마음 심(心)'과 '법칙 칙(則)'으로 이루어졌다. '칙(則)'자는 '세발 솥(鼎)'에 '칼(刀)'로 흠집을 내서 표시를 해놓는다는 뜻이므로 '측(惻)'자의 자형적 의미는 '마음에 흠집을 내다'가 된다. 마음에 흠집을 낸다는 것은 곧 마음에 상처를 받는다는 말과 같으므로 '슬퍼하다'라는 가차 의미가 생겨난 것이다.

– 김근, 『욕망하는 천자문』 중에서

---

2 군자는 일정한 용도에 한정해서 쓰임새가 있어서는 안 된다는 뜻.
3 종묘에서 서(黍), 직(稷)을 담아 받치던 제기 이름.

제시문 〔1〕과 〔2〕에서, '공자가 자로를 냉대한 까닭'과 '공자가 자공을 저평가한 이유'를 밝히시오. 단, 공자의 내면적인 부분이 그러한 '제자를 대하는 태도'에 영향을 미쳤다는 관점을 견지하시오. (400자 내외)

| 논제 2 |

제시문〔1〕과 〔2〕에 나타난 자로와 자공에 대한 공자의 태도와 제시문〔3〕의 내용을 토대로 바람직한 교육자 상에 대해 논술하시오. (1000자 내외. 서론과 결론은 생략하고 주논지만 전개할 것. 제시문의 내용을 명시적으로 인용하여 논거를 제시할 것. 제시문의 내용에 대한 비판적 수용도 가함.)

생각해 보기

〔**논제 1**〕에서 요구하는 '공자의 내면'은 다음과 같다. 먼저 자로의 경우다. 하나는 자로가 여전히 자신의 위정지도를 추종하는 제자라는 것에 대한 불만의 표출이었고, 다른 하나는 제자를 보다 효과적으로 가르치기 위한 방법적 선택(교수법)이었다.

자로가 공자의 '데려온 자식'으로 자리매김 된다는 제시문의 주장은 '주유천하(周遊天下)'로 대변되는 공자의 정치적 야심을 자로가 물려받고 있다는 것을 뜻하는 것이다. 실패한 야심가로서 공자는 그러한 자로와의 정신적인 혈연관계에 대해 애증병존의 양가감정을 드러낸다.

자공의 경우는 '자공의 자질(資質)'이 공자의 교육관으로 볼 때 '고평가'될 수 있는 것이 아니었다는 객관적 측면과 '공자의 콤플렉스'라는 측면, 양 방향에서 설명이 가능하다. '공자의 내면'을 기준으로 할 때는 역시 공자 스스로 '제자에게 업혀 지내야 하는 상황'을 조금 비틀었다고 볼 수도 있을 것이다.

그러한 심리적인 문제와는 별개로, 스승은 사랑을 토대로 제자의 모자라는 부분과 넘치는 부분에 대해 엄히 가르쳐야 한다는 전범을 공자는 보여준다. 자로를 나무라고 타이르는 대목과 자공을 절제시키고 추켜세우는 양가적 태도에서 그것이 여실히 드러난다. 제자의 모자라는 부분과 넘치는 부분이 어디에 있는지를 명확하게 지적하고 있는 인용문의 내용이 그것을 증명한다.

〔논제 2〕의 요구는 '인자은측'을 〔제시문 1〕과 〔제시문 2〕에서 공자가 자로와 자공을 가르쳤던 방법에다 대입을 해 보라는 것이다.

공자가 자로에게 한 것처럼, 교육자는 학생(제자)들의 개별적인 특성을 잘 이해하여 그들에게 필요한 가르침을 베풀 수 있어야 한다. 〔제시문 1〕과 〔제시문 2〕에서는 스승이 자신의 조건(심리적, 경제적)을 학생들에게 투사하지 않아야 한다는 교훈도 발견할 수 있다.

인자은측(仁慈隱惻)은 바람직한 스승의 인성적 자질을 잘 함축하고 있는 사자성어이다. '어질 인'에서 '참을 인'을 읽어내는 제시문의 독법에서 가르치는 자는 언제나 참고 견디며 사랑으로 학생을 가르쳐야 한다는 교훈을 얻을 수 있다. '사랑할 자'의 자형적 의미가 '새끼들을 돌보고 아끼는 어미의 마음'이라는 부분에서는 스승이 부모의 마음으로 학생을 돌보아야 한다는 교훈을 얻는다. '숨을 은'이 '밖으로 드러나지 않는 마음속의 기미'라는 원 뜻을 가지고 있다는 부분에서도 스승이 학생들을 대할 때 어떤 마음이어야 하는지를 배울 수 있다. 겉으로 드러내지 않으면서 늘 학생들의 앞날을 염려하는 참된 스승의 마음을 엿볼 수가 있다. '슬플 측'이 '마음에 흠집을 내다'라는 뜻이라는 것도 마찬가지이다. 스승은 수도 없이 많은 '마음의 흠집'을 지니고 사는 이다. 결론적으로, 바람직한 교육자의 인성적 자질은 '인자은측'의 자형적 의미에 잘 요약되어 있다고 할 수 있다.

| 읽기자료 |

공자의 나라

시라가와 교수의 『공자전』은 공자와 관련된 모든 것을 하나도 남김없이 다 밝혀보겠다는 저자의 의욕이 문면에 가득 차 있는 책이다. 이 방면의 전문가들은 무어라 할지 모르겠지만, 나는 그러한 의욕 그 자체가 좋다. 그래서 한 줄도 빠뜨리지 않고 처음부터 끝까지 다 읽었다. 읽히는 느낌이 좋았다. 글은 맥락을 타야 한다. 눈에는 금방 들어오지 않지만 한번만 더 생각해 보면 금세 '도도한 맥락'의 물결, 혹은 호흡이 느껴져야 좋은 글이다. 이 책은 '도도한 맥락'이 좋았다.

내용은 다르지만 유교적 이념을 다룬 비슷한 책이 또 있다. 역시 일본인이 쓴 책인데, 아직 번역은 되지 않았다. 유교가 여전히 우리를 지배하는 강력한 이데올로기라는 것을 구명하고 있는 책이다. 치기가 어려 있기는 하지만, 외국인이 보았을 때 우리가 어느 정도 유교적으로 해석될 수 있는지 가늠해 볼 수 있는 내용이다. 앞서의 『공자전』처럼, '맥락'을 느낄 수 있을 정도의 책은 아니지만 역시 참조는 될 만한 책이었다. 저자는 한국에서 8년 동안 유학을 하고 귀국한 동양철학자이다.

〈理〉의 죽음과 재생의 한국사

또 해방 후의 역대 대통령은 취임하기만 하면 「부정부패의 척결」이라는 명분 아래 구시대의 '부패한 理'에 기생하고 있는 오탁(汚濁)한 세력을 배제하고 이 나라를 신선하며 청결한 理로 소생시킬 것을 국민 앞에 맹세했다. 실제로 정권이 교체될 때마다 이 나라에서는 「조국근대화」「유신」「민족중흥」(박정희), 「선진조국창조」「정의사회구현」(전두환), 「보통사람의 시대」(노태우), 「신한국창조」(김영삼), 「제2의 건국」(김대중) 등과 같은 슬로건 아래, 명확하게 시대를 획(劃)하기 위한 안들을 제시해 왔다. 실제로 변혁이 모두 슬로건처럼 화려하게 수행된 것은 아니지만 연속성이 아니라 단절성을 강조한 점이 중요하다.

예를 들면 김영삼은 「역사 바로 세우기」라 칭하며 과거에 대한 도덕지향적 재해석·새로 쓰기 사업을 시행했다. 이것은 역사적 사실로서의 '氣'를 해석하는 '理'를 바꾸어 그 새로운 理로 역사를 새롭게 기술하는 것이다. 또 그들의 등장 자체가 획시대적(劃時代的)이었다. 이승만(1875~1965)은 건국을, 박정희는 군사 쿠데타를, 전두환은 하극상을, 노태우는 대통령 직접선거제를, 김영삼은 문민정권을, 김대중(1925~)은 선거에 의한 평화적인 정권교체를 각각 수행했으며 그때마다 한국은 시대를 바꾸었던 것이다.

〈理〉의 민중과 〈氣〉의 민중

그렇다고는 하지만 이들 변화는 그 전부가 순수하게 「위에서부터」 이루어진 것은 아니었다. 「아래로부터」의 힘이 「위로부터」의 힘을 견제하고 부정하고 때때로 분쇄하여 역사를 움직이는 주체가 되어 왔던 것이다. 그러나 「아래로부터」의 힘이라고 한마디로 말해도 그 내용은 천차만별이다. 재야 지식인, 학생, 중산 계층 등, 그 대부분은 '사대부지향' 혹은 '선비지향'으로 몸을 무장한 세력이었다. 이 세력과 민중이 일체화되어 권력 즉 역사의 전횡을 막아왔다고 한다. 그렇다면 대체 「민중」이란 무엇인가?

'理氣'적 관점에서 말하자면 그것에는 크게 두 가지 측면이 있다. 하나는 무언·무욕·천진함·무심·무지의 존재이며, 사회 하층에서 검소하고 청결하게 살아가는 무구(無垢)한 객체이다. 이것은 '氣의 민중'이라 부를 수 있다. 무욕이라는 점에서는 그 '氣'는 맑지만 무지라는 점에서는 탁하다. 이에 대해 또 하나의 측면은 사회적 모순을 가장 첨예하게 체현한 계급, 그래서 역사의 정당한 전개를 가장 잘 추진할 수 있는 세력, 즉 무구한 주체이며 '理'의 민중이라 할 수 있다. 민주화 운동이 한창이었을 무렵, 이것은 혁명의 주체라는 역할을 부여받았던 것이다.

〈理〉의 민중과 〈氣〉의 대중

그런데 이 민중과 닮았으면서도 다른 것으로 「대중」이 있다. 민중은 주체이든 객체이든 어쨌든 무구한 존재였다. 농민·노동자·도시 영세민 등, 권력에 억압·수탈·소외된 선량한 백성이었다. 그것에 반해 대중이란 '욕망＝氣' 쪽의 존재이며 '氣가 탁한 객체'로 인식된다. 민중은 이념에 따라 지배·통제하기 쉽고 대중은 이념에 따라 지배·통제하기 어렵다. 민중은 이념을 믿지만 대중은 이념을 믿지 않기 때문에. 그래서 정치권력을 추구하는 운동체에게 있어서 민중은 바람직한 존재이고 대중은 멀리해야 할 존재였다.

또 대중은 욕망으로 지배·통제하기 쉽고 민중은 욕망으로 지배·통제하기 어렵다. 대중은 욕망에 살지만 민중은 욕망에 살지 않기 때문에. 그 때문에 경제적 헤게모니를 목적으로 하는 기업체에게 있어서 대중은 바람직한 존재이며 민중은 멀리해야 할 존재이다.

이처럼 민중과 대중을 둘러싸고 정치 운동체와 경제 활동체 사이에는 날카로운 대립이 전개되고 있다.

민중의 시대에서 대중의 시대로

80년대에는 「민중민주주의」세력이 찬연한 성과를 올려 '理'의 민중은 빛나고도 성스러운 정치적 상징이 되었다. 민중은 한국의 「기층(基層)」「기축(基軸)」이라 불렸으며 「민중사」「민중사회학」「민중경제학」「민중문학」이 연구되었다.

독재권력과 폭력적 자본, 종속을 강요하는 외세에 포위된 시대에 민중을 성화(聖化)할 필요성이 있었던 것이다. 이 시기 민중은 정의의 담당자로서 '理 쪽'이었으며 대중은 욕망의 담당자로서 '氣 쪽'이었다. 그러나 80년대 말, 민주화가 일단 달성되면서 민주화의 중심세력이었던 민중은 역사의 표면에서 자취를 감추고 그 대신 대중이 등장하게 된다. 민주화란 민주주의라고 하는 '理'의 관철인 동시에 개(個)를 억압하는 '理'의 해체이기도 했다. 보편보다도 개별이 강조되며 권위적 도덕보다 자유와 욕망이 긍정된다. 90년대 한국의 최대 변화는 '욕망=氣' 쪽인 대중이 신자본주의의 '理'를 획득하여 사회적 주체로서 인정받았다는 것이다. 그러나 90년대 말의 경제 위기로 인해 대중의 빛도 둔해갔다. 그렇다면 다음에는 대체 무엇이 한국사의 주체가 될 것인가? 「시민」인가? 아니다. 역시 「국민」 「민족」일 것이다. (오쿠라 키조(小倉紀藏), 『한국은 하나의 철학이다』 중에서)

『공자전』 이야기에 객이 끼어들어 오히려 더 긴 말을 늘어놓고 말았다. 저자는 민중과 대중의 차별화를 통해 한국 사회의 변화를 이기철학적 관점에서 설명한다. 그가 보기에는 '氣'가 '理'의 일방적 독주를 막아낼 수 있는 사회, '氣'와 '理'의 변전(變轉)이 자유로운 사회가 건전(건강)한 사회이고, 우리 사회도 차츰 그런 방향으로 나아가고 있다고 생각하는 것 같다(혹은 그 반대인 것 같기도 하다). 어제의 '氣'였던 대중이 오늘의 '理'로 나아갔다는 설명에서 그런 맥락이 느껴진다. 우리보다는 일본이 그런 측면이 더 강한 것 같기도 하다. 일본에는 거대한 '理'를 가운데 두고 온갖 잡다한 '氣'들이 차별성 없이 공존공생하는 묘한 '포섭적 세계관'이 있다. 스모판을 보더라도 그런 나름대로의 '천하(天下)'의식이 존재한다는 것을 금방 느낄 수 있다. 그러나 결국은 야마토주의일 뿐이다. 그래도 자기들은 안 그런 줄 아는 것이 일본인의 '힘'이다. 그게 묘하다.

미시마 유키오의 『금각사』와 시라가와의 『공자전』, 오쿠라의 『한국은 하나의 철학이다』 등은 일본을 이해하는 몇 개의 키(key)를 제공한다. 그 열쇠들을 동시에 자물통에 꽂고 돌려야 일본인의 심성을 엿볼 수 있는 창이 열린다. 일본 문화에는 '어떠한 이분법도 지배할 수 없는' 그 무엇이 있다. '理'에 대항하는 '氣' 연합군 같은 것이 있다. 누구는 그것을 '상하가 분리된 채 공존하는 문화'의 발달로 설명하는 것도 보았지만, 그것을 '상하(上下)관념'으로 해석하는 것에는 무리가 있다고 나는 생각한다. 무엇인가 그들을 움직이는 것이 표면적으로는 중심과 주변으로 나뉘지만, 그 '힘'은 대등하다는 것

정도가 내가 이해하고 있는 그들의 심성의 구조다. 어떻든, 그렇게 '공존의 미학'으로 꾸려나가는 것이 그들의 장점이라면 장점일 것이다.

– 양선규, 『풀어서 쓴 문학이야기』 중에서

参 예술

＊ 다음 제시문을 읽고 주어진 물음에 답하시오.

| 제시문 1 |

  내가 그리고 있는 두 장의 그림은 빚을 못 갚아 감옥에 간 죄수들과 그 가족들이 술탄의 은전(恩典)으로 구제되는 장면을 묘사하고 있다. 나는 내가 실제로 본 의례 장면처럼 은화로 가득한 자루들로 뒤덮인 카펫의 한쪽 구석에다 술탄을 그렸다. 술탄의 뒤쪽에는 재무 대신 앉히고, 그가 손에 들고 있던 채무자 목록을 술탄에게 건네는 모습을 묘사했다. 또 사슬로 목을 묶어서 서로서로 엮어 놓은 죄수들이 고통으로 얼굴을 찡그리고 눈썹을 치키는 모습, 눈물을 흘리는 모습도 그려 넣었다. 술탄이 그들을 감옥에서 꺼내주면서 은화 자루를 열어 호의를 베풀면 모두들 행복에 겨워 기도와 시를 읊는다. 이에 장단을 맞추는 우드와 탬버린은 빨간색으로 칠했다. 빚더미에 올라앉은 사람들의 고통과 부끄러움을 잘 표현하기 위해서 나는, 의도적으로 그랬던 것은 아니지만 죄수들의 행렬의 마지막 줄에 있는 죄수 옆에 그의 아내와 딸도 그려 넣었다. 너무도 가난한 죄수의 아내에게는 추레한 보라색 옷을 입혔고, 슬픔에 차 있음에도 불구하고 여전히 아름다운 딸의 기다란 머리채에는 빨간 두건을 씌어 주었다. 그걸 그리

면서 나는 사슬에 묶인 채무자들을 어떻게 두 장에 걸쳐 줄줄이 그려 넣었으며, 그림 안의 빨간색에는 어떤 비밀스러운 의미가 숨겨져 있는지, 가장 자리에 그려 넣은 개와 술탄의 공단 겉옷을 왜 같은 색으로 칠했는지를 아내에게 웃으면서 얘기해 주었다.

(… 중략 …)

당신들이 던지는 질문을 들었다. 색이 된다는 것이 무엇을 의미하느냐고?

색은 눈길의 스침, 귀머거리의 음악, 어둠 속의 한 개 단어다. 수천 년 동안 책에서 책으로, 물건에서 물건으로 바람처럼 옮겨 다니며 영혼의 말소리를 들은 나는, 내가 스쳐 지나간 모양이 천사들의 스침과 닮았다고 말하고 싶다. 나는 여기에서 당신들의 눈에 말을 걸고 있다. 이것이 나의 신중함이다. 그리고 다른 한편 동시에 나는 공중에서 당신의 시선을 통해 날아오른다. 이것이 나의 가벼움이다.

나는 빨강이어서 행복하다! 나는 뜨겁고 강하다. 나는 눈에 띈다. 그리고 당신들은 나를 거부하지 못한다.

나는 숨기지 않는다. 나에게 있어 섬세함은 나약함이나 무기력함이 아니라 단호함과 집념을 통해 실현된다. 나는 나 자신을 밖으로 드러낸다. 나는 다른 색깔이나 그림자, 붐빔 혹은 외로움을 두려워하지 않는다. 나를 기다리는 여백을 나의 의기양양한 불꽃으로 채우는 것은 얼마나 즐거운 일인지! 내가 칠해진 곳에서는 눈이 반짝이고, 열정이 타오르고, 새들이 날아오르고, 심장 박동이 빨라진다. ①나를 보라, 산다는 것은 얼마나 아름다운가! 나를 보시라, 본다는 것은 또 얼마나 아름다운가! 산다는 것은 곧 보는 것이다. 나는 사방에 있다. 삶은 내게서 시작되고 모든 것은 내게로 돌아온다. 나를 믿어라!

- 오르한 파묵, 이난아 옮김, 『내 이름은 빨강』 중에서

| 제시문 2 |

이리하여 나는 또 한 가지 중요한 것을 알게 되었다. 이 어린 왕자가 살던 별이 집 한 채보다 조금 클까말까 하다는 것이다.

나는 그것을 별로 이상하게 생각하지는 않았다. 지구, 목성, 화성, 금성같이 사람들이 이름을 붙인 큰 떠돌이별들 외에도 다른 떠돌이별이 수백 개가 있으

며, 어떤 것은 너무 작아서 망원경으로도 보기가 힘들다는 것을 잘 알고 있었으니까.

천문학자가 그런 별을 하나 발견하면 이름 대신 번호를 붙여준다. 예를 들면 '소혹성 3251호'라고 부르는 것이다.

나에겐 어린 왕자가 살던 별이 소혹성 B612호라고 믿을 만한 상당한 이유가 있다. 이 소혹성은 1909년에 터키의 천문학자가 망원경으로 한 번 보았을 뿐이다.

이 천문학자는 그때 국제 천문학회에서 자기 발견에 대해 훌륭한 증명을 했었다. 그러나 그의 옷 때문에 아무도 그의 말을 믿지 않았었다. 어른들이란 이런 식이다.

소혹성 B612호의 명성을 위해서는 다행한 일로, 터키의 어떤 독재자가 국민에게 양복 입기를 명하고, 거역하는 자는 사형에 처한다고 했다. 이 천문학자는 1920년에 멋진 양복을 입고 다시 증명을 했다. 그랬더니 이번에는 모두들 그의 말을 믿었다. (어른들이란 이런 식이다?)

소혹성 B612호에 대해서 이렇게 자세히 이야기를 하고, 그 번호까지 알려준 것은 어른들 때문이다. 어른들은 숫자를 좋아한다. 어른들에게 새로 사귄 친구 이야기를 하면 어른들은 제일 중요한 것은 도무지 묻지 않는다. 어른들은 '그 친구의 목소리가 어떠냐? 무슨 장난을 좋아하느냐? 나비를 수집하느냐?' 이렇게 말하는 일은 절대로 없다. '나이가 몇이냐? 형제가 몇이냐? 몸무게가 얼마냐? 그 애 아버지가 얼마나 버느냐?' 하는 것이 어른들이 묻는 말이다. 그 대답을 듣고서야 그 친구를 아는 것으로 생각한다. ②만약 어른들에게 '창틀에는 제라늄이 피어 있고 지붕에는 비둘기들이 놀고 있는 아름다운 붉은 벽돌집을 보았다……'고 하면 어른들은 그 집이 어떻게 생겼는지 상상하지 못한다. '10만 프랑짜리 집을 보았다.'고 해야 그들은 '참으로 훌륭하구나!' 하고 감탄한다.

이와 같이 '어린 왕자가 무척 아름다웠고, 웃었고, 양을 가지고 싶어 했다는 것이 그가 있었던 증거가 된다. 누가 양을 가지고 싶어 하면 그 사람이 있는 증거가 된다.'고 어른들에게 말하면 그들은 어깨를 들먹이며 우리를 아이로 취급할 것이다! 그러나 '그가 떠나온 별은 소혹성 B612호이다.'라고 하면 그들은 우리의 말을 알아들을 것이고, 또 여러 가지 질문으로 귀찮게 굴지도 않을 것이다. 어른들은 그런 것이다. 그것을 가지고 그들을 나쁘게 생각해서는 안 된다. 어린이들은 어른들에 대해서 아주 너그러워야 한다.

그러나 인생을 이해하는 우리들은 당연히 번호 같은 건 대수롭게 여기지 않는다. 나는 이 이야기를 옛날이야기처럼 시작하고 싶었다.

'옛날에 자기 몸보다 좀더 클까말까 한 별에 사는 어린 왕자가 있었습니다. 그 왕자는 친구가 그리웠습니다……' 인생을 이해하는 사람들에게는 이것이 훨씬 더 진실한 느낌을 주었을 것이다.

왜냐하면 나는 사람들이 이 책을 건성으로 읽는 것이 싫다. 이 추억을 이야기하자니 많은 설움이 복받쳐 오른다. 내 친구가 양을 가지고 떠나간 것이 벌써 여섯 해가 된다. 지금 여기에다 그의 모습을 그려보려는 것은 그를 잊지 않기 위해서이다. 친구를 잊는다는 것은 슬픈 일이니까. 누구나 다 친구를 가졌던 것은 아니다. 그리고 나도 숫자밖에는 흥미가 없는 어른들처럼 될 수도 있을 것이다. 내가 그림물감 상자와 연필들을 산 것도 바로 이 때문이다. 그림이라고는 여섯 살 때 속이 들여다보이는 보아구렁이밖에는 그려본 일이 없는 내가, 이 나이에 그림을 다시 시작한다는 것은 힘이 드는 노릇이다. 물론 될 수 있는 대로 비슷한 초상을 그려보기는 하겠다. 그러나 꼭 성공하리라고는 생각지 않는다. 이 그림은 괜찮게 되는데 저 그림은 근사하지가 않다. 키도 조금 틀린다. 여기는 어린 왕자가 너무 크고, 저기는 너무 작다. 또 옷 빛깔에 대해서도 망설여진다. 그래서 이렇게 저렇게 그럭저럭 더듬거려 본다. 끝으로 나는 더 중요한 어떤 부분을 잘 못 그릴 것이다. 그러나 그것은 용서해 주어야 한다. 내 친구가 도무지 설명을 해주지 않았기 때문이다. 아마 나도 자기 같은 줄로 생각했던 모양이다. 그러나 나는 불행히도 상자 속에 든 양을 꿰뚫어보지는 못한다. 나도 아마 좀 어른들처럼 된 모양이다. 아마 늙었나보다.

- 생떽쥐베리, 『어린 왕자』 중에서

| 제시문 3 |

또 한 권, 『나의 라디오 아들』(바바라 러셀, 윤미연 역, 한언, 2004)을 읽다가, '좋아하는 것을 반복해서 하고자 하는 것은 인간의 자연스런 본성이다'라는 생각을 더욱 굳히게 되었다.

나는 정보와 지식을 좋아하고 컴퓨터를 아주 좋아한다. 나는 사람들과 약간의 시간을 보내는 걸 좋아한다. 너무 많은 시간이 아니라 약간의 시간을. 나는 라디오와 관련된 건 뭐든 좋아한다. 라디오를 듣는 것과 빈 스컬리나 디멘토 박사의 흉내를 내는 것. 또한 나는 내 방에서 테이프를 만드는 것을 아주 좋아한다. 그리고 나는 지금도 여전히 같은 책들을 계속 다시 읽는다. 단지 내가 그것들을 좋아하기 때문에. (325쪽)

아스퍼거 증후군 장애[1]를 겪고 있는 벤(33세, 저자의 아들)이 쓴 글이다. 물론 이 책의 내용은 아이를 키우는 부모라면(특수아든 아니든) 누구나 한 번은 읽어볼 만한 것이라고 할 수 있다. 10년 전쯤, YMCA 쪽에서의 부탁으로 그와 유사한 책의 윤문(문장을 다듬는 것)을 맡은 적이 있었다. 워낙 참고할 만한 책이 없어서 부모들이 직접 나서서 번역을 하고 내가 윤문을 맡았던 것이다. 그래서 본문의 내용이 오히려 낯이 익었다. 오히려 '반복'이라는 것이 눈길을 끌었다. ③'나는 지금도 여전히 같은 책들을 계속 다시 읽는다. 단지 내가 그것들을 좋아하기 때문에'라는 말이 큰 울림을 지닌 채 가슴에 들어와 박혔다. 별반 특별한 내용도 아니면서 그 생각이 왜 여태 들지 않았을까 하는 아쉬움이 진하게 뒤따랐다. 아마 너무 평범한 진리였기 때문에 더 그랬던 것 같았다. 아이들은 보통 재미있게 읽었던 책을 계속해서 반복해 읽는 경향이 있다. 그것이 '날마다 발전하는 아이를 보고자 하는' 부모들과 늘 갈등을 빚는다. 학부모들을 대상으로 한 강연 같은 데에서 자주 듣게 되는 아주 흔한 이야기 소재 중의 하나가 그것이다.

– 양선규, 『풀어서 쓴 문학이야기』 중에서

| 제시문 4 |

미셸 투르니에(Michel Tournier)가 '여행을 하는 동안의 여정, 일상생활의 크고 작은 사건들, 날씨, 철따라 변화하는 집 정원의 모습, 집에 찾아오는 손님들, 운명의 모진 타격, 흐뭇한 충격'들을 적은 것을 '외면 일기(journal extime)'라 칭한 것이 흥미롭다. ④'자신들의 내면적 상태 같은 것에는 별로 신경을 쓰지 않는

---

[1] 자폐증의 일종. 의사소통이나 지능상의 특별한 장애보다는 친구를 사귀지 못하고 한 가지 주제에 몰두하는 등의 자폐적 성향을 보임.

수공업자들과 농사꾼들'처럼 산다는(그것은 전적으로 작가의 말이다) 그의 내면이 다소곳하게 잘 드러나 있다. 스스로는 지난날의 소박한 시골 귀족들이 추수, 아이들의 출생, 결혼, 초상, 날씨의 급변 등을 적어두곤 했던 '출납부'와 비슷한 것이라고 말하고 있지만, 한 줄 한 줄 그의 내공(內功)이 배어있지 않은 곳이 없다. 그 행간에서 마음을 비워낼 것을 권하는 그의 정감 어린 어조가 매우 순(順)하다. 어쩌면 이렇게 내 생각과 닮아 있나(좀 어색하지만 이건 과장도 엄살도 아니다)? 내가 이 독서일기를 처음 마음먹었을 때도 아마 그런 생각이었을 것이다(과연 그렇게 되고 있는지는 자신할 수가 없다). 그런 연유로 그의 『외면 일기』가 더 재미있게 읽히는 모양이다. 그가 머리말에서 밝히고 있는 '물(物)에 순응하는 삶의 태도'를 한번 보자. 마음을 비워내고, 현실을 제대로 볼 것을 권하는 그의 말투에서 노현자(老賢者)의 그것을 느낀다.

> "나는 나의 창문을 열고 문밖으로 나설 때 비로소 영감을 얻는다. 현실은 나의 상상력의 밑천을 훨씬 상회하는 것이어서 끊임없이 내게 경이와 찬미를 자아낸다. 발견, 고안, 창조. 이 세 가지 과정 사이에는 심오한 친화력이 있다. 고안(inventer)은 어원적으로 '향하여 나아가다(invenire)', 즉 발견하고 창조한다는 뜻이다. 법률 용어로 보물을 '발견'하는 사람을 그 보물의 '고안자(inventeur)'라고 부른다는 사실에 주목할 필요가 있다. 사실 그가 개입하기 전까지는 그 보물이 존재하지 않은 것이다. 소급 효력을 가지면서 그것을 존재하게 하는 것은 바로 그의 발견이다. 고장과 풍경들의 경우도 이와 마찬가지다. 그것들을 바라보는 시선이 없었더라면 그것들은 과연 존재했을 것인가?" (미셸 투르니에, 김화영 옮김, 『외면 일기』 중에서)

'외면 일기'는 물론 안팎이 하나가 되는 경지를 뜻하고 있다. 나이 들어서도 굳이 안과 밖을 나누어 보는 것은 '추한 일'이 될 수도 있다는 생각이 들 때가 많다. 살다보면 비슷한 일을 하는 이들이 꽤 있다. 나도 지금 그런 글을 쓰고 있는 중이다. 다만 '외면 일기'가 추구하는 경지를 넘볼 수 있을지는 미지수다.

- 양선규, 『풀어서 쓴 문학이야기』 중에서

| 논제 |

〔제시문〕의 밑줄 친 ①, ②, ③, ④는 예술의 본성에 대한 제시문 필자의 관점을 드러낸 것으로 볼 수 있다. 각 〔제시문〕의 내용을 참조하여 '삶과 예술적 본질의 관계'에 대해 논하시오. (1000자 내외)

생각해 보기

〔논제〕의 요구에 따라 밑줄 친 ①, ②, ③, ④의 **문맥적 의미**를 살펴보면 다음과 같다.

①은, 인간의 정열(情熱), 혹은 삶의 디오니소스적인 측면이 예술과 접맥되는 정황과 시각과 예술(회화적 요소)의 관계, 그 중에서도 특정한 색(빨강 - 삶의 열정)의 지배성에 대해서 말하고 있는 부분으로 읽을 수 있다. 인생을 아름다운 것으로 여기며, 그것을 화려하고, 장엄하고, 역동적이고, 열정적인 그 무엇으로 채색할 때 진정한 삶의 의미가 부여된다는 저자의 인생관이 요약적으로 제시되고 있다. 그러한 관점에서 색(色), 그 중에서도 '빨강'이라는 색이 가장 '볼만한 색'임을, 그 모든 것의 지배자임을, 저자는 강조한다. 삶은 예술(시각 - 색채 - 빨강)에서 시작되고 예술로 마감된다는 예술지상주의적 관점이 노정되고 있다.

②는, 구체적 형상화를 바탕으로 한 예술의 현실 재현 능력과 관련이 있다. 예술은 개념적으로 요약하지 않고 보이는 것을 그대로 묘사한다. 인간이 만든 개념 속에는 그의 세속적인 욕망이 개입되어 있으므로 '인생의 진실'을 찾고자 하는 예술은 그것을 배제한다. 그리고 무엇이 인간을 행복하게 하는 것인지를 정확하게 드러내고자 한다. 생각되어지는 것이 아니라 보여지는 대로 그린다는 인상파적인 예술관이나 러시아 형식주의자들의 '낯설게하기'를 연상시켜주는 대목이기도 하다.

③은, 예술의 반복 지향성을 시사하는 부분이다. 예술의 양식에는 규범적 양식과 비규범적 양식이 있다. 규범적 예술양식은 주제적 측면, 구성적 측면, 문체적 측면에 있어서 정해진 규범을 준수한다. 옛날이야기들이 같은 주제를 같은 사건·사물적 요소로 반복하고 있는 것이 그 예가 된다. '반복'은 인간이 유한적인 인생을 무한적인 인생으로 확장시키는 한 방법이었다. 예술의 반복 지

향성은 바로 그러한 철학적인 내포를 지니는 것으로 예술의 중요한 본성 중의 하나이다. 아이들의 '발전성 없는 독서 태도로서의 반복적 독서'에 대해 고민하던 제시문의 필자가 좀더 큰 테두리 안에서 문제 해결의 실마리를 찾게 되는 과정이 그러한 예술의 반복 지향성에 대한 시사로 읽히고 있다.

④는, 진정한 예술가의 삶이 보여주는, 겸허하고 진솔한 내외일치(內外一致)의 경지에 대한 언급이다. 아울러 리얼리즘적인 예술 태도도 보여주고 있다.

이상의 논의를 바탕으로 〔논제〕의 요구에 응하면 된다. 반복과 재현, 그리고 열정과 겸허함이라는 두 가지 예술적 본성과 두 가지 예술가적 삶의 태도를 중심으로 '삶과 예술적 본질의 관계'를 논하고 그것이 곧 인생의 본질과 맞닿아있다는 것을 강조하면 된다. 반복이 곧 삶의 한 패턴이며 동시에 예술의 패턴이기도 하다는 것, 그리고 모든 삶과 예술은 무엇인가를 '보여주고, 보는 행위'를 떠나 존재할 수 없다는 것을 빠트리지 않고 논하는 것이 핵심이다.

| 읽기 자료 |

프라자파티

다음은 창조주인 프라자파티가 그의 자손들과 나누는 대화이다.

프라자파티의 세 종류의 자손들—신들, 사람들, 악마들—은 신성한 지식을 배우는 학생들로서 그들의 아버지 프라자파티와 함께 살았다.

신들은 신성한 지식을 배우는 학생의 삶을 살고 난 후 말했다. "스승님, 우리에게 말씀해 주십시오." 그러자 그는 그들에게 단 한 마디, "다!"라고 말했다. 그리고는 "너희들은 알아들었느냐?"라고 물었다. 그러자 신들이 대답했다. "알아들었습니다. 스승님은 우리에게 '감정을 억제하라'라고 말씀하셨지요." "그랬지! 그대들은 정말로 이해했구나." 프라자파티는 만족한 표정으로 그렇게 말했다.

그리고 나서 사람들이 말했다. "스승님, 우리에게 말씀해 주십시오." 그러자 그는 그들에게 단 한 마디, "다!"라고 말했다. 그리고는 "너희들은 알아들었느냐?"라고 물었다. 그러자 사람들이 대답했다. "알아들었습니다. 스승님은 우리에게 '베풀어라'라고 말씀하셨지요." "그랬지! 그대들은 정말로 이해했구나." 프라자파티는 만족한 표정으로 그렇게 말했다.

그리고 나서 악마들이 말했다. "스승님, 우리에게 말씀해 주십시오." 그러자 그는 그들에게 단 한 마디, "다!"라고 말했다. 그리고는 "너희들은 알아들었느냐?"라고 물었다. 그러자 악마들이 대답했다. "알아들었습니다. 스승님은 우리에게 '가엾게 여겨라'라고 말씀하셨지요." "그랬지! 그대들은 정말로 이해했구나." 프라자파티는 만족한 표정으로 그렇게 말했다.

여기에서 신성한 목소리 천둥이 반복하여 말한다. 다! 다! 다! 즉, 감정을 억제하라, 베풀어라, 가엾게 여겨라. 우리는 이 세 가지 일(자제, 봉사, 동정)을 실천에 옮겨야 한다.

– 『브리드하다라나카 우파니샤드』 중에서

문학의 죽음

믿을 만한 정보를 얻는 방식의 변화는 천천히 그리고 불완전하게 이루어졌다. 여기에는 개인적이고 사회적인 엄청난 불안감이 연루되어 있었다. 미묘한 구별과 추상적인 개념을 지닌 플라톤의 철학은, 에릭 해블록이 밝혀놓았듯이 알파벳 글쓰기의 산물이다. 그것은 그 무렵의 그리스에서 구술담론을 대신하여 지식의 지배적인 양식으로 자리를 잡아가고 있었다. 소크라테스의 대화는 이런 급진적인 문화적 변화에 의해 파생된 강렬한 불안감을 기록하고 있다. 그리고 아테네에서의 이러한 변화는 새로운 글쓰기의 견해를 대표하는 철학자의 처형이라는 결과를 가져왔다. 상황이 그렇게까지 이른 것은 과도기적 시기에 커다란 책임이 있다. 이 시기에 소크라테스는 이야기를 나누는 상황, 즉 대중 토론과 이야기의 방식으로 여러 주제들이 논의되는 대화적 교수–학습 상황에 강조점을 두었다. 하지만 그 대화가 플라톤에 의해 글로 기록됨으로써 변증법적인 질문과 증명을 위한 기회를 제공해 줄 수 없는 죽은 지식이 되는 아이러니가 발생한 것이다.

그 후 수세기 동안 사람들은 씌어진 글의 권위를 받아들이는 것에 익숙해졌다. 필사 문화가 끝나갈 무렵, 마지막 사자실(寫字室) 중의 하나를 책임지고 있었던 수도원장 존 트리테미우스는 손으로 쓴 글이 언제나 인쇄된 글보다 더 의미 있다고 생각했다. "인증된 텍스트를 베껴쓰면서 필사자들은 점차 신성한 신비 속으로 빠져 들어가고 기적과도 같은 깨달음을 얻게 된다. 손으로 옮겨 쓰고 읽는 데에는 많은 시간을 들여야 하기 때문에, 한 글자 한 글자가 우리의 마음속에 보다 뚜렷하게 각인되는 것이다."라고 그는 말했다.

그러나 변화는 막을 수 없었다. 구시대의 모든 의사소통 방식이 여전히 남아 제 역할을 하는 동안, 서서히 새로운 방식이 정보를 얻는 가장 유용하고 믿을 만한(그리고 얼마 뒤에는 가장 진실된 방법으로 인정받는) 방법으로 자리를 잡기 시작했다. 인쇄혁명은 1400년대 중반부터 시작되어 즉시 문화 전반에 영향을 미치기 시작했다. 법전이나 번역 성경 등과 같은 인쇄 서적의 문화적 효과는 즉시 나타났다. 하지만 오랜 구술 담론 사회가 완전히 활자 문화로 탈바꿈한 것은 18세기에 들어서였다. 사소하지만 의미 깊은 실례로, 극장표나 결혼 서약서 그리고 약정서 같은 일반 문건들이 인쇄되기 시작한 것도 바로 그때부터였다.

그러나 언제부턴가 책을 보관하는 건물들, 거대한 도서관이나 대학 등은 중세의 성채처럼 점차 낯설고 기이하게 느껴지고 있으며, 비능률적이고 비경제적인 것이 되었다. 인쇄된 책이 야기한 커다란 사회적인 문제들, 즉 문학성, 검열, 창조성, 외설, 표절, 저작권, 표현의 자유 등등은 마지막 불꽃을 태운 후에 한낱 환상으로 변해가기 시작했다.

오랜 읽기와 쓰기를 통해 어떤 최종적인 진리에 도달할 것이라는 꿈, 바로 학문에 대한 휴머니즘의 오랜 꿈이 우리 시대에 깨어지고 있는 것이다. 과학은 아무 문제가 없다. 하지만 중세 이후로 인문과학과 사회과학의 원동력이 되어왔던, 개인과 사회에 대한 앎의 가능성은 산산이 흩어지고 있다. 리암 허드슨이 말했듯이, 우리 곁에는 오직 "영원히 계속되는 우울한 어떤 것…… 진리에 대한 적합한 기반을 결여한 학문적 영역"만이 남아 있을 뿐이다.

– 앨빈 커넌, 『문학의 죽음』 중에서

파(破), 깰 것은 깬다. 논지의 허를 발견하고 비판의 날을 세운다.

四. 승리 五. 환상 六. 공존

四 승리

* 다음 제시문을 읽고 물음에 답하시오.

| 제시문 1 |

한 늙은 고기잡이가 있었다. 불행히도 그는 벌써 84일째 한 마리의 고기도 낚지 못했다. 하지만 숙련된 고기잡이라는 자부심과 희망을 잃지 않았던 그는 드디어 행운의 숫자라고 믿은 85일째 출어에서 커다란 고기를 한 마리 잡는다. 그러나 돌아오는 길에 그 고기를 뜯어먹으려고 달려드는 상어 떼의 습격을 받아 밤새 사투를 벌인다.

그럼 이젠 무슨 생각을 하면 되지? 생각할 것이라곤 아무것도 없다. 아무 생각도 말고 다음 놈을 기다려야 한다. 오히려 이게 정말 꿈이었으면 좋았을 걸 하고 그는 생각했다. (헤밍웨이, 『노인과 바다』 중에서)

생각에 생각을 거듭하던 노인이 드디어 생각을 거부함으로써 할 수 있었던 것은 생각을 하지 않는 것이 아니라 다른 생각을 하는 것일 뿐이었다. 아무 생각 말자고 해놓고 이것이 모두 꿈이었으면 좋겠다고 생각한다.

어떤 극한 상황에서도 인간은 생각하기를 멈추지 않는다. 결코 먹이를 찾아 본능에 따라 움직이는 굶주린 상어처럼 행동할 수는 없는 것이다.

그러나 밤새도록 상어 떼와의 싸움에 지친 노인이 항구로 돌아왔을 때, 잡은 고기는 모두 상어들에게 뜯겨 뼈다귀만이 남았을 뿐이었다. 그 싸움에 결국 패배했고 그가 믿었던 85의 행운도 허무하게 날아가 버린 것인가. 겉으로 보기에는 그런 것같이 보인다. 밤을 새워 사투를 벌였는데 고기는 앙상한 뼈로 남았을 뿐이다. 상어 떼가 노인과 싸우면서 모든 살점을 남김없이 발라 먹어 포식했으니 승자는 상어요, 노인은 비참한 패자인 것 같다.

그러나 탈진하여 사자 꿈을 꾸는 긴 잠에 빠지기 전에 노인은 이렇게 중얼거린다. '패배한 것은 상어 떼야.' 결국 그 말로써 노인은 '생각하는 인간은 갈대처럼 파괴될 수 있으되 패배할 수는 없음'을 증언한다. 뼈만 남은 앙상한 고기의 비참과 투쟁의 허무를 아는 인간, 그는 바로 그 비참과 허무를 생각할 수 있으므로 위대한 존재라는 것이다.

> 인간이 오래 견디기 때문에 영원하다고 말하기는 아주 쉽다. 그리하여 운명의 마지막 종소리가 울리고 죽음의 표시조차 없이 마지막 붉게 죽어가는 석양 속으로 사라질 때에도 또 한번의 소리가 들릴 것이라고 말할 수 있다. 영원히 지칠 줄 모르는 작은 목소리가 있다고 말할 수 있다.
>
> 그러나 나는 이것을 인정하지 않는다. 나는 단순히 인간이 오래 견딜 뿐만 아니라 승리할 것이라고 믿는다. 인간은 동물 중에서 유일하게 지칠 줄 모르는 목소리를 가지고 있기 때문에 영원한 것이 아니라 자비와 희생과 명예를 위하여 투쟁할 수 있는 영혼과 정신이 있기 때문에 영원한 것이다……. ①기계는 오래 견디고 동물은 생존한다. 그러나 오직 인간만이 승리할 수 있다. (윌리엄 포크너, '노벨문학상 수상 연설' 중에서)

'인간은 생각하는 갈대'라는 파스칼의 주장은 이런 맥락에서 의미심장한 것이라 하겠다. 그저 한 자락 바람에도 꺾일 만큼 약한 갈대 같은 존재지만 인간은 약함을 스스로 알 수 있는 존재, 즉 생각하는 갈대이다. 그가 덧붙인 것처럼 '공간 속에서 우주가 나를 그저 한 개의 점으로 삼키면 나는 생각 속에서 우주를 점처럼 삼킬 수 있'으므로, 인간의 생각하는 힘은 위대한 것이다.

－ 이왕주, 『철학풀이, 철학살이』 중에서

대다수의 귀농자들이 애들 교육문제와 마누라의 바가지, 문화적 기회의 소외 때문에, 사실은 농사의 어려움과 경제성 때문에, 1년을 못 넘기고 되돌아간 것은 사실이다. 그렇다면 귀농을 결단할 때 그런 것을 미리 예상 못한 경솔을 탓하기보다 사람들을 도시로 도시로만 몰리게 하는 교육이란 것, 문화라는 것이 제대로 된 교육이고 문화인지부터 따져보는 것이 제대로 하는 문화운동일 것이다.

농촌에 유목문화의 상징인 텔레비전과 인터넷, 자동차와 핸드폰 등이 없어서 도시로 가는 것은 아니다. 바로 그런 것들을 모두 유지하며 농촌에서 농사로 버티기도 어렵지만, 또 그걸 다 가지고 산다면 굳이 농촌에서 살 필요가 없기 때문에 떠나는 것이다. 이런 우리 농촌 현실을 두고 이미 우리 농업 포기정책을 집행 중인 공무원들 앞에서 농업을 살리자는 것인지 말자는 것인지 아리송한 강연을 왜 해야 하는지 이해할 수 없다.

유목문화와 농경문화에 대한 시각도 쉽게 이해할 수 없다. 그는 「판타지적 복고와 생태학적 상상력」에서 다음과 같이 말한다.

> 환웅은 북쪽에서 내려온 북방 유목계입니다. 그리고 굉장히 영적으로 발달해 있는 아우라적인 부족입니다. 웅녀는 남방 해양계 내지 정착 농경계예요. 그리고 굉장히 리비도적인 부족입니다. 감성적인 삶, 육체적인 삶을 중심으로 살았던 부족이에요. 곰족에 대한 연구가 그렇게 나와요. (김지하, 『김지하의 화두』, 화남, 2003, 260쪽)

농경정착민이 감성적이고 육체적인데 견주어 북방 유목민족이 영성적이고 신비적이라는 증거는 무엇인가? 그들이 하늘에서 내려온 환웅의 자손이고 하늘에 제사하는 천신족이기 때문인가? 하긴 일찍이 땅에 정착한 농경민과 달리 언제나 떠도는 유목민에게는 이렇다 하고 내세울 고향이 따로 없다. 그래서 누가 고향을 묻는다면 그들은 저 높고 먼 산 위, 언제나 자기 머리 위에 따라다니는 푸른 하늘을 고향으로 내세울 수밖에 없지 않았겠는가? 하늘에는 땅처럼 육체가 없다. 그렇다고 자동적으로 신비롭고 영적인 존재가 되는가? 김지하가 농경민의 공동체를 '교환시장'이라 표현하는 한편 큰 연못이 있는 산 위에서 유목민들이 주도한 신시를 '호혜시장'으로 구별한 것도 농경공동체에 대한 유목·도시 우위의 편견에서 나온 것은 아닐까?

그리고 한반도 전체를 해양과 대륙을 연결하는 다리로 보는 그의 '랜드 브리지'론도 쉽게 이해되지 않는다. 한반도가 해양과 대륙을 잇는 다리라면 그건 무엇의 중심이 아니라 모두가 지나가버리는 통로가 된다. 문명의 통합이 이루어지는 곳이 아니라 잡탕으로 뒤죽박죽되었다가 각자의 길로 흩어져버리는 경유지일 뿐이다.

(… 중략 …)

「인터넷의 쌍방향성과 홍익인간」에서도 그 같은 귀농 실패 이야기와 유목과 농경의 통합론은 되풀이된다.

> 우리 나라에 지금 정보화주의자들이 아주 많습니다. 만날 그 사람들 얘기뿐이에요. 반면에 신문 바깥에서는 귀농주의들이 판을 칩니다. 생태주의자들이 "너무 많이 판치고 있다"고 얘기합니다. 나도 그 중의 한 사람이었어요. '한살림'이라고 소비자 공동체에 대해 들어봤을 겁니다. 유기농산물을 공급하는 곳인데, 그런데 이제 그것만 가지고는 안 된다는 겁니다. 도시를 중심으로 한 디지털 문화와 인터넷이 고도로 활발해지는데 생명운동가들은 귀농운동이라고 해서 30대 청년들, 옛날에 좌파운동을 했던 청년들을 시골로 가라고 권유해요.
>
> 처음엔 흥분해서 갔다가 한 6개월이 지나면 다시 돌아옵니다. 왜? 애들 교육시킬 수 없으니까. 내가 아는 어느 후배를 보니까 혼자서 밥해 먹고 있어요. 애들 데리고 마누라가 처가로 가버렸다는 거예요. 지금 현대인은 농촌에 살면서도 도시에 살 수밖에 없고, 도시에 살면서도 주말농장이든 뭐든지 간에 농촌의 공기, 흙, 물 그리고 농산물의 성장 즉, 생명과 접촉하지 않으면 못 삽니다. 이것이 이중성이고 안팎의 문제입니다. 아무튼 디지털 에콜로지, 에콜로지컬 디지털, 뭐라고 해도 좋습니다. (김지하, 같은 책, 316~317쪽)

현재의 유기농산물 직거래 수준의 〈한살림〉에 안주해서는 안 된다는 데 나도 동감이다. 소수의 귀농, 그것도 6개월 만에 유턴하는 귀농으로는 아무것도 안 된다는 데도 공감한다. 그렇지만 그것은 에콜로지가 디지털과 통합을 못해서가 아니고 전자가 후자에게 이미 흡수통합 되었기 때문일 것이다. 〈한살림〉은 처음 출발 때부터의 목적과 성격이 유기농산물 직거래를 통한 도농통합이고, 김지하 식으로 말하자면 농경과 유목의 통합이다. 〈한살림〉의 도농통합의 성과가 별로 크지 않은 것도 사실이지만 그 목적이 잘못된 것은 아니다. 그런 〈한살림〉에게 세상 모든 것의 통합을 주문해서는 안 된다.

이론이나 담론으로서는 세상 모든 것을 다 섭렵할 수도 있고 분석이나 통합이 가능할 수도 있다. 그러나 구체적 실천으로 가능한 일은 아주 제한적일 수밖에 없다. 제대로의 실천은 한 가지도 결코 쉽지 않다. 유기농 직거래라는 것이 동서고금의 거대담론들을 유유자적하며 다 넘나드는 대 사상가 시인에게는 별것 아닌 것으로 보일지 모르지만, 제대로 못해서 그렇지 그것도 제대로만 하면 세상을 얼마든지 바꿀 수 있을 것이다. 유기농 직거래를 제대로 하면 땅과 물만 살리는 것이 아니고 사람의 마음도 바꿀 수 있다. 지금 6개월 만에 유턴하는 귀농자들도 영구귀농을 시킬 수 있고, 새로운 귀농도 더 시킬 수 있다.

일본 생협운동에서 한때 빌려다 쓴 〈한살림〉의 구호처럼 정말로 모든 농업 '생산자는 소비자의 생명을, 소비자는 생산자의 생활을 책임진다'면 왜 이농만 계속되고 귀농이 불가능하겠는가? 그래서 농사짓고 살아도 도시와 똑같은 경제적·문화적·교육적·정치적 권리를 누린다면, 그래서 농촌과 도시가 예속관계 아닌 수평관계에서 공존·공생한다면 그것 자체가 바로 농경과 유목, 에코와 디지털의 통합이지 그것 말고 또 무슨 숨겨놓은 고차원의 통합이 있겠는가?

그런데 김지하는 마치 도시에서 하는 도시문화운동만이 그런 통합을 할 수 있다는 느낌의 발언을 하고 있다. 「꽃과 그늘, 그곳에 이르는 길」에서는 이렇게 얘기한다.

> 그러니까 내 얘기는 지금은 '아니다 그렇다, 그렇다 아니다'로 생각하라는 겁니다. 도시적이면서 동시에 농촌적인 것은 없나? 말도 안 되죠. 그러니까 농촌 정착적인 생명의 농경문화이면서도 도시 이동적인 영성의 유목문화는 없나? 있냐 없냐를 떠나서 지금 유럽사상계의 미래관은 유목문명 일변도입니다. 가타리나 들뢰즈 같은 최첨단 철학자들의 마지막 결론이 한마디로 유목사회라는 겁니다. 앞으로 올 사회는 유목사회라고 하죠. 자동차, 휴대폰, 노트북, 컴퓨터, 비행기, 주유소, 호텔, 모텔, 항구, 공항, 이것을 완전히 무시하고 어떻게 살 겁니까? 현실적이어야 해요. 그렇다고 해서 만날 안에 납 들어간 오염된 조기나 먹고 있을래요? 그럴 수는 없죠. 그렇다고 썩은 배추나 먹고 살 수는 없죠. 그러면 어떻게 해야 돼요? 둘 다 가지자. 욕심스러운 것 같지만 둘 다 가지는 방법은 없을까? 이것이 문화운동입니다. 그러면 문화의 이론부터 다시 구성해야죠. (김지하, 같은 책, 222쪽)

이런 물량화 시장의 세계화가 신유목사회라면, 중고등학생 때에 벌써 새 모델로 교체하기 위해 50개 이상의 멀쩡한 휴대폰을 쓰레기통에 버리는 이 유목사회가 설마 영원히 지속될 수 있으리라고 보는 사람은 없을 것이다. 그런데도 도시의 유목적인 온갖 기득권은 그것대로 다 누리면서도 납 들어간 조기와 농약에 오염된 썩은 배추 대신 건강한 유기농산물도 먹고 싶어 하는 것은, 인지상정일 테지만, 지나친 욕심인 것만은 분명하다. 하나의 선택도 쉽지 않은데 둘 다 바라는 것은 분명히 욕심이다. 귀농한 의지의 젊은이들조차 6개월도 못 버티고 모두 도시로 되돌아가는데, 제대로 된 유기농사는 누가 짓고 납과 발암물질 안 들어간 수산물 유통은 누가 하는가? 도시에서 모두 문화운동 한다고 그런 농사와 그런 유통이 저절로 살아나는가? 그런데 그는 이 욕심도 문화운동으로 다 채울 수 있다는 것이다. 그런 문화운동과 문화이론 구성이 정확히 무엇을 뜻하는지는 모르지만 그 말은 사실인 것 같다.

– 천규석, 『유목주의는 침략주의다』 중에서

| 논제 1 |

[제시문 1]은 '인간의 생각하는 힘'을 강조하기 위하여, 『노인과 바다』와 '노벨문학상 수상 연설'을 인용하고 있다. 그러나, 밑줄 친 ⓛ에서 말하고 있는 '인간만의 승리'는 그러한 문맥적 의도와 밀접하게 호응하지 않고 있다는 느낌을 준다. 윌리엄 포크너가 말하고자 했던 바가 따로 있었다고 가정할 때, 그것이 무엇이었는지 [제시문 1]의 내용을 활용해 각자 유추해 보시오. (600자 내외)

| 논제 2 |

[논제 1]의 결론으로 [제시문 2]의 필자가 주장하고 있는 바를 옹호하시오. (1000자 내외)

● ● ● ● ● ●

생각해 보기

[논제 1]은 비판적 이해력을 묻는 문제다. 물론 저자가 '문맥적 호응'의 빈틈

을 몰랐을 리가 없다. 제시문의 저자와 같은 전문적인 철학 집필자가 그것을 모른다는 것은 빵 좋아하는 이가 '뚜레쥬르'가 빵집 이름이라는 것을 모르는 것과 같기 때문이다. 다만, 강조점이 따로 있었기 때문이다. 생각의 위대함, 철학의 의의를 강조해야 할 부분이었기 때문에 '인간만의 승리'는 잠시 유보해 두었던 것이다. 본디 진정한 칼잡이들은 우도할계(牛刀割鷄)도 서슴지 않는 법이다(이 말에는 이 책에서 행해지는 나의 칼질도 포함되어 있다). 그 점을 염두에 두고 '비판적 이해'에 나서보자.

제시문은 논제에서도 밝히고 있지만 텍스트의 결속성(의미론적 응집성)이 다소 느슨한 모습을 보이고 있다. 발화의 표층구조와 심층구조가 일종의 부정합성을 보이고 있는 것이다. 이를테면, 혼자 먹을 밥을 가마솥에다 짓다가 온통 누룽지만 만든 형국이다. 인용된 헤밍웨이의 『노인과 바다』의 주제도 그렇지만, 윌리엄 포크너의 '노벨문학상 수상 연설' 역시 뻣뻣하게 고개를 쳐들고 저자의 인용 포승줄을 끝까지 못 받겠다고 버티고 있다. 물론 생각 없이는 아무 것도 이루어질 수 없는 것이겠지만, 본디 작가들은 좀더 비장하다. 제시문의 두 인용문에서 강조하고 있는 메시지는, 인간이 지닌 '스스로의 한계, 혹은 허무를 극복하고자 하는 불멸의 의지', 혹은 '인간만이 소지한 영혼의 힘', '운명에 도전하여 승리를 쟁취하는 인간의 존재론적 가치' 등으로 파악된다.

다시 말해, 제시문 스스로 형성하고 있는 문맥(context)을 고려해 볼 때, 발화의 표층구조(구문론적 층위)에서 강조하고 있는 '인간의 생각하는 힘'은 발화의 심층구조(의미론적 층위)에서는 그에 걸맞은 주제적 위치를 점하지 못하고, 앞서 열거한 '의지, 영혼, 승리' 등에게 그 위치를 양도하고 있다는 것이다. 일종의 하위의 조건은 되지만, 그와 대등한 층위의 가치를 지니고 있지는 않다는 뜻이다.

이 이야기는, 인생의 도전기에 있는 청년기 인간들의 상상력 속에서 '인간에게 운명이라는 것은 과연 무엇인가?', '존재한다는 것은 과연 무엇인가?', '삶이란 어디에서 와서 어디로 가는 것인가?' 등의 존재론적 물음에서부터 '어떤 삶이 가치 있는 것인가?', '장차 어떤 진로를 택할 것인가?', '부와 명예를 쫓을 것인가, 삶의 만족을 택할 것인가?' 등의 가치관과 관련된 물음, 그리고 '유추와 비유, 혹은 문학적 양식의 효용성'과 같은 인식론적 사유에 이르기까지 다양한 파장을 일으킬 수 있는 좋은 내용을 지닌 것 같다.

〔논제 2〕는 '가치 있는 삶을 추구하는 인간적 존엄'에 대해서 신념을 가지고 있는 〔제시문 2〕의 필자가 김지하 시인의 시론(時論)을 비판하고 있는 내용을 토

대로 그의 '승리하는 삶'에 대해 논해 보라는 것이다.

〔제시문 2〕의 필자 천규석은 김지하와는 대학 동기동창으로 '사회 변혁을 통한 삶의 조건 개선'이라는 큰 테두리 안에서는 서로 동병상련하는 처지이다. 그러나 '변혁 활동'의 실천적인 부분에 가서는 서로 상대의 방법론을 폄하하고 비판하는 입장이다. 특히, 김지하가 많이 강조하는 노마디즘, 즉 유목주의에 대해서 천규석은 그것이 곧 농경사회에 대한 침략주의와 다를 것이 없다고 논박한다. 〔논제〕의 요구는 '승리하는 삶'의 입장에서 천규석의 논리를 옹호하라는 것이니 그 요구에 응해 논지를 전개시키면 된다. 천규석의 주장은 한 마디로 "모든 농업 '생산자는 소비자의 생명을, 소비자는 생산자의 생활을 책임진다'고 보장하라"는 것이다. '그래서 농사짓고 살아도 도시와 똑같은 경제적·문화적·교육적·정치적 권리를 누린다면, 그래서 농촌과 도시가 예속관계 아닌 수평관계에서 공존·공생한다면 그것 자체가 바로 농경과 유목, 에코와 디지털의 통합이지 그것 말고 또 무슨 숨겨놓은 고차원의 통합이 있겠는가?'라고 그는 주장한다. 그런 의미에서 거대 담론 위주의 김지하의 문화운동은 실천가의 입장에서는 진정한 사회 변혁 이론이 될 수 없다는 것이다. 천규석의 주장대로 유기농 직거래를 통한 농촌 공동체의 유지, 발전이 앞으로 우리 사회의 밝은 미래를 위한 길이며 동시에 '인간의 승리'를 추구할 수 있는 방도가 될 것이라고 결론지으면 될 것 같다.

| 읽기 자료 |

논쟁서평 : 『유목주의는 침략주의다』 천규석 지음 (실천문학사, 2006)

'노마드', '노마디즘'은 최근에 들어와 널리 회자되고 있고 심지어 TV 선전에까지 등장한 것을 본 일이 있다. 그러나 '유목적'이라는 것이 도대체 무엇일까? '유목적'이라는 말을 둘러싼 이야기들을 들어보면 아리송할 때가 많다.

한번 물어보자. 돈이 많아 고민하는 사람이 밤낮 해외여행을 다니는 것과 월세를 마련하지 못해 밤낮 이사를 다니는 사람이 둘 다 '노마드'라면, 이 '노마드'라는 말은 도대체 무슨 뜻일까?

어떤 중학생이 밤낮 컴퓨터 앞에 앉아서 인터넷 세계에 빠져 있다면, 이 학생은 '노마드'인가? 늘 자기 골방에 앉아 있는 이 학생이 어떤 뜻에서 '노마드'인 것일까? 역으로, 늘 어딘가로 헤매고 돌아다니지만 마음속에는 오로지 한 가지 생각으로 가득 차 있는 사람은 노마드인가? 도대체 '유목적'이라는 말이 무슨 뜻인가?

한번 물어보자. 책 뒤표지를 보니 이 책의 저자는 농사꾼인 것 같다. 그런데 거기에는 '농사꾼 철학자'라고 씌어 있다. 그렇다면 저자는 노마드인가? 농사와 철학의 경계를 허물고 '농사꾼 철학자'로서 살아가는 노마드, 또는 (역시 요새 유행하는 말로서) '하이브리드'인가? 그렇다면 저자는 '침략주의자'인가?

또 물어보자. 이 서평을 쓰는 사람은 한 평생 다양한 종류의 담론들을 가로지르면서 사유했지만, 외국땅이라고는 나이 45세에 처음 밟아 봤다. 그렇다면 서평자는 노마드인가 정주민인가?

한국에 노마드니, 유목주의니 하는 말들을 입에 담는 사람들에게 묻고 싶다. 당신들은 이런 생각들을 한번이라도 진지하게 생각해 본 적이 있는가? 이런 문제들에 대해 정말 '사유'해 본 적이 있는가? 사유를 해 보고서 말을 하고 글을 쓰고 있는가? 도대체 '노마디즘'이라는 게 무엇인가?

저자는 이 책에서 『천의 고원』을 논하면서 "겨우 페이지 수만 다 넘겨보았다"고 말한다. 그러면서 이 책이 "그 어떤 철학교과서보다 지적 유희가 심했고 당연히 더 난해했다"고 말한다. 『천의 고원』을 '철학교과서'라고 표현한 것도 참 우습지만, 자신이 "겨우 페이지 수만 넘겨본" 책이 "지적 유희가 심"한지 어떤지 어떻게 판단한 것일까? 자기가 이해할 수 없는 책은 지적 유희가 심한 책인가? 저자는 이 책을 읽고서 스스로 "막연한 인상만" 남았다고 말한다. 그러면 한번 물어보자. 도대체 어떤 책을 '읽고'서 막연한 인상만 가진 사람이 그 책을 '비판'한다는 게 무슨 뜻인가?

이 책에는 김지하가 들뢰즈와 가타리의 것으로 말하고 있는 '신유목주의'가 언급되고 있고 그것이 '비판'되고 있다. 저자가 인용한 김지하의 글을 보니 좀 어이가 없다. "자동차, 휴대폰, 노트북…" 운운하면서 들뢰즈와 가타리의 이름을 들먹이는데, 도대체 이런 것이 들뢰즈/가타리와 무슨 상관이 있는가? 이런 것들은 들뢰즈가 '관리사회'라고 부른 현대 사회의 기술적 장치들 아닌가? 누군가는 엉터리로 이야기하고 또 누군가는 그것을 '비판'하겠다는 것이다. 이런 것이 '한국적 현상' 아닐까?

"몽골의 초원길은 가타리와 들뢰즈의 말처럼 홈 파인 가로(街路)가 아니라 사방천지로 다 터진 매끄러운 길이었다." 이건 또 무슨 말인가? 사방천지로 다 길을 트면 그것이 더욱 더 홈을 많이 파는 것이 아닌가? 들뢰즈/가타리에게서 '매끄러운 길'이라는 말이 도대체 성립하는가? 또 이들이 말하는 공간이 실제 공간만을 뜻하는 것인가?

　"이동 마인드가 본질인 그들의 유목주의는 오늘날의 초국적 자본의 세계시장 제국주의를 합리화하는 데 악용될 소지가 충분이 있다." 도대체 무슨 말인가? 『천의 고원』이 겨냥하는 주적이 '세계시장 제국주의' 아닌가? '이동 마인드'라는 표현도 우스꽝스럽지만, 들뢰즈와 가타리의 노마디즘이 '이동 마인드'를 본질로 하는가? 이동과 정지가 정도(degree)의 문제이지 어떻게 양자택일의 문제가 될 수 있는가? 저자는 방안에서 농사를 짓는가? 들뢰즈와 가타리가 초국적 자본처럼 부지런히 옮겨다니자고 했다는 말인가? 초국적 자본이 어떻게 이동 마인드인가? 오히려 그것은 자본으로 모든 삶의 양식들을 포획하는 것이 아닌가.

　"정신분열증은 억압적인 자아의 구속으로부터 초자아로 벗어나는 탈중심화 과정이기 때문에, 〔…〕" 들뢰즈와 가타리가 '정신'분열증 환자인가? '정신'분열증 환자가 철학자가 되었다는 이야기는 난생 처음 듣는다. "자아의 구속으로부터 초자아로 벗어나는 탈중심화"? 무슨 말일까? 초자아(=상징계)로 탈주한다? 아이들이 하는 말로 정말 '돌아버리겠다'.

　"아무런 제약 없이 자유롭게 파편화되면서 순간적 욕망과 쾌락을 추구하는 분열된 주체, 즉 분열자를 적극적으로 옹호한다. 〔…〕 자본주의 체제의 안정성과 재생산에 근본적인 위협을 가한다." "아무런 제약 없이"? 이 세계에 아무런 제약이 없는게 도대체 어디에 있는가? "자유롭게 파편화된다"? 파편화되는 것이 어떻게 자유로울 수 있을까? 파편화된다는 것은 주체성이 사라지는 것인데 거기에 무슨 자유가 있는가? "순간적 욕망과 쾌락을 추구"? 들뢰즈가 '쾌락' 때문에 푸코와 결별한 사실을 알고나 있는가? "순간적 욕망을 추구하는 분열자가 자본주의를 위협한다"? 자본주의가 가장 바라는 것이 바로 이런 인간 아닌가! 이게 다 무슨 말이란 말인가!

　저자에게 묻고 싶다. 농사짓는 것을 장난이라고 생각하는가? 분명 저자는 펄쩍 뛸 것이다. 농사를 지으려면 농사에 대해 최소 몇 년 공부를 해야 할 것이다. 땅을 잘 이해하고 농사의 기본을 익혀야 한다. 도구들 쓰는 것, 계절을 읽는 것을 비롯한 많은 공부들, 그리고 기다릴 수 있는 인내심, 자연에 대한 믿음과 헌신. 농사를 지으려면 얼마나 많은 노력이 필요한가.

　그렇다면 저자에게 말하고 싶다. 사유하고 말하고 글쓰는 것도 마찬가지라고. 『천의 고원』 같은 책을 읽으려면 최소한 당신이 농사를 짓기 위해 들인 노력만한 노력은 들여야 한다고.

우선 프랑스어를 공부해야 할 것이다. 어학을 진지하게 공부해 본 사람이라면 하나의 외국어를 자기 것으로 만든다는 것이 얼마나 고통스러운 것인가를 잘 알 것이다. 저자는 이 점에 대해 한번이라도 진지하게 생각해 본 적이 있는가? 물론 모든 책을 원어로 읽을 수는 없으며 읽어야 한다는 법도 없다. 그러나 어떤 책을 원어로 읽지 않은 사람은 적어도 그 사실만으로 우선은 겸손해야 한다. 그렇지 않은가?

철학이란 2500년 이상을 숙성해 온 학문이다. 그리스 철학과 제자백가를 터득하는 데에만 많은 노력이 필요하다. 그런 역사가 2500년이 숙성해 온 학문이 철학이다. 그 끝에 『천의 고원』이 있다. 도대체 저자는 이 책이 어떤 책인지 알고나 말하는 것인가?

저자에게 물어보자. 철학이라는 게 무슨 장난이라고 생각하는가? 당신 책 뒤표지에 '농사꾼 철학자'라고 버젓이 씌어져 있다. '철학자'라는 말이 그렇게 만만한 말이라고 생각하는가? 전구 다마 잘 갈아 끼면 물리학자인가? 찌개를 잘 끓이면 화학자인가? 물건 사고 돈 계산 잘 하면 수학자인가? 저자는 이 책에서 많은 사람들에게 욕을 퍼붓고 있지만, 저자야말로 지적 허영심으로 가득 차 지식인인 척하는 인간이 아닌가?

서구 철학의 정점에서 나온 사유를 기본 공부도 안 된 대학원생이 그야말로 엉터리로 번역하고, 어떤 사람들은 그 엉터리 번역본을 다시 엉터리로 읽고 여기저기 다니면서 떠들고 다니고, 또 어떤 사람들은 그 엉터리 이야기를 듣고서 엉뚱하기 짝이 없는 '비판'을 하고, 선정성에만 눈이 먼 기자들은 그런 말도 안 되는 책에 찬사를 던진다. 세상이 온통 사기요 장난인 것처럼 느껴진다. 한국 사회를 떠나고 싶다.

– 이정우 / 철학아카데미 · 공동대표

[이정우 교수의 비판을 읽고]

고등학교 때 나이 많은 괴짜 고전 선생이 있었다. 그이의 말에 의하면 철학자 데카르트는 '미친 놈'이라는 것이다. 왜 그런고 하니 '나는 생각한다, 고로 존재한다.'는 명제야말로 말이 되지 않기 때문이라는 것이다. 그이의 말에 의하면 '생각 없이' 멀쩡하게 잠을 자는 사람을 데카르트 식대로 하자면 '없다'고 해야 하지 않겠느냐는 것이다. 물론 그때 우리는 그 말을 들으며 장난스럽게 웃었지만 내가 대학에 들어가 "방법서설"을 읽는 동안에 그이의 그 무지스런 말이 늘 떠나지 않았다. 여기서 '생각한다, 회의한다'(cogito)는 물론 그이가 단순하게 이해해버린 개념과는 달리 매우 복잡하고 논리적인 내용을 가지고 있다. 그럼에도 불구하고 자기 존재의 근거를 '회의하는 자기'라는 자기 내부에서 찾았던 데카르트의 이성주의적 태도는 내게 존재의 객관성에 대한 본질적인 의문에서 떠날 수 없게 만들었다. 어떤 외연에도 의존하지 않는 자기 정체성은 오로지 신만이 (모세가 떨기나무 뒤의 불꽃을 향해 당신은 누구십니까?, 하고 물었을 때 신이 한 대답 즉 '나는 스스로 존재하는 자'이다, 가 바로 신의 정의 중 가장 어렵고 완전한 것 중의 하나이다.) 할 수 있는 것이기 때문이다. 인간이 '의심하는 능력을 가진' 자기 이성에 근거하여 스스로 존재하고 있다면, 그것이야말로 신적인 존재가 아니고 무엇이겠는가. 과연 그럴까. 괴짜 고전 선생의 무데뽀적인 단순성이 지닌 진리는 과연 없는 것일까. 단순화는 대체로 오해와 무지, 무지로부터 기인한 용기로부터 출발한다. 이를테면 알렉산더의 칼과 같은 것이다. 매듭을 풀어달라는 질문에 알렉산더는 칼로 매듭을 짤라버리는 것으로 대신했던 것이다. 이것은 물론 알렉산더의 무지와 오해에서 기인한 것이다. 그럼에도 불구하고 우리는 알렉산더적 접근법이 때로는 사물을 분명하게 만들어준다는 것을 알고 있다. 회색이 지배적일 때는 때때로 무지한 양단논법이 사태의 본질을 정확하게 파악하게 해주기도 하는 법이다.

천규석 선생의 『유목주의는 침략주의다』에 대한 이정우 교수의 비판은 매우 날카롭다. 날카로움을 넘어 조롱적이고, 차갑고 경멸적이다. 도사의 눈에 비친 잘못 걸려든 '도사 앞에 요령 흔드는 자'의 모습이 눈에 선하다. 천규석이 짚은 헛다리를, 감히 들뢰즈와 카타리를 논한 오버를, 거침없는 언어로 질책한다. 함부로 철학을 논하는 자에 대한 엄정한 철학 교수의 분노와 푸른 서슬이 느껴진다.

하지만 전공자라면 전공자다운 도량이 있어야 한다. 내가 전문 작가라 하여 내 앞에서 '소설'을 논하는 자에게 함부로 화를 부리지는 않는다. 충분히 듣고 천천히 따져서 고쳐주고 바로잡아 줄 것이 있으면 바로 잡아주면 된다. 더 중요한 것은 '어리석은 비전공자'가 무엇을 이야기하려고 하는지 파악하는 것이다. 그가 달을 가리키며 흥분하고 있는데 그의 손가락 모양을 가지고 흠을 잡아서는 안 될 일이다.

물론 이 책은 철학책도, 들뢰즈나 카타리를 논하는 책도 아니다. 이 책의 저자인 천규석은 60년 초에 귀농을 하여 평생 동안 농사를 지으며 혼자 공부해온 사람이다. 근대화 과정 속에서 농촌공동체가 허물어지는 것을 온몸으로 지켜보았고, 지금은 세계화라는 미명하에 쌀 개방 정책으로 농민들의 삶이 절망 속으로 빠져드는 것에 강력하게 저항하고 있는 이 중의 하나이다. 그가 십 년 전에 쓴 『돌아갈 때가 되면 돌아가는 것이 진보다』나 재작년 녹색평론사에서 나온 『쌀의 민주주의』를 보면 그가 무엇을 생각하며 살아왔고 살아가는지 알 수가 있을 것이다. 이 책에서 그는, 내가 잘 이해했는지는 모르지만, 그리고 가속화된 이 자본주의 사회에서 비판의 여지는 있지만, '소농 두레 공동체'야 말로 하나의 대안이라고 믿고 있는 듯하다. 그것이 이번에 이정우가 조롱 섞인 언사로 비판해놓은『유목주의는 침략주의다』라는 책에서도 기저를 이루고 있다.

이정우의 비판은, 하지만 그런 것에는 관심이 없어 보인다. 그의 짧은 평문은, 그야말로 내가 이렇게 논해야할만한 가치가 있는 글인지 의심스럽지만, '노마디즘' '들뢰즈' '철학' 이라는 것들을 천규석이 제대로 알고 있기나 하나, 하는 일종의 전문가적 편잔으로 일관하고 있기 때문이다.

나는 비록 전공자는 아니지만, 천규석의 책을 내고 그의 책 뒤에 짧은 언사를 쓴 사람으로서, 그의 비판에 대한 나의 소견을 몇 마디 적어보겠다.

먼저 유목주의로 해석되는 '노마디즘'에 대한 저간의 '흐리멍텅한' 이해와 나아가 몰이해에 대한 이정우의 비판이다. 천규석은 이 점에서 분명한 실책을 범하고 있다.『유목주의는 침략주의다』라고 단언하면서 먼저 개념을 명확히 하지 않고 이야기를 시작하고 있다는 점 때문이다. 그래서 이정우로부터 다음과 같은 빈정거림을 당하게 되는 것이다. '한번 물어보자. 나는 한평생 다양한 종류의 담론을 가로지르며 사유했지만, 외국 땅이라고는 나이 45세에 처음 밟아보았다. 그렇다면 나는 노마드인가, 정주민인가?' 그리고 나서 그는 나아가, '한국에 노마드니 유목주의니 하는 말들을 입에 담는 사람들에게 묻고 싶다. 당신들은 이런 생각을 한번이라도 진지하게 생각해본 적이 있는가? 이런 문제에 대해 정말 '사유'해본 적이 있는가? 사유를 하여 글을 쓰고 있는가? 도대체 노마디즘이란 무엇인가?' 하고 일갈하고 있다. 나는 개념의 엄밀함을 생명으로 하는 철학자다운 그의 안타까움과 분노를 충분히는 모르겠지만 어느 정도 이해가 가지 않는 것도 아니다. 그러나 그것이 꼭 천규석의 잘못만은 아니다.

사실 지금처럼 '노마디즘'이란 말이 광범위하고 애매모호하게 사용되는 시대도 없었던 것 같다. 우스개말로는 '바람의 딸'이라는 한비야처럼 세계를 싸돌아다니는 것을 노마디즘의 표상이라고 하기도 하고 (고전 선생의 말처럼 일말의 진실이 깃들여 있긴 하지만), 인터넷이라는 새로운 매체에 의한 국경을 초월한 정보의 교류 형태나 전환된 사고방식을 의미하기도 하는가 하면, 좀더 진지하게는 다원주의(pluralism)라는, 이것 역시 매우 복잡한 내용을 포괄하고 있는 것인데, 철학적 과제에 직면해 있는 인간들이 필연적으로 부딪힐 수밖에 없는 진리의 무정형성 (들뢰즈적 표현을 쓰자면 진리의 리좀적 체계라고 하고, 나의 약간 문학적 해석에 의하면 진리의 윈도우적 체계, '도스적 체계에 대비하여'라고 할 수도 있겠지만)과 결부된 것일 수도 있겠다. 하여간 이런 애매

모호한 상태로 노마디즘이 우리 시대를 횡행하는 하나의 유행적 언어코드로 작용한지는 오래되었다. 여기서 천규석이 '어떤 노마디즘'을 침략주의라고 비판하고 있는 지는 엄밀하지는 않으나 책의 문맥을 통해 대충 이해가 가지 않는 바도 아니다. 천규석이 이해하고 있는 노마디즘은 세계화라는 이름으로, 그것은 다양성과 통일성이라는 양면의 얼굴을 지닌 세계 자본주의의 또 다른 이름이기도 한데, 작고 가난하지만 자급자족적인 공동체를 유린하고 있는 그 모든 힘을 지칭하고 있는 듯하다. 그러니까 이정우가 굳이 이를 비판하려면 다만 빈정거릴 것이 아니라(그는 천규석 뿐만 아니라 한국에서 노마디즘을 입에 담고 있는 모든 사람들을 대상으로 못마땅해 하고 있다!), 자신이 먼저 '진지하게' 고민하며 정확하게 정립한 바른 개념을 제시하고 이를 통해 천규석을 비판하는 것이 옳았을 것이다.

두 번째는 들뢰즈에 대한 천규석의 비판에 대한 이정우의 비판이다. 이것은 천규석이 백번 들어도 옳은 지적일 터이다. 적어도 들뢰즈에 관한한 이정우가 틀림없이 '선생'일 것이기 때문이다. 그리고 적어도 들뢰즈나 카타리에 대해서는 이 책에서 천규석이 '고전 선생'과 같은 오류를 범하고 있다. 그렇다고 하여, 천규석이 '오해'한 들뢰즈가 과연 '없는' 것일까. 이정우가 엄밀함으로 천규석이 잘못 읽은 문맥을 지적하는 것은 가능하고 좋은 일이지만 그렇다고 '당신 입 다물어!' 하고 감히 소리칠 수 있는 것일까.

들뢰즈가 그렇게 함부로 다루어질 수 없는 철학자라는 것만은 분명하다. 그러나 그가 신주단지처럼 철학 교수들이 모셔두고 아껴야하는 대상은 물론 아니다. 칠십 년대 중반 학번으로 헤겔의 세례를 받았던 (헤겔의 '대논리학'과 임석진 교수의 '헤겔에서의 노동의 개념'을 번역한 이을호 군에 의하면 우리는 모두 헤겔의 전도사였다.) 나 같은 사람들은 그야말로 헤겔과 그의 제자들을 신주단지처럼 모시고 살았던 것이다. 더구나 실천을 요구하는 80년대와 90년대를 살아오는 동안 헤겔이 뿌려놓은 개념은 세상을 이해하는, 유일하지는 않지만 매우 중요한 통로였다. 하지만 우습게도, 나는 한 번도 밖에 대놓고 떠들지 않았지만, 그 헤겔의 덫으로부터 빠져나오게 해 준 사람이 바로 들뢰즈였다. 그와의 만남은 이제 와서 말이지만 그야말로 일대 충격이었다. 문학적 비유로 하자면 태양계라는 진리 체계(헤겔의 철학 체계)에 살면서 그것을 우주로 생각해오던 사람이 어느 날 은하계, 나아가서 초은하계와 우주의 존재에 대한 이야기를 들은 것과 같을 것이다. 나는 '자유로움'과 동시에 막막한 절망을 느꼈다. 그리고 그 상태는 지금도 여전히 진행 중이다. 그러나 그것 역시 나의 순진한 독서에 기인한 '오해'로부터 빚어진 것인지도 모른다. 이런 말을 하면 나 역시 이정우 같은 이로부터 분노에 찬 '무지'에 의

한 용기라는 소리를 들을지도 모르겠다. 하지만 그것으로부터 조금 '해방'시켜준다면 우리는 자신의 '고백'을 얼마든지 할 수가 있다. 엄밀한 개념이 때때로 우리의 사유를 방해하는 것은 얼마든지 경험하는 일이다. 우리는 사유 역시 경험한다. 어떤 사람이 어떤 철학 체계와 만나 어떤 반응을 보이는 지는 그 사람의 경험이다. 개념이 '유리알 유희'처럼 정교하게 만들어졌다고 하여 그것 역시 경험으로부터 결코 자유로운 것은 아니다. (오히려 학문하는 자들의 독선적 경험이야말로 경계해야할 일이 아니겠는가!)

용기 있게, 사족을 달자면 들뢰즈는 그저 들뢰즈일 뿐이다. 그는 서구 관념론이 이른 하나의 막다른 골목이자 통로일 뿐이다. 우주와도 같은 막막한 심연 앞에 그는 우리를 끌고 갔지만 그는 자신의 절망을 벗어나지 못했고, 마침내 '자살'을 했다. 나는 오히려 전공 학자들, 말끝마다 들뢰즈를 들먹이며 난해한 언사를 늘어놓은 자들에게, 거꾸로 묻고 싶다. '너희들이 그의 막막함의 본질을 조금이나마 알고 있느냐?' '왜 너희들은 단 하나도 따라 죽은 사람이 없느냐?'

천규석을 굳이 변호하자면 그는 단지 들뢰즈에게 '기대어' 국적 없이 돌아다니며 공동체를 마구 해체하고 짓밟고 있는 세계자본주의에 대해 비판하고 있을 뿐이다. 이때 '기대어' 선 곳이 바로 이정우 같은 사람에게 무례하고 무식하게 보였다면 어쩔 수 없는 일이 아니겠는가. 이 책은 그 어디에도 철학책이라는 말은 없으니까.

마지막으로 철학에 대한 옹호 부분이다. '2500년간 숙성된 학문으로서의 철학'에 대한 전공자의 준엄한 명예선언이다. 누가 감히 철학이라는 말을 함부로 쓰는가, 하는 투다. 맞는 말이다. 그러나 철학이라는 말을 함부로 쓰는데 대한 항의라면 길거리에 있는 '철학원'을 보고 분개하는 것이 더 맞을는지 모른다. 사실 철학이란 말은 오랫동안 참으로 넓은 개념으로 사용되어 왔다. 우스개말로 철학과 학생들은 철학과에 들어갈 때도 '철학이란 무엇인가?'라면 질문에 시달리다가 졸업할 때도 '철학이란 무엇인가?'라는 질문을 안고 나온다는 말이 있을 정도이다. 어떤 사람은 철학을 논리학으로 이해하는 사람이 있는가 하면 (헤겔 철학은 헤겔의 논리학이고, 칸트 철학은 칸트의 논리학이며, 불교철학은 불교 논리학이라는 식으로), 어떤 사람은 사물에 대한 설명방식, 혹은 해석이라고 하는 사람도 있고 '엄밀한 학으로서의 철학'이라는 정립하려고 애쓴 사람도 있다. 나아가서는 (별로 신통치는 않지만) 생의 지혜, 이런 식으로 이해하는 사람도 있다. (하긴 그 속에 세계에 대한 자기 방식의 이해와 해석이 존재하는 것일 테지만.) 어떤 사람은 극히 좁고 엄밀한 체계로서의 형이상학 내지는 메타학을 지칭하기도 한다. 위에서도 말했지만 나는 "천의 고원"이 서구 관념 철학이 최종적으로 이른 하나의 탈출구라는 점에 대해서는, 비록 순진한 오해일는지는 모르지만, 의심의 여지가 없다고 믿는다. 하지만 그의 '철학'에 대해 우리들이 떠들어대지 말라는 법은 없다고 생각한다. 마치 아인슈타인의 상대성 원리를 정확하게 이해하는 사람은 드물지만 누구나 조금씩의 물리학적 지식을 동원하면 '그것에 대해' 얼마든지 이야기할 수 있는 것과 같다. 사실을 이야기하자면 나는 길거리의 '철학원'이 대학의 철학보다 못하다고, 비교거리는 아니지만, 할 것도 하나 없다고 믿고 있는 사람이다.

내가 아는 한 이정우 교수는 우리 시대에 드물게 보는 철학자이다. 그의 지식과 지혜는 지금처럼 '진리의 보편성과 객관성'의 문제에 대해 고민하고 목말라하는 후학들에게 참으로 귀한 지침이 될 것이다. 그와 마찬가지로 천규석 선생은 평생 동안 농촌을 지키며 소농공동체의 꿈을 실현하려고 노력했던 사람이다. 어쩌면 그의 삶은 들뢰즈가 그토록 증오하던 강고한 중심으로부터 해방된 자유로운 사유와 맞닿아있을 지도 모른다. 한 인간이 무엇을 고민하고 사유하고 있는지는 참으로 알기 어렵지만 그가 자신의 경험을 기반으로 진지하게 말을 꺼낼 때는 그가 하고 하는 말의 핵심을 먼저 이해하는 것이 중요하다.

바울은 예수를 한 번도 보지 않았지만 예수에 대해 누구보다 더 많이 말을 하고 다녔다. 처음엔 예수를 측근에서 모시고 경험했던 제자들은 그런 그가 무척 못마땅했을 것이다. 하지만 바울은 자신에게도 그런 권리가 있음을 분명하게 알려주었다. 그것이 만인의 철학이다.

– 김영현/소설가

五 환상

* 다음 제시문을 읽고 주어진 물음에 답하시오.

| 제시문 1 |

　신경학에서는 '결손'이라는 개념을 즐겨 사용한다. '결손'은 어떠한 기능장애에 대해서도 사용할 수 있는 유일한 신경학 용어이다. 기능은 정상 아니면 비정상 두 가지 가운데 어느 하나이다. 이 점에서는 콘덴서나 퓨즈와 동일하다. 본질적으로 기능과 접속의 체계인 기계론적 신경학에는 이 두 가지의 가능성밖에 없다.

　그러면 결손의 반대 상태인 기능의 과잉이나 잉여의 경우는 어떨까? 신경학에는 이것을 표현할 수 있는 말이 없다. 그러한 개념이 없기 때문이다. 기능이나 기능 체계는 기능하든지 기능하지 않든지 둘 중의 하나이다. 신경학적으로는 이 두 가지 가능성밖에 없다. 그러므로 기능의 과잉에서 오는 질환을 논하는 것은 신경학의 기본개념에 대한 도전이다. 자주 볼 수 있고 흥미롭기까지 한 이와 같은 질환에 당연히 기울여야 할 주의를 기울이지 않는 까닭은 바로 이 때문이다. 그러나 이러한 질환도 정신의학 분야에서는 주목을 받고 있다. 정신의학에서는 흥분성 장애나 생산적인 질환(상상력 과잉, 충동 과잉, 조증(燥症) 등)을 질환으로 문제 삼는다. 해부학과 병리학에서도 비대와 기형, 기형종과 같은 말을 사용하며 그것에 주의를 기울인다. 그러나 생리학에는 그런 말이 없다. 기형종이나 조증에 해당하는 과잉을 가리키는 말이 없는 것이다. 이것만 생각하더라도 신경계를 기계나 컴퓨터로 간주하는 우리의 기본적인 개념과 비전은 지극히 편협하다. 따라서 좀더 유연하고 현실에 맞게 개념을 보충할 필요가 있다. (… 중략 …)

기억상실증과 인식불능증의 병례에 접했을 때, 우리는 단지 어떤 기능이나 능력이 손상되었을 거라고 상상한다. 그러나 기억항진과 인식력항진 환자의 경우에는 기억력과 인식능력이 태어나면서부터 늘 활발하고 생산적이다. 타고났고 내재적이며 정도가 지나친 것이다. 이렇게 해서 우리는 기능을 생각하는 신경학에서 행동과 생활 그 자체를 생각하는 신경학으로 이행하지 않을 도리가 없다. 우리는 과잉의 병례와 마주침으로써 새롭고 중요한 세계로 발을 들여놓게 된다. 그렇게 하지 않는 한 '인간의 정신생활'에 대해 연구를 시작할 수 없다. 전통적인 신경학은 지나치게 기계적으로 분석하고 결함에 중점을 둔 나머지 실제 생활을 고려하지 않았다. 실생활이야말로 모든 대뇌 기능의 궁극적 표현이다. 적어도 상상 기능, 기억 기능, 지각 기능과 같은 고도의 기능이 거기에 나타난다. 기존의 신경학은 결함을 지나치게 강조한 나머지, 정신생활 그 자체를 보지 못했다. 실제의 뇌와 정신 상태는 지극히 개인적이다. 그러나 지금 우리는 바로 그러한 상태에 관심을 기울여야 한다. 특히 뇌와 정신이 고양된 상태, 과도하게 활발한 상태에 관심을 기울여야 한다.

고양 상태란 단순히 건강하고 충실하고 만족스러운 기분을 뜻하지는 않는다. 오히려 지극히 불안하고 도가 지나친 상태가 되기도 한다. 이 때문에 기행과 추악한 행위를 초래하는 일도 있다. 지나치게 흥분한 환자는 통합과 억제를 잃은 상태, 일종의 '과잉' 상태에 빠지게 된다. 그것은 충동과 이미지와 의지에 압도되는 상태이며 생리적인 광폭성에 사로잡힌(혹은 내몰린) 상태인 것이다.

이것은 성장과 생명 그 자체가 내포하는 위험성이다. 성장은 지나치게 성장하는 경우가 있을 수 있고 생명은 '생명 과다'가 될 수도 있다. 모든 항진 상태는 왜곡되어 묘한 방향으로 나아가 기괴한 이상 상태가 될 가능성이 있다. 예를 들면 과다운동증은 이상운동증(비정상적인 동작과 무도병(舞蹈病), 틱 증후군 등)이 될 가능성이 있다. 인지력의 항진은 '이상인지(異常認知)'라고 부르며, 병적으로 항진한 감각의 도착 상태에 빠질 가능성이 있다. 또한 항진 상태의 격정은 폭력적

격정으로 변할 가능성이 있다.

　겉보기에는 건강하지만 사실은 병에 걸린 상태라면 그것은 하나의 패러독스다. 이것은 스스로 건강하고 행복하다고 여기며 멋진 기분으로 살아가다가 병의 싹이 숨어 있었음을 나중에야 알게 되는 것과 같다. 따라서 가공의 괴물이나 자연이 보여주는 속임수 혹은 재미있는 패러독스의 하나라 할 수 있다. 그리고 이것이야말로 많은 예술가들을 사로잡아 온 소재이다. 특히 예술을 병이라고 생각하는 사람들은 거기에 매료되어 왔다. ①이것은 디오니소스적이면서도 비너스적이고 동시에 파우스트적인 소재이다. 또한 토마스 만의 소설에 되풀이해서 나오는 소재이기도 하다. 예를 들면 『마의 산』에 나오는 발열성 폐병과 같은 고양 상태에서 『포스터스 박사』에 나오는 스피로헤타병으로 인한 영감 그리고 마지막 작품 『검은 백조』에 나오는 최음에 빠진 음험함에 이르기까지 되풀이해서 다뤄져왔다.

- 올리버 색스, 조석현 역, 『아내를 모자로 착각한 남자』 중에서

| 제시문 2 |

　판타지 장르의 발전에서 아주 중요한 또 다른 국면은, 모험이 심리적 차원의 종속적 위치로 내려갔다는 점이다. 판타지 형식은 작가가 말하고 싶어 하는 어떤 것을 전달하는데 쓰이는 문학적 장치에 지나지 않는다. 이 장르 발전의 초기 단계, 예를 들어 에디스 네스빗의 소설에서 마술적 모험은 그 자체가 필요충분조건이었다. 거기에 약간의 실질적 지식, 약간의 역사, 약간의 교훈이 섞여 있었다. 그러나 발전의 과정 속에서 우리는, 소재나 모티프의 다양화뿐만 아니라 무엇보다도 심리적 차원에서 모험 뒤에 숨어 있는 사상이나 가치관 차원의 발전이 이루어진다는 것을 알 수 있다. 이것은 판타지도 뛰어난 사실주의 이야기와 똑같은 문제들을 다룰 수 있다는 사실을 의미한다.

　오늘날 많은 판타지 작가들의 관심사는 (어떤 형태든지) 초자연적인 것과의 만남이 주인공을 어떻게 변화시키느냐 하는 것이다. 이런 작가들에게 마술이란 특별한 선명성과 예리함을 가지고 현실을 비추는 거울이다.

　이전의 판타지는 시간 여행을 언급할 때 에디스 네스빗의 원칙, 즉 시간 여행자가 현실에 아무런 영향도 끼칠 수 없다는 원칙을 지킨다. 에디스의 책이나

50~60년대의 판타지에서는, 등장인물들이 사건 한 가운데를 여행하면서 역사 속의 끔찍한 사건들을 목격할 수는 있었지만 그것을 막기 위한 일은 아무것도 할 수 없었다. 작가들은 이 우주의 불변성에 대한 젊은 독자의 믿음을 깨뜨릴 수 없다고 생각했다. 이른바 '나비 증후군(butterfly syndrome)'이라고 할 수 있는 것이 중심 코드였다. 오늘날(80년대 이후) 우리들은 시간 여행의 모든 목적이 역사를 바꾸기 위한 것임을 읽을 수 있다. 주인공 개인의 역사를 바꾸는 경우도 있고 세계의 역사를 바꾸는 경우도 있다. 시간 여행이라는 용어가 시간 이동이라는 중립적 개념으로 대치된 것도 그와 관련이 있다.

근래 판타지에서의 마술적 모험은 아이덴티티를 찾아가는 탐색 도정이 되었다. 주인공들은 더 이상 높은 힘에 의해 주도되는 게임에 끌려 다니는 인질이 아니라 플롯의 중심이 되는 능동적이고 적극적인 참여자로 발전했다.

판타지 코드가 변화한다는 표징에는 또한 다른 것들도 많이 있다. 토도로프의 정의에 의하면, 판타지를 향한 움직임은, 한층 모호하고 교묘한 서술의 테크닉, 마술적 세계와 현실 세계 사이의 한층 애매한 경계, 선과 악의 범주에 대한 보다 상대적인 이해와 평가를 포함하고 있다. 현실 세계와 마술 세계의 교통은 더 심각한 결과를 가져온다. 당연히 이 모든 요소들은 더 높은 독서력을 독자에게 요구한다. 그러나 오늘날의 어린 독자들은 적어도 두 가지 요소 덕분에 이 복잡한 판타지 코드를 받아들일 자세가 되어 있다. 첫째는 문학과 영화 양쪽에서 쏟아져 나오는 사이언스 픽션이고, 둘째는 판타지 이야기를 기초로 한 컴퓨터 게임이다.

원시적인 판타지 코드는 아직도 변방에서 울리고 있다. 그러나 그들이 중심부로 들어올 기회는 아직은 없어 보인다.

– 마리아 니콜라예바, 김서정 역, 『용의 아이들』 중에서

| 제시문 3 |

환유를 좀더 쉽게 이해하기 위해서는 무엇보다도 먼저 환유가 은유와 어떠한 관계를 맺고 있는지를 살펴볼 필요가 있다. 은유와 환유는 한 부모에서 태어난 형제처럼 생각보다 서로 닮은 데가 많다. 직접 드러내놓고 말하지 않고 넌지시 빗대어 말한다는 점에서도 그러하고, 본질적으로 개념적이라는 점에서도 그러

하다. 임의적이 아니라 체계적이라는 점에서도, 쉽게 관습화되어 별다른 의식 없이 거의 자동적으로 사용한다는 점에서도 이 두 비유는 한 핏줄임에 틀림없다. 또 언어 자원을 넓히는 수단이 된다는 점도 공통적이다. ②단순한 시적 장치나 수사적 장식물이 아닐 뿐만 아니라 인간의 언어와 사고와 행동에도 큰 영향을 끼친다는 점에서도 환유는 은유와 동일한 기능을 한다.

　은유와 환유는 그것이 쓰이는 역사적 맥락과 깊이 연관되어 있다. 한 시대에는 환유로 대접받던 비유적 표현이 다른 시대에 와서는 은유로 취급받는다. '지치다'라는 우리말을 한 예로 살펴보자. 중세 국어나 근세 국어에서 '즈치다'라고 하면 피곤하거나 나른하다는 뜻이 아니라 '설사하다'는 뜻을 지니고 있었다. 누구나 한두 번은 겪은 일이지만 반복적으로 설사를 하고 나면 몸이 지치고 나른해지게 마련이다. 그러니까 '지치다'라는 말은 지금에 와서는 은유적 맥락에서 뜻이 변화된 것이지만, 얼마 전까지만 해도 결과로서 원인을 나타내는 환유적 맥락에서의 표현이었던 것이다.

　은유가 한 사물을 다른 사물의 관점에서 말하는 방법이라면, 환유는 한 개체를 그 개체와 관련이 있는 다른 개체로써 말하는 방법이다. 은유의 기능이 주로 사물이나 개념을 이해하는 데 있다면, 환유는 사물이나 개념을 지칭하는 데 그 기능이 있다. 달리 말하면 은유가 이해를 위한 장치인 반면 환유는 지칭을 위한 장치라고 할 수 있다. 이 분야에서 고전이 되다시피 한 책 『은유로 산다』(1980)에서 저자들은 바로 이러한 관점에서 은유와 환유의 차이점을 밝힌다. 가령 '통화 팽창이 내가 저축한 돈을 모두 빼앗아갔다'라는 은유에서는 어떤 사람을 가리키기 위하여 '통화 팽창'이라는 말을 쓰지 않는다. 이 은유에서 화폐 가치를 떨어뜨린 통화 팽창을 강제로 남의 돈을 빼앗는 강도에 견주고 있을 뿐 통화 팽창 자체가 강도가 되는 것은 아니다. 일상생활에서 자주 쓰는 은유는 말할 것도 없고 위의 예처럼 의인법으로 되어 있는 은유의 경우에서도 그러하다. 어떤 인지학자는 아예 '지칭 기능'이라는 관점에서 환유를 규정짓는다.

　그러나 '햄버거가 계산서를 달라고 기다리고 있다'라는 환유에서는 사정이 다르다. 여기에서는 '햄버거'란 실제로 구체적인 어떤 사람, 즉 그 음식을 주문한 사람을 가리킬 뿐 햄버거에 사람의 속성을 부여하는 것은 아니다. '통화 팽창이 저축한 돈을 모두 빼앗아갔다'라는 은유에서와는 달리 이 환유에서는 그 손님이 햄버거를 주문하였기 때문에 자연스럽게 그 음식과 연관되어 있을 뿐이다. 우리 식으로 바꿔보자. '찐빵이 보리차를 더 달라고 한다'라는 문장에서 '찐빵'

은 그 음식을 주문하였거나 지금 그 음식을 먹고 있거나 또는 그 음식을 먹은 뒤에 식탁에 앉아 있는, '찐빵과 관련된 사람'을 가리킨다. 이렇듯 이해를 돕는 은유와는 달리 환유는 일차적으로 지시적 기능을 갖는다.

그러나 '찐빵'이라는 말이 '모습이 닮은 사람'을 두고 하는 말이라면 은유가 된다. 인접성이 아니라 유사성이 더 크게 작용하기 때문이다.

- 김경용, 『기호학이란 무엇인가』 중에서

| 논제 1 |

밑줄 친 ①과 ②의 뜻을 각각 200자 내외로 기술하시오.

| 논제 2 |

제시문의 내용을 토대로 판타지의 효용에 대하여 600자 내외로 논술하시오.

생각해 보기

[논제 1]의 밑줄 친 ①에서의 '디오니소스적, 비너스적, 파우스트적'의 공통점은, 제시문의 내용을 참조하자면, '생명 과다의 항진 인생'이라고 할 수 있을 것이다. 물론 인간은 한계가 있는 존재이기 때문에, 끝을 생각하지 않고 무작정 앞으로 나가다가는 반드시 그 끝이 불행해 질 수밖에 없다는 것도 상식이다. 토마스 만이 추구했던 주제도 그와 유사하다 할 것이다.

밑줄 친 ②에서 말하고 있는 바, 은유와 환유는 단순히 수사법 상의 의미 이상의 것이다. 그것은 인간의 사유방식 그 자체이며, 언어를 무한대로 확장시키는 메커니즘이기도 하다. 제시문에서는, 유사성의 원리와 인접성의 원리로 인간의 사유를 확장시키는 이 비유들은 그것이 성립되는 코드 자체가 특정한 사회적 제도 혹은 특정 의미의 가치 체계가 됨으로써 인간의 행동 양태에도 큰 영향을 미치는 힘을 가지고 있다는 점이 강조되고 있다.

[논제 2]의 '판타지의 효용'은 제시문에서 밝히고 있는 것처럼 '심리적 차원'에서 해석되어야 할 것이다. 판타지는 형태학적으로는 물론 '상상력 과잉'이고 '은·환유의 항진상태'로 볼 수 있지만, 그 심리적 효용은 '현실적인 고립감(혹은

무력감)으로부터의 구출이나 탈출' 혹은 그 '통로'의 역할을 한다는 것으로 해석될 수 있을 것이다. 꿈에는 해결책이 없지만 판타지에는 그 해결책이 제시된다. 그것이 옛이야기가 담고 있는 환상적인 요소들의 궁극적인 효용이다.

톨킨에 의하면 판타지 문학의 요건은 다음과 같다. 나름의 내적 리얼리티를 가진 2차 세계의 창조가 반드시 있어야 하고, 이 2차 세계가 독자에게 '압도적으로 기이한' 느낌이 일어나도록 하여야 한다. 그리하여 독자로 하여금 1차 세계에서 경험하는 낡은 실존에서 벗어나 그 세계에 대한 새로운 시각을 가질 수 있도록 해야만 판타지 문학으로서의 가치가 있는 것이다. '초자연적이고 경이적인 사실 앞에서의 망설임'을 강조한 토도로프와는 달리, 톨킨은 2차 세계에 대한 독자의 절대적이고 자발적인 믿음이 중요하다고 보았다. '1차 세계', '2차 세계', '압도적 기이함(arresting strangeness)', '탈출', '위안' 등의 개념은 판타지 문학의 효용에 대해서 적절한 설명적 요소를 지닌 것들이라 할 수 있을 것이다.

환상이 모종의 반동적 힘을 통해 인식지평의 확대를 도모할 수 있는 수단이 될 수 있다면, 환상 문학이란 문학의 장르 중 가장 고급한 것이 될 수도 있을 것이다. 그런 환상이라면 당연히, 인간의 가장 기본적인 욕구인 자기 정체성 인식 욕구에 대한 인문학적, 예술적 응답이 되는 것이기 때문이다.

참고로, 이 논제에 대한 연구생들의 응답을 게재한다. 논점의 적절성 여부를 평가해 보면서 자신의 응답과 비교해 보기 바란다.

| 연구생 1 |

1. 밑줄 친 ①과 ②의 뜻을 각각 200자 내외로 기술하시오.

①의 뜻 - 건강한 것처럼 보이지만 사실은 병에 걸린 상태인 과잉(고양 상태)은 패러독스의 하나로 볼 수 있다. 과잉은 예술가들의 창작 활동, 상상작용 같은 것의 원천이기도 하다. 디오니소스, 비너스, 파우스트로 대표되는 이른바 생명 과다 상태는 동서고금을 막론하고 문학의 소재로 널리 채용되고 있다. 세 인물이 가진 과잉상태는 격정적, 열정적, 질서를 깨뜨리는 예술의 소재가 된다.

②의 뜻 - 환유와 은유는 기호가 의미를 나르는 가장 기본적인 방법이다. 인간이 사용하는 기호가 내포하는 의미를 정확히 파악한다는 것은 인간의 활동영역과 사람들과의 소통의 문제를 원활히 한다는 것과 관련이 있다. 이 둘의 관계

에서도 드러나듯이 빗대어 말하면서도 개념적, 체계적인 이 비유는 언어 자원을 넓히는 한편, 그 의미를 정확히 받아들인 사람들의 행동에까지도 영향을 미친다.

2. 제시문의 내용을 토대로 판타지 문학의 효용을 600자 내외로 논술하시오.

판타지 코드가 변화하고 있다. 예전의 판타지는 시간을 다루는 패턴에서 '시간 여행'이라는 것을 선호했지만, 지금은 '시간 이동'이라는 중립적 개념으로 그것을 대치하고 있다. 즉 주인공 개인의 역사는 물론이고, 세계의 역사를 바꾸는 경우도 있는 것이다. 최근의 영화와 소설에 등장하는 이러한 판타지는 일종의 마술적 사실주의와도 통하는 일면이 있다. 판타지 작가들에게 있어서 판타지란 마치 마술사들이 사용하는 마법의 거울처럼, 특별한 장치와 기능을 현실을 비추는 거울인 것이다.

판타지 소설이 사용하는 사유의 확장은 주로 은유와 환유의 항진으로 나타난다. 그것들은 은유와 환유의 항진 상태로 우리가 상상하지 못했던 환상의 세계를 보여준다. 판타지에서의 마술적 모험은 독자 스스로 자신의 정체성을 찾아가는 탐색도정이 되었다. 마술적 세계와 현실 세계의 애매한 경계, 선과 악의 범주에 대한 상대적인 이해와 평가를 포함하여 그들이 우리에게 보여주는 판타지의 목록은 매우 다양하다.

현실과 마술 세계의 교통은 더 높은 독서력을 요구하지만 사이언스 픽션과 게임 스토리와 같은 것들이 그것과의 접속을 보다 쉽게 만들어 주고 있다.

판타지 장르의 발전은 이전의 판타지와 달리 작가가 말하고자 하는 현재의 '사실'을 전하기 위한 고도로 발전된 문학적 장치이다.

| 연구생 2 |

1. 밑줄 친 ①과 ②의 뜻을 각각 200자 내외로 기술하시오.

①의 뜻은 인간의 정신생활에서 '과잉' 상태가 어떤 결과를 빚는 것인지를 설명하고 있다. 지나치게 성장하거나 충만한 것은 언제나 인간에게 문제를 일으킬 수 있다. 생명 역시, '생명 과다'로 인하여 그 자체로 위험성을 지닐 수 있다. 이러한 항진의 상태는 겉보기에 건강하지만, 실은 병에 걸린 것이며 이는 하나

의 패러독스라는 뜻을 내포하고 있다.

②은 은유와 환유의 공통점을 말하고 있다. 첫째, 직접 드러내놓고 말하지 않고 넌지시 빗대어 말한다는 점. 둘째, 본질적으로 개념적이라는 점. 셋째, 임의적이 아니라 체계적이라는 점. 넷째, 쉽게 관습화되어 별다른 의식 없이 거의 자동으로 사용된다는 점. 다섯째, 언어 자원을 넓히는 수단이 된다는 점이다. 이것이 인간의 언어와 사고와 행동에 큰 영향을 끼친다는 것이다.

2. 제시문의 내용을 토대로 판타지 문학의 효용을 600자 내외로 논술하시오.

판타지 문학의 발전이 우리에게 주는 긍정적인 요소는 '인간 욕망의 표출'에 있다. 현대가 산업화되고 기계화되면서 인간의 인간성을 점점 그 설 자리를 잃고 있다. 인간은 자신이 사상적으로나 육체적으로 자유로워졌다고 생각하지만, 현대의 인간들에게서 보이는 '결손이나 과잉의 징후'들은 결코 많은 인간이 진정한 자유 속에서 자신의 삶을 살아가고 있다고 볼 수만은 없다.

보이지 않은 사회의 억압과 채워지지 않는 정신적 공허는 현대의 인간들로 하여금, 현실에서 벗어나 초자연적인 것에 기댐으로써 자신의 욕망을 표현하도록 부추기고 있다. 이러한 욕망의 표현이 딱히 부정적인 결과만을 가져 온다고 볼 수만은 없다. 판타지의 문학이 지닌 심리적인 치유능력이라는 것이 있기 때문이다.

판타지 안에서 주인공들이 초자연적인 것에 맞서거나 악의 요소들을 퇴치하는 영웅적인 행동을 하는 것은 '억압과 공허'에 대한 보상의 의미를 띠고 있는 것이다. 무의식의 차원에서, 독자 스스로 이야기의 주인공이 되어 결국 자신의 정신적 결손을 치유하는데 도움을 받는다는 것이다. 문학적 판타지의 '생명 과다 현상'이 현대인의 정신적 '결손'을 채워 주는 것이다.

현대의 사람들은 자신이 자유롭다고 느낀다. 그러나 그 자유는 보이지 않는 억압을 내포하고 있다. 이것 또한 판타지를 요구하는 하나의 패러독스다.

산목(山木)

『장자(莊子)』'산목(山木)'에 보이는 삽화다. 장자가 산 가운데로 가다가 가지와 잎새가 무성한 큰 나무를 보았다. 나무 베는 사람이 그 곁에 멈추고도 베지 않았다. 그 까닭을 물으니, "쓸 만한 곳이 없다"고 하였다. 장자가 말하기를, "이 나무는 쓸모없음을 가지고 그 타고난 수명을 마치게 되었구나"라 하였다. 장자가 산에서 나와 친구의 집에서 머물게 되었다. 친구가 기뻐 하인에게 거위를 잡아서 삶으라고 명하니, 하인이 묻기를 "한 놈은 잘 울고 한 놈은 울 줄 모르는데 어느 놈을 잡을까요?"하자, 주인이 말하기를 "울지 못하는 놈을 잡아라"라고 하였다.

이튿날 제자가 장자에게 묻기를, "어제 산 속의 나무는 쓸모없음을 가지고 타고난 수명을 마칠 수 있었고, 오늘 주인의 거위는 쓸모없음을 가지고 죽었으니, 선생님께서는 장차 어디에 처하시렵니까?"라고 하자, 장자가 웃으면서 말하였다. "나는 장차 재(材)와 불재(不材), 쓸모있음과 쓸모없음의 사이에 처하려네. 재와 불재의 사이란 옳은 듯하면서도 그른 것이니 폐단이 됨을 면치 못할 것이야. 만약 대저 도덕(道德)을 타고서 떠다닌다면 그렇지가 않겠지. 기림도 없고 헐뜯음도 없으며, 한 번은 용이 되고 한 번은 뱀이 되어 때와 더불어 함께 변화하면서 오로지 한 가지만 하기를 즐기지 않을 것이요, 한 번은 올라가고 한 번은 내려가서 조화로움을 법도로 삼아 만물의 근원에서 떠다니며 노닐어 사물로 사물을 부릴 뿐 사물에 부림을 받지 않을 터이니 어찌 폐단이 될 수 있겠는가? 이는 신농(神農)과 황제(黃帝)의 법칙일세. 대저 만물의 정(情)이나 인륜(人倫)의 전함 같은 것은 그렇지가 않다네. 합하면 덜어지게 마련이고, 이루고 나면 무너지며, 모가 나면 깎이고, 높이면 구설이 있게 되며, 유위(有爲)하면 공격을 받고, 어질면 도모함을 받으며, 못나면 속임을 당하고 마니, 어찌 폐단 면하기를 기필할 수 있겠는가? 슬프다. 너희들은 이를 기억해 두어라! 그것은 오직 도덕의 고장에서만 가능한 일임을 말이다."

연암도 비슷한 말을 자주 했다. 연암은 먼저 장님의 비단옷과 밤길의 비단옷을 들고 나온다. 비단옷을 입기는 입었는데, 하나는 장님이 입었고 다른 하나는 한밤중에 입었다. 장님의 비단옷은 제가 입기는 했어도 그 때깔이 얼마나 좋은지 정작 그 당사자는 알 길이 없어 문제이고, 밤길의 비단옷은 남들이 그 좋은 것을 알아주지 않으니 그것이 병통이 된다. 그 둘 사이에 우열이 있을 수 있을까라고 연암은 묻는다. 또 황희 정승과 임백호의 고사를 패러디하기도 했다. 이가 과연 살에서 생기는가 아니면 옷에서 생기는가의 문제로 황희 정승의 '모두 다 옳구나!' 이야기를 옮겨왔다. 이는 옷에서 생긴다고 믿는 딸과, 이는 살에서 생긴다고 여기는 며느리를 두고 황희는 둘 다 옳다고 말한다. 그러자 이번에는 그의 부인이 이거면 이거고 저거면 저거지 이것도 되고 저것도 되는 법이 어디 있느냐고 따지고 대든다.

빙그레 웃으며 하는 황희의 대답은 이러하다. "이는 살의 온기가 없이는 알을 가지 못하고, 옷이 없이는 붙어 있을 수가 없다. 그러므로 이는 옷과 살의 사이, 떨어진 것도 아니오 딱 붙은 것도 아닌 그 중간에서 생겨나는 것이야. 그렇다고 이는 옷에서 생겨난다고 할 수는 없지 않겠느냐? 또 반대로 옷을 활활 벗어 던져도 네 머리카락과 네 몸은 이 때문에 근질근질할 터인데, 그렇다고 이가 살에서 생겨난다고 할 수야 있겠니? 그러니 너희들의 말은 둘 다 맞고 또 둘 다 틀린 것이야. 내 말을 알겠느냐?"

요컨대 옷과 살의 사이, 그 '중간'이 바로 문제의 지점이라는 것이다. 우리의 판단은 언제나 이것이 아니면 저것이기를 요구한다. 이것도 되고 저것도 되는 가치중립적 판단은 으레 회색분자로 내몰리고 만다. 그러나 복잡한 세상일에는 단정적 가치 판단으로는 결코 해결할 수 없는 문제들이 한두 가지가 아니다.

백호(白湖) 임제(林悌)는 조선 중기의 쾌남아다. 그가 평양 부임길에 황진이 무덤 곁을 지나게 되었다. 왕명을 받들고 가는 터였음에도 호기에 겨워 기생의 무덤에 술잔을 부어주며 "청초 우거진 골에 자난다 누었난다. 홍안은 어데 두고 백골만 누었나니. 잔 잡아 권할 이 없으니 그를 슬허 하노라"라는 시조 한 수를 지었다가, 임지 부임하기도 전에 파면을 당했다는 풍류남아다.

잔칫집에서 거나하게 취한 그가 신발을 짝짝이로 잘못 신고 나와 말에 올라타려 하자, 하인이 거들고 나선다. "나으리, 신발을 짝짝이로 신으셨습니다요!" "옛끼 이놈! 길 오른편에서 나를 본 자는 저 사람이 가죽신을 신은 게지 할 터이고, 길 왼편에서 나를 본 자는 저 이가 나막신을 신었구면 할 터인데, 짝짝이고 아니고가 무슨 상관이더란 말이냐. 어서 가기나 하자!"

묘한 말씀이다. 그저 걸어갈 때라면 신발을 짝짝이로 신은 것이 과연 우스꽝스러운 노릇일 테지만, 그렇지 않고 이쪽 발과 저쪽 발 사이에 말이 가로놓이고 보면 짝짝이 신발은 하등 문제될 것이 없다는 괴상한 논리이다. 사람들은 어느 한쪽의 자기 기준만을 가지고 사실을 판단하므로, 자신이 본 반쪽만으로 으레 반대편도 그러려니 할 것이기에

한 말이다.

　말똥구리는 더러운 말똥을 사랑스런 보물이라도 되는 듯이 정성스레 굴린다. 말똥구리에게는 말똥이 여룡이 물고 있는 여의주보다 더 소중하다. 여룡이 여의주와 바꾸자한들 거들떠볼 까닭이 없다. 말똥구리에게 여의주는 무용지물일 뿐이다. 마찬가지로 여룡에게는 여의주보다 소중한 것이 없다. 여의주가 있기에 온갖 조화와 신통력이 거기서 나온다. 그렇지만 말똥구리가 여의주를 부러워 않듯, 여룡은 제 여의주를 뻐기지 않는다. 각자 그저 그렇게 제 삶에 편안하게 살아간다.

　여룡의 여의주는 천하에 귀한 물건이 되지만, 말똥구리의 말똥은 천하에 천해 빠진 것이라고 생각하는 분별지(分別知)는 오직 인간에게만 있다. 그들은 까마귀는 검으니 더럽고 음흉하며, 해오라비는 희니 깨끗하고 고결하다고 믿는다. 믿기만 할 뿐 아니라 다른 사람에게도 그러한 인식을 강요한다. 그들은 어느 하나만을 보고는 전체라고 속단하며, 한 가지 척도만을 가지고 모든 것을 판단하려 든다. 그래서 이는 옷에서 생긴다고 하고 살에서 생긴다고 하며 내기를 걸고, 저 사람은 나막신이다, 아니다 가죽신이다로 논쟁을 벌인다. 그러나 그런가?

- 정민, 『비슷한 것은 가짜다』 중에서

六 공존

＊ 다음 제시문을 읽고 주어진 물음에 답하시오.

| 제시문 1 |

유럽사회가 경험하는 근본적 변화에 속하는 것은 지속적인 개인화이다. 정체성의 문제도 근본적으로 변하고 있다. 정체성 역시 개인화하고 있고 또한 이전보다 안정적이고 지속적이지 않다. 탈중심화, 파편화가 거론되고 있다. 이런 맥락에서 앙리 망드라(Henri Mendras)는 개인주의의 표현 형태가 대체로 민족적 특색을 가지고 나타난다고 진단한다. 이탈리아에서는 주관적 관점에서 타자를 경쟁자로 보고 고객이란 차원의 네트워크를 형성하여 상대방에 대한 안전장치를 마련하는 경향이 있다고 한다. 독일에서는 개인주의가 항상 집단적 차원에서 나타나며, 개인은 그가 속한 "집단"에서 분리되지 않으려 하며, 분리된다손 치더라도 금방 새로운 집단을 발견한다고 한다. 프랑스에서 개인주의는 주로 국가와 국가권력기관에 대항하는 싸움에서 나타난다. 영국에서는 개인과 집단 간의 관계는 사고와 계약에 의해 조정된다고 한다. 계약으로 합의가 된다면 개인주의는 제한될 수 있다. 개개인이 모두 그러할지는 확신할 수 없다. 그러나 개인과 집단 사이의 관계를 설정하는 방식은 확실히 존재하며, 이 방식은 민족

적 특성에 따르는 것으로 보인다.

– 볼프강 슈말레, 박용희 옮김, 『유럽의 재발견』 중에서

| 제시문 2 |

『마왕』은 아벨 티포쥬라는 한 프랑스인이 자신에게 부여된 운명의 길을 찾아 나서는 모험담 형식의 소설이다. 이 소설의 시간적 배경은 1938년부터 제2차 세계대전이 끝날 때까지이다. 이 소설은, 회상(유년의 기록, 11살의 소녀 마르띤느와의 만남, 살인범 바이드만의 사형 장면 목격담 등)으로 이루어진 전반부와 '비둘기 사육병'으로 전쟁에 참여하여 겪는 경험담(포로가 되기까지의 과정, '칼텐보른'에서의 운명 찾기 등)인 후반부로 구성되어 있다. 주인공 아벨 티포쥬가 자신의 운명을 찾는 과정은 『오디세이』에서 오디세우스가 자신의 '영원한 안식처로서의 고향'을 찾아가는 여정과 유사하다. 그는 자신이 속해 있는 세계 속에서 자신의 앞길을 열어 밝히는 신화적 상징들을 찾아간다. 이 운명의 드라마는 '아벨 티포쥬'라는 그의 이름에 대한 고찰에서 시작된다.

> 그것은 아벨이라는 내 이름도 마찬가지이다. 인류 역사상 최초의 암살을 자세히 설명하는 성경의 구절들이 내 눈에 들어오게 된 그날까지 아벨이라는 이름은 나에게는 우연한 것으로 보였었다. 아벨은 목동이었고 카인은 농부였다. 목동이라는 것, 그것은 떠도는 인물이 아니던가. 농부, 이는 정착해 있는 인물이다. 아벨과 카인의 갈등은 태고에서부터 현대에 이르기까지 대대로 계속되어지고 있다. 이를테면 방랑자들과 정착민의 대립처럼, 혹은 더 정확히 말해서 정착민들의 방랑자들에 대한 가혹한 학대처럼. 그럴 때 희생자는 물론 방랑자들이다. 그 정착민의 증오심은 꺼지지 않고, 아니 꺼지기보다는 오히려 야비하고 치욕스러운 규칙으로 변형이 되어 집시들을 그 규칙에 옭아맨다. – 사람들은 그들을 마치 전과자들처럼 취급하지 않던가! – 예를 들면 마을 어귀에 경고문이 나붙는데, 그것은 '유목민의 숙영금지'이다. (미셸 투르니에, 신현숙 옮김, 『마왕』 중에서)

주인공 아벨 티포쥬는 자신의 이름에서 일종의 운명을 읽는다. 하나의 '상징'이 문화적 매개가 되어 한 인간의 서술적 정체성에 깊은 홈을 파놓게 되는 것이

다. 그러니까 이 소설은 출발에서부터 근대적 문제의식(이성을 토대로 한)과 등을 돌리는 것이다. 카인과 아벨, 정착민과 유목민 사이의 대립과 갈등이라는 성서적 알레고리의 도입으로, 그 자신 '유목민의 후예'라는 정체성이 하나의 플롯을 지닌 서술이 되기 시작했던 것이다. "그가 알아야 했던 것은 독일군 S·S들이 극악스럽게 절멸시키고자 혈안이 되어 있는 두 민족은 유태족과 집시라는 사실이다. 그렇게 해서 그는 유목민에 대한 농경민의 천 년 묵은 증오가 그 절정에 달해 있는 것을 재발견한 셈이다." 카인과 아벨이라는 성서적 알레고리는 인간을 정착민과 유목민으로 양분해서 인식하도록 만든다.

– 고봉준, '짊어짐, 악마적 상징의 성스러운 전이' 중에서

| 제시문 3 |

똘레랑스의 두 번째 말뜻으로 프랑스말 사전은 "특별한 상황에서 허용되는 자유"라고 밝히고 있습니다.

똘레랑스는 원래 '허용 오차'를 뜻하는 공학 용어인데 사회적 의미를 갖게 되어 '특별한 상황에서 허용되는 자유'라는 뜻이 된 것입니다.

똘레랑스의 첫 번째 말뜻이 '나와 남 사이의 관계' 또는 '다수와 소수 사이의 관계'에서 나와 남을 동시에 존중하고 다수가 소수를 포용하기 위한 내용을 품고 있다면, '특별한 상황에서 허용되는 자유'라는 똘레랑스의 두 번째 말뜻은 권력에 대하여 개인의 자유와 권리를 보호하려는 의지를 품고 있습니다.

권력은 항상 강력하며 더욱더 강력해지려는 관성을 갖고 있으며 개인의 자유와 권리를 제한하려는 속성을 갖고 있음을 역사는 가르쳐주고 있습니다. 이에 약자인 개인이 권력에 대하여 똘레랑스를 요구함으로써 개인의 자유와 권리를 보호하고자 한 것이 바로 '특별한 상황에서 허용되는 자유'를 말하는 것입니다. 다음 에피소드를 들으시면 이해가 쉬울 것입니다.

지금은 작고한 쎄르주 갱스부르는 꽤 유명한 대중음악 작곡가였다. 브리지뜨 바르도나 까뜨린느 드뇌브 등의 여배우도, 최근에는 바네싸 빠라디도 그의 노래를 불렀고 한국에도 그의 노래들이 꽤 알려졌다.

그는 자신이 작곡한 노래를 스스로 부르기도 하여 텔레비전에 자주 출연하는데 그

모습이 가관이었다. 수염을 며칠 동안 깎지 않은데다가 머리도 빗지 않고 티셔츠 차림에 청바지를 입고 그 위에 검은 색안경까지 끼고 등장한다. 그의 데까당 같은 해프닝은 노래를 부를 때 더욱 두드러져, 알코올중독자처럼 손을 부들부들 떨면서 연신 담배를 피워물고 목소리도 음침하여 퇴폐스러움의 극치를 이룬다. 한국에선 이미 출연정지 처분을 받고도 남음이 있을 지경이고 이웃 독일이나 영국의 화면에서도 볼 수 없는 모습이다. 그의 반사회적인 행태는 프랑스의 고액권인 5백 프랑짜리 지폐를 불태우는 모습에서 극에 달하였다. 그것은 금전 지향적인 사회에 대한 반항의 시위였는데 아무리 똘레랑스의 프랑스 사회라고 해도 논란거리가 될 것 같았다. 그러나 그것은 기우에 지나지 않았다. 얼마 후 텔레비전의 화면에선 10여 세 된 소년들 수십 명이 그의 노래를 합창하였는데 모두 텁수룩한 수염에 검은 색안경을 껴 쎄르주 갱스부르처럼 분장했을 뿐만 아니라 담배를 꼬나쥔 손을 부들부들 떨어대고 있었다. 그 소년들 앞에서 쎄르주 갱스부르도 눈물을 흘리고 있었다.

반항적이고 아나키스트적인 그의 행위가 최대한의 똘레랑스로 용인되는 장면이라고도 할 수 있겠는데, 물론 그의 예술적 재능이 그만한 가치를 지녔다고 공인되었기 때문이었을 것이다.

한편, 최근의 대학입학 자격시험의 철학시험에 "예술가는 실정법을 무시하는가?"라는 논제가 세 개의 선택 문제 중의 하나로 출제되었다. 바로 위의 얘기와 관련되는 논제라 할 수 있다. 한국의 고등학생은 물론 대학생에게도 이 논제가 주어졌을 때 어떤 답안이 나올지는 논외로 하고, 이들은 교육과정에서 이미 똘레랑스의 철학적 의미까지 접하고 있음을 알 수 있다. 즉 실정법이 요구하는 세계와 아름다움을 추구하는 세계는 다를 수밖에 없고 당연히 그 사이에 똘레랑스가 자리한다는 것을 묻는 문제였기 때문이다.

문화예술의 발전이 기존의 규범이나 형식에 도전하여 새로운 것을 모색하면서도 균형을 이루어냄으로써 담보된다고 할 때, 똘레랑스의 문화예술적 응용이야말로 그 발전의 거름이라고 하겠다. 왜냐하면 똘레랑스는 일탈이면서 균형이며, 도전이면서 융화이기 때문이다.

지금까지 말씀드린 바와 같이, 똘레랑스는 정치 종교 사회 문화의 모든 영역에서 프랑스인들의 사고와 행동을 결정하는 데 가장 중요하게 작용합니다.

프랑스 사회에 이처럼 똘레랑스가 흐르게 된 것을 '나는 무엇을 아는가?'로 표현되는 프랑스의 철학 전통인 회의론에서 출발한 이성주의와 대혁명을 비롯한 사회운동의 역사에서 그 이유를 찾을 수 있다고 나는 생각합니다. 한마디로 똘레랑스란 합리적 이성이 역사를 관철하여 행동하고 반추함으로써 얻어낸 결론이라고 보는 것입니다. (… 중략 …)

똘레랑스는 역사의 교훈입니다. 똘레랑스는 극단주의를 외면하며, 비타협보다 양보를, 처벌이나 축출보다 설득과 포용을, 홀로서기보다 연대를 지지하며, 힘의 투쟁보다 대화의 장으로 인도합니다. 그리고 권력의 강제로부터 개인의 자유와 권리를 보호합니다.

– 홍세화, 『나는 파리의 택시운전사』 중에서

 ＊ 〔제시문 1, 2, 3〕을 읽고 '인간의 자기 동일성 확립에 필요한 타자(他者)의 존재'에 대하여 논술하시오. (1200자 내외)

생각해 보기

라깡은 인간은 타자 없이 존재할 수도, 이해될 수도 없다고 말했다. 인간의 의식 자체가 이미 누군가 타자에 의해 설정된, 일종의 매트릭스(matrix)라는 것이다. 정체성(자기 동일성)이 타자 지향적이라는 것은 그러므로, 이론의 여지가 없는 사실이다. 제시문들 속에 담겨 있는 여러 화소(話素)들을 잘 간추리고, 제시문 밖에서 한두 개 예시를 골라 적으면 좋을 것 같다. 이를테면, '우리 나라에서 『삼국지』가 많이 팔리는 이유가 무엇인가?'라는 질문을 던져 놓고, 그 대답 안에서 '개인과 집단 사이의 관계'를 설정하는 우리 민족만의 고유한 방식(민족적 특성)을 찾아본다든지 하는 것도 재미있어 보인다. 『삼국지』라는 동아시아 특유의 '의리 담론'이 제공하는 여러 상징(의리와 관련된)들이 우리 민족의 서술적 정체성 형성에 아주 긴요한 문화적 매개가 되어 왔음을 주장하고, 그것이 타자를 거세하는 바탕 위에서 세워지는 것이 아님을 들어 제시문의 예와 비교 분석, 그들을 비판하는 것도 그럴듯해 보인다.

아니면, 앞에서 많이 소개된 『한국은 하나의 철학이다』에서 강조하는 '남의 것 갖고 와서 내 것 만들기'를 인용해도 좋을 것이다. 그 책의 논리를 뒤집으면 바로 '타자 없이는 나도 없다'는 라깡의 명제가 나오기 때문이다. 그 책의 저자는 그러한 인식 태도나 관점이 마치 '이기철학'에 물든 우리 민족만의 정체성 형성 메커니즘인 것처럼 몰고 가지만, 그러한 타자지향성이 바로 사실상의 유일한 정체성 형성의 통로임을 이 장에서는 강조하고 있다.

그러나, 그것이 '공존의 미학'으로 승화되어야 진정한 정체성 형성이 된다는 것을 덧붙여야 할 것이다. 똘레랑스는 바로 그러한 '공존의 미학'을 의미 있는 가치체계 중의 하나로 만들어낸 프랑스 사람들의 지혜일 것이다.

| 읽기 자료 |

행복의 비밀

어떤 상인이 행복의 비밀을 배워오라며 자기 아들을 세상에서 가장 뛰어난 현자에게 보냈다네. 그 젊은이는 사십 일 동안 사막을 걸어 산꼭대기에 있는 아름다운 성에 이르렀지. 그곳 저택에는 젊은이가 찾는 현자가 살고 있었어. 그런데 현자의 저택, 큼직한 거실에서는 아주 정신없는 광경이 벌어지고 있었어. 장사꾼들이 들락거리고, 한쪽 구석에서는 사람들이 왁자지껄 이야기를 나누고, 식탁에는 산해진미가 그득 차려져 있더란 말일세. 감미로운 음악을 연주하는 악단까지 있었어. 현자는 이 사람 저 사람과 이야기를 하고 있었어. 젊은이는 자기 차례가 올 때까지 두 시간을 기다려야 했지. 마침내 젊은이의 차례가 되었어.

현자는 젊은이의 말을 주의 깊게 들어주긴 했지만, 지금 당장은 행복의 비밀에 대해 설명할 시간이 없다고 했어. 우선 자신의 저택을 구경하고 두 시간 후에 다시 오라고 했지. 그리고는 덧붙였어.

"그런데 그전에 지켜야 할 일이 있소."

현자는 이렇게 말하더니 기름 두 방울이 담긴 찻숟가락을 건넸다네.

"이곳에서 걸어다니는 동안 이 찻숟갈의 기름을 한 방울도 흘려서는 안 되오."

젊은이는 계단을 오르내릴 때도 찻숟가락에서 눈을 뗄 수 없었어. 두 시간 후에 그는 다시 현자 앞으로 돌아왔지.

"자, 어디……."

현자는 젊은이에게 물었다네.

"그대는 내 집 식당에 있는 정교한 페르시아 양탄자를 보았소? 정원사가 십 년 걸려 가꿔놓은 아름다운 정원은? 서재에 꽂혀있는 양피지로 된 훌륭한 책들도 좀 살펴보았소?"

젊은이는 당황했어. 그는 아무것도 보지 못했노라고 고백했네. 당연한 일이었지. 그의 관심은 오로지 기름을 한 방울도 흘리지 않는 것이었으니 말이야.

"그렇다면 다시 가서 내 집의 아름다운 것들을 좀 살펴보고 오시오."

그리고 현자는 이렇게 덧붙였지.

"살고 있는 집에 대해 모르면서 사람을 신용할 수는 없는 법이라오."

이제 젊은이는 편안해진 마음으로 찻숟가락을 들고 다시 저택을 구경했지. 이번에는 저택의 천장과 벽에 걸린 모든 예술품들을 자세히 살펴볼 수 있었어. 정원과 주변의 산들, 화려한 꽃들, 저마다 제자리에 꼭 맞게 놓여 있는 예술품들의 고요한 조화까지 모두 볼 수 있었다네. 다시 현자를 찾은 젊은이는 자기가 본 것들을 자세히 설명했지.

"그런데 내가 그대에게 맡긴 기름 두 방울은 어디로 갔소?"

현자가 물었네. 그제서야 숟가락을 살핀 젊은이는 기름이 흘러 없어진 것을 알아차렸다네.

"내가 그대에게 줄 가르침은 이것뿐이오."

현자 중의 현자는 말했지.

"행복의 비밀은 이 세상 모든 아름다움을 보는 것, 그리고 동시에 숟가락 속에 담긴 기름 두 방울을 잊지 않는 데 있도다."

- 파울로 코엘료, 『연금술사』 중에서

리 **(離)**, 떠날 땐 떠난다. 변증법적인 과정을 거쳐 새로운 논리를 세운다.

七. 햄릿　八. 경지　九. 유추

七　햄릿

* 다음 제시문을 읽고 물음에 답하시오.

| 제시문 1 |

햄릿　있음이냐 없음이냐, 그것이 문제로다.
　　　어느 게 더 고귀한가. 난폭한 운명의
　　　돌팔매와 화살을 맞는 건가, 아니면
　　　무기 들고 고해와 대항하여 싸우다가
　　　끝장을 내는 건가. 죽는 건 – 자는 것뿐일지니,
　　　잠 한 번에 육신이 물려받은 가슴앓이와
　　　수천 가지 타고난 갈등이 끝난다 말하면,
　　　그건 간절히 바라야 할 결말이다.
　　　죽는 건, 자는 것. 자는 건
　　　꿈꾸는 것일지도 – 아, 그게 걸림돌이다.
　　　왜냐하면 죽음의 잠 속에서 무슨 꿈이,
　　　우리가 이 삶의 뒤엉킴을 떨쳤을 때
　　　찾아올지 생각하면, 우린 멈출 수밖에 –

그게 바로 불행이 오래오래 살아남는 이유로다. (…후략…)

있음이냐 없음이냐 : 지금까지의 거의 모든 역자가 '사느냐 죽느냐'로 옮겼다. 다만 최재서의 '살아 부지할 것인가, 죽어 없어질 것인가'와 이덕수의 '과연 인생이란 살 가치가 있느냐 없느냐', 강우영의 '삶이냐, 죽음이냐' 정도가 예외일 뿐이다. 그런데 원문의 'To be, or not to be'는 '사느냐 죽느냐'를 포함하는 존재와 비존재를 대립시키고 있기 때문에, 또 이 독백이 살고 죽는 문제를 처음부터 단도직입적으로 명시하고 시작되는 것이 아니라 아주 쉽고 모호하며 지극히 함축적인 일반론으로 시작하기 때문에, 그것을 생사의 선택으로 옮김은 미흡하다고 생각한다. 원문의 뜻에 가장 적합한, 한자가 아닌 순수 우리말은 '있다'와 '없다'의 적당한 변형이 될 것이다. 물론 우리말의 '있음'과 '없음'에 아직 역사적, 그리고 존재론적 무게가 충분히 실리지 않을 수도 있다. 그러나 말의 힘은 적절한 표현의 쓰임에서 나오므로 햄릿의 '있음이냐'를 영어의 'to be' 부정사의 명사적 용법에 해당하는 구절로, '없음이냐'를 'not to be'에 해당하는 구절로 옮겨 보았다. 우리말의 '있음'과 '없음'이 아직 완전한 명사로 굳어지지 않았으므로 이 경우에 가장 적합하다고 생각된다. 한자 개념을 쓸 경우에는 '존재하느냐 마느냐' 식이 될 것이다.

– 세익스피어, 최종철 옮김, 『햄릿』 중에서

| 제시문 2 |

읽는 데 많은 시간이 들지도 않았습니다. 희곡인 탓도 있지만 양이 절대적으로 많지 않았습니다. 대사가 무척 '화려하다'는 느낌은 받았지만 그것이 그리 '심오하다'는 생각은 하지 않았습니다. 이 책을 읽은 사람이든 읽지 않은 사람이든 즐겨 입에 담는 햄릿의 유명한 독백, 곧 3막 1장에 나오는 'To be, or not to be : that is the question'도 그랬습니다. 제가 지금 펼쳐놓고 있는 최재서 선생님의 텍스트에는 이 문장이 '살아 부지 할 것인가, 죽어 없어질 것인가, 그것이 문제다'(『햄릿』 인용은 최재서 역주본을 따랐다)라고 번역되어 있습니다. 저는 이 번역의 잘잘못을 판단할 수 없습니다. 그러나 역문만을 읽어 내려가면서 그 잘 알려진 원문을 지나쳤던 것을 보면, be 동사가 존재를 뜻한다며 영문법 시간에

예로 든 이 문장의 번역, 곧 '존재할 것인가, 존재하지 않을 것인가, 그것이 문제다'가 어쩐지 제게는 더 '멋'있게 인상지어졌지 않았나 하는 생각을 할 뿐입니다.

저는 어쩌면 이 책을 처음 읽었을 때 무척 유치했었는지도 모릅니다. 지금도 뚜렷하게 기억하는 것이지만 제게는 '살아 부지할 것인가, 죽어 없어질 것인가' 하는 것은 전혀 문제가 아니었습니다. 지금 되 다듬는다면 '살고 싶어 사는 것도 아니고, 죽고 싶어 죽는 것도 아닌 것'이 삶인데, 그때 부닥친 상황은 그처럼 심원한 물음이 아니라 바로 그 다음의 구절에 나오는 것처럼 좀더 현실적인 물음일 거라고 생각했습니다.

> 가혹한 운명의 돌팔매와 화살을 받고
> 참는 것이 장한 정신이냐.
> 아니면 조수처럼 밀려드는 환란을 두 손으로 막아,
> 그를 없이 함이 장한 정신이냐?
> Whether 'tis nobler in the mind to suffer
> The slings and arrows of outrageous fortune,
> Or to take arms against a sea of troubles,
> And by opposing end them?

더 이상 모욕을 당하면서 가정교사를 계속할 것인가, 아니면 오갈 곳이 없어도 오늘 저녁 돌아가면 당장 짐을 싸서 나올 것인가 하는 것이 제게는 '근원적'인 문제였기 때문입니다. 당연히 그 독백이 이어지는 '죽는 일은 자는 일, 다만 그 뿐이다. To die : to sleep'을 저는 거침없이 간과했습니다.

- 정진홍, 『고전, 끝나지 않은 울림』 중에서

| 제시문 3 |

항상 미리 서두른다는 점이 신경증 행동의 가장 일반적인 특성이다. 주체는 대상에서 시간개념을 찾으려 하고 대상 속에서 시간을 구분해 내려 한다. 이 점을 염두에 두고 햄릿으로 되돌아가 보자. 신경증의 특성이 무엇인지 규명하고

자 하는 한 누구나 마음대로 햄릿을 온갖 형태의 신경증적 행위로 설명할 수도 있다. 그러나 햄릿의 구조에 대해 내가 여러분에게 말씀드렸던 첫 번째 요소는 햄릿이 타자의 욕망, 즉 어머니의 욕망에 의존해 있는 상황이다. 이제 여러분이 인식해야 할 두 번째 요소는 햄릿이 극의 처음부터 끝까지 계속 타자의 시간에서 정지한다는 점이다.

『햄릿』 텍스트를 해독하기 시작했을 때 우리가 주의를 기울였던 첫 번째 전환점이 무엇이었는지 기억하는가? 연극이 진행되는 동안 왕은 자신이 저지른 죄를 극화한 것을 더 이상 볼 수 없어서 불안해하며 자신의 죄를 눈에 띄게 드러낸다. 햄릿은 자신의 승리를 만끽하며 왕을 조롱한다. 그러나 미리 정해놓았던 어머니와의 약속을 지키러 가는 도중 햄릿은 기도하고 있는 왕을 보게 된다. 자신의 행동을 똑같은 모습과 순서대로 본뜬 극을 본 후 클로디어스는 마음 깊은 곳까지 흔들리고 있었다. 자신을 전혀 방어할 수 없는 상태일 뿐만 아니라 자신의 머리 위에 위험이 도사리고 있다는 사실조차도 모르고 있는 이런 클로디어스 앞에 햄릿이 서 있다. ①그러나 햄릿은 클로디어스를 죽이지 못하고 멈추고 만다. 그럴 때가 아니기 때문이다. 즉, 타자의 시간이 아니기 때문이다. 타자는 그의 「결산서(audit)」인 클로디어스를 천당으로 넘길 때가 아니라고 생각한다. 클로디어스를 천당으로 보내는 것은 어떤 관점에서는 너무 친절한 행동이고 다른 관점에서는 너무 잔인하다. 기도란 일종의 참회의 표현이어서 클로디어스에게 구원의 길을 열어주는 것이므로 기도 중에 그를 죽이는 것은 아버지의 복수를 잘 행한 것이라 할 수 없을 것이다. 여하튼 한 가지는 확실하다. 「왕의 양심을 포착하려던」 계획을 겨우 성공시켰음에도 불구하고 햄릿은 멈추어 버린다. 어느 순간에도 그는 자신의 시간이 도래했다고 생각하지 않는다. 무슨 일이 일어나건 타자의 시간이 아니므로 그는 자신의 행동을 멈춘다. 햄릿이 어떤 행동을 하건, 그는 오로지 타자의 시간에만 그것을 행한다.

햄릿은 모든 것을 받아들인다. 처음에 그가 아버지의 유령이 나타나기 전에 이미 어머니의 재혼으로 인한 혐오감에서 비텐베르크로 떠날 생각만을 하고 있었다는 점을 잊지 말자. 현대생활의 일반적 특징이 되고 있는 실용성에 대한 글에서 이것이 한 예로 인용되었다. 여권을 신속히 발급받아 떠남으로써 많은 극적인 위기들이 회피될 수 있다는 사실을 보여주는 가장 좋은 예가 바로 햄릿이라는 것이다. 만약 햄릿에게 비텐베르크로 여행할 수 있는 허가서가 즉시 발급되었다면 아마 어떤 드라마도 발생하지 않았을 것이다.

그가 덴마크에 머물러 있을 때는 그의 부모의 시간이다. 그가 자신의 복수를 지연하고 있을 때는 다른 사람들의 시간이다. 그가 영국으로 떠날 때는 의붓아버지, 클로디어스의 시간이다. 그가 능숙하게 약간의 속임수를 써서 프로이트도 감탄할 만큼 우연하게 로젠크란츠와 길덴스턴을 죽음으로 몰아넣었을 때는 그들의 시간이다. 비극은 예정대로 치닫고 그가 한 사람을 죽이기가 어렵지 않다는 것을 막 깨닫고「한 대!」라고 말하지만(햄릿과 레어티즈의 결투장면에서 햄릿이 먼저 공격을 한 후 점수를 부르는 말) 무엇이 그를 공격하는지 결코 알 수 없는 시간은 오필리아의 시간, 즉 그녀가 자살하는 시간이다. (… 중략 …)

이미 말씀드린 대로 햄릿이 오이디푸스와 다른 점은 햄릿이 알고 있다는 것이다. 햄릿의 광증은 그가 알고서 벌이는 가장(feigning)이다. 고대극에도 역시 미친 주인공들이 등장한다. 그러나 내가 아는 한 전설이 아닌 비극에서 미친 척한 주인공은 없었다. 그러나 햄릿은 미친 척한다.

물론 햄릿의 광증을 나타내는 특징들이 모두 꾸민 것이라 할 수는 없다. 그러나 내가 강조하고 싶은 것은 원래의 전설, 즉 삭소 그라마티쿠스 판과 벨레포리스트 판에서 중요한 특징은 주인공 자신이 약한 위치에 있다는 사실을 알고 있기 때문에 미친 척한다는 점이다. 그리고 그 순간부터 그의 마음속에서 무슨 일이 일어나고 있는가라는 문제에 모든 것이 달려 있다.

이런 특징이 피상적으로 보일지도 모른다. 그러나 셰익스피어가 『햄릿』을 쓸 때 포착한 것은 바로 이 점이다. 그는 우여곡절 끝에 행동을 종결하기 위해 미친 척할 수밖에 없었던 주인공의 이야기를 선택했다. 실패할 경우 희생될 수 있는 매우 위험한 상태에 처해 있음을 알고 있는 사람은 미친 척할 수밖에 없으며 파스칼의 말대로 다른 모든 사람들과 함께 미칠 수밖에 없다. 그러므로 미친 척하기는 현대 주인공의 전략 가운데 하나이다.

　　　　　　　－ 자크 라캉, 권택영 엮음, 『욕망, 그리고《햄릿》에 나타난 욕망의 해석』 중에서

| 논제 |

〔제시문 3〕의 밑줄 친 ①을 참조하여 〔제시문 1, 2〕에서 문제가 되고 있는 주제를 1200자 내외로 설명하시오.

생각해 보기

〔제시문 1, 2〕는 'To be, or not to be'의 해석역(解釋域)을 두고 여러 가지 생각이 가능함을 보여주고 있다. 단순하게 '사느냐 죽느냐'로 옮기기에는 그 맥락이 요구하는 해석의 영토가 너무 넓다는 것이다. 〔제시문 2〕의 저자에게는 최재서의 '살아 부지할 것인가, 죽어 없어질 것인가'라는 해석이 적절한 번역이라고 여겨지는 것 같다. 어쨌든 햄릿의 그 독백이 생에 대한 환멸의 감정을 실어 나르고 있다는 점은 분명하다. 그 부분에 대해 논할 것을 〔논제〕는 요구한다.

햄릿이 아버지의 원수에 대한 복수를 지연시키는 문제는 여러 논자들에 의해서 심도 있게 논의된 바가 있다. 〔제시문 3〕도 그 중의 하나다. '복수의 지연'이 보편적인 인간 존재의 고뇌 속에서, 이를테면 존재론적인 파장(波長) 안에서 음미될 수 있도록 하는 이 부분은 명작 『햄릿』의 백미 부분이라 할 만하다. 유한한 인간 존재가 고통과 고뇌의 연속인 생(生)을 애써 부지하는 이유가 무엇인지를 고뇌하는 햄릿의 모습이 인상적이다.

밑줄 친 ①에서의 '타자의 시간'이 무엇을 뜻하느냐가 관건이다. 제시문에서 설명하고 있듯이 '햄릿이 타자의 욕망, 즉 어머니(아버지)의 욕망에 의존해 있는 상황'을 이해하고, 그가 오로지 '타자의 시간'에만 행동한다는 것이 어떤 의미인지 아는 것이 중요하다. 사랑도 복수도, 햄릿은 '자신의 시간' 안에서 행할 수 없다는 라깡의 설명이 무슨 뜻인지 아는 것이 중요하다는 것이다.

''왕의 양심을 포착하려던' 계획을 겨우 성공시켰음에도 불구하고 햄릿은 멈추어버린다. 어느 순간에도 그는 자신의 시간이 도래했다고 생각하지 않는다. 무슨 일이 일어나건 타자의 시간이 아니므로 그는 자신의 행동을 멈춘다. 햄릿이 어떤 행동을 하건, 그는 오로지 타자의 시간에만 그것을 행한다.'라고 단정하는 라깡의 발언은 인간 심리에 내재한 타자지향성을 설명하고 있는 것이다. 특히 어머니의 시선에 갇힌 채, 그녀가 자신에게 원하는 것이 무엇인지를 확인해야 하는 햄릿의 입장에서는, 매번 결단의 시간마다 들려오는 타자의 목소리를 거역할 수 없다는 것이다. 모든 아들은 어머니의 연인(Son-Lover)이라는 말도 첨가하면 좋을 듯하다.

그 '타자의 시간'이 부친에 대한 햄릿의 죄의식에 어떻게 접속되는가를 보여주는 대목이 바로 〔제시문 1〕의 독백 부분이라 할 것이다.

그와는 별도로, '살아 부지할 것인가, 죽어 없어질 것인가'라는 최재서의 번역과 〔제시문 1〕 필자의 '있음이냐 없음이냐'라는 번역을 두고 어느 한쪽 편을 들어 논지를 전개시켜 보는 것도 재미있어 보인다.

| 읽기 자료 |

하이퍼그라피아

신경학자들은 의식의 변화를 일으키는 발작, 비관과 환희를 자유롭게 떠다니는 감정의 변화, 종교적이며 철학적인 기질, 성 취향의 갑작스런 변화, 글을 쓰고자 하는 주체 못 할 욕구 등 도스토예프스키가 청년기 한 시점에서부터 보여준 여러 가지 복잡한 성향들이 대부분 측두엽 간질 증상과 일치한다고 말한다. 측두엽 간질이란 대뇌피질에 있는 측두엽에서 일어나는 발작이다. 뇌의 다른 부분에서 일어나는 발작은 이런 특성을 수반하지 않는다. 다음의 인용문이 바로 그런 설명을 가능케 한 천재적인 작가의 생애에 있었던 사건과 이력이다.

스물다섯 살 된 젊은이가 있었다. 젊은이는 어느 날 의식이 변할 정도로 위험한 발작을 일으켰다. 두려움과 황홀경이 겹쳤다. 발작이 일어나는 동안 머리를 흔들며 울기도 했고, 마구 몸부림치며 상처입기도 했다. 이후 그는 혼란의 와중에서 말과 글을 사용하는데 곤란을 겪었다. 일종의 가족병력이었다. 그는 얼굴이 비대칭적으로 현저히 일그러지기도 했는데 이것은 뇌가 비정상적일 때 자주 볼 수 있는 현상이었다. 또한 심한 감정의 변화, 강박적인 도박, 순간적인 격분 등을 일으켰다고 전해지며 10년을 감옥에서 보냈다. 그러면서도 그는 독실한 종교인으로서 죄의식과 초자연적인 주제에 대해 골똘히 생각하곤 했다. 성욕도 특이해서 30대 중반까지는 성에 대해 관심이 없었으나 나중에는 결혼을 두 번이나 했고 혼외정사를 하기도 해다.

어릴 때부터 글에 관심이 많았던 그는 재정적으로 불안정한 상태였음에도 불구하고 전업 작가로 나서기 위해 다니던 직장까지 그만두었다. 글쓰기로 인해 자신의 건강이 더 악화된다는 사실을 알긴 했지만, 아플 때가 그렇지 않을 때보다 글이 더 잘 써진다고 믿었다. 평생 동안 19편의 장편소설과 중편소설을 썼고 그 외에도 아주 무서운 속도로 수많은 노트와 일기, 편지를 써 내려갔다. 그는 자신의 작품에 등장하는 인물을 통해 글을 쓰고자 하는 욕구를 다음과 같이 표현했다.

"다시 생각해 보지만, 내가 글을 쓰는 목적은 무엇인가? (…중략…) 글을 씀으로써 나는 위안을 얻는다. 예를 들어, 오늘 같은 경우, 먼 과거의 추억이 나를 괴롭히고 있다. 그 추억은 며칠 전 생생한 기억으로 되돌아와 지우려 해도 지워지지 않는 짜증나는 선율처럼 내 안에 계속 도사리고 있다. 하지만 어쨌든 없애긴 없애야 한다. (…중략…), 몇 가지 이유가 있긴 하지만 나는 그것들을 글로 적으면 없애버릴 수 있다고 믿는다. 그러니 왜 글을 쓰지 않겠는가?"(『지하로부터의 수기』)

신경학자들은 표면적으로는 말을 아끼지만, 내심 적어도 창의적인 글쓰기에 한해서는 질병이론에서 단 한 발도 물러설 수 없다는 투의 논조를 편다. 질병이 항상 재능 있는 작가를 만드는 것은 아니지만 특별할 정도로 의욕에 찬 작가를 탄생시킬 수 있다고 주장하기도 한다. 1970년대의 신경학자인 스티븐 왁스먼과 노만 게슈빈트가 그 대표적인 인물이다. 당시만 해도 인간의 성격 변화와 뇌의 상관관계를 일목요연하게 특성화하여 정리한 사례가 드물었기 때문에 이들의 연구는 학계에 큰 반향을 불러일으켰다. 그들은 하이퍼그라피아를 식별할 수 있는 간단한 방법을 고안해 냈다. 먼저 간질 환자들에게 자신의 건강 상태를 묘사해 달라는 내용의 간단한 편지를 보냈다. 하이퍼그라피아를 앓지 않는 환자들의 답장은 평균 78개의 단어로 구성되어 있었다. 반면 하이퍼그라피아를 앓는다고 생각되는 환자들의 답장은 단어 수가 평균 5천여 개에 이르렀다. 78 : 5000이라는 수치는 그것이 정도의 차이가 아니라 어떤 종류의 차이 혹은 근원적이고 본질적인 차이를 내포한 비교임을 드러낸다. 간질은 글쓰기에서 비롯된 질병이 아니라 그 반대라는 것이 그들의 설명이다. 측두엽에 생긴 이상이 글쓰기에 결정적인 영향을 미친다는 논리를 뒷받침하는 적절한 사례로 위의 조사가 자주 인용되는 데에는 '창의성 질병론'에 대한 뿌리 깊은 믿음이 자리 잡고 있다. (…중략…)

측두엽 간질을 지닌 사람들은 그 성향이 다양할 뿐만 아니라 대부분의 경우 일반인과 구별하기도 힘들다. 하지만 어떤 이들은 이른바 게슈빈트 증후군이라 불리는 특질을 명확히 보여준다. 이 특질은 모두 다섯 가지로 하이퍼그라피아, 철학과 종교에 대한 심취(하루에 두 번이나 미사에 참석하거나 자신을 스스로 부처라 생각하는 경우), 갑자기 난폭해지는 등의 감정의 격변, 성징의 변화(보통 성행위가 감소한다), 마지막으로 과도한 집착으로 인해 수다가 심해지거나 혹은 너무 자세한 사항에만 매달리는 경우를 들 수 있다.

도스토예프스키는 게슈빈트 증후군의 다섯 가지 특질을 일목요연하게 보여준다. 그는 다산 작가로 섬세한 글을 썼으며 도덕적인 면에서도 집착이 강했다. 또 갑자기 화를 내기도 했으며, 그의 유별난 성 취향은 사람들로부터 그를 멀어지게 했다. 또한 간질 발작을 일으켰던 다른 많은 사람들과 마찬가지로 매일 벌어지는 일상사에 민감하게 반응했다.

게슈빈트 증후군은 개인의 개별적 특성을 바탕으로 일련의 성격변화를 일으키는 뇌 상태를 명확히 정리한 예라고 할 수 있다. 간질이 없는 사람도 이런 성향을 가질 수 있다. 만약 측두엽 간질이 없는데도 게슈빈트 증후군을 보이는 사람이 있다면, 비록 명백한 발작은 없었다 하더라도 측두엽 활동에 변화가 일어났음을 추측할 수 있다. 측두엽 활동의 점진적인 변화에 따라 성격도 서서히 변해가기 때문이다.

한편, 하이퍼그라피아를 겪는 이들의 글쓰기는 외관상 뚜렷한 특징을 보여준다. 일례로 레오나르도 다빈치의 거울형 글쓰기(마치 거울에 비친 것처럼 글자를 반대로 쓰는 방식)처럼 매우 정교하거나 특정한 필기체로 글을 적는다. 또한 이들은 강조를 위해 모든 글자를 대문자로 적거나 혹은 색깔 있는 잉크를 사용하기도 한다. 또 본문에만 주력하는 것이 아니라 과하다 싶을 정도로 엄청나게 많은 주석을 달아놓기도 하고 여백에 그림을 그리거나 화려한 이니셜을 사용하기도 한다.

전두엽에 손상을 입었을 때는 단일 철자를 반복해서 쓰는 것처럼 단지 '정서(正書) 강박'의 초기 형태에 해당하는 글을 쓸 뿐이다. 이런 행위는 글을 쓰고자 하는 욕구를 반영하는 것이 아니다. 그것은 단순히 도구를 자꾸 만지려는 행위인 이른바 '도구 행위'라고 볼 수 있다. 전두엽에 손상을 입어 '도구 행위'를 보여주는 환자들은 단지 연필과 망치가 거기 있다는 이유로 그 도구를 반복적으로 사용하려 한다.

측두엽 발작은 감각적인 증상도 수반하여 물체가 줄거나 확대되는 듯한 느낌을 받을 수도 있다. 이렇게 사물의 크기가 변해 보이는 현상은 일명 '이상한 나라의 앨리스 증상'이라고도 불린다. 소설 『이상한 나라의 앨리스』에서 앨리스가 음식을 먹으면 몸의 크기가 줄어들거나 커지는데 바로 여기에서 이런 이름이 붙여졌다. 사실 이 소설은 저자인 루이스 캐럴의 발작 경험을 바탕으로 하고 있다. 예를 들어 토끼를 따라 가다 구멍에 빠져 추락할 때 앨리스가 받았던 느낌은 발작 시 경험하게 되는 공간 이동 느낌을 반영한 것이다. 측두엽에 전기 자극을 가하면 이런 경험을 하도록 만들 수 있으며, 더불어 자기 몸 밖에서 자신을 내려다보는 것과 같은 느낌이 드는 '유체이탈' 현상 역시 전기 자극으로 유도할 수 있다. 비유적인 표현이긴 하지만 이런 유체이탈 현상은 글을 쓸 때 자신의 삶과 어느 정도 거리를 유지할 필요가 있는 작가들의 특성을 연상시킨다.

감각 이상이 심해지면 환자는 환상과 현실을 구별하지 못하게 된다. 측두엽 발작 때문에 일어나는 정신분열증 중 가장 흔한 현상은 바로 환청이다. 그리고 환자는 발작이 일어난 직후 심각한 언어 장애를 겪는다. 측두엽은 의식의 변화에 따른 가짜 경험도 유발한다. 이런 느낌에는 비현실성, 데자뷰, 자메뷰(이미 경험한 것을 처음 경험하는 것처럼 느끼게 되는 현상), 자기 자신의 환영(여기엔 도스토예프스키가 그의 작품『분신』에서 묘사했듯 도플갱어가 포함될 수 있다) 등이 있다. 정리해서 말하자면 감정의 강한 변화, 다차원의 지각, 환청, 언어 장애 등이 모두 측두엽이 자극을 받았을 때 일어난다.

귀스타브 플로베르 역시 간질 환자였다. 발작에 관한 그의 묘사는 측두엽 발작의 고전이라 할 만하다. 발작은 최후의 날이라는 두려움에서 시작되어 곧 자신과 외부의 경계가 허물어지는 것을 느끼게 된다. 그는 "내 가난한 뇌에 아이디어와 이미지들이 마치 소용돌이치듯이 들어왔다. 내 의식, 아니 내 전부가 폭풍으로 침몰하는 배처럼 느껴진다."라고 묘사했다. 그러다 그는 구슬프게 울부짖었고, 기억들이 몰려오는 듯한 느낌을 받았으며, 불타는 환영을 보았고, 입에는 거품이 일기 시작했고, 오른쪽 팔을 계속 움직이면서 약 10분간 무아지경에 빠져들었다. 그리곤 구토를 하기 시작했다고 전한다.

학자들이 꼽는 측두엽 간질 작가는 테니슨, 리어, 포, 스윈번, 바이런, 모파상, 몰리에르, 파스칼, 페트라르카, 단테, 아빌라의 성녀 테레사, 성 바울로 등이다. 위에서 언급한 작가들은 모두 뇌파기록장치가 나오기 전에 태어나고 활동했던 사람들이므로 학자들의 진단이 확실하다고 말할 수는 없다. 학자들의 진단은 단순히 경련에 대한 묘사를 바탕으로 내려졌기 때문이다. 경련은 발작과 유사하게 보이긴 하지만 모든 경련이 다 발작인 것은 아니다. 전기 작가들이나 의사들은 작가가 게슈빈트 증후군에 해당하는지 아닌지를 판단하는 기준으로 간질 여부를 우선적으로 꼽는다.

- 앨리스 플래허티, 박영원 역,『하이퍼그라피아』중에서

八 경지

* 다음 제시문을 읽고 물음에 답하시오.

| 제시문 1 |

몰락한 하급 귀족 출신의 노인이 있다. 이름은 돈 알론소. 쉰을 넘긴 나이인데 기사(騎士)소설을 너무 많이 읽어서 살짝 맛이 간 상태이다. 어느 날 그는 기사소설을 읽기만 할 것이 아니라, 스스로 기사가 되어 세상을 바로잡기로 결심을 한다. 기사소설을 지나치게 읽다 보니 소설 읽기로는 도저히 성에 차지 않는 지점에 이르렀고, 아예 기사소설을 자신의 삶으로 살아야겠다고 마음먹은 것이다.

스스로 편력(遍歷) 기사가 되고자 하는 자에게는 적어도 다섯 가지의 조건이 구비되어야 한다. 첫 번째는 갑옷, 방패, 창과 같은 무구(武具)이며, 두 번째로는 천하를 질주하는 준마가 필요할 것이며, 세 번째는 영원히 사랑할 구원의 여인이 있어야 한다. 거기에다가 기사의 위엄을 드러낼 수 있는 멋진 이름과 충직한 종자(從者)는 화룡점정의 두 점에 해당할 것이다. 알론소는 스스로 라만차의 돈 키호테라고 이름을 짓고, 선대로부터 물려받은 녹슨 투구와 낡은 갑옷으로 차려입고, 둘시네아라고 이름 붙인 어느 농부의 딸에게 영원한 사랑을 맹세한다. 그리고는 로시난테라고 이름을 붙인 앙상한 말에 올라타서, 순박한 농사꾼이자

은근한 욕심꾸러기인 산초 판사를 종자로 거느리고 당당하게, 하지만 코믹하게 편력의 도정에 오른다.

그 이후의 어처구니없는 여정은 독자 여러분이 아시는 내용과 같다. 여인숙을 성(城)으로 착각하고, 여인숙 주인을 성주라고 부르고, 옆방의 매춘부를 귀부인으로 대접하기도 한다. 양떼와 포도주 부대 자루를 적의 군대라고 우기는가 하면, 풍차를 전설 속의 거인이라고 생각해서 무작정 덤벼들기도 한다. 편력 기사 돈키호테의 출정은 세 번에 걸쳐서 이루어지며, 그는 모험을 통해서 자신의 몽상과 광기를 매우 진지한 방식으로 세상에서 실현하고자 했다. 현실세계와의 충돌은, 우리의 눈에는 코믹하게만 보이지만 그에게는 너무나도 비통한 실패의 연속이었다. 세 번째 출정 이후 고향에 돌아온 돈키호테는 병석에 눕게 되고 이성을 회복한 후 후회 속에서 생을 마감한다. 자신의 어리석음에 눈을 뜬 그는 고향으로 돌아와, 다시 시골 신사가 되어 병상에서 조용히 눈을 감는다.'[1] 그는 그렇게 해서 '영혼을 입증하기 위한 피곤한 여정'의 말미를 죽음으로 장식한다. 모든 여정은 죽음으로 그 끝을 삼는다는 평범한 귀결로 『돈키호테』는 끝난다.

왜 돈키호테인가? 사람들은 대체로 40에 '나'를 바꾸려 하고, 50에 '세상'을 바꾸고 싶어 한다. 그러나, '나'는 몰라도 '세상'은 바꾸기가 어렵다. 그것을 아는 것은 시간문제다. 그래서 미친다. 공자도 미쳤고, 이순신도 미쳤고, 돈키호테도 미쳤다. 공자든 이순신이든, 당시 관념으로는 일종의 '돈키호테'적인 인물이었다는 것은 누구나 다 아는 사실이다. 미친 자들의 나라에 단 한 사람의 미치지 않은 자가 있다는 것은 곧 그 한 사람이 미쳤다는 말이다. 정상과 비정상은 객관적인 기준에 따라 나누어지는 것이 아니다. 일상(日常)에 적합한지 아닌지 만이 기준이 된다. 영화 〈터미네이터〉에서 '미래를 본 자'들은 비정상으로 취급되어 정신병동에 갇힌다. 당연히 못 볼 것을 본 자들은 미친 자가 된다. ①보통 미친 자들은 살아 있는 사람들과 교유(交遊)하지 않고 죽은 자들의 말에 지나치게 집착하는 경향을 보인다. 공자는 주나라의 주공의 말에, 이순신은 공자의 말에 지나친 집착을 보인다. 죽은 자들의 말들은 반드시 살아있는 사람의 피와 뼈와 살을 통해서만 부활하는 것이지 그 말 자체로(고작 책 읽는 자의 주관에만 접속되어) 다시 살아내는 것은 아니다. 돈키호테가 그냥 미친 것은 아니다. 기사소설의 내용을 현실에다 구현해 내고자 했을 때, 그는 진정한 '미친 사람'이 된다.

---

1 돈키호테에 관해서는 김동식의 「별에서 떨어진 별난 영웅 돈키호테」(하나은행, 2006, 여름) 참조.

50에 미친 사람 중에 소설가 김훈도 있다. 그는 이순신에(혹은 그에 관한 글쓰기에) 미친다. 사람이든 글이든 어느 쪽이든 일전불사(一戰不辭)의 비장한 각오를 뜻하기는 마찬가지다. 작품『칼의 노래』서문을 보면 그 심정을 알 수 있다. '사랑이여 아득한 적이여, 너의 모든 생명의 함대는 바람 불고 물결 높은 날 내 마지막 바다 노량으로 오라. 오라, 내 거기서 한줄기 일자진(一字陣)으로 적을 맞으리. (다시 만경강에 바친다)'라고 비장(悲壯)의 진검을 빼어드는 작가의 심정은 50에 '세상을 바꾸고 픈' 인지상정에 큰 감흥을 준다.

어떤 의미에서는, '마지막 바다에서의 일자진(一字陣)'은 일종의 유혹이기도 하다. 목숨을 걸고 일생일대의 도박이 되는 승부에 나선다는 것, 이제 더 이상 얻을 것도 잃을 것도 없는 생의 한 정점, 혹은 막다른 길에서의 마지막 선택, 그것은 사람에 따라서는 쉽게 비켜 가기 어려운 유혹이 될 수도 있다.

남의 이야기만 늘어놓을 때는 아닌 것 같다. 나도 본격적으로 검도에 매진한 것은 힐끗, 40을 바라보면서이다. 그 전에는 생각으로만 살았다. 책 읽고 소설 쓰는 것이 무슨 큰 벼슬인 줄로만 알았다. 아마 그대로 계속 갔더라면 가관이었으리라 짐작된다. 지금쯤은 여느 50처럼 '마지막 바다'를 찾아 헤매고 있었을지도 모르겠다. 그러니 다행이다. 40에 아예 돈키호테로 접어든 것이.

　　　　　　　　　　　　　　　 - 양선규, 「시골무사 양선규의 이야기 검도」 중에서

| 제시문 2 |

『장자(莊子)』에는 인구에 회자되는 우화들이 많이 있다. 그 중의 하나가 「양생주(養生主)」편에 나오는 포정(庖丁)의 이야기인데, 낮은 곳에서의 경우를 들어 높은 차원의 원리를 밝히는 장자 특유의 비유적 서사를 대표적으로 보여주고 있다. 그 대강을 간추리면 다음과 같다.

　　…포정이 문혜군(文惠君)을 위해 소를 잡은(가른) 일이 있다. 손을 대고, 어깨를 기울이고, 발로 짓누르고, 무릎을 구부리는 동작에 따라 [소의 뼈와 살이 갈라지면서] 서걱서걱, 빠극빠극 소리를 내고, 칼이 움직이는 대로 싹둑싹둑 울렸다. 그 소리는 모두 음률에 맞고, [은나라 탕왕 때의 명곡인] 상림(桑林)의 무악(舞樂)에도 조화되며, 또 [요임금 때의 명곡인] 경수(經首)의 음절에도 맞았다.

문혜군은 [그것을 보고 아주 감탄하며] '아, 훌륭하구나. 기술도 어찌하면 이런 경지에까지 이를 수가 있느냐?'라고 말했다. 포정은 칼을 놓고 말했다. '제가 반기는 것은 도(道)입니다. [손끝의] 재주(기술) 따위보다야 우월한 것입죠. 제가 처음 소를 잡을 때는 눈에 보이는 것이란 모두 소뿐이었으나, 3년이 지나자 이미 소의 온 모습은 눈에 안 띄게 되었습니다. 요즘 저는 정신으로 소를 대하고 있고 눈으로 보지는 않죠. 눈의 작용이 멎으니 정신의 자연스런 작용만 남습니다. 천리(天理:자연스런 본래의 줄기)를 따라 [소가죽과 고기, 살과 뼈 사이의] 커다란 틈새와 빈 곳에 칼을 놀리고 움직여 소 몸이 생긴 그대로를 따라갑니다. 그 기술의 미묘함은 아직 한 번도 [칼질의 실수로] 살이나 뼈를 다친 일이 없습니다. 하물며 큰 뼈야 더 말할 나위 있겠습니까? 솜씨 좋은 소잡이[良庖]가 1년 만에 칼을 바꾸는 것은, 살을 가르기 때문입죠. 평범한 보통 소잡이[族庖]는 달마다 칼을 바꿉니다. [무리하게] 뼈를 자르니까 그렇습죠. 그렇지만 제 칼은 19년이나 되어 수천 마리의 소를 잡았지만 칼날은 방금 숫돌에 간 것 같습니다. 저 뼈마디에는 틈새가 있고 칼날에는 두께가 없습니다. 두께 없는 것을 틈새에 넣으니, 널찍하여 칼날을 움직이는 데도 여유가 있습니다. 그러니까 19년이 되었어도 칼날이 방금 숫돌에 간 것 같죠. 하지만 근육과 뼈가 엉긴 곳에 이를 때마다, 저는 그 일의 어려움을 알아채고 두려움을 지닌 채, [충분히] 경계하여 눈길을 거기 모으고 천천히 손을 움직여서 칼의 움직임을 아주 미묘하게 합니다. 살이 뼈에서 털썩하고 떨어지는 소리가 마치 흙덩이가 땅에 떨어지는 것 같습니다. 칼을 든 채 일어나서 둘레를 살펴보며 [떠나기가 싫어] 잠시 머뭇거리다 마음이 흐뭇해지면 칼을 씻어 챙겨 넣습니다.' 문혜군은 말했다. 훌륭하도다. 나는 포정의 말을 듣고 양생(養生)의 도(참된 삶을 누리는 방법)을 터득했다. (안동림 역주, 『다시 읽는 원전 장자』 중에서)

이 포정(庖丁)의 이야기는 장자가 품은 생각이 크고 이론이 깊은 대철학가일 뿐 아니라, 독창적이고도 자유분방한 대 사상가이며, 재능이 넘치고 예지가 특출한 대문학가임을 보여주는 좋은 예화이다. 이름과 직업이 하나가 되는 삶… '포정'은 그가 '하는 일'이 곧 자신의 이름이 되던 때에 살았다. 그 얼마나 좋은 때인가? 그리고 음악의 경지에 도달한 기예(技藝)… 그의 칼질에서는 음악이 발(發)한다. 그 얼마나 행복한 경지인가? 순리를 실현시키는 삶… 19년 동안 칼을 썼지만 아직도 칼날이 방금 숫돌에 간 것 같다. 과연 나는 언제나 그런 삶의 경지를 엿볼 수 있을 것인가? 포정이 보여주는 경지야말로 바로 '소외 없는 온전한 삶'에 다름 아니었다. 그것이 바로 문학의 영(靈)이 추구하는 경지가 아닐까?

- 양선규, 『코드와 맥락으로 문학 읽기』 중에서

| 제시문 3 |

수리(數理)나 연속성의 논리가 지배하는 영역에서는 '경지'라는 말이 애매하거나 심지어 턱없이 황당한 느낌을 주는 것이 사실이다. 그러나 수신(修身)에는 묘한 구석이 있어서 종종 한치 앞을 내다볼 수 없는 간극이 있고, 자기 암시적 수사(修辭)로 끝나지 않는 이 간극의 현실성은 '경지론(境地論)'을 뒷받침하는 경험이 된다.

경지도 경지 나름이겠지만, 새로운 경지에 드는 이들이 겪는 공통적인 경험 중의 하나가 주객 일체감일 것이다. 물론 이것도 일률적으로 규정할 수 없는 다양한 꼴과 정도를 나타내지만, 수신의 역사가 깊어지면서 자아가 몸속에 침윤하고, 그 몸이 행위 속에 침윤하고, 그 행위 속에 대상마저 침윤해서 마침내 일체를 이루는 경험은 달인들의 행적으로부터 심심찮게 찾아볼 수 있다.

주객 일체감이나 길 없는 길의 경지는 정해진 지표를 따라 일률적으로 진행함으로써 얻을 수 있는 것이 아니다. 이는 인과(因果)의 선후를 좇아 연속적으로 문제를 해결함으로써 도달되는 지식이 아니라, 훈련과 긴장과 이를 참음으로써 성숙을 이루고 이 성숙이 주는 틈을 비집고 새로운 활로를 여는 것이기 때문이다. 정해진 노선 표시가 없는 '길 없는 길'이라고 해서 아무런 법식이 없이 무작정 찾아 나설 수 있는 것은 물론 아니다. 이 '성숙이 주는 틈'에 이르는 도정에는 덫과 샛길이 무수한 것이 보통이기 때문이다. 먼저 더듬어 찾았고 이를 체득해서 몸 마디마디에 그 길 없는 길을 새겨놓은 스승이 필요한 이유가 여기에 있다.

잘라 말해서 수신이나 인문학의 길에서 스승이 필요한 이유는 그 '길'이 '길 없는 길'이기 때문이다. 한편 정해진 길이 없으므로 기계적이고 타율적인 수행이 가능하지 않지만, 동시에 길 없는 길도 길은 길이므로 제멋대로 걸음을 옮길 수도 없다. 이것은 이정표를 보고 걷는 길이 아니라 먼저 걸어간 이들의 고른 숨결과 부드러운 땀의 체취를 느끼면서 걷는 길이다.

화란의 철학자 스피노자를 두고 후세의 어느 전기 작가가 이런 말을 했다.

'스피노자는 구름이 아른아른하도록 높은 산마루턱에 좌정해 있었다. 그의 자리를 바라보면 누구든 그가 오른 높이에 찬탄하지 않을 수 없고, 그 높이를 떠받치고 있을 깊이를 인정하지 않을 수 없다. 하지만 아무래도 이해할 수 없는 것은 평지로부터 그가 있는 산마루턱으로 이르는 길이 없다는 사실이다. 그를 숭앙할 수는 있으나 그를 따를 수는 없다는 뜻인가?' 달인이란 말하자면 길 없는 길을 다니는 이들이고, 또 달인일수록 다닌 길 위에 흔적을 남기지 않는 법이다.

– 김영민, 『컨텍스트로, 패턴으로』 중에서

| 제시문 4 |

공간적으로는 근접 거리가, 시간적으로는 현재가 몸 사람들의 삶의 터전이다. 그들은 '지금 – 여기'에서 자아를 확인하려 한다. 그들이 집단보다 개체를 중시하는 것도 그 때문이다. 정신(머리) 사람들은 이성의 보편성에 기초하여 나와 남이 그렇게 다르지도 않고, 진리는 보편적으로 통용될 것이라고 생각했다. 그러나 실존주의 이후 존재의 보편성에 관한 근대적 가정은 깨졌다.

몸 사람들이 보기에 머리 사람들의 보편성 원리는 획일성에 불과하다. 다른 인간이나 종족을 만나도 머리 사람들은 진보한 종족과 미개한 종족, 교양인과 야만인으로 틀 짓는 경향이 있다. 그들은 개성과 특이성이 얽힌 세계를 인정하지 못한다.

머리 사람들이 이성이라는 보편적 원리에 의해 정체성을 확보했다면, 몸 사람들은 다양하고 가변적인 환경과 자기 취향에서 정체성을 찾으려 한다. 그 개성들을 보편화할 공통기반은 별로 발견되지 않는다.

여기에 몸 사람들의 치명적인 약점이 있다. 그들은 '촉감의 정체성'을 추구함으로써, 자아상실의 역경을 겪을 가능성이 높다. 그들은 근육질, 부드러운 손길, 따뜻한 기운, 흥겨운 분위기 등과 자기 자신의 개성을 동일시한다. 만약 허약한 몸, 못생긴 얼굴이나 뚱뚱한 몸매, 거친 손길, 딱딱한 분위기는 '남의 것'이라고 타자화 한다. 즉 싫은 촉감이나 몸매는 자아가 아니라고 배척한다. 다이어트와 성형 수술, 패션은 몸 사람들이 자아를 확인하는 중요한 수단이다.

몸에서 정체성을 찾는 시도는 두 가지 점에서 위험하다. 우선 동일시 대상이 매우 가변적이다. 머리 사람들이 특정 사상이나 성격, 영원한 사랑과 자신을 동일시함으로써 안정된 정체성을 확보했다면, '연두색 분위기'나 늙어가고 있는 육체와 자아를 동일시하는 몸 사람들은 그 정체성이 매우 불안정하다. 머리 사람들이 이데올로기나 도그마의 노예가 되어 인격을 망칠 가능성이 크다면, 몸 사람들은 부평초가 되어 부단히 방랑하는 괴로움을 겪을 가능성이 크다. 금방 믿고, 금방 버리면서 자아의 불안을 뼈저리게 경험할 가능성이 크다. 특히 유별나게 개성을 찾으려는 시도만큼이나 좌절이 클 수 있다.

- 김용호, 『몸으로 생각한다』 중에서

| 논제 1 |

〔제시문 1〕의 밑줄 친 ①의 구체적인 뜻을 〔제시문 1, 2, 3, 4〕의 내용을 참조하여 400자 내외로 설명하시오.

| 논제 2 |

〔제시문 2, 3〕 저자들이 주장하는 '경지론'에 대해 찬반을 정해 논하시오. (1000자 내외)

● ● ● ● ● ●

생각해 보기

〔논제 1〕의 요구는 이른바 '이념형 인간'의 삶의 태도에 대해 설명하라는 것이다. 돈키호테는 중세의 기사도 정신을 자기 한 몸에 구현해 보려고 나섰던 '이념 과잉형 인물', 혹은 '생명 과다 항진 증세'를 지녔던 사회부적응자이다. 그가 그렇게 된 것은 물론 지나친 '죽은 자들과의 교유', 즉 독서 때문이었다. 죽은 자들의 말은 살아있는 자들의 몸속으로 파고들어 그들은 '미치게' 한다. 그래서 사람들은 종교에 미치고, 학문에 미치고, 사상에 미치고, 결국 그것 때문에 죽는다. 그러나, 그러한 이념 과잉이 인간 사회가 요구하는 '인간됨'에 미치는 긍정적인 영향이라는 것은 아무리 강조해도 모자람이 없다. 만약 그렇게 '죽은 자들의 말에 집착하는 자들'이 없었다면 인간 사회는 이나마 이렇게 유지될 수가 없었을 것이다.

그러므로, 돈키호테와 같이 '미친 사람'은 미치지 않고서는 정립할 수 없는 인간의 조건을 위해 희생적으로 헌신한 실천적인 행동주의자로 간주될 수 있다. 이는 포정으로 표상되는 도인(道人)적인 삶이나 스피노자로 대표되는 달인(達人)들의 삶처럼, 일종의 사표(師表)로서 남보다 높은 생의 한 경지에 도달한 정신주의자들과는 또 다른 차원의 삶이라고 할 수 있다.

한편, [제시문 4]의 몸 사람과는 정반대의 삶이라고 할 수 있다. [제시문 4]의 '몸 사람'의 삶은 돈키호테류의 이념 과잉형과는 상반되는 것으로, 즉물적 인생관, 혹은 '물(物)에 순응하는 자연주의 인생관'을 지니는 삶이라고 할 수 있을 것이다.

[논제 2]가 요구하는 '경지론'에 대한 논의는 가급적이면 '찬성' 쪽에서 진행되는 것이 좋을 것이다. 경지론은 모든 인문주의자들의 '굳이 내색하지 않지만, 철석같이 믿는' 금과옥조이다. 그들은 지식 모두가 절차적 지식이 되어야 한다고 믿는다. '절차' 없이 경지에 오르는 것은 불가능하다고 그들은 믿는다. 물론 속으로만 믿는 사람도 포함해서다. '몸 사람'들도 그와는 차원이 다르지만, '경지'를 존중하는 이들이다. 몸으로 느껴지지 않는 제 경지들을 무의미한 것으로 (최소한 무미(無味)한 것으로) 취급하는 것 자체가 이미 경지론일 터이다.

포정의 이야기에서 경지를 세 단계로 나누는 것과 [제시문 2, 3]에서 강조하는 '일자진', '길 없는 길', '몸 속의 지도' 등등의 비유적 개념들이 나누고 있는 경계를 잘 활용하여 경지론의 인문주의적 가치를 비호하면 될 것 같다.

절차적 앎과 실천하는 삶, 그 인생의 양대 난관을 제대로 뚫을 수 있느냐 없느냐가 결국 경지에 도달하느냐 못하느냐를 결정한다는 것을 마지막에서 강조하면 될 것이다.

장자의 우화가 제시문에 등장하기 때문에 (한 가지 첨가한다면), 노장사상이 유학자들을 비난하는 자리도 사실은 그곳에서 멀지 않다는 것도 한 번 거론할 만하다. 장자야말로 공자를 가장 높이 떠받든 사람이라는 말이 공공연하게 나도는 것도 바로 그러한 맥락에서이다. 안빈낙도(安貧樂道)야말로 공자가 말년에 그렇게 강조한 '경지'였는데, 과연 유학자들이 그 경지를 떠받들고 있는지가 의심스럽다는 것이 장자의 유교 비난의 핵심이다. 그런 취지를 덧붙이면서 제시문의 내용을 잘 간추리면 무난한 한 편의 논술이 가능할 것 같다.

만약 반대편에서 논의를 전개하고 싶으면, 인간의 인문주의적인 노력과 희생을 일단 무시하고(?), '경지론'이 지니고 있는 신비주의적, 비과학적 태도를 비판적으로 논해야 할 것이다. 다음의 읽기 자료 '생물학적 인간관'의 내용이 그러한 논지 전개에 많은 도움을 줄 것으로 생각된다.

| 읽기 자료 |

생물학적 인간관

그러나 진화론에 의하면, 인간의 사유 능력도 결국 인간이 환경에 적응하면서 갖게 된 진화의 부산물일 뿐이다. 진화의 관점에서 보면, 지구상에 존재하는 어떤 생물도 생존과 번식에 성공했다는 점에서, 인간에 비해 열등하지 않다. 이를 보다 체계적으로 정리하면 다음과 같이 요약할 수 있다.

(1) 인류의 탄생과 '진화'는 우연의 산물이다. 인류는 선택받은 종이 아닐 뿐만 아니라 오늘의 인간이 있게 되기까지에 특별한 섭리가 작용한 것도 아니다. 모두가 유전자 변이와 환경이라는 변수에 의해 우연히 출현하게 된 결과일 뿐이다.

(2) 인간의 정신 그리고 그 결과물이라 칭송받아 온 인류의 문화와 역사 역시 전적으로 생물학적 물적 토대에 수반하는 부산물에 지나지 않는다. 그 외양의 찬란함과 숭고함에도 불구하고 문화와 역사 역시 생존과 번식의 잉여물일 뿐이다.

(3) 인간의 미래를 위한 어떤 특별한 목적이나 섭리도 존재하지 않는다. 여타의 생명체가 그저 태어나고 번식하고 사멸하는 것과 마찬가지로 인간도 그러하다. 인간의 삶에 '특별한' 의미를 부여하는 것은 자위적 행위에 지나지 않는다.

이 세 가지 명제는 진화론이 인간의 과거, 현재, 미래에 대해 철학적으로 함축하는 법칙 결정론적, 유물론적, 무목적적 시각을 대변한다. 이는 자유 의지를 강조하고, 정신과 이성을 칭송하고, 진보와 발전에서 삶의 의미를 찾았던 전통적인 관점에서 보면 실로 위험하기 짝이 없는 발상이 아닐 수 없다. 진화론이 옳다면, 인간은 행여나 수치스러운 과거를 들킬까봐 자기 과시에 몰두하는 사생아처럼 애써 본능을 감추고 문화로 위장하려는 위선적인 동물에 불과하기 때문이다. 결국 진화론은 우리가 가져왔던 많은 생각들이 허구이자 환상이라고 지적한다. 생물학적 인간관이 여전히 익명인 채로 남아 있는 것도 바로 이 때문이다.

우리는 다음과 같은 사실을 익히 알고 있거나 혹은 적어도 한번쯤은 들어봤을 것이다 : 남녀간의 성관계에서 남성은 매우 적극적인(무분별한) 반면 여성은 상대적으로 소극적(선택적)이다. 남성이 매력을 느끼는 배우자는 젊고 건강하며 순결한 여성인 반면 여성이 매력을 느끼는 남성은 나이가 들었더라도 사회적 지위가 높고 정직한 사람이다. 혼외정사에 대해 남성은 매우 엄할 뿐만 아니라 성행위 자체에 비중을 두는 반면 여성은 비교적 용서를 잘하고 행위 동기를 중시한다. 남성은 여성보다 포르노그라피와 같은 시각적 자극에 유혹당하기 쉽고 여성은 감미로운 애정 표현에 유혹당하기 쉽다. 매춘을 포함한 모르는 사람과의 성관계는 주로 남성에 의해 추구된다. 중년기 남성은 여성에 비해 훨씬 많은 바람기를 보인다. 결혼을 파국으로 이끄는 가장 강력한 요인은 남편의 불만이다. 남자는 여자보다 재혼할 확률이 훨씬 크다. (…중략…)

진화론은 생명체의 구조적 특성뿐만 아니라 행태 심지어는 의식까지도 궁극적으로는 번식, 보다 정확하게 표현하자면 유전자 복제에 의해 나타나는 현상으로 이해한다. 즉 우리가 갖는 여러 가지 심리상태도 생식가능도(reproductive potential)에 의해 영향을 받는다는 주장이다. 진화의 과정에서 적자란 결국 번식에 성공한 개체이다. 따라서 만약 인간도 생명체로서 번식의 증대를 지향하는 메커니즘의 영향을 받는다면, 그 영향이 심리상태에까지 미칠 것이라 기대할 수 있다. 진화론적 사회심리학은 바로 이 점에 착안한 이론이다. 다윈 자신도 이 절(節)에서 이슈가 되고 있는 남녀 간의 성 심리 상태가 자연선택설을 통해 설명 가능하다고 생각했고 그러한 메커니즘을 구체화시켜 '성 선택이론'이라 불렀다.

유전자의 생존과 번식 성향을 토대로 생명 현상을 설명하려는 진화론자들에게 가장 설명하기 힘든 현상 중의 하나는 이타적인 행위, 특히 자기-희생적인 행위이다. 다윈도 사회생활을 하는 곤충들의 헌신적인 이타 행위를 설명하지 못해 고민했다. 그는 곤충들의 이타적 행위가 자기 이론에서 '넘어설 수 없는 '장벽'일 뿐만 아니라 '자연 선택'이론 자체에 치명적이다'라고까지 생각했다. 그러나 1963년 윌리엄 해밀턴이 친족 선택 이론(the theory of kin selection)을 발표하면서 이러한 문제에 대한 해결 가능성이 열리게 되었다. 알고 보면 단순하기 짝이 없는 이 이론이 결과적으로 그렇게 커다란 반향을 일으킬 수 있었던 것은 그것이 관점의 전환을 요구하기 때문이었다. 인간을 포함한 유기체로부터 유전자로의 관점 전환이 바로 그것이었다.

이제까지는 모든 것이 개체를 중심으로 이해되었다. 즉 풀 한 포기, 나무 한 그루, 벌레 한 마리 등 생명 현상을 설명할 때 중심을 이룬 것은 각각의 생명체였다. 그러나 친족 선택 이론은 우리에게 유전자 차원에서 생각하도록 요구한다. 유전자의 관점에서 보기 시작하면 이전에는 '이타적'이었던 행태들도 '이기적'으로 해석될 수 있다. 이 같은 해석이 가능한 것은 유전자의 차원에서는 이기적인 행동도 개체의 차원에서는 이타적일 수 있기 때문이다. 예를 들어보자. 영양 중에는 포식자를 보는 순간 이상한 모양으로 껑충껑충 뛰면서 동료들에게 경고를 보내는 종이 있다. 이러한 행위는 걸음을 늦게 할 뿐만 아니라 자신을 드러냄으로써 맹수의 먹이가 될 위험을 가중시킨다. 분명 개체의 입장에서 보면 더할 나위 없이 이타적인 행위이다. 그러나 유전자의 관점에서 보면 그렇게 숭고하기만 한 행위가 아니라는 것을 알 수 있다. (…중략…) 오히려 최종적인 의미를 갖는 것은 유전자의 생존과 번식이다.

친족 선택 이론은 통상적인 부모 자식 관계뿐만 아니라 우리가 의아해 왔던 여러 다른 현상들도 설명해 준다. 예를 들어보자. 유전자의 입장에서 볼 때 좋은 부모는 번식 가능성이 큰 자식에게 투자하는 부모이다. 따라서 보다 나은 생존-번식 조건을 갖춘 자식을 편애하는 것은 자연스러울 뿐만 아니라 유전자의 차원에서는 합리적이다. 그런데 자식의 번식 가능성은 자식이 가지고 태어난 선천적 자질이나 능력에 의해서만 결정되는 것이 아니다. 그것은 상당 부분 사회경제적 환경에 의해 영향을 받을 수밖에 없다. 따라서 자식에 대한 부모의 투자는 그들이 처한 사회경제적 여건에 따라 달라질 것이라고 예측할 수 있다. 특히 성별과 같이 사회경제적 환경에 민감한 변수는 부모의 태도에 커다란 변화를 줄 것이라고 예측할 수 있다. 이는 사실로 드러났다. 일반적으로 다른 조건이 유사한 경우, 가난한 집안에서는 여아를 선호하는 반면 부유한 집안에서는 남아를 선호한다. 풍요로운 환경에서는 남아가, 그렇지 못한 환경에서는 여아가 보다 큰 번식 가능도를 갖기 때문이다. (…중략…)

번식 가능성과 친족애의 상관관계는 친족의 죽음에 대해 느끼는 슬픔의 정도에서도 나타난다. 친족애를 번식 가능성의 관점에서 이해한다면, 슬픔도 번식 가능도에 따라 달라야 마땅하다. 예컨대 부모나 자식이 주는 슬픔도 그들의 번식 가능도에 비례할 것이라고 기대할 수 있다. 사실 부모의 죽음은 어떤 특정한 시기를 지나면 자연히 그 비중이 적어질 수밖에 없고 따라서 슬픔도 줄어드는 경향을 띤다. 반면 자식은 상당한 기간 번식 가능도를 유지하기 때문에 그의 죽음은 부모에게 일반적으로 '하늘이 무너지는 듯한' 큰 슬픔을 가져온다. 만약 이 이론이 옳다면, 일반적으로 자식이 부모를 잃었을 때보다는 부모가 자식을 잃었을 때 더 슬퍼해야 하고, 어린 자식을 잃었을 때보다는 이제 막 청년기에 접어든 자식을 잃었을 때 더 슬퍼해야 한다. 이는 일반적으로 번식 가능성이 적은 자식보다는 큰 자식이 죽었을 때 더 슬퍼하기 때문이다. 이러한 예측도 전반적으로 이제까지 밝혀진 인간의 행태와 일치하고 있다.

인간을 유전자의 꼭두각시로 보는 것이 생물학적 인간관이다. 그러나 그래야 한다고 주장하는 것은 아니다. 단지 인간의 행태가 그렇게 보는 것을 정당화할 뿐이다. 역설적으로 들릴지 몰라도, 생물학적 인간관은 인간의 가능성을 본다. 오늘날 인간이 누리는 문화, 예술과 사상은 생물학적 기제만으로는 설명 불가능하다. 문화, 예술과 사상은 몇몇 특별한 존재들에 의해 이끌려왔으며 앞으로도 그럴 것이다. 이들 인간들은 매우 비인간적이다. 이들은 다른 이들과 달리 전형적인 인간이기를 거부했다. 그들의 몸부림이 문학을 낳고, 예술을 낳고, 철학을 낳았다. 이들은 사랑에 빠지기보다는 사랑을 관조했고, 경쟁하기보다는 경쟁하려는 자신을 책망했으며 행복을 추구하기보다는 고뇌를 즐겼다. 이들은 반성적 체험을 생활화하려고 애썼다. 가장 자연스러운 인간은 반성 없이 본능이 조정하는 대로 제도를 질서로 생각하고 규범을 진리로 생각하고 이념을 종교화하면서 살아가는 존재들이다. 그것을 거부하는 순간 이들은 생명계 집단으로부터 탈퇴를 선언한 셈이다.

생물학적 인간관은 자연과학에 기초하고 가치의 실재를 부인하기 때문에 어떤 특정한 삶의 방식을 옳거나 맞는 것으로 옹호할 근거를 가질 수 없다. 그렇기에 반성적 체험이라는 삶의 양식 또한 새로운 이념으로서 제시될 수 없다는 문제에 봉착한다. 그것은 여러 다른 삶의 양식과 마찬가지로 선택할 수 있는 하나의 대안으로 주어질 뿐이다. 그러나 분명한 것은 인간과 동물이 다르다면, 그것은 이성이니 합리성이니 하는 전통적인 개념으로써 규정될 수 없다는 사실이다. 사람과 동물 사이에는 대부분 아무런 질적 차이가 없다. 단지 특정한 능력에서 정도의 차이를 보일 뿐이다. 정말로 동물과 다른 존재가 있다면 그것은 반성적 체험을 생활화한 사람이다. 이들은 다른 이들보다 특별히 행복하거나 특별히 자손이 많지도 않을 것이다. 오히려 거의 모든 분야에서 다른 이들보다 못할 것이다. 하지만 물을 수는 없다. 과연 어떤 삶을 살아갈 것인지. 배부른 돼지보다 배고픈 소크라테스를 선망하고 음미되지 않은 삶은 가치가 없다고 주창하는 것도 같은 맥락이 아니겠는가?

– 정연교, 「생물학적 인간관」 중에서

九 유추

＊ 다음 제시문을 읽고 물음에 답하시오.

| 제시문 1 |

오성적 사고로 정확성을 추구하는 자연과학이 비유를 도움으로 해서 자연 법칙에 접근하고 있다는 인식은, 일견 생소한 것으로 보일 수 있으나 사실 하이젠베르크(W.K.Heisenberg)를 비롯한 20세기의 물리학자들, 화학자들의 입을 통해 충분히 확인된 바 있다. 니체에 의하면, 사물 자체(Ding an sich)는 사실상 언어로 포착 불가능한 것이며, 따라서 언어 사용자는 오로지 인간에 대한 관계만을 표현할 수 있을 뿐이다. 인간은 그러한 관계를 표현하기 위해 비유 방법을 이용하는 것이며, 이러한 관점에서 니체는 '모든 언어의 기원은 메타포이다'라고 말한다. 이 같은 니체의 명제에 따른다면, 사회적 관계뿐만 아니라 자연 법칙 또한 메타포의 도움 없이는 표현이 사실상 불가능하다.

괴테는 화학적 현상을 지칭하는 친화력이 이미 인간관계에서 얻어진 하나의 대담한 메타포였다는 사실에 관심을 가졌던 것으로 보인다. 괴테는 친화력이란 화학적 현상이 분리와 결합 현상을 설명하기 위해 오히려 인간관계에서 원용하고 있는 윤리적 비유라고 말하고 있다. 이렇게 볼 때 괴테가 그의 소설에 화학적 비유를 도입하고 있는 것은 사실상 비유의 역수입이며, 따라서 그의 소설은 화학적 비유를 그것의 근원으로 '귀환' 시키는 작업이라고 할 수 있다. 다시 말해서 화학자들이 화학적 현상을 설명함에 있어서 그것을 인간의 사회적 관계에 의해 유추하고 있다고 한다면, 괴테는 역으로 인간의 사회적 관계를 화학적 현상에 기반해 유추하여 고찰을 시도하고 있는 셈이다. 괴테에게 있어서 문학과 화학의 접목 시도는 이처럼 언어의 차원에서 전제가 되고 있는 인간과 자연 사이의 상호 유추 관계에 근거하고 있는 것이다.

「잠언과 성찰」에서 괴테는 '객관에 존재하는 미지의 법칙은 주관에 내재하는 미지의 법칙과 상응한다'라고 말한다. 이 말은 인간과 자연, 문학과 자연과학의 상호 관계를 다시 한 번 확인시켜 주는 것이겠는데, 이러한 주관과 객관에 내재하는 '미지의 법칙성'을 연결해 주는 것이 곧 유추를 바탕으로 한 비유일 것이다. 그런데 괴테가 이해하고 있는 유추란 두 영역을 일차원적으로 결합시키거나 그것들 사이의 동일성을 증명해 보이는 것과는 거리가 멀다. 괴테는 유추에 대해 다음과 같이 말하고 있다. '유추를 통한 표현은 편리하기도 하지만 또한 매우 유용한 것이라고 생각한다. ①유추의 대상은 억지를 부리려 하지도 않고 무엇을 증명하려고 하지도 않는다. 그것은 다른 대상과 서로 맞은편에 세워지는 것이다. 유추란 무엇을 제시하기보다는 오히려 자극을 불러일으키는 훌륭한 사교 모임과도 같은 것이다.' 유추에 대한 이와 같은 괴테의 설명을 따른다면, 자연법칙과 인간의 사회적 관계, 자연과학과 문학의 유추 관계란 그것들 사이의 일차원적 상응 관계가 아니라, 서로의 영역에 대해 사고의 '자극을 불러일으킬 수 있도록' 서로 '마주 세워진' 관계인 것이다.

- 김래현, 「인간 관계의 실험실로서의 소설」 중에서

| 제시문 2 |

아침이었다.

그리고 싱싱한 태양이 조용한 바다에 금빛으로 번쩍였다. 기슭에서 약간 떨어진 앞 바다에서는 한 척의 어선이 고기를 모으기 위한 미끼를 바다에 뿌리기 시작한다. 그러자 그것을 가로채자는 신호가 하늘의 갈매기 떼 사이에 재빨리 퍼지며, 이윽고 몰려온 수많은 갈매기 떼가 이리저리 날며 서로 다투어 먹이조각을 쪼아 먹는다.

오늘도 또 이리하여 살기 위한 부산한 하루가 시작되는 것이다. 그러나 그 소란을 외면하고, 갈매기 조나단 리빙스턴은 혼자 어선에서도 기슭에서도 멀리 떨어져 연습에 열중하고 있었다. 공중 약 30미터의 높이에서 그는 물갈퀴 달린 두 발을 아래로 내린다. 그리고 부리를 쳐들고 양쪽 날개를 비틀 듯이 구부린 괴롭고 힘든 자세를 유지하려고 안간힘을 쓴다.

날개의 커브가 급하면 급할수록 저속으로 날 수 있는 것이다. 그리하여 이제 그는 볼을 스치는 바람 소리가 속삭이듯이 낮아지고, 발밑에서 바다가 잔잔하게 누워있는 듯이 보이는 극한점까지 속도를 줄여간다. 극도의 집중력을 발휘하느라고 눈을 가늘게 뜨고, 숨을 모으고, 억지로⋯⋯ 이제⋯⋯ 더⋯⋯ 몇 미터만⋯⋯ 날개의 커브를 더하려 한다. 그 순간, 깃털이 곤두서며 그는 중심을 잃고 떨어졌다. 말할 것도 없는 일이지만, 대체로 갈매기라는 놈은 공중에서 비틀거리거나 중심을 잃고 속도를 늦추는 법이 없다. 비행 중에 비틀거린다는 것은 그들에게 있어 체면을 깎는 일일 뿐만 아니라 수치스러운 일이며 불명예이다. 그러나 조나단은 부끄러워하지 않고 날아오르더니 다시금 날개가 떨릴 만큼 급한 커브를 유지하며, 천천히 속도를 낮춰 가는 것이었다. 천천히, 천천히, 더욱 천천히 ―

그리하여 그는 또 다시 중심을 잃고 바다에 떨어졌다. 아무래도 조나단은 보통 새가 아니었다. 대부분의 갈매기들은 난다는 행위를 지극히 간단하게 생각하여, 그 이상의 것을 굳이 배우려 하지 않았다. 즉 어떻게 해서 기슭에서 먹이가 있는 데까지 날아가 또 돌아오는가, 그것만 알면 충분한 것이다. 모든 갈매기들에게 있어 중요한 것은 나는 일이 아니라 먹는 일이었다. 하지만 이 별난 갈매기 조나단 리빙스턴에게 있어서 중요한 것은 먹는 일보다도 나는 일 그 자체였다. 그 밖의 어떤 일보다도 그는 나는 일을 좋아했다. 그런 종류의 생각을 하고 있으면 동료들이 묘한 눈으로 보리라는 것을 그도 알고 있었다. 아무튼 그의 부모들조차도 그가 매일같이 혼자서 아침부터 밤까지 수백 번이나 저공 활공을 되풀이하여 시도하는 것을 보고는 당황하고 있었다. 예컨대 해면으로부터의 높이가 자기 날개 길이의 절반 이하라는 초 저공에서 날기도 하는 것이다. 그러면 왠지 이유는 알 수 없지만 높은 데를 날 때보다도 힘이 덜 들고, 공중에 머무는 시간도 길어지는 것이다. 또한, 그가 활공을 끝내고 착수할 때에는 두 발로 물을 차 물보라를 일으키는 보통 방식이 아니라, 두 발을 몸통에 찰싹 유선형으로 달라붙게 하여 수면에 닿기 때문에, 해면에는 길고 예쁜 항적이 남는 것이었다. 그가 발을 쳐든 채로 해변에 몸통 착륙을 하여, 모래 위에 생긴 자기의 활강 자국을 발로 재는 듯한 흉내까지 냈을 때는 그의 부모들도 당황해 했다.

"왜 그러니, 존, 대체 왜 그래?"

어머니는 아들에게 물었다. "왜 너는 다른 갈매기 떼들처럼 행동하지 못하니? 저공비행 따위는 펠리컨이나 신천옹(거위보다 살쪘으며, 무인도 등에 서식함)에게 맡겨 두면 되잖니? 그리고 왜 너는 먹지 않니? 바짝 말라 뼈와 깃털뿐이잖아!"

"뼈와 깃털뿐이라도 괜찮아요, 엄마. 나는 내가 공중에서 할 수 있는 것은 무엇인가, 할 수 없는 것은 무엇인가를 알고 싶을 뿐이에요. 단지 그것뿐이에요."

"애야, 조나단" 하고 타이르는 듯한 어조로 아버지가 말했다.

"머지않아 겨울이 닥쳐온다. 그렇게 되면 어선도 적어질 것이고, 얕은 데 있는 고기도 점점 깊이 헤엄쳐 들어갈 것이다. 만약 네가 연구해야 한다면 먹이를 연구하고, 그것을 어떻게 얻는지를 연구해라. 물론 너의 그 비행술인가 하는 것도 좋지만, 그러나 너도 알다시피 공중활주로 먹고 살 수는 없지 않니? 안 그래? 우리가 나는 이유는 먹기 위해서라는 걸 잊지 말아라. 알겠지?"

조나단은 다시금 갈매기 떼를 떠났다. 혼자서 바다 멀리 나가 굶주리면서도 행복한 마음으로 연습을 다시 시작했다. 당면한 과제는 스피드였다. 1주일 남짓한 연습으로 그는 세계에서 제일 빠른 갈매기보다도 스피드에 관해서 더 많은 것을 배웠다.

– 리처드 바크, 『갈매기의 꿈』 중에서

| 논제 |
[제시문 1]의 밑줄 친 부분 ①이 주장하는 바를 [제시문 2]에서 찾아 구체화시키시오.
(1200자 내외)

생각해 보기

〔제시문 1〕은 괴테의 『친화력』이라는 소설이 '친화력'이라는 화학적 작용에 유추하여 새롭게 인간관계를 해석하고, 결과적으로 인간을 보다 심층적으로 분석하였다는 평가를 내리고 있는 글 중에서 뽑은 것이다. '비유와 유추'라는 것이 단순한 수사법 상의 문제에 그치는 것이 아니라, 인간이 발견한 거의 유일무이한, 사고를 확장하는 방법이며 궁극적으로는 인간(자아)과 사물(세계)이 상호 유대를 유지 존속시키며 살아갈 수 있도록 매개하는 함수적 관계 그 자체일 수도 있다는 괴테의 주장을 소개하고 있는 부분인데, 〔제시문 2〕에서 제시된 갈매기 조나단 리빙스턴의 삶이 바로 그러한 '비유와 유추'의 전형이 되는 것이다.

이미 우리에게는 익숙한 제재인, 『갈매기의 꿈』은 운명에 도전하여 승리하는 인간의 모습을 한 예외적 갈매기를 통해 유추해 볼 수 있도록 고안된 일종의 우화 소설이다. 잘 짜인 구성과 폐부를 찌르는 듯한 잠언적인 표현이 자기 성찰의 계기를 마련해 주는 고전적인 작품이라 할 수 있다. 그 중에서도 '날기(飛行)'가 '먹기(生存)'에 우선하는 가치임을 조나단이 자신의 몸으로 실증해 보이는 장면을 중심으로 제시문이 구성되어 있다. '나는 내가 공중에서 할 수 있는 것은 무엇인가, 할 수 없는 것은 무엇인가를 알고 싶을 뿐'이라는 조나단의 말은 존재(存在)의 의미에 대하여 숙고해 볼 수 있도록 독자를 자극한다. 거듭 말하지만, 『갈매기의 꿈』은 '운명(한계)을 넘어 승리하는 인간의 이야기'이다. 모든 이야기는 언제나 인간을 지향한다는 특징을 지닌다. 비록 그것이 광물(鑛物)이거나 천문(天文)에 관한 것일지라도, 궁극적으로 그것들은 인간을 이야기하기 위해 존재한다. 그런 의미에서 '갈매기, 조나단 리빙스턴'은 갈매기의 몸짓으로, 자기 한계를 돌파하려는 인간들의 이야기를 실감나게 전하는 메타포이다.

〔제시문 1〕의 ①이 주장하는 내용을 〔제시문 2〕에서 찾아 구체적으로 서술해 보라는 것이 〔논제〕의 요구다. 먼저, 〔논제〕가 요구하는 밑줄 친 ①의 의미(비유적 표현으로 되어 있음)를 명제화 하는 일이 먼저 이루어져야 할 것이다. 괴테가 〔제시문 1〕에서 '유추, 혹은 비유'에 부여하는 의미는 이를테면 '비유는 원관념과 보조관념이 만나서 그 양자를 뛰어넘는 생산적인 의미 영역을 새롭게 창출해 내는 것'이라고 할 수 있다. 물론 그렇게 창출된 새로운 의미 영역은 그 자체로 우리의 인생 영역을 확장한다는 의미를 지닌다.

그러므로, 그와 같은 명제화를 토대로 〔논제〕의 요구에 부응하면, 〔제시문 2〕에 나타난 '유추의 대상'들을 보고, 억지스럽게 개념화된 주장이 아니라, '자연스럽게 마주서서 자극을 선사하는' 대목들을 골라 '비유 혹은 유추'의 의의를 설명하라는 것이 된다.

조나단 리빙스턴의 비행 연습이 '승리하는 인간'을 그리고 있는 것이라는 점을 전제로 하고, 그 내용을 간추려 그러한 '유추'의 과정이 한 인간의 '존재론적 변환과정'에 깊이 관여한다는 것을 예시하면 될 것이다. 갈매기 조나단이 비행(飛行)과 관련하여 독자들에게 제공하는 여러 가지 정보는 그것이 삶의 이치와 상통(相通)하는 유추적 맥락을 형성하고 있다는 점에서 이 이야기를 서사적 가치가 뛰어난 서사물로 만드는 주요한 요소가 되고 있다. 전통적으로 이야기들이 유추를 사용하는 가장 큰 이유는 그것이 '자연스러운 인간 이해'를 크게 돕고 있기 때문이다. 인간은 자신의 주관을 통해 객관을 이해할 수밖에 없는데, 이러한 주관과 객관에 내재하는 '미지의 법칙성'을 연결해 주는 것이 곧 유추를 바탕으로 한 비유이다. 유추는 두 영역을 일차원적으로 결합시키거나 억지로 그것들 사이의 동일성을 증명해 보이려고 하지 않는다. 그러한 관점에서 '예시'로 활용할 수 있는 부분을 간추려 보면 다음과 같다.

＊ 그리고 싱싱한 태양이 조용한 바다에 금빛으로 번쩍였다.

＊ 오늘도 또 이리하여 살기 위한 부산한 하루가 시작되는 것이다. 그러나 그 소란을 외면하고, 갈매기 조나단 리빙스턴은 혼자 어선에서도 기슭에서도 멀리 떨어져 연습에 열중하고 있었다. 공중 약 30미터의 높이에서 그는 물갈퀴 달린 두 발을 아래로 내린다. 그리고 부리를 쳐들고 양쪽 날개를 비틀 듯이 구부린 괴롭고 힘든 자세를 유지하려고 안간힘을 쓴다.

＊ 날개의 커브가 급하면 급할수록 저속으로 날 수 있는 것이다. 그리하여 이제 그는 볼을 스치는 바람 소리가 속삭이듯이 낮아지고, 발밑에서 바다가 잔잔하게 누워있는 듯이 보이는 극한점까지 속도를 줄여간다.

＊ 그리하여 그는 또 다시 중심을 잃고 바다에 떨어졌다. 아무래도 조나단은 보통 새가 아니었다. 대부분의 갈매기들은 난다는 행위를 지극히 간단하게 생

각하여, 그 이상의 것을 굳이 배우려 하지 않았다. 즉 어떻게 해서 기슭에서 먹이가 있는 데까지 날아가 또 돌아오는가, 그것만 알면 충분한 것이다. 모든 갈매기들에게 있어 중요한 것은 나는 일이 아니라 먹는 일이었다. 하지만 이 별난 갈매기 조나단 리빙스턴에게 있어서 중요한 것은 먹는 일보다도 나는 일 그 자체였다.

＊ 조나단은 다시금 갈매기 떼를 떠났다. 혼자서 바다 멀리 나가 굶주리면서도 행복한 마음으로 연습을 다시 시작했다. 당면한 과제는 스피드였다. 1주일 남짓한 연습으로 그는 세계에서 제일 빠른 갈매기보다도 스피드에 관해서 더 많은 것을 배웠다.

이상의 예시문에서 적절한 부분들을 발췌하여 '갈매기의 의지와 노력'이 '인간의 의지와 노력'으로 유추되는 과정에 대해 서술하면 될 것이다. 그 과정에서 필요하다면, 인간의 언어활동은 은유법 모드와 환유법 모드를 근간으로 이루어진다는 점이나 문학적 표현이 구체성을 띤 형상화로 감동의 폭과 깊이를 확대 심화시킨다는 점 등을 덧붙여도 좋을 것이다. 마지막에는 다시 한 번 주지를 반복한다.

이를테면, "유추에 대한 이와 같은 괴테의 설명을 따른다면, 자연법칙과 인간의 사회적 관계, 자연과학과 문학의 유추 관계란 그것들 사이의 일차원적 상응 관계가 아니라, 서로의 영역에 대해 사고의 '자극을 불러일으킬 수 있도록' 서로 '마주 세워진' 관계인 것이다. 『갈매기의 꿈』에 나타난 갈매기 조나단의 자아실현 과정은 그렇게 '마주 세워진' 하나의 '자극'으로 독자들에게 제시되고 있는 것이다. 그런 의미에서 조나단의 자아실현 과정은 결국 우리 모두의 자아실현 과정일 수밖에 없다." 정도면 무난할 것이다.

– 양선규, 『창의독서논술지도법』 참조

| 읽기 자료 |

해피 엔드
자신의 소원이 이루어지기를 빌며, 그것의 실행을 위탁하고 있는 초자연적인 경이의 장치를 제외할 경우 옛날이야기는 판에 박힌 하나의 도식으로 축소된다. 그 경우 모든 요소들은 필연적으로 행복한 결말을 목적으로 결합된다. 이처럼 강요된 좋은 결말이야 말로, 뚜렷하게 나타나는 이야기의 주된 관심거리이기에 수천 가지의 뜻밖의 사고, 수천 가지 예기치 않은 장애물에 의해 그 성공을 지연시킴으로써 그 성공을 보다 훌륭하게 만들 각오를 하고 그 주인공의 성공을 위해서 모든 것을 준비해야 한다. 따라서 옛날이야기의 결말은 문자 그대로 그것의 종국 목적이다. 즉 옛날이야기는 제멋대로 연기된 그 대성공 이외에는 다른 어떤 할 말도 없는 것이다. 이 대성공은 그것이 실연되는 목적이고 의미이다.

옛날이야기가 천편일률적으로 해피 엔드로 종결되는 것은 부차적인 이유(편의적인 행위의 결말)에서가 아니라 오히려 그것이 이야기의 목적이기 때문이라는 마르트 로베르의 주장은, 특히 소년기 독서 행위와 관련지을 때 귀담아 들을만한 것이다. 옛날이야기들의 주인공들은 언제나 그들이 어리다(젊다)는 것이 문제가 된다. 그들은 어리기 때문에 고통 받고 불쌍한 처지에 놓인다. 그러한 기본적인 패턴 위에, 주인공들은 불구일 수도 있고 기형일 수도 있으며 잘못 태어날 수도 있고 사랑을 제대로 받지 못할 수도 있으며 비인간적인 주위 사람들에 의해 교묘하게 괴로움을 당할 수도 있는 것이다. 그럼에도 불구하고 최고의 권좌(흔히 '세상의 끝까지' 완전하게 보장된 행복의 상징으로서의 왕좌나 결혼)에 도달하는 것은 어디까지나 고통 받고 불쌍했던 어린 주인공들이다. 이것은 어린이들에게는 믿어지지 않는 미래의 어떤 결과를 희망적으로 기대하도록 부추기는 이야기의 규범적 속성을 드러낸다. 사람이란 실제로 자라는 것이어서 어렸을 때 가장 불가능하게 보이던 것들도 크면서 하나씩 획득하게 된다는 것을 증명해 보이는 것에 다름 아니다. 그래서 그들에게는 자세한 호적이 없다. 인물들은 하나같이 왕·왕비·왕자·공주·아버지·어머니·어린아이·마녀·난쟁이·거인들이다. 그들에게 가능한 가장 세부적인 구별은 그들의 직무 — 왕이거나 노예이거나 신하이거나 하는 — 로 표시되거나 직업으로 표시되는 것뿐이다. 이 경우 그들은 농부거나 재봉사거나 나그네거나 사냥꾼이거나 나무꾼이거나 군인이다.

익명의 화자(작가)가 '심심풀이로 말한다'는 것, 그리고 그것에 의지해 독자들이 '무책임으로의 여행'에 나선다는 것은 독서 행위의 놀이적 성격(현실과의 비연속적 연관)을 압축적으로 설명할 뿐만 아니라, 나아가서 소년기 독서 행위의 제의적 성격을 암시하고 있는 부분이기도 하다. 그것이 모든 독서 행위는 '무책임으로의 여행'에 어떤 식으로든 관련되어 있음을 이 글은 말해 주고 있다. 그러한 '무책임으로의 여행'이 소년기 자아 정체성 형성에 크게 연관되어 있다는 점을 부정할 수 없는 한(미래에 대한 낙관적 기대와 삶에 대한 믿음), 그것이 암묵적으로 일종의 '제의적 성격'을 지닐 수밖에 없다는 것 역시 부인할 수 없기 때문이다.

— 마르트 로베르, 김치수·이윤옥 옮김, 『기원의 소설, 소설의 기원』 참조

심층심리학에 기반을 둔 신화학자들의 견해에 의하면, 신화와 제의의 주요 기능은, "과거에다 묶어두려는 경향이 있는 인간의 끊임없는 다른 환상에 대응하여 인간의 정신을 향상시키는 데 필요한 상징을 공급하는 것"으로서, 그것들은 "인간의 내부에 있는 타락의 길을 버리고 영험적인 정신의 도움을 따르게 하는 인간 내부의 고차원적인 신경증"의 측면을 내포하며, "유아기의 이미지에 발목이 잡혀 어른으로 가는 길을 애써 쫓으려 하지 않는 성향에 대한 집단적 대응책"의 의미가 있는 것이다(그러므로, '무책임으로의 여행'이 '유아기 이미지에의 고착'으로부터 벗어나는 '태양신의 밤바다 여행'이 되리라는 것은 쉽게 짐작할 수 있는 일이다.).

— 조셉 캠벨, 이윤기 옮김, 『천의 얼굴을 가진 영웅』 참조